Das Buch

Helena Denhoven kommt aus bester Familie und ist Künstlerin – ein Dorn in den Augen ihrer Eltern, die sich einen konservativeren Beruf gewünscht hätten. Eines Tages malt Helena einen wunderschönen Mann. Ihre Freundinnen schenken ihr zur Eröffnung ihrer Ausstellung den Striptease des teuersten Callboys der Stadt, der zufälligerweise genauso aussieht wie der Mann auf dem Bild: Leonard. Es ist Anziehung auf den ersten Blick, und Leonard und Helena verbringen eine unvergessliche Nacht miteinander.
Helenas Eltern halten nichts von dem Single-Leben ihrer Tochter in der Großstadt und setzen sie unter Druck, bald zu heiraten. Trotzig kommt Helena auf die Idee, ihnen Leonard als ihren neuen Freund vorzustellen. Er willigt ein, aber nur, wenn Helena ihn dafür auf ungewöhnliche Weise bezahlt: Sie soll ihm zwei Wochen lang als sein persönliches Callgirl zur Verfügung stehen. Helena wird vor Herausforderungen gestellt, in denen sie ihre kühnsten Träume wiederfindet.

Die Autorin

Astrid Martini, geboren 1965, absolvierte eine Ausbildung zur Erzieherin. Inspiriert von ihrer Arbeit, entstanden zahlreiche Geschichten, Gedichte und Lieder für Kinder. Ende 2003 entdeckte sie ihre Vorliebe für den erotischen Roman. Seit 2001 lebt Astrid Martini zusammen mit ihrem Lebensgefährten und vier Katzen im Norden von Berlin.

Von Astrid Martini sind in unserem Hause bereits erschienen:

Mondkuss
Feuermohn

Astrid Martini

ZUCKERMOND

Erotischer Roman

Ullstein

Besuchen Sie uns im Internet:
www.ullstein-taschenbuch.de

Ungekürzte Ausgabe im Ullstein Taschenbuch
1. Auflage Juli 2007
7. Auflage 2012
© 2006 by Astrid Martini
© 2006 by Plaisir d'Amour Verlag, Lautertal
Umschlaggestaltung: HildenDesign, München, und
Büro Hamburg nach einem Entwurf
von Axel Wittich
Titelabbildung © photocase.com
Satz: Pinkuin Satz und Datentechnik, Berlin
Gesetzt aus der Sabon
Papier: Holmen Book Cream von
Holmen Paper Central Europe, Hamburg GmbH
Druck und Bindearbeiten: CPI – Ebner & Spiegel, Ulm
Printed in Germany
ISBN 978-3-548-26688-6

VORWORT

Ich möchte in diesem Roman auf gar keinen Fall Prostitution romantisieren oder verharmlosen, sondern habe meiner Fantasie hinsichtlich dessen, was zwischen Mann und Frau möglich sein *könnte*, freien – und sehr regen – Lauf gelassen …

Ich hoffe, Ihnen bereitet die Lektüre dieser erotischen Fantasie ebenso viel Spaß wie mir das Schreiben der Geschichte.

Astrid Martini

KAPITEL 1

Helena Denhoven bugsierte den unförmigen Rahmen, über den eine Leinwand gespannt war, leise fluchend aus ihrem Wagen. Das morgendliche Telefonat mit ihrem Vater hatte ihr gründlich die Laune verdorben, und sie bezweifelte, dass sich heute noch etwas daran ändern würde. Grimmig betrat sie das kleine, gemütliche Atelier, das sie sich mit ihrer Freundin Sabina teilte, und stürmte ohne ein Wort an ihrer fassungslosen Freundin vorbei.

»He, was soll das denn?« Sabina, eine erfolgreiche Künstlerin, die ihre Kindergeschichten auf liebevolle Art und Weise selbst illustrierte, lief ihr hinterher. Vorwurfsvoll stemmte sie ihre Hände in die Hüften.

»Ich will dir ja nicht zu nahetreten, aber an mir vorbeizurauschen, ohne mich auch nur eines einzigen Blickes zu würdigen, ist nicht gerade die feine Art.«

Helena seufzte tief auf und ihre schönen grauen Augen füllten sich mit Tränen, während ihre sanft geschwungenen Lippen zu beben begannen.

»Es tut mir leid. Aber ich war kurz vorm Explodieren.«

»Was ist denn passiert?« Sabinas mitfühlender Blick ruhte auf der Freundin, die mit zitternden Händen ihr Bild auf die Staffelei hievte und krampfhaft versuchte, ihre Tränen zurückzuhalten. »Ich mach uns erst einmal einen Kaffee und dann erzählst du mir, was los ist, okay?«

Helena nickte dankbar und rang sich sogar ein winziges Lächeln ab. Kurze Zeit später nahm sie die dampfende Tasse entgegen.

»So und nun erzähl mir, was los ist. Welche Laus ist dir über die Leber gelaufen?«

»Glaub mir, ich wünschte, es wäre lediglich eine Laus. Aber es sind mal wieder meine über alles erhabenen Eltern, die mir das Leben zur Hölle machen. Sie setzen mir zu. Und das Schlimme ist, dass sie tatsächlich die Gabe haben, mit jedem Mal energischer zu werden, während ich mich von Mal zu Mal mehr in die Enge getrieben fühle. Ich komme mir langsam vor wie eine zappelnde Fliege, die im Netz der Spinne gefangen ist und es einfach nicht schafft, sich zu befreien. Ich kann noch so sehr zappeln und wüten – ich schaffe es einfach nicht, mich zu befreien! Denn die Spinne und das Netz sind wesentlich stärker.« Helena schlug ihre Hände vors Gesicht. »Ich glaube, die ganze Welt hat sich gegen mich verschworen.«

»Hey, hey. Vergiss nicht, ich bin auch noch da. Genau wie Kathrin. Wir stehen immer zu dir, egal, was kommt.«

Helenas Züge wurden weich. »Ich weiß, und ehrlich gesagt wüsste ich auch gar nicht, was ich ohne euch tun würde. Ach, Sabina. Ich bin so verzweifelt. Manchmal habe ich Angst, unter dem Druck meiner Eltern zu zerbrechen.«

»Du bist ein sensibler und sehr emotionaler Mensch, keine Frage. Aber hinter deiner Zerbrechlichkeit stecken auch enorme Stärke und Willenskraft. Sonst hättest du es mit deiner Unabhängigkeit doch gar nicht so weit gebracht.«

»Was habe ich diesbezüglich denn schon großartig geschafft? Du siehst doch, ein Telefonat und meine Welt gerät aus den Fugen.«

»Süße, gegen alle Widerstände bist du dem Gut deiner Eltern entflohen und hast dir eine eigene Wohnung gesucht. Dann hast du beruflich den Weg eingeschlagen, den du für richtig hältst, und nicht den, den deine Eltern für dich vorgesehen hatten.«

Helena lachte bitter auf. »Und genau das bekomme ich nun täglich vorgeworfen. Denhoven sei nicht bloß ein Name. Er bedeutet Verantwortung. Und dieser Verantwortung habe ich mich angeblich schmählich entzogen. Deshalb verlangen sie jetzt von mir, ihnen nicht ganz das Herz zu brechen, sondern wenigstens in naher Zukunft zu heiraten und Kinder zu bekommen.«

»Na, denen würde ich was flüstern. Mit mir dürften sie nicht so umspringen, wenn es meine Eltern wären. Sie drängen dich also zu einer Hochzeit, ja?« Sabina schüttelte empört den Kopf. »Den passenden Schwiegersohn haben sie nicht zufälligerweise schon in petto?«

»Ich hoffe, nicht. Zutrauen würde ich es ihnen aber. Zumal schon Andeutungen in dieser Richtung gefallen sind.«

»Soso. Und nun hast du also das Gefühl, so schnell wie möglich heiraten und Kinder in die Welt setzen zu müssen, damit Mami und Papi wieder lieb zu dir sind?«

»Es ist kein Gefühl. Es ist eine Verpflichtung. Schließlich bin ich ein Einzelkind. Die letzte Denhoven. Ich kann sie nicht schon wieder enttäuschen.«

»Womit hast du deine armen Eltern denn so dramatisch enttäuscht? Du lebst anständig und solide, hast am Wochenende deine erste Ausstellung und bist auf dem besten Weg, eine gefragte Künstlerin zu werden. Soweit ich weiß, hast du noch nie im Leben einen Strafzettel bekommen und befolgst auch sonst alle Gesetze. Oder hast du etwa eine skandalöse Vergangenheit, die du mir bisher verschwiegen hast?«

Helena lachte amüsiert. »Um Himmels willen, nein.

Aber ich bin von Gut Denhoven ausgezogen, habe Kunst statt Medizin studiert, und nun arbeite ich auch noch als freischaffende Künstlerin.«

»Daran kann ich nun wirklich nichts Verwerfliches finden.«

»Ich auch nicht. Aber es ist nicht das, was Leute wie ich tun sollten.« Helena seufzte. Sie fühlte sich immer noch schuldig, wenn sie an die Reaktion ihrer Familie dachte, als sie ihnen verkündet hatte, dass sie ausziehen und sich voll und ganz der Malerei widmen wolle. Ihre Mutter hatte eine Woche lang deprimiert und von Migräneattacken geplagt im Bett gelegen und ihre Großmutter war tagelang in schwarzer Kleidung herumgelaufen. Ihr Vater hatte einen cholerischen Anfall nach dem anderen bekommen und Psychologen und Anwälte konsultiert, die sie von ihrem skandalösen Vorhaben abbringen sollten.

»Und was solltest du ihrer Meinung nach tun?« Sabina hob spöttisch die Augenbrauen.

»Einen anständigen Beruf erlernen, einen Mann von Stand heiraten, mich auf Wohltätigkeitsveranstaltungen präsentieren und in elitären Kreisen vernetzt sein.«

»Und natürlich den Stammbaum fortführen. Vergiss das bloß nicht«, spöttelte Sabina, der ihre Fassungslosigkeit deutlich anzumerken war.

Helena übersah das entsetzte Gesicht ihrer Freundin geflissentlich. »Genau. Und genau deshalb werde ich diesbezüglich nun schon seit Wochen von meinen Eltern unter Druck gesetzt. Wenn ich schon beruflich aus dem Rahmen falle, dann soll ich doch wenigstens die anderen Punkte zu ihrer Zufriedenheit erfüllen.«

»Du sollst also heiraten, um deine Eltern dafür zu entschädigen, dass du Kunst studiert hast, eine vorzügliche Malerin geworden bist und es verstehst, dein eigenes Leben zu leben? Ich fass' es nicht!« Sabina verzog angewidert das Gesicht. »Bin ich froh, dass ich nicht aus solch erlauchten Kreisen stamme. Stell dir bloß mal vor, welche Entschädigung man dann von mir verlangen würde. Schließlich bin ich mit siebzehn für eine Weile von zu Hause weggelaufen, habe am aktiven Tierschutz teilgenommen, habe einschlägige Flugblätter verteilt und mich an Sitzblockaden beteiligt, um der damaligen Regierung die Augen zu öffnen. Einmal bin ich deswegen sogar verhaftet worden. Skandalös, was?«

»Ach, Sabina, ich beneide dich so sehr um dein freies Leben. Glaub mir, ich habe mir mehr als einmal gewünscht, ein ganz normales Mädchen aus der Provinz zu sein, ohne dieses strenge Korsett.«

»Das glaub ich dir nur zu gern. Nur – was willst du jetzt tun? Dir einen standesgemäßen Mann suchen, so schnell wie möglich heiraten und anschließend Stammhalter in die Welt setzen?« Sabina lachte amüsiert auf. »Ich hätte da übrigens einen tollen Anmachspruch, damit du sofort weißt, ob es der passende Mann ist: Hi, mein Name ist Helena Denhoven. Wie weit reicht Ihr Stammbaum zurück?«

»Ja, ja. Mach dich ruhig über mich lustig.« Helena musste schmunzeln. »Aber ehrlich gesagt könnte ich mir die Mühe sparen, denn meine Eltern würden diese Suche nur allzu gerne selbst in die Hand nehmen. Mit dem Gespür eines Trüffelschweins würden sie ruck, zuck die wenigen passenden Männer aufspüren und einladen. Ich müsste dann lediglich noch begutachten und ja oder nein sagen.«

»Ach – du darfst sie vorher kennenlernen? Ich dachte, dein Ehemann wird dir erst nach der Hochzeit vorgestellt.«

»Sabina!«

»Na, ist doch wahr! Das klingt wahrhaftig alles nach

arrangierter Ehe. So etwas lässt heutzutage nun wirklich niemand mehr mit sich machen.«

Traurig und resigniert zuckte Helena mit den Schultern.

»Und was ist mit Liebe?«

»Aus der Sicht meiner Eltern ist Liebe vollkommen unwichtig. Es ist ja schon schwer genug, den passenden Mann zu finden. Da reicht es, wenn man sich mag und gegenseitig respektiert.«

Ihre Freundin riss schockiert die Augen auf. »Da hast du aber doch hoffentlich andere Vorstellungen oder? Ich meine, Romantik und Leidenschaft gehören doch schließlich dazu.«

»Mit Leidenschaft habe ich keinerlei Erfahrungen. Denn der Sex, den ich bisher hatte, war eher ein ›so tun, als ob‹. Wie sich Romantik anfühlt, weiß ich allerdings. Mein erster Freund, mit dem ich mit siebzehn zusammen war, war sehr romantisch. Er war der Sohn meines Kindermädchens. Als Kinder waren wir nur Spielgefährten, doch später wurde daraus mehr. Aber als meine Eltern dahinterkamen, wurde meine Nanny entlassen und ihrem Sohn verboten, das Gut jemals wieder zu betreten.«

»Und dein erster Liebeskummer war vorprogrammiert. Allein dafür hättest du eine Entschädigung von deinen Eltern verdient und nicht umgekehrt. So etwas Herzloses sollte man seinem angeblich geliebtem Kind wirklich nicht antun.«

»Das Schlimme ist, ich weiß, dass meine Eltern mich wirklich lieben. Sie können bloß nicht aus ihrer Haut. Sie sind in alten Konventionen gefangen und wollen nur das Beste für mich – ohne auch nur zu spüren, wie sehr sie mich damit verletzen.«

»Das ist keine Liebe, sondern Vereinnahmung. Elternliebe ist bedingungslos und straft nicht mit Kälte, nur weil das Kind den Vorstellungen von Mama und Papa nicht zur Genüge entsprochen hat. Und wie kalt deine Eltern dir gegenüber sein können, das habe ich ja schon mehr als einmal mitbekommen.«

»Ich weiß. Und ich leide furchtbar darunter.«

»Das Schlimmste ist, dass sie ganz genau wissen, wie sie dich treffen können. Du gibst den beiden viel zu viel Macht über dich. Um den kalten Blick deiner Mutter in ein warmes Lächeln zu verwandeln, würdest du ja deine Seele verkaufen. Befreie dich endlich aus ihren Klauen!«

»Leichter gesagt als getan, auch wenn ich weiß, dass du recht hast. Nur, wie stelle ich das an?«

»Kommt Zeit, kommt Rat. Jedenfalls werde ich nicht zulassen, dass deine Eltern dich an irgendeinen Scheich abgeben, nur um ihre Tradition aufrecht zu halten.« Sie umarmte ihre Freundin. »Aber jetzt lass uns arbeiten, Süße. Ich hab noch viel zu tun.«

»Ich auch.«

Als Sabina im Nebenraum verschwunden war, sann Helena noch eine ganze Weile über die Worte der Freundin nach.

Irgendwie hat sie recht! Mit Tränen in den Augen erinnerte sich Helena daran, dass der Ehrgeiz ihrer Eltern ihr schon als Kind die Luft zum Atmen genommen hatte.

Man steckte sie in eine Hochbegabtenschule, mit den Kindern aus der Nachbarschaft, die nur die Schule für »Normalsterbliche« besuchten, durfte sie auf gar keinen Fall spielen, und selbst nach einem anstrengenden Schultag musste sie noch Algebra, Deutsch und Geschichte pauken. Permanent wurde sie darauf getrimmt, nur die besten Ergebnisse nach Hause zu bringen. Das Zusammensein mit ihren Eltern beschränkte sich auf reine Verpflichtungen. Gesprochen wurde nur über die Schule.

Sie hatte stets das Gefühl gehabt, ihren Eltern etwas ganz Besonderes bieten zu müssen, um ihnen wenigstens ein winzig kleines Lächeln entlocken zu können. Und hatte lange darauf gehofft, bedingungslos geliebt zu werden. Sie verdrängte sogar ihre künstlerischen Ambitionen, weil jemand, der »nur« malte, ja nichts Besonderes war. Denn aus der Sicht ihrer Eltern war dies eine unverantwortliche Ablenkung von den Zielen, die sie für ihre Tochter vorgesehen hatten.

Irgendwann wurde es Helena dann doch zu viel. Doch ihr Verhalten war wahrhaftig kein Drama, sondern eine normale pubertäre Reaktion. Für ihre Eltern war es jedoch buchstäblich der Untergang ihrer kleinen, heilen Welt. Helena ging ins Kino und in die Disco, statt Mathe zu pauken. Befasste sich mit Kunst, statt mit wissenschaftlichen Themen und Medizin, und suchte sich ihre Freundinnen von da an selbst aus. Verabredete sich sogar mit dem Sohn ihres Kindermädchens. Und das nicht etwa, weil sie so viel gemeinsam hatten. Nein, sie hatte doch tatsächlich romantische Gefühle für einen »Taugenichts« entwickelt. Nicht auszudenken! Welch ein Skandal für die Familie Denhoven!

Am Ende wurde Helena von einem Psychologen zum nächsten gedrängt, bis man schließlich den »passenden« gefunden hatte. Ein Mann ganz nach den Vorstellungen ihrer Eltern – er appellierte auf energische Art und Weise an ihren Anstand und ihr Gewissen. Helena kam sich vor wie eine Schwerverbrecherin, als er mit ernster Miene über ihr »abweichendes Verhalten« sprach. Er verfehlte seine Wirkung nicht, denn in den folgenden Jahren fügte sich Helena komplett den Wünschen ihrer Eltern und tanzte nicht einmal aus der Reihe.

Helena seufzte bei diesen Erinnerungen und dankte Gott dafür, dass sie es letztendlich doch geschafft hatte, sich zumindest ansatzweise aus den dominanten Klauen der Eltern zu lösen, indem sie von zu Hause ausgezogen war und einen beruflichen Weg eingeschlagen hatte, der ihr und nicht ihren Eltern richtig schien.

Doch was war der Preis? Ein ständiges Schuldgefühl und nicht enden wollende Vorhaltungen und Vorwürfe.

Helena saß noch eine ganze Weile einfach so da und hing ihren Gedanken nach, während ihr ein paar Tränen das Gesicht hinabliefen. Es waren Tränen der Trauer, aber in ihnen schwang auch leise Wut mit. Diese Wut half ihr schließlich, sich für die nächsten Stunden von ihren trüben Erinnerungen zu verabschieden.

Erinnerungen, die viel zu viel Raum einnahmen und ihre Kreativität blockierten.

Dabei gab es doch noch so viel zu tun.

⋘∞⋙

Eine halbe Stunde später hatte Helena es sich mit einem Erdbeer-Sahne-Tee vor ihrer Staffelei gemütlich gemacht. Sorgsam mischte sie die Farben und widmete sich konzentriert ihrem noch nicht ganz vollendeten Gemälde: ein wohl proportionierter Männerkörper, der auf einem dunkelgrünen Diwan lag. Während sie überlegte, was sie am Gesichtsausdruck ihres sinnlichen Motivs störte, warteten bereits unzählige andere exotische Ideen darauf, von ihr auf die Leinwand gebannt zu werden.

Helena hatte viel vor. Sie lebte für ihre Karriere als Künstlerin und freute sich sehr auf ihre erste Ausstellung. Bis dahin musste dieses Bild unbedingt fertig werden, brachte es doch ihre außerordentliche Begabung als Malerin perfekt zum Ausdruck. Liebevoll betrachtete sie ihren »Archimedes«, wie sie den Mann auf der Leinwand getauft hatte, und begann, sich erneut seinem

Kopf zu widmen. »Archimedes« hatte verführerisch langes, tiefschwarzes Haar und ein unwiderstehliches Lächeln. Das Kinn stimmte noch nicht ganz, aber daran ließ sich arbeiten.

Eifrig tauchte sie den Pinsel in Farbe und begann hier und da eine Schattierung zu vertiefen und einige Punkte besser hervorzuheben. Fast zärtlich führte sie den Pinsel über die Konturen von »Archimedes'« Gesicht.

Ein Traum von einem Mann, dachte sie verträumt. *Würdest du mir im wahren Leben begegnen, würde es mich sicherlich umhauen.*

Ihr Blick tastete jeden Millimeter seiner erotischen Figur ab und versank schließlich in den betörend grünen Augen.

Wenn ich mir einen Mann wünschen könnte, dann würde er aussehen wie du.

Lächelnd vertiefte sie sich in ihre Arbeit und vergaß vollkommen die Zeit. Erst als Sabina ihren Kopf durch die Tür streckte, merkte sie, wie spät es bereits war.

»Zeit für eine Pause. Soll ich dir etwas vom Chinesen mitbringen? Mein Magen schreit nach Futter und wenn ich hungrig bin, verlässt mich meine Kreativität.«

»Gern. Zwei Frühlingsrollen, bitte. Und ein paar Krabbenchips.«

»Hey, dein ›Archimedes‹ ist ja wirklich ein Bild von einem Mann.« Sabina musste lachen. »Bild von einem Mann – im wahrsten Sinne des Wortes, nicht wahr? Hübsche Wortspielerei.«

Helena fiel in ihr Lachen ein. »Genau! Und weißt du was? Würde ich diesem göttlichen Kerl irgendwann über den Weg laufen, ich würde alle meine Prinzipien vergessen und mit ihm bis ans Ende der Welt gehen.«

»Böses Mädchen. Denkst wohl gar nicht an deine armen Eltern, die dann sicherlich mit gebrochenem Herzen dahinsiechen würden.«

»He, hör auf zu predigen.« Mit gespielter Entrüstung warf Helena ihrer Freundin einen farbgetränkten Lappen entgegen. »Geh uns lieber Futter holen.«

»Wird gemacht, gnädiges Fräulein Denhoven. Ganz zu Ihren Diensten.« Mit einem schelmischen Zwinkern huschte Sabina schnell zur Tür hinaus.

KAPITEL 2

Leonards schlanker, durchtrainierter Körper wand sich unter dem seidenen Laken. Er war nackt und seine leicht gebräunte Haut schimmerte verführerisch.

Er legte seine wohlgeformte Hand auf die knackigen Pobacken der attraktiven Frau neben sich, zog sie kurz zu sich heran, hauchte einen Kuss zwischen ihre Brüste und richtete sich auf, um aus dem Bett zu steigen. Die Frau stöhnte laut auf und fuhr sich wollüstig mit ihrer Zungenspitze über die mit knallrotem Lippenstift verschmierten Lippen – Folgen des soeben stattgefundenen Liebesspiels.

»Bitte, bleib. Mach's mir noch einmal, Leonard.«

Sie warf lüstern ihre blonde Lockenmähne zurück, streckte ihm ihre prallen Brüste auffordernd entgegen und bot ihm so ihre steil aufgerichteten Nippel an, die nur darauf warteten, geknetet, massiert und von seiner harten Zunge liebkost zu werden.

»Tut mir leid. Deine Zeit ist um. Du hast mich für zwei Stunden gebucht und die sind nun um.«

»Ich buche dich für zwei weitere Stunden.«

Leonard zog eine Augenbraue in die Höhe und schwang seine Beine aus dem Bett.

»Bitte, Leonard. Wenigstens noch eine Stunde – zum Preis von zweien, ja? Ich liebe deine Hände. Und ich liebe sie noch mehr, wenn ich sie auf meinem Körper spüre. Verführerisch! Sexy! Und überall! Auf und in mir! Bitte, Leonard.«

Sie streckte sich aus, rekelte sich wie eine Katze, hob

ein Bein verführerisch auf das andere und gab ihm so Gelegenheit, ihren drallen und erotischen Körper zu bewundern.

Leonard, der sich inzwischen erhoben hatte, bemerkte belustigt, wie gierig die Frau sein Hinterteil taxierte. Er war es gewohnt, dass seine Kundinnen ihn anbeteten, nicht genug von ihm bekamen und ihn am liebsten nie wieder loslassen würden.

Mit seinem langen, dichten schwarzen Haar, der leicht gebräunten Haut und einem Gesicht, das etwas Verwegenes, aber dennoch sehr Edles an sich hatte, wirkte er fast überirdisch schön. Dem Funkeln seiner grünen Augen hatte noch keine Frau widerstehen können. Auch unzählige Männer erlagen seinem feurigen Blick und seinem teuflischen Sex-Appeal.

Waren es früher noch sowohl weibliche als auch männliche Kunden, so hatte er sich in den letzten zehn Jahren nach und nach ausschließlich auf das weibliche Geschlecht konzentriert. Er musste nicht mehr alles nehmen, was sich ihm anbot, sondern konnte inzwischen frei wählen, wem er seine Liebeskünste verkaufte.

Leonard war ein Mann für gewisse Stunden, ein Teufel und Liebesgott, der als einfacher Callboy und Stripper angefangen hatte, weil ihn als junger Mann das Rotlichtmilieu gereizt und auf seltsame Art angezogen hatte. Mittlerweile hatte er sich in der Szene einen Namen gemacht und war überall als der schönste, exklusivste und teuerste Stripper und Edel-Callboy im Rhein-Main-Gebiet bekannt. Dieser Ruf hatte ihm zu Wohlstand verholfen, denn die reichen Damen rissen sich um seine Gunst und waren bereit, mehrstellige Beträge für ein paar Stunden mit ihm zu bezahlen. Hatte ihn dies in der ersten Zeit noch mit Stolz erfüllt, so war er mit den Jahren mehr und mehr abgestumpft. Sexuell hatte er mittlerweile alles gesehen und erlebt – von Mal zu Mal spürte er mehr, wie ihn das alles zu langweilen begann. Wollüstige Frauen, die bei ihm Schlange standen und versuchten, ihn in ihre Fänge zu bekommen. Die sogar bereit waren, Mann und Kinder seinetwegen im Stich zu lassen, wenn Leonard auch nur wollte. Die für eine Nacht mit ihm ihre Großmutter verhökern würden! Gab es überhaupt noch Frauen mit Wertvorstellungen oder aufrichtiger Unschuld – fernab von diesen hysterischen und fordernden Weibern, die er zu seiner Kundschaft zählte?

Wie es ihn anödete! Wo war der Reiz des Neuen, der Kick, der ihn anfangs noch so sehr gefesselt hatte? Er hatte sich aufgelöst wie dunstige Nebelschwaden. Mürrisch verzog Leonard das Gesicht. So wie sich Jacqueline Hilger, Rechtsanwältin und »treusorgende« Ehefrau, ihm gerade anbot, taten es die Frauen täglich. Wie sollte man da nicht abstumpfen?!

»Leonard?«

Jaquelines Stimme riss ihn aus seinen Gedanken.

»Leonard, bitte bleib noch ein Stündchen, ja?«

Sie warf ihren Kopf in den Nacken und blickte in seine grünen Augen, die keinerlei Regungen zeigten.

Jaqueline zog einen Schmollmund und setzte einen unschuldig bittenden Blick auf. Als auch das nichts half, stand sie schließlich mit einem verführerischen Lächeln auf, stellte sich splitternackt ganz dicht vor ihn und schlang ihre Arme um seinen Hals. Er versuchte, sich von ihr loszueisen, hatte jedoch nicht mit dem eisernen Willen seines Gegenübers gerechnet. Sie hakte ihre Finger ineinander, so dass er sie nicht lösen konnte, rieb ihren Busen leise stöhnend an seiner starken Brust und begann an seinem Ohrläppchen zu knabbern.

»Nur noch ein Stündchen, Leonard«, flüsterte sie ihm schnurrend ins Ohr.

Dann drückte sie ihren Mund auf seine zusammengepressten Lippen. Schließlich gelang es ihm, sie ein Stückchen von sich wegzuschieben.

»Okay, für eine weitere Stunde stehe ich dir zur Verfügung. Aber dann muss ich wirklich gehen.«

Jaqueline seufzte selig. »Du bist ein Schatz. Und deshalb zahle ich dir für diese eine Stunde den Preis für drei Stunden. Aber jetzt zeig mir, wie stark du bist.«

»Okay, Lady. Ab ins Bett. Und dann auf alle viere. Wird's bald?«

»O ja! So liebe ich es. Du bist einfach göttlich! Und unbezahlbar.«

Die letzten Worte hatte sie lediglich gehaucht. Sie befand sich schon jetzt in einem Zustand höchster Ekstase, denn sie liebte Leonards Schwanz und konnte es nicht erwarten, ihn in sich zu spüren. Sie wollte ganz und gar von ihm ausgefüllt werden. Er sollte sie hemmungslos von hinten reiten und dabei gekonnt ihre Klitoris mit seinen wundervollen Fingern liebkosen.

Sie ließ sich auf dem Bett nieder und reckte ihr Hinterteil so hoch, wie sie konnte. Lasziv spreizte sie ihre Schenkel noch etwas weiter, tat alles, damit er ihr bloßliegendes und vor Lust vibrierendes Geschlecht sehen konnte, damit er sah, wie ihr der eigene heiße Saft der Lust die Schamlippen entlanglief. Voller Vorfreude fuhr sie sich mit der Zungenspitze über ihre Oberlippe und wackelte auffordernd mit ihrem Po.

»Leonard. Komm zu mir. Ich liebe es, auf allen vieren genommen zu werden. Ich bin ein unartiges Mädchen. Komm, bestrafe mich dafür.«

»Soso. Du bist also mal wieder unartig«, ging er auf ihr Spiel ein, während er nach einem Kondom fischte und mit den Zähnen die Packung aufriss. Seine Hand fuhr ihr von hinten zwischen die Beine und berührte die rosig feuchte Haut zwischen ihren Schamlippen.

»Zeigst mir schamlos alles her und wünschst dir

im Moment sicherlich nichts sehnlicher, als meinen Schwanz tief in dir zu spüren, stimmt's?«

»O ja!« Jaqueline wimmerte vor Lust.

»Das gehört sich aber nicht! Du bist ein böses Mädchen. Ich habe freie Sicht auf deine Möse, ziemt sich das für eine feine Dame?«

»Nein.« Ihre Stimme war nur noch ein Hauchen, während sie weiterhin auffordernd mit ihrem Hinterteil posierte und ihre prallen, herunterbaumelnden Brüste dabei verführerisch schaukeln ließ.

»Du siehst also ein, dass ich dich dafür bestrafen muss?«

»Ja – ich sehe es ein!«

»Okay, dann werde ich mich nun über dein entzückendes Hinterteil hermachen und es dir gründlich zeigen.«

Seine Hand schnellte vor und gab ihr leichte Klapse auf den Po. Die Klapse wurden mit jedem Mal energischer, so dass ihre Pobacken unter seiner Hand zu beben begannen.

Jaqueline strampelte mit gespielter Empörung. Ihre Pobacken öffneten und schlossen sich unter Leonards Hieben, so dass er immer wieder die kleine Rosette ihres Anus sehen konnte. Leonard wusste, dass sie zu den Kundinnen gehörte, die die Vorstellung liebten, während des Liebesspiels alles, aber auch wirklich alles vom eigenen Körper zu präsentieren. Er war sich sicher, dass sie allein bei dem Gedanken, dass er nun die runzelige Öffnung ihres Afters und gleichzeitig ihre offen liegende Scham sehen konnte, in derartiges Entzücken geriet, dass ihr Orgasmus nur noch ein paar Wimpernschläge entfernt war.

Deshalb reduzierte er seine Hiebe, stellte sie schließlich ganz ein und ließ seine Hand elegant ihren schlanken Rücken hinaufgleiten.

Jaqueline stöhnte lustvoll auf, als er sie kraftvoll mit beiden Händen an den Hüften packte, sie bis zum Rand des Bettes zog und ihr Gesäß dabei heftig gegen seinen Unterleib presste. Leonard ließ seine Hüften auf teuflische, ungemein erotische Weise kreisen. Dabei rieb er seinen harten Schwanz an ihrer Pospalte, knetete ihr vor Lust zuckendes Gesäß und hob ihre Hüften schließlich leicht an.

Dann drang er mit einem kräftigen Stoß mühelos in ihre triefnasse Vagina, umfasste ihre Brüste und brachte sie mit seinen gleichmäßig pochenden Stößen und kreisenden Bewegungen fast um den Verstand. Ihre Ekstase steigerte sich ins Unermessliche. Wild warf sie ihren Kopf hin und her, gab kleine Schreie von sich und wurde nicht müde, immer wieder seinen Namen zu keuchen.

Als sie es vor Lust nicht mehr aushielt, grub sie ihr Gesicht in die Kissen und biss ekstatisch in den seidigen Satinstoff. Sie schmolz förmlich dahin und reckte ihr Gesäß noch ein Stück weiter nach oben. Mit weit gespreizten Schenkeln, den Po so hoch, wie es nur ging, kniete sie vor Leonard und genoss jeden Stoß seines wundervollen Schwanzes.

Sie spürte, wie sie förmlich auszulaufen begann. Der Saft ihrer Lust quoll stetig zwischen den unermüdlichen Bewegungen seiner prallen Männlichkeit und ihrer pulsierenden Öffnung hervor und suchte sich einen Weg nach draußen, um dann langsam über die Innenseiten ihrer Oberschenkel in Richtung Knie zu rinnen.

Mit einem schmatzenden Geräusch zog Leonard urplötzlich seinen Schwanz aus ihr heraus. Jaqueline wollte schon protestieren, doch ihr unwilliger Ausruf erstickte im Keim, als Leonard seine Schwanzspitze mit kleinen, schnellen Bewegungen an ihrer Klitoris rieb.

Tausend Stromstöße schossen durch ihren Körper. Sie wimmerte vor Lust und ihr Unterleib passte sich den

Bewegungen dieses Liebesgottes an. Lustvoll stemmte sie sich ihm entgegen, während ihre Brustwarzen dabei das Bettlaken streiften und ihre ohnehin schon ekstatische Erregung somit noch steigerten.

Gekonnt trieb Leonard sie mit den verführerischen Liebkosungen seines Prachtstückes einem gewaltigen Orgasmus entgegen, und immer wenn er spürte, dass sie bald so weit war, hielt er in seinen Bewegungen inne, nur um ihr alsbald erneut einzuheizen und die Wellen ihrer Lust voranzutreiben. Heiße Lust durchströmte ihren gesamten Körper und veranlasste sie, spitze Schreie von sich zu geben und immer wieder in die Kissen zu beißen.

Dann ließ er sie endlich kommen und führte sie zu einem Orgasmus, wie sie ihn nie zuvor erlebt hatte. Ihr ganzer Körper war nun lediglich auf das konzentriert, was sich gerade zwischen ihren Beinen abspielte. Sie keuchte, warf ihren Kopf wild umher und gab sich dann ganz dem entzückenden Gefühl des Höhepunktes hin, das sich süß und wellenförmig von ihrer Klitoris aus durch den gesamten Unterleib zog.

Als der Orgasmus langsam verebbte, drang Leonard erneut in sie ein. Waren seine Bewegungen vorher schon kraftvoll gewesen, so übertraf er sich selbst nun um ein Vielfaches.

Er stieß sie mit all seiner Kraft, umfasste dabei erneut ihre prallen und wogenden Brüste und rieb die Nippel spielerisch zwischen Daumen und Zeigefinger.

Rhythmisch ritt er sie, baute die Lust erneut in ihr auf, und als sie abermals den Gipfel erreichte, kam auch er gewaltig und stürmisch. Jaqueline liebte es, ihn stöhnen zu hören. Als sein Schwanz aus ihr herausrutschte und zwischen ihren Pobacken landete, kam sie erneut, und ihr war bewusst, dass allein sein animalisches Stöhnen sie zu diesem letzten Höhepunkt geführt hatte.

KAPITEL 3

Es war schon nach achtzehn Uhr, als Helena am Tag ihrer Ausstellung in ihre Wohnung eilte, um sich für den Abend fertig zu machen.

In den letzten Tagen war sie sehr mit den Vorbereitungen für die Vernissage beschäftigt gewesen, so dass die Zeit wie im Fluge vergangen war. Bis zuletzt hatte sie alle Hände voll zu tun gehabt, dem Ausstellungsraum den letzten Schliff zu verpassen. Sie hatte einen Teil einer leer stehenden Lagerhalle für die Veranstaltung herrichten lassen.

Ihr war es gelungen, aus dem ursprünglich nackten, kalten Raum einen Ort mit Atmosphäre und Wärme zu zaubern. Dafür hatte sie sich auch mächtig ins Zeug gelegt. Den ganzen Tag über hatte sie emsig die Dekorationsstücke und ihre Bilder an Ort und Stelle gerückt. Ihre Freundinnen, Sabina und Kathrin, hatten ihr fleißig geholfen, worüber sie mehr als froh war, denn letzten Endes war es doch sehr viel mehr Aufwand gewesen, als sie jemals gedacht hätte.

Doch nun konnte sie sich zunächst einmal mindestens eine Stunde lang entspannen. Sich zurücklehnen und innerlich auf den bevorstehenden Abend einstimmen. Mit einem Schwung kickte sie ihre Turnschuhe von den Füßen, schleuderte sie in eine Ecke der Diele und schlüpfte aus ihrer Strickjacke.

Dann schob sie ein Fertiggericht in die Mikrowelle. Sie hatte den ganzen Tag noch nichts gegessen, worüber sich ihr Magen nun heftig zu beschweren begann.

Fertiggerichte und Mikrowelle – welch glorreiche Erfindungen für eine Frau wie mich.

Helena lächelte und blickte verträumt aus dem Küchenfenster, das einen zauberhaften Blick auf ein kleines Wäldchen und eine angrenzende Pferdekoppel freigab.

Nachdem die Mikrowelle ihr obligatorisches Piepen von sich gegeben hatte, nahm sie die Schale mit den Nudeln aus dem kleinen »Wunderkasten« und setzte sich an den Küchentisch. Sie aß mit Genuss, trotz Nervosität, und nach ihrem schnellen, aber durchaus wohlschmeckenden Abendmahl räumte sie das Geschirr in die Spülmaschine, gab ihren Pflanzen Wasser und kramte anschließend in ihrer CD-Sammlung. Sie entschied sich für eine Live-CD von Pink Floyd, legte sie ein, drehte die Stereoanlage auf und ließ Wasser in ihre geräumige Badewanne einlaufen. Ein entspannendes Bad bei der Musik von Pink Floyd war jetzt genau das Richtige.

Wenig später ließ sie sich mit einem wohligen Seufzer in das heiße, angenehm duftende Badewasser gleiten und griff zu dem Glas Sekt, das sie sich bereitgestellt hatte. Zufrieden schloss sie die Augen und ließ einfach nur ihre Seele baumeln.

Das Telefon hatte sie wohlweislich ausgestöpselt, denn sie hatte keine Lust, sich ihr Badevergnügen durch lästiges Telefongebimmel zerstören zu lassen.

»Alles Gute zu deiner ersten Ausstellung, Helena!«

Sie nahm einen kräftigen Schluck, lehnte sich zurück und genoss die Wärme des Badewassers, dem sie edles Rosenöl hinzugefügt hatte. Die folgende Stunde verging viel zu schnell. Weil Helena wusste, dass sie bei einem entspannenden Bad schnell die Zeit vergessen konnte, hatte sie sich zusätzlich noch einen Wecker gestellt.

Als der zu klingeln begann, stieg sie widerwillig aus der Wanne und hüllte sich in ein flauschiges Badetuch.

Ihre Vorfreude auf den heutigen Abend wurde ein wenig durch ihre Nervosität und auch eine gewisse Angst getrübt. Ein flaues Gefühl machte sich in ihrem Magen breit – beinahe eine Art Lampenfieber.

Mit zittrigen Händen cremte sie ihren Körper mit einer Rosenblütenlotion ein und hätte sich am liebsten in ihr Bett verkrochen, die Decke bis über den Kopf gezogen und sich einfach nur tot gestellt. Sich tot stellen – das hatte sie als Kind oft getan, wenn sie sich von den Anforderungen des Lebens und dem Ehrgeiz ihrer Eltern überfordert gefühlt hatte. Sich tot stellen bedeutete für Helena, sich einfach nur flach auf den Rücken legen, die Augen schließen und an rein gar nichts denken. Irgendwann, wenn alle Gedanken sich verflüchtigt hatten, verschwanden auch die mulmigen Gefühle und eine herrliche Leere machte sich in ihr breit.

Als Kind waren es stets die energischen Stimmen ihrer Eltern gewesen, die sie aus diesem seligen Zustand zurückgeholt hatten. Heute waren es ihre täglichen Pflichten. Am heutigen Abend war es sogar eine Verpflichtung, die sie sich selbst auferlegt hatte. Denn schließlich hatte sie ja niemand zu dieser Ausstellung gezwungen. Im Gegenteil – sie war ein langjähriger Traum von ihr.

Sie betrachtete sich im Spiegel und gab ihrem blassen Teint mit etwas Make-up ein frischeres Aussehen. Zwar war Helena keine klassische Schönheit, aber mit ihrem kupferfarbenen Haar, den rauchgrauen Augen und dem sinnlichen Mund war sie dennoch eine attraktive Frau. Attraktiv und interessant – auch wenn sie selbst das meistens anders sah.

Nun wühlte sie in ihrem Kleiderschrank nach dem passenden Outfit und entschied sich schließlich für eine tief ausgeschnittene, dunkelrote Bluse mit passendem Rock. Dann machte sie sich auf die Suche nach Schuhen und Accessoires und war schließlich fertig.

Fix und fertig, um genau zu sein, denn ihre Nerven flatterten bedenklich.

⊰⊱

»Verehrte Gäste! Mein Name ist Konstantin Wagner. Ich bin Galerist und Mitorganisator beziehungsweise Sponsor der heutigen Ausstellung. Zusammen mit der Künstlerin Helena Denhoven möchte ich Sie recht herzlich begrüßen.« Er machte eine kleine Pause, ehe er fortfuhr: »Für Ihr zahlreiches Erscheinen darf ich mich, auch im Namen von Frau Denhoven, sehr herzlich bedanken.«

Mit einer kurzen Verneigung wandte er sich Helena zu. Stolz – aber auch ungeheuer aufgeregt – trat sie an seine Seite und wusste nicht, wo sie hinschauen sollte, als alle Anwesenden begannen zu klatschen. Gott sei Dank fuhr Konstantin in seiner Rede fort, so dass niemand ihre Verlegenheit bemerkte.

»Frau Denhovens Bilder sind Ausdruck der Liebe zur Malerei. Ihre Arbeiten umfassen eine große Bandbreite von der Landschaftsmalerei bis hin zu abstrakter Kunst und beschreiben eine völlig neue Symbiose in der Malerei. Auch die Porträtmalerei konnte Frau Denhoven in den letzten zwei Jahren perfektionieren. Ihr jüngstes Werk – und gleichzeitig auch das Ausstellungsstück, welches ihr am meisten am Herzen liegt – ist ›Archimedes‹. Eine Mischung aus ›Latin Lover‹ und griechischem Gott. Meine liebe Helena – ist dies etwa das Abbild Ihres Traummannes?«

Schelmisch zwinkerte er ihr zu und das allgemeine Kichern ließ sie erneut erröten.

Doch sie fing sich und antwortete frech: »Da es keinen echten Traummann gibt, darf man sich doch wohl zumindest einen malen, oder?«

Nun hatte Helena die Lacher auf ihrer Seite, und Konstantin fuhr schmunzelnd, an die Gäste gerichtet, fort: »Ich darf Ihnen jedenfalls versichern, dass Sie heute die Gelegenheit haben werden, die Werke einer ganz besonderen Künstlerin in Augenschein zu nehmen. Die Kombination von Bild, Rahmen und Passepartout ergeben eine Einheit, die dem Betrachter nicht nur die Frage nach Gefallen oder Nichtgefallen abverlangt, sondern sie stellt auch den Anspruch des Auseinandersetzens mit dem Detail. Wichtige Elemente bei ihren Bildern sind collagierte Flächen und die Integration von Kohle, Kreide, Öl und Acryl.«

Doch diese letzten Worte von Konstantin hatte Helena schon nicht mehr gehört, denn soeben waren ihre Eltern eingetreten und sahen sich mit kritischen Blicken um.

Augenblicklich verspürte sie ein Rauschen in den Ohren und merkte, wie ihre Knie weich wurden.

Kathrin und Sabina, die Helenas Eltern ebenfalls erblickt hatten, stellten sich rasch neben ihre Freundin und flüsterten ihr beruhigende Worte zu.

Helena atmete tief ein, straffte ihre Schultern und blickte ihrem Vater fest in die Augen.

»Bis auf ›Archimedes‹ kann heute Abend übrigens jedes Gemälde käuflich erworben werden«, drang nun auch wieder Konstantins Stimme in ihr Bewusstsein.

»Und nun lasst uns auf eine gelungene Vernissage anstoßen!« Er gab dem Partyservice ein Zeichen. Junge Männer und Frauen mit gestärkten weißen Schürzen mischten sich mit Tabletts voll gefüllter Champagnergläser unter die Anwesenden.

Feierlich prostete man Helena zu und für eine Weile war nur allgemeines Stimmengemurmel und der feine Klang klingender Gläser zu vernehmen. Helena trank ein Glas nach dem anderen, in der Hoffnung, ihre Nervosität auf diese Weise in den Griff zu bekommen.

Dann ergriff Konstantin erneut das Wort. »Unsere Künstlerin Helena Denhoven zieht ihre Ideen aus dem Fluss des Lebens und der wunderbaren Natur. Die Dramaturgie in ihren Bildern ist aus ihrem Denken und Handeln entstanden. Und natürlich aus der immensen Vorstellungskraft Frau Denhovens. Wir dürfen auf weitere Werke dieser überaus talentierten Malerin gespannt sein, die uns nun die Hintergründe zu ihren Kunstwerken beschreiben wird.«

Nervös sah sich Helena nun im Fokus der allgemeinen Aufmerksamkeit. Sie räusperte sich, versuchte ihre Eltern geflissentlich zu ignorieren und begann sich innerlich voll und ganz auf ihre Gemälde zu konzentrieren. Die aufmunternden Blicke von Sabina und Kathrin und die etlichen Champagner, die sie mittlerweile intus hatte, gaben ihr schließlich die Kraft, ihre Stimme zu erheben.

»Liebe Gäste. Ich freue mich über ihr Interesse an meinen Werken. Wie einige von Ihnen sicherlich schon feststellen konnten, haben meine Bilder, bis auf ›Archimedes‹, alle keinen Titel. Eine bewusste Entscheidung, denn der Betrachter soll in den Bildern versinken und sie durch eigene Empfindungen selbst betiteln.«

Genau dies schien Helena wohl auch gelungen zu sein, denn die Gäste standen versunken vor ihren Bildern und lauschten andächtig den Worten der Künstlerin.

Die nächsten drei Stunden meisterte Helena mit Bravour. Eifrig beantwortete sie alle Fragen und genoss die anerkennenden Blicke und Äußerungen, die ihrer Arbeit galten.

Konstantin hatte den besten Partyservice der ganzen Umgebung bestellt und das kalte Buffet mit Kaviar, Austern, Lachs, Hummer und diversen Fingerfood-Delikatessen war eine wahre Augenweide. Im Hintergrund lief angenehme Musik vom Band und auch die Beleuchtung war perfekt arrangiert.

Die riesigen Spiegelplatten, die man an den zuvor kahlen Wänden platziert hatte, machten den Raum optisch größer und warfen das Glitzern der Saalbeleuchtung tausendfach zurück. Geschickt dekorierte Stoffbahnen aus Samt gaben der ehemaligen Lagerhalle sogar einen leicht edlen Charakter.

Immer wieder wandte sich Helena freundlich lächelnd den interessierten Besuchern zu und bemühte sich, die kritischen und ein wenig säuerlichen Blicke ihrer Eltern zu ignorieren.

Statt wenigstens ein bisschen stolz auf mich zu sein, halten sie an ihrem Tunnelblick fest und haben sich so sehr darauf versteift, meinen Beruf zu verteufeln, dass ihnen der Blick für diesen wirklich gelungenen Abend fehlt. Schade!

Sie winkte ihnen zaghaft zu und lächelte verlegen. Dann fasste sie sich ein Herz und schritt auf sie zu.

»Hallo, Mutti, hallo, Paps. Schön, dass ihr da seid.«

Hey – das war doch glatt gelogen. In Wirklichkeit nimmt dir ihre Anwesenheit nämlich die Luft zum Atmen, sprach sie gedanklich zu sich selbst.

Ihre Mutter nickte kühl und mit einem aufgesetzten Lächeln. Sie hielt ihrer Tochter eine Wange hin – als Aufforderung für einen Begrüßungskuss.

Helenas Vater zog sie kurz an sich, was ein wenig herzlicher anmutete, doch ein Blick in seine Augen verriet, dass auch er lediglich die Form zu wahren suchte.

»Wie gefallen euch meine Bilder? Ich glaube, den meisten gefällt die Ausstellung«, sie bemühte sich tapfer um Konversation und fühlte sich in ihre Kindheit zurückversetzt, als sie mit sehnsuchtsvollen Blicken die Anerkennung von Mama und Papa erflehte.

Als urplötzlich ein Tusch ertönte und gleichzeitig alle Lichter erloschen, zuckte Helena erstaunt zusammen. Ihre Mutter gab einen spitzen Schrei von sich und ihr Vater brummelte: »Noch nicht einmal die Elektrik funktioniert!«

Was ging hier vor? Das gehörte nicht zum geplanten Programm. Helena runzelte die Stirn und versuchte krampfhaft, ihre Augen an die Dunkelheit zu gewöhnen, um erkennen zu können, was da gerade vor sich ging.

Allgemeines Getuschel und Lachen machte sich breit, dann erhellte ein Spot die Raummitte, und Helena entdeckte im hellen Lichtkegel ihre beiden Freundinnen Sabina und Kathrin.

Ihr kleinen Geheimniskrämerinnen! Was habt ihr vor?

Sabina ergriff das Mikrophon: »Liebe Helena. Zunächst einmal auch von uns herzlichen Glückwunsch zu deiner gelungenen Ausstellung. Und lass dir von uns, deinen besten Freundinnen, gesagt sein: Wir sind mächtig stolz auf dich, du kleines Genie! Wir – Kathrin, du und ich – kennen uns nun schon eine halbe Ewigkeit. Hautnah haben wir miterlebt, wie du auf deinen Traum hingearbeitet hast, mit Fleiß, Ausdauer und ganz viel Herzblut. Und heute Abend ist es endlich so weit: Deine erste Ausstellung ist eröffnet und ist schon jetzt ein riesiger Erfolg.«

Sie reichte das Mikrophon an Kathrin weiter.

»Wir wollten dir an deinem Ehrentag eine besondere Freude machen, haben hin und her überlegt. Einige Ideen hatten wir gehabt, sie dann aber wieder verworfen, weil uns nichts gut genug für dich schien. Und dann kam uns ein genialer Einfall. Ja, liebe Helena, wir haben uns für dich etwas ganz Besonderes ausgedacht.« Sie schmunzelte. »Worum es sich dabei handelt, wird an dieser Stelle noch nicht verraten. Nur so viel: Wir wissen, wie viel dir dein Werk ›Archimedes‹ bedeutet. Aber am besten, du schaust selbst!«

Der Spot erlosch und zunächst wurde es mucksmäuschenstill.

In einer gewaltigen Lautstärke ertönten dann plötzlich die ersten Töne von »O Fortuna« – dem ersten Stück der »Carmina Burana« von Carl Orff. Gleichzeitig leuchtete ein roter Strahler auf und ein mit einem schwarzen Seidentuch verhängter Kasten wurde auf Rädern hineingeschoben.

Gänsehaut überzog Helenas gesamten Körper. Eine fast magische Atmosphäre erfüllte den Raum – durch die Klänge der »Carmina Burana« untermalt.

Wie gebannt blickte sie auf den schwarzen Seidenstoff und fragte sich, ob es wohl ein Panther sein würde, der sich darunter verbarg. Denn Panther gehörten zu ihren Lieblingstieren.

Aber was hatte ein Panther mit »Archimedes« zu tun?

Die feierliche Musik ging ihr unter die Haut, berührte ihre Sinne, und erwartungsvoll stellten sich die Härchen in ihrem Nacken auf. Am liebsten hätte sie das Tuch mit einem Ruck abgezogen, um endlich sehen zu können, was sich darunter verbarg.

Die roten Scheinwerfer begannen zu flackern, Nebelfontänen schossen in den Raum und ein Deckenventilator sorgte für einen leichten Windhauch. Das Ganze hatte etwas mystisch Unwirkliches.

Helena überhörte die spitzen Worte ihres Vaters: »Was ist denn das für ein Hokuspokus?« Und auch die Bemerkungen ihrer Mutter prallten an ihr ab wie Regentropfen an einer Fensterscheibe.

Ihre Sinne waren nur auf das Intro dieses geheimnisvollen Treibens ausgerichtet.

Als jemand im Hintergrund schließlich das Tuch lüftete, pochte ihr Herz bis zum Hals. Und dann endlich wurde die schwarze Seide vollkommen herabgezogen.

Helena schaute – um Fassung ringend – auf die große Gestalt mit dem langen schwarzen Haar. Ihr Atem stockte und sie flüsterte: »Archimedes.«

Mit weichen Knien stand sie da und konnte ihren Blick nicht von dem Mann wenden, der wie ein Raubtier in dem Käfig stand, die Hände an die Gitterstäbe gelegt und sie durch die rotgetränkten Nebelschwaden herausfordernd und ungemein sexy anschaute.

Selbst aus der Entfernung strahlte er pure Erotik und geballte Sexualität aus.

Er war groß, seine Bewegungen voller Geschmeidigkeit und Energie.

Helena bewunderte den Anblick von oben bis unten – die aristokratische Haltung, die schmalen Hüften und die wohlgeformten schlanken Schenkel, die von der eng sitzenden Lederhose verführerisch betont wurden.

Mit katzenhaften Bewegungen schritt er im Takt der Musik mit ausgebreiteten Armen und stolz erhobenem Kopf an der Innenseite des Käfigs entlang. Er war überirdisch schön, fand Helena.

Hätte ihr jemand gesagt, der Mann sei als Engel vom Himmel gefallen, sie hätte es geglaubt. Mit seinem langen schwarzen Mantel, der ihn locker umflatterte, der schwarzen Lederhose und dem weißen Rüschenhemd – bis zur Brustmitte aufgeknöpft – sah er einfach göttlich aus. Sein langes Haar fiel ihm dicht über die Schultern, und Helena verspürte den Wunsch, mit ihren Fingern hindurchzufahren und daran zu schnuppern. Sein Auftreten hatte etwas Animalisches, gleichzeitig aber auch etwas aristokratisch Vornehmes und Edles.

Allein sein Anblick ließ ihr Herz höher schlagen – *was*

für ein Auftritt, welche Dramatik und welch ungeheurer Sex-Appeal! Wow!

Ein Feuerwerk der Gefühle explodierte in ihrem Körper, als er sich ihr erneut zuwandte und sie lasziv mit seinen feurigen Blicken durch den Kunstnebel hindurch fixierte.

Verführerisch kreuzte er seine Arme im Nacken und ließ dabei seine Hüften gefährlich langsam, aber gekonnt und äußerst erotisch mit einem teuflischen Lächeln auf den Lippen kreisen. Ein Raunen ging durch die Menge – ein Raunen der Begeisterung. Einzige Ausnahme: Helenas Eltern. Sie hörte ihre Mutter noch ein »unerhört« in den Raum werfen, doch dann galt ihre gesamte Aufmerksamkeit wieder dieser faszinierenden Erscheinung, die sich so gekonnt zu den Klängen der eingängigen Musik bewegen konnte. Die letzten Takte von »O Fortuna« glitten sanft in ein weiteres Stück aus der »Carmina Burana« über, und »Archimedes« nutzte die kurze Pause, um sich elegant zu verbeugen.

Den Blick weiterhin auf Helena gerichtet, ließ er aufreizend langsam und synchron zur Musik den Mantel über seine Schultern nach hinten gleiten. In seinem Gesicht regte sich nach wie vor kein Muskel.

Schließlich fiel der Mantel zu Boden und gab den Blick auf sein knackiges und wohlgeformtes Gesäß und seine langen schlanken Beine frei, die in diesen umwerfenden Lederhosen steckten. Sein Becken bewegte sich verführerisch vor und zurück und Helena fixierte die Ausbuchtung zwischen seinen Schenkeln – da, wo sich mit Sicherheit ein nicht zu verachtendes Prachtexemplar von Männlichkeit befand.

Erotische Fantasien keimten in ihr auf. Sie erkannte sich nicht wieder, denn normalerweise war sie nicht gerade von ihrer Libido gesteuert.

Wie verzaubert stand sie einfach nur da, im Sturm

ihrer Gefühle und mit einem sehnsüchtigen Zucken im Unterleib. Alleine schon durch seine geschmeidigen Bewegungen wurde ihr Blut in Wallung versetzt. Sie pfiff leise durch die Zähne, als er sich langsam um sich selbst drehte und sich dabei wie zufällig mit der Hand durchs Haar fuhr.

Wie gebannt begutachtete sie sein geschickt posierendes Hinterteil, seine kreisenden Hüften und stieß ein »Himmel, ist der göttlich« aus – was ihr einen kritischen Blick von ihrer Mutter einbrachte.

Spielverderberin! Aber ich lasse mir den Spaß nicht verderben. Weder von ihr noch von jemand anderem. Wie gut, dass das Licht gedämpft ist und nicht jeder mitbekommt, wie ich diesen Adonis anstarre!

Auf sinnliche und zugleich provozierende Weise schob er eine Hand in sein Hemd, rieb sich gefährlich langsam seinen Brustkorb und begann schließlich auch den Rest der Hemdknöpfe zu öffnen.

Mit weit geöffnetem Hemd stand er schließlich da, den Kopf in Siegerpose in den Nacken geworfen, die Arme weit ausgebreitet. Eine dramatische Geste, perfekt untermalt durch die Musik der »Carmina Burana«. Wie ein antiker Held stand er da. Ein Fels in der Brandung. Ein Piratenkönig, der gerade seine Liebste aus den Klauen der Schurken befreit hatte.

Mein Engel Archimedes, dachte Helena verzückt.

Helena befürchtete, die Tanzeinlage sei nun vorbei, da seine Pose etwas so Endgültiges hatte und die Musik langsam verhallte. Aber sie wurde eines Besseren belehrt.

Ein sinnlicher, feuriger Tango brandete auf und der Beau öffnete den Käfig, fing ihren Blick auf, lächelte verwegen und kam geschmeidigen Schrittes geradewegs auf sie zu.

Im Vorbeigehen griff er nach einer Rose, die als

Tischschmuck in einer Vase gestanden hatte, und schob sie sich quer zwischen die Zähne. Bewundernde und auch sehnsuchtsvolle Blicke folgten ihm, aber er schien es nicht zu bemerken. Er sah nur Helena an ... und sie ihn.

Sein Lächeln war die pure Sünde und er kam näher und näher.

In Helenas Innerem war der Teufel los. Es kribbelte, als würde eine Horde Ameisen in ihrem Bauch spazieren gehen. Sie stand unter Strom und spürte, wie es nun auch zwischen ihren Schenkeln zu prickeln begann.

Himmel, ist dieser Kerl heiß. Ich verglühe innerlich!

Die anwesenden Frauen klatschten begeistert und riefen ihm anzügliche Dinge zu. Doch er hatte nur Augen für sie. Mit einem schelmischen Augenzwinkern ließ er das Hemd an seinen Schultern abwärts gleiten, drehte sich im Rhythmus der Musik einmal um sich selbst und präsentierte ihr nun seine Rückansicht.

Sein fester Po in der engen Hose sah zum Anbeißen aus. Aber nicht nur die Optik war erste Klasse! Dieser Mann hatte Musik im Blut, er hatte eine fantastische Ausstrahlung.

Die Entfernung zu ihr war jetzt so gering, dass sie nur noch ihre Hand auszustrecken brauchte, um ihn zu berühren – aber sie traute sich nicht. Und dann sah sie zum ersten Mal seine Augen. Sie waren grün, hypnotisierend und verführerisch. Umrandet von dichten dunklen und langen Wimpern, um die ihn jede Frau beneidet hätte.

Mit einem schüchternen Lächeln blickte sie zu ihm auf, errötete und konnte nicht verhindern, dass ihr Blick langsam und genüsslich über seinen schlanken, durchtrainierten Körper bis hin zu seinen Füßen glitt. Er trug keine Schuhe, ganz so, als wolle er damit betonen, dass er sich in kein Korsett zwängen ließ.

Als dieser anbetungswürdige Adonis schließlich die

Rose aus seinem Mund nahm und sie während seines feurigen Tanzes über ihr Gesicht, den Hals hinab bis zu ihrem Dekolleté strich, jubelten die anwesenden Gäste begeistert, während Helena Mühe hatte, sich auf ihren wackligen Knien zu halten.

Er tanzte nun unmittelbar vor ihr, schob sein Becken einladend nach vorn und zog es in weichen Bewegungen wieder zurück. Helena war völlig gefangen von seiner magischen Ausstrahlung.

Verwirrt senkte sie ihren Blick, doch sein Zeigefinger, der sich sanft unter ihr Kinn legte, lockte ihre Aufmerksamkeit wieder nach oben, und sie versank erneut in den Tiefen seiner faszinierenden Augen. Der Duft der Rose, die er nun spielerisch über ihre Schultern, ihre Arme hinab und zurück zum Hals führte, betörte sie.

Verzückt schloss sie ihre Augen, legte den Kopf zurück – überhörte die aufgebrachte Stimme ihrer Mutter, die energisch zeterte, sie wolle diesen unmöglichen Ort sofort verlassen – und gab sich vollkommen diesem einmaligen Moment hin.

Sie spürte seine Hand auf ihrer Schulter, öffnete die Augen und nahm gerade noch wahr, wie ihre Mutter die Hand nach ihr ausstreckte, um sie von diesem Mann fortzuziehen.

Doch sie war nicht schnell genug, denn dieser Adonis legte ihr die Rose zu Füßen und zog Helena mit sich in die Mitte des Raumes.

»Möchten Sie tanzen?« Seine warme Stimme versetzte ihr einen Schauer.

»Ich … äh …«, stammelte Helena verlegen und errötete.

»Sie möchten tanzen! Und ich verspreche Ihnen, Sie werden es genießen. Mein Name ist übrigens Leonard.« Er legte den Arm um ihre Taille und fasste ihre rechte Hand.

»Ich bin Helena.«

»Hallo, Helena«, raunte er ihr ins Ohr. »Ein hübscher Name. Passend zu der Frau, die ihn trägt.«

Wie von selbst legte sich ihre freie Hand auf seinen Oberarm und ihre beiden Körper begannen, sich im Einklang zu den heißen Tangoklängen zu bewegen.

Durch ihre Seidenbluse konnte sie seinen Oberkörper an ihren Brüsten fühlen und spürte, wie sich ihre Nippel verhärteten.

»Es freut mich übrigens, dich kennenzulernen, Helena.«

Diese Stimme! Helena war hin und weg.

Er lächelte verwegen. Wie selbstverständlich er sie duzte und damit ihre Verwirrung und ihr Gefühlschaos noch verstärkte. Verlegen senkte sie ihren Blick.

Hoffentlich spürt er nicht, wie heftig mein Herz pocht!

Ein heißes Prickeln durchfuhr ihren Körper – als sei sie von Kopf bis Fuß elektrisiert. Sie spürte seinen Daumen, der ihre Wirbelsäule entlangfuhr. Sein Atem streifte warm ihre Wange.

Aber auch Leonard war beeindruckt von ihrer vornehmen Zurückhaltung, ihrer offensichtlichen Verwirrung und ihrer unschuldigen Ausstrahlung. Sie unterschied sich vollkommen von den Frauen, die er bisher kennengelernt hatte. Sie war wie ein unschuldiger Engel, der wach geküsst werden wollte.

Engelchen, dachte er fast zärtlich und war überrascht über sich selbst. Er, der die Frauen in- und auswendig kannte, spürte nun vollkommen fremde Regungen in sich.

Ich will diese Frau! Will sie spüren, riechen und schmecken.

Zwischen Leonard und Helena knisterte es gewaltig.

Eine Flut von Empfindungen jagte durch ihren Körper, wie heiße Lava, die langsam aber sicher von jeder einzelnen Zelle Besitz ergriff.

Leonard manövrierte sie tanzend rückwärts, bis sie mit ihren Kniekehlen an einen Stuhl stieß. Dann schob er sie sanft von sich und drückte sie sanft auf die Sitzfläche. Als sie die verschwörerischen Mienen von Konstantin und ihren Freundinnen sah, ahnte sie, was nun folgen würde.

Leonard legte eine Hand auf ihre Schulter, lächelte sie an und begann erneut, herausfordernd seine Hüften zu bewegen. Als sie errötend zu Boden blickte, schob er seinen Zeigefinger abermals unter ihr Kinn und zwang sie so, ihn anzuschauen.

»Lass dich fallen, Engelchen. Schau mir zu und genieße einfach!«

Helena spürte ein warmes Prickeln auf der Haut und tief in sich eine erregende Wärme, wie sie sie noch nie zuvor empfunden hatte.

»Du Glückliche!«

»Frau Denhoven, ich tausche gern mit Ihnen.«

»Nimm mich mit, du Sexbombe!«

Diese Rufe, erregt kichernde Frauenstimmen, die wild durcheinanderriefen, und anfeuerndes Klatschen drangen in Helenas Bewusstsein vor, und mit einem Schlag wurde ihr klar, dass ihre Eltern gerade dabei zuschauten, wie ihre Tochter mit einem Stripper, der nur noch mit einer knappen Lederhose bekleidet war, inmitten der grölenden Menge saß.

Erschrocken fuhr sie zusammen und wollte sich erheben, um dem Ganzen ein Ende zu bereiten, aber Leonard beugte sich vor, stützte seine Hände auf die Armlehnen des Stuhls und hielt sie so auf ihrem Platz.

»Nicht denken. Lehn dich einfach entspannt zurück.«

Sein Zeigefinger fuhr über ihre bebenden Lippen, während seine andere Hand sich aufreizend in den Bund seiner Hose schob. Lächelnd zwinkerte er ihr zu, legte sanft eine Hand auf ihren Kopf und schritt einmal um sie herum.

Er wusste, wie man mit Blicken und Gesten flirtete und wie man sich dabei gleichzeitig verführerisch entblätterte.

Wie erstarrt saß Helena auf ihrem Stuhl, obwohl sie am liebsten geflüchtet wäre, denn bei dem Gedanken an ihre Eltern war ihr mehr als mulmig zumute.

Aber sie blieb wie hypnotisiert sitzen, mit Herzklopfen und zu keinem klaren Gedanken fähig.

Noch nie hatte ein Mann sie derartig in seinen Bann gezogen. Er tanzte leichtfüßig ein paar Schritte zurück, sah ihr tief in die Augen und griff mit einer geschickten Handbewegung nach seiner Gürtelschnalle. Er öffnete sie und zog den Gürtel mit einer schwungvollen lasziven Bewegung aus den Schlaufen. Dann zwinkerte er ihr zu, küsste den Gürtel und warf ihn ihr zu Füßen.

Er kam näher. So nah, dass seine Beine ihre Knie berührten. Ihr wurde flau im Magen. Sie spürte ihr wallendes Blut. In ihren Ohren rauschte es und ihr Mund war trocken. Ihr Blick glitt von seinem glatten festen Bauch zu seinem Gesicht. Der herausfordernde Ausdruck in seinen Augen ließ sie noch stärker erröten. Sie wusste, was er wollte, schüttelte aber den Kopf und flüsterte: »Nein, das kann ich nicht.«

»Natürlich kannst du.«

Er musste über ihre Unsicherheit lächeln. Und dass sie dabei rot wurde, war angenehm erfrischend. Immer noch lächelnd nahm er ihre Hand, führte sie an den Knopf seiner Hose und öffnete ihn. Ebenso ging er mit dem Reißverschluss vor, immer die zitternde Hand von Helena in der seinen. Helena glühte innerlich. Erotische Fantasien schossen ihr durch den Kopf und sie stöhnte leise auf.

Die Musik pulsierte laut in dem Raum. Helena leckte sich ihre trockenen Lippen. Die Luft in der Halle erschien ihr plötzlich unerträglich heiß. Ihr Atem ging schneller und ihr Gesicht brannte, als hätte sie Fieber. Dann ließ er ihre Hand endlich los. Als er sich drehte und ihr seine Rückansicht bot, beobachtete sie fasziniert das Spiel seiner schlanken Rückenmuskeln. Seine Hände glitten in den Bund seiner Hose, und während er sich ihr mehr und mehr näherte, schob er die Hose Stück für Stück über seine schlanken Hüften nach unten. Helena stockte der Atem, als sie sein sexy Hinterteil nun genau vor sich hatte. In Augenhöhe – lediglich mit einem knappen Slip bekleidet.

Er streckte ihr sein Hinterteil provozierend entgegen und posierte aufreizend, während er sich hinabbeugte, um die Hose über seine nackten Füße zu streifen. Dann richtete er sich auf, kickte die Hose mit einem dynamischen Schwung von sich und bewegte sich die nächsten Minuten wie ein Gott – nackt, bis auf den knappen schwarzen Slip. Mit Schwung drehte er sich zu Helena um, griff nach ihren Händen und zog sie zu sich hoch. Ihr stockte der Atem, als er ihre Hände hinter sich führte und sie auf seine festen Pobacken legte. Sie konnte seine Muskeln durch den Stoff des dünnen Slips spüren, und es fehlte nicht viel, und sie hätte ihre Finger in den Bund des knappen Höschens geschoben.

Helena vergaß alles um sich herum. Tausend Schmetterlinge tanzten in ihrem Bauch, und es schien niemanden zu geben außer ihm und ihr. Mit geschlossenen Augen, die Hände fest an seinen Po gepresst, genoss sie diesen zauberhaften Moment und wünschte sich, er möge niemals vergehen. Als Leonard mit seinem Daumen sanft ihren Nacken liebkoste, presste sie sich noch enger an ihn. Spürte seine pralle Männlichkeit an ihrem Schoß und zuckte urplötzlich vor ihm zurück.

Der Gedanke an ihre Eltern schoss ihr wieder durch den Kopf, sie riss erschrocken die Augen auf und sah sich verlegen um. Erleichtert stellte sie fest, dass ihre Eltern bereits gegangen waren. Doch irgendwie war der Zauber nun verflogen.

KAPITEL 4

Als die Musik schließlich verhallt war, löste sie sich aus seinen Armen und lächelte nervös. »Ich glaube, ich könnte jetzt einen Drink vertragen.«

»Kein Problem, ich hol dir einen.«

Sie sah ihn an, sah die sinnliche Wärme in seinen Augen und hätte sich am liebsten in seine Arme geworfen und gerufen: »*Mach mit mir, was du willst!*«

Doch auch sein umwerfender Charme und die sinnliche Verlockung seines Körpers reizten sie unermesslich. Aber da war auch eine andere Stimme in ihr. Eine Stimme, die sie warnte. Die sie aufforderte, sich von diesem Kerl einfach nur fernzuhalten.

Das ist alles nur Show. Es ist professionell gespielt. Also schlag dir alle romantischen Gedanken bloß aus dem Kopf und sieh zu, dass du hier wegkommst. Oder hast du Lust auf Herzschmerz?

Er wollte sie wieder an sich ziehen, doch Helena löste sich schnell. »Nicht nötig. Ich hol mir meinen Champagner selber. Und abgesehen davon, dass meine Leute auf mich warten, muss ich außerdem mal für kleine Mädchen.« Sie lächelte unsicher, und schon war sie weg. Fluchtartig war sie in Richtung Waschraum gestürmt.

Du entkommst mir nicht, Engelchen! Ich kann mich nicht erinnern, wann mich eine Frau zum letzten Mal so sehr bezaubert hat. Glaubst du wirklich, ich lasse dich so einfach auf Nimmerwiedersehen verschwinden? Leonard lachte rau auf. Helena hatte ihn vom ersten Moment an gefesselt. Sie gefiel ihm. Angefangen von ihren unschuldigen grauen Augen, über die weiche Linie ihrer Lippen bis hin zu ihren tollen Beinen, umhüllt von ihrem schmalen Kostümrock. Unter ihrem seidigen Oberteil zeichnete sich die zarte Spitze ab, die ihre vollen Brüste umschmiegte. Während seiner Show hatte er genügend Gelegenheit gehabt, sich ein detailliertes Bild von ihr zu machen. Ihm gefiel ihre Zurückhaltung, ihre Schüchternheit. Und er hatte noch zu gut die knisternde Spannung in Erinnerung, die beim Tanzen zwischen ihnen geherrscht hatte.

Lauf nur weg! Für eine kleine Weile. Aber dann werde ich dich einholen und mir nehmen, was ich begehre.

Mit einem verschmitzten Lächeln auf den Lippen sammelte er seine Kleidung ein, zog sich an und setzte sich lässig an die improvisierte Bar. Von dort aus beobachtete er, wie sie zurück in die Halle kam.

❦

»Na, ist uns die Überraschung gelungen?«, lachte Sabina fröhlich.

»Allerdings.« Helenas Wangen glühten noch immer. »Mir ist verdammt heiß und ich bin ehrlich gesagt total aufgewühlt. Ich glaube, da hilft nur Champagner!«

Sie winkte nach einem der Kellner und griff nach drei Gläsern von seinem Tablett. »Wir sind kurz vor dem Verdursten, mein Lieber! Bleiben Sie also schön in unserer Nähe.« Sie zwinkerte dem Kellner zu, reichte ihren Freundinnen je ein Glas, stieß mit ihnen an, leerte den Champagner mit einem Zug und langte nach dem nächsten.

Sabina kicherte. »Wenn du in dem Tempo weitertrinkst, wirst du den Abend schwerlich überstehen.«

»Das ist mir im Augenblick egal. Ich muss meine Sinne betäuben. Mir ist ganz anders, ich erkenne mich nicht wieder.« Sie seufzte. »Ihr kleinen Verschwörerinnen. Ihr habt mich mit dieser Nummer vollkommen aus dem Konzept gebracht. Ich dachte, ich sehe nicht richtig, als ich fast das Abbild von *Archimedes* vor mir hatte.«

»Das war auch so gedacht, Süße.« Kathrin lachte. »Und jetzt stehst du richtig in Flammen.«

»Das kannst du laut sagen. Dieser Typ hat eine Ausstrahlung, die mich echt umhaut, mal abgesehen davon, dass er auch optisch genau mein Fall ist.«

Sabina wies mit dem Kinn in Leonards Richtung und grinste. »Ach, deshalb funkeln deine Augen so verräterisch. Sie glühen ja geradezu.«

»Nicht nur meine Augen glühen, sondern mein gesamter Körper.«

»Ich wüsste, wie du das Feuer löschen könntest.« Kathrin kicherte.

»Tatsächlich?«

»Ja. Denn dieser göttliche Stripper ist gleichzeitig auch Callboy und steht dir bestimmt auch für andere Dienste zur Verfügung. Er ist in der Szene ein echter Geheimtipp. Die Damenwelt reißt sich förmlich um ihn.«

»Ihr habt doch nicht etwa …«, stotterte Helena empört, spürte aber gleichzeitig eine unglaubliche Erregung in sich bei der Vorstellung, Sex mit diesem Callboy zu haben. Heiße Tropfen der Lust bildeten sich zwischen ihren Beinen und flossen in ihren seidigen Slip.

»Nein, keine Sorge. Wir haben ihn für diese Stripnummer bezahlt und sonst nichts«, beruhigte sie Sabina.

Helena atmete erleichtert auf. Kathrin lachte. »Wir wollten nur, dass sich dein *Archimedes* für dich entblättert. Und glaub mir, wir waren selbst erstaunt, als wir mit Leonard jemanden entdeckt haben, der deinem Bild so sehr ähnelt.«

Als sie sah, wie sich Leonard erhob und mit geschmeidigen Bewegungen und einem vielsagenden Blick auf sie zukam, beschleunigte sich Helanas Herzschlag.

»Ich muss hier weg...«

Ehe ihre Freundinnen sie zurückhalten konnten, flüchtete sie zum Ausgang. Draußen schlug sie seufzend die Arme übereinander. Es war ein lauer Sommerabend, aber innerlich fröstelte sie. Eiligen Schrittes lief sie in den nahe gelegenen Park.

Plötzlich hörte sie Schritte, drehte sich um und erschrak. Leonard! Er war ihr gefolgt. Unruhe stieg in ihr auf.

»Ist dir kalt, Engelchen?«

Sie wich zurück. »Ich bin nicht dein Engelchen.«

Mit sanfter, aber fordernder Geste legte er seinen Zeigefinger unter ihr Kinn und drehte ihr Gesicht in seine Richtung. »Noch nicht! Aber ich weiß, dass ich dich will. Ich will dich spüren, will dich fühlen, riechen, schmecken. Ich will dich ganz – mit Haut und Haar!«

»Bitte nicht!«

»Warum nicht?« Leonard grinste sie frech an, dann zog er sie mit einem Ruck an sich heran. »Wenn du wüsstest, was ich noch alles mit dir vorhabe!«, flüsterte er ihr ins Ohr. Seine Stimme war rau und erotisch.

Helena erschauerte erregt. Ihre Knie wurden gefährlich weich und ihr Magen überschlug sich.

Na toll. Nun lässt mich auch noch mein Körper im Stich.

Eigentlich wollte sie Leonard von sich stoßen, doch urplötzlich fühlte sie sich von hemmungsloser Lust überwältigt. Die Lust füllte sie vollständig aus, wie eine Urgewalt, die plötzlich über sie hereinbrach.

Mit seiner Hand in ihrem Nacken begann Leonard sie gekonnt zu liebkosen. Helena hatte das Gefühl, unter Strom zu stehen – das Funkeln seiner Augen verriet ihr, woran er gerade dachte. Sein Blick erregte sie dermaßen, dass ihr fast die Sinne schwanden. Sie atmete tief ein und zitterte.

Es ist einfach unfassbar! Allein mit seiner Stimme und diesen feurigen Blicken schafft er es, mich vollkommen aus dem Konzept zu bringen!

Als seine Hand ihre Wirbelsäule hinabglitt, zuckten tausend kleine Blitze durch ihren Körper. Und dann umfasste dieser unverschämte Kerl doch tatsächlich ihren Po.

Unerhört!

»Was soll das?« Aber ihre Stimme war nicht so fest und empört, wie sie es eigentlich beabsichtigt hatte, sondern lediglich ein erregtes Hauchen.

»Ich nehme mir nur das, worauf ich schon den ganzen Abend Lust habe. Dich für Stunden voll unsagbarer Lust.«

Er zog sie noch fester an sich und presste seine Lippen auf die ihren. Helena zitterte am ganzen Körper. Jeder Nerv begann zu beben. Seufzend stemmte sie ihre Hände gegen seinen Oberkörper und schob ihn von sich.

»Was willst du von mir?«

»Das habe ich doch schon gesagt. Ich will dich! Und glaub mir, ich habe genug Erfahrung mit Frauen, um zu spüren, dass du mich ebenso anziehend findest wie ich dich. Wieso also sollten wir uns dagegen wehren? Lass dich fallen und ich schenke dir Stunden, die du nie wieder vergessen wirst. Leidenschaftliche Stunden. Sündige Stunden. Momente voller Lust und prickelnder Erotik.«

Leonards Stimme wurde von Wort zu Wort leiser, aber auch verführerischer. Erneut kamen seine Lippen den ihren gefährlich nahe und auch diesmal wollte Helena ihn von sich schieben. Als sie jedoch das feurige Funkeln in seinen Augen sah, wurden alle Zweifel mit einem Mal fortgewischt und ihre zitternden Knie sackten leicht weg. Geschickt fing Leonard sie auf und raunte ihr ins Ohr: »Fall nicht, Engelchen. Küss mich lieber.«

Helenas Blut schoss heiß durch ihre Adern. Sie spürte, wie ihr Widerstand dahinschmolz. Ohne weiter nachzudenken, schlang sie ihre Arme um seinen Hals und gab sich seinen Lippen mit einem leisen Stöhnen hin. Eine Welle süßer Erregung überwältigte sie.

Leonard umfasste gierig ihre Hüften. Dann glitten seine Hände warm und weich zu ihren Schenkeln und fanden schließlich den Weg unter ihren Rock.

Sie warf vor Lust ihren Kopf in den Nacken. Voller Verlangen strich sie mit den Fingerkuppen über sein Gesicht, wanderte hinab über den Hals bis hin zu seiner Brust. Dort verweilte sie für einen Moment, fand schließlich einen Weg unter sein Hemd und nahm bereitwillig seine fordernden Lippen entgegen. Es war ein Kuss voller Verlangen, ein Kuss, süßer als Honig.

Doch Leonard wollte mehr als nur harmlose, süße Küsse. Die Hitze in seinem Inneren stieg ins Unermessliche, und er begann, fordernd an ihrer Unterlippe zu knabbern. Schließlich gab er ihren Mund frei und ließ seine Zungenspitze spielerisch über ihr Ohr und ihren Hals gleiten.

Helena stöhnte leise auf. Mit sinnlich anmutigen Bewegungen schmiegte sie sich noch enger an ihn. Ein unendliches Verlangen durchzuckte sie, raubte ihr fast das Gleichgewicht. Doch seine starken Arme hielten sie fest. Helena schaute ihn voll Begehren an.

»Was machst du mit mir?«, flüsterte sie ihm ins Ohr.

»Warte ab! Auf jeden Fall will ich mehr als romantisches Händchenhalten und liebliche Knutscherei.« Leonards Blick glich dem eines Raubtieres, das seine Beute umstellt hatte.

Das machte Helena unglaublich an. Sie genoss das Spiel seiner Finger, die erneut ihren Rücken hinabglitten, bis sie ihre Taille umfassten. Mit geschickten Händen wanderten sie schließlich unter ihre Bluse, ihren Bauch entlang, zu ihrem Busen hinauf.

Als er ihre prallen weichen Brüste mit sinnlicher Langsamkeit berührte, sie fordernd streichelte und die harten Brustwarzen massierte, stöhnte Helena auf. Sie öffnete die Knöpfe ihrer Bluse und befreite sich ungeduldig von dem störenden Kleidungsstück.

Atemlos betrachtete Leonard ihre vollen Brüste, die mit steil aufgerichteten Nippeln nur darauf zu warten schienen, von ihm liebkost zu werden. Er beugte sich über sie, blickte nochmals auf, sah Helena erbeben – erst dann fuhr er langsam mit der Zunge über den Hals abwärts und begann, mit ihren erigierten Knospen zu spielen.

Helena schrie verzückt auf, als sie seine heißen Lippen endlich auf ihrer Haut spürte. Es waren Laute, die das Feuer in ihm noch mehr zum Lodern brachten. Geschickt streifte sie ihm das Hemd ab, während er weiterhin ihre Brüste streichelte und liebkoste.

Ungeduldig nestelten ihre Hände an seinem Gürtel. Vom Rausch der Leidenschaft übermannt, ließ er seine Hose hinabgleiten, um Helena gleich wieder ganz nah an sich zu ziehen und ihre warme weiche Haut an seinem harten männlichen Körper zu spüren. Nur ihr eleganter Rock trennte sie nun noch voneinander.

»Ich werde dich jetzt nehmen. Und zwar äußerst gründlich.« Seine sinnlichen Worte – so nah und verführerisch in ihr Ohr geflüstert – trieben sie an den Rand des Wahnsinns.

Bebend vor Lust rieb sie sich an seinem Körper und stöhnte leise auf. Erfreut nahm sie wahr, wie geschickt seine Hände unter ihren Rock wanderten und ihren knappen seidigen Slip zur Seite schoben.

»Komm her, ich will dich.« Mit diesen Worten umfasste er ihre Taille, drehte Helena geschickt um und zog ihren festen Po gegen seinen Schoß.

Helenas Lust war nicht mehr zu bändigen. Mit beiden Händen hielt sie sich an einem Baumstamm fest. Seine Hände umfassten von hinten ihre Brüste und seine Daumen streiften über ihre festen Nippel. Langsam ließ er seine Hände tiefer wandern, und als er mit den Fingern fordernd zwischen ihre Schenkel griff, ihre feuchten Schamlippen erreichte und einen Finger in sie hineinschob, warf sie stöhnend den Kopf nach hinten.

Mit geschlossenen Augen genoss sie den Rausch, der sie erfüllte. Ihr Unterleib passte sich den sinnlich kreisenden Bewegungen von Leonards liebkosender Hand an und sein heißer Atem in ihrem Nacken ließ sie vor Lust aufschreien. Als sie seine fordernden Küsse auf ihrem Hals und das Knabbern an ihrem Ohrläppchen spürte, wand sie sich in wilder Ekstase. Ihre Nerven waren nun so angespannt, dass ihr Körper auf jede noch so kleine Berührung reagierte.

»Leonard, ich will dich in mir spüren!«
»Du willst also, dass ich dich nehme? Jetzt?«
»Ja. O ja!«
»Dann sag es!«
»Leonard, nimm mich! Ich will dich in mir spüren. Bitte. Ich halte es nicht mehr aus.«

Geschickt massierte sein Daumen ihre pulsierende Klitoris, die sich inmitten der Feuchte prall aufrichtete, während sein Mittelfinger immer noch in ihr steckte und in ihr rührte. Aufreizend rieb er sich von hinten an ihr.

»Was machst du mit mir? Lass mich nicht länger warten. Bitte, nimm mich, Leonard. Es kribbelt überall. Oh Gott! Und wie es kribbelt!«

Ihre Worte erregten ihn so sehr, dass auch er nicht

mehr länger zu warten vermochte. Er hielt kurz inne, fischte ein Kondom aus seiner Hosentasche und dann endlich war es so weit: Mit einem einzigen starken Stoß drang er tief in sie ein.

Helenas Fingernägel krallten sich in den Stamm des Baumes, während er wieder und wieder in sie hineinstieß. Sie nahm ihn voll in sich auf, passte sich seinen Bewegungen im gleichen Rhythmus an und flüsterte mit rauer Stimme unaufhörlich seinen Namen. Sanft bewegte er sich nun in ihr, liebkoste ihren Nacken, während seine Hände ihre Taille umfassten.

Helena gab kleine Schreie der Lust von sich.

»Gefällt dir das?« Auch seiner Stimme war die Erregung nun deutlich anzuhören.

»Ja.« Sie stöhnte.

Während er ihre Klitoris liebkoste, wurden seine Bewegungen schneller, fester. Seine andere Hand begab sich nun ebenfalls auf Entdeckungstour, massierte ihre Pobacke, forschte mit der Fingerspitze weiter und fand sich schließlich ebenfalls zwischen ihren Schenkeln wieder.

»Jetzt gebe ich es dir, Kleines. So richtig gründlich. Ja, komm, kreise deine Hüften! Ja, so ist es gut«

Seine Worte und seine Berührungen entfachten Helenas Feuer ins Unermessliche. Noch nie hatte jemand so mit ihr gesprochen. Ihre Ekstase steigerte sich, und es machte sie unglaublich an, wie ihr Po immer wieder heftig gegen seinen Unterleib prallte. Unermüdlich kreiste sie mit ihren Hüften, beschleunigte das Tempo, denn sie bekam einfach nicht genug.

Als er spürte, wie Helenas Körper unter den Wellen des nahenden Höhepunktes zu zittern begann, sie sich vollkommen gehenließ und laut stöhnte, gab auch er dem Drängen seines Körpers nach. Während seine Finger weiterhin unermüdlich Helenas Klitoris massierten, erlebten sie beide ein Gefühl höchster Lust. Ihre heißen, feuchten Körper bebten, Helena stöhnte und schrie, bis sie schließlich explodierte und spürte, wie auch er wenige Bewegungen später in ihr kam.

KAPITEL 5

Sie blieben noch eine ganze Weile atemlos und fest aneinandergepresst stehen. Leonards Arme umfassten Helenas Körper, während sich ihre Hände an den Stamm des Baumes pressten.

»Hab ich dir schon einmal gesagt, wie umwerfend sinnlich und sexy du bist?« Er lächelte zärtlich.

»Hm, ich glaube nicht.« Helena musste kichern. »Aber das Kompliment gebe ich gerne zurück.« Sie richtete sich ein wenig auf, ließ ihre Arme nach hinten gleiten und umfasste erneut sein Gesäß.

»Immer noch nicht genug?« Leonard streichelte über ihre Brüste und hauchte ihr einen Kuss ins Haar.

»Noch lange nicht. Heute ist eine sinnliche Nacht, und es wäre viel zu schade, würde man sie einfach so verstreichen lassen.« In Helenas Kopf drehte es sich leicht. Die unzähligen Champagner begannen, ihre Wirkung zu entfalten. Sie fühlte sich beschwingt und frei.

Wenn ich mich schon mal so gehenlasse, dann auch richtig, dachte sie bei sich. *Ab morgen bin ich dann wieder brav. Aber heute lass ich es so richtig krachen.*

»Okay – dann habe ich eine Idee.« Er zog seine Hose hoch und ergriff ihre Hand. »Komm mit!« Er schlug den Weg zum Parkplatz ein.

Helenas Verstand war vollkommen ausgeschaltet. Die vielen Drinks taten ihr Übriges und so schwebte sie auf einer locker leichten Wolke, auf der es keine Bedenken, keine Prinzipien und auch kein Gewissen gab.

Sie erkannte sich selbst nicht wieder. Nie zuvor hatte sie sich so ungehemmt der Führung eines Mannes überlassen. Schon gar nicht der eines Mannes, den sie erst so kurz kannte. Getragen von einer Wolke aus Alkohol und Übermut, folgte sie ihm bereitwillig.

Sie wehrte sich auch nicht, als er sie zu seinem Wagen führte und ihr die Beifahrertür aufhielt.

Leonards Haus lag schön ruhig im Frankfurter Stadtteil Westend. Das hektische Treiben der City schien weit entfernt. Helena staunte beim Anblick des eleganten Hauses. Die gepflegte Gartenanlage war stufenartig angelegt und die verschiedenen Ebenen wurden durch Natursteinmauern getrennt. Der Weg zum Haus war mit Granit und Basalt gepflastert und führte durch den Garten, vorbei an einem Kamin mit separater Granitsitzecke. Viel Rasen, dichte Bäume und Hecken sowie unzählige blühende Pflanzen – vornehmlich Rosen – bildeten ein Ambiente zum Wohlfühlen.

Ein attraktiver junger Mann in schwarzen Lackhosen und einer weißen Pelzjacke kam ihnen entgegen.

»Hey, Rafael, was immer du auch vorhast, ich wünsche dir viel Spaß.«

»Dito«, gab der junge Mann zurück, lächelte Helena freundlich zu und hob zum Gruß die Hand, bevor er verschwand.

»Mein bester Freund. Er wohnt in der oberen Etage, die haben wir zu einer komplett eigenständigen Wohnung umgebaut.«

Den Eingangsbereich zierten italienische Fliesen. Eine sanft geschwungene Treppe führte nach oben, wo sich die Wohnung von Leonards Freund befand.

Helena bewunderte die geschmackvolle Einrichtung: den großen Wohn- und Essraum, die attraktive, mit teuren Elektrogeräten ausgestattete Küche, das edle Schlafzimmer mit edlem Teppichboden, das überdimensionale

Bett und das noble Badezimmer mit schwarz marmoriertem Granit und weißen Fliesen. Sowohl der Schlafraum als auch der einladende Wohnraum, den ein Kamin und eine großzügige Wohnlandschaft schmückten, verfügten über breite Flügeltüren, die zu einer Terrasse führten. Eine Sauna im wohnlich ausgebauten Keller rundete das Ambiente ab.

Während Helena erstaunt das Haus erkundete, hatte Leonard im Wohnzimmer Kerzen angezündet. Der Kerzenschein sorgte für warmes und stimmungsvolles Licht.

»Du wohnst ja regelrecht im Paradies.«

»Mittlerweile schon. Du hättest das Haus einmal sehen sollen, als ich es damals gekauft habe. Es war geradezu abbruchreif. Es hat Jahre gedauert, bis es zu so einem Schmuckstück wurde. Umso wohler fühle ich mich nun hier.«

»Das glaube ich dir gern.«

»Magst du lieber Rotwein oder Weißen?«

»Rotwein, bitte.«

»Gerne!«

Romantische Musik erklang aus den Boxen, während Leonard Wein in ein bauchiges Burgunderglas füllte, ohne sie dabei aus den Augen zu lassen. Dann zog er sie mit funkelnden Augen zu sich auf die Couch, so dass er hinter ihr saß und sie zwischen seinen Schenkeln Platz fand.

Sie tranken schweigend aus einem Glas. Ab und zu drehte Helena ihren Kopf nach hinten und sog spielerisch den süßen, schweren Wein aus seinem Mund. Endlich gingen seine Hände auf Wanderschaft, umfassten fordernd ihren Hals, ihre Brüste, ihren Bauch. Sein Mund war dabei dicht an ihrem Ohr, so dass sein leicht kitzelnder Atem ihr wohlige Schauer über den Rücken jagte.

Er biss ihr spielerisch in den Hals, griff ihr ins Haar und zog ihren Kopf leicht nach hinten. Dabei wurden seine Bisse energischer.

Als seine Hände unter ihre Bluse glitten und den BH zur Seite schoben, stöhnte sie lustvoll auf und spürte, wie es feucht zwischen den Beinen wurde. Ihre aufgerichteten Brustspitzen konnten es nicht erwarten, erneut liebkost zu werden.

Zu ihrer grenzenlosen Enttäuschung hielt er plötzlich mitten in seiner Berührung inne und blickte sie eine ganze Weile einfach nur schweigend an. Zwar konnte sie das Verlangen in seinen Augen sehen, aber das reichte Helena nicht.

»Was ist los?« Ihre flüsternde Stimme klang fremd in ihren eigenen Ohren.

»Was soll los sein? Ich schaue dich nur an.«

»Quäl mich nicht. Ich möchte von dir berührt werden. Bitte!«

»Und was ist, wenn es mir Lust bereitet, dich auf diese Art zu quälen?«

Helena erschauerte. Ihre Sinne waren vollkommen auf diesen Mann fixiert. Sie atmete so heftig, dass sich ihre Brust deutlich hob und senkte. In diesem Moment war sie so erregt, dass sie weder klar denken, geschweige denn auf seine Frage reagieren konnte. Leonard lachte leise, stand auf und zog sie mit sich hoch.

»Zieh dich aus!«

Seine Worte kamen langsam, aber fordernd, und sie spürte, wie sie Gefallen daran fand, wenn er so zu ihr sprach. Helena begann, sich zu entblättern, während seine Blicke auf ihr brannten. Als sie schließlich nur noch im Slip vor ihm stand, schritt er langsam auf sie zu und strich mit seinem Zeigefinger genüsslich über ihren Körper.

Sein Blick folgte der Spur seines Fingers. Dann packte

er sie mit beiden Händen an den Hüften und drehte sie so, dass ihr fester Po sich an seinen Unterleib schmiegte.

»Komm, reib deinen entzückenden Po an mir.«

Helena gehorchte keuchend. Das Gefühl des seidigen Slips, der sich dabei in ihre Ritze schob, verstärkte ihre Erregung, und sie spürte, wie ihr der eigene Saft heiß die Oberschenkel hinunterlief.

»Und nun stütz deine Hände auf der Fensterbank ab.«

Erneut stellte Helena fest, welch unsagbaren Spaß sie an seinem fordernden Tonfall hatte. Sie spürte, wie er hinter ihr in die Knie ging. Dabei hielt er ihr Gesäß umfasst und knetete gekonnt ihre Pobacken.

»Gefällt dir das, Helena?«

»Ja.« Ihre Stimme war lediglich ein Hauchen.

»Wie sehr gefällt es dir?«

»Sehr!«

»Dann sag es!«

»Es ist himmlisch. Einfach nur himmlisch. Bitte, hör nicht auf!«

»Ich will sehen, was sich machen lässt!«

Leonard lachte leise und begann, sie verführerisch zu liebkosen. Mit ihren Füßen fing er an. Zart erforschten seine Finger jeden Zentimeter ihrer Zehen, fuhren dann schließlich ihre Waden bis zu den Oberschenkeln hinauf und wieder zurück.

Mit geschlossenen Augen gab sie sich ganz seinen sinnlichen Berührungen hin.

Als seine Hände sich ihrem Slip näherten, er seine Zunge dieser Spur folgen ließ, hatte sie Mühe, sich auf den Beinen zu halten.

Mit einem Ruck zog er ihr den Slip hinunter, dann küsste er ihr pralles, rundes Hinterteil, umfasste es mit beiden Händen und massierte und knetete ihre Pobacken so geschickt, dass Helena sofort spürte, wie erfahren er auf diesem Gebiet war. Sie keuchte. Es brannte ein Feuer in ihr, wie sie es nie zuvor erlebt hatte. Gierig griff sie nach seiner Hand, führte sie zwischen ihre feuchten, bebenden Schenkel. Sie wartete sehnsüchtig darauf, dass seine Finger tief in sie eintauchten, zwischen ihre feuchten Schamlippen bis hin zur brennend kribbelnden Öffnung der Vagina, die hungrig auf ihn wartete.

Leonard schien ihre Wünsche zu kennen, aber er dachte gar nicht daran, sie sofort zu erfüllen. Stattdessen flüsterte er nur: »Langsam. Wir haben alle Zeit der Welt.«

Seine Finger hinterließen eine glühende Spur auf ihren Oberschenkeln, näherten sich langsam ihrer Klitoris, um sich zu dann wieder quälend langsam in eine andere Richtung zu bewegen.

Helena gierte förmlich danach, überall von ihm berührt zu werden. Nach einer schier unerträglich langen Wartezeit führte er seine Fingerspitze endlich für einen kleinen Moment zwischen ihre feuchten, heißen Schamlippen, ließ sie allerdings viel zu kurz auf ihrer Klitoris ruhen.

Ein unwilliger Laut entfuhr ihr, als er seinen Finger wieder zurückzog.

»Du willst mehr davon?«

»Unbedingt.«

»Dann bitte mich darum. Flehe mich an und du sollst mehr bekommen.«

Er biss ihr zärtlich in ihr Gesäß, während Helena mit zitternden Beinen an der Fensterbank stand und glaubte, vor Lust verrückt zu werden.

»Leonard, ich halt das nicht mehr aus. Bitte, fass mich an!«

»Wo genau soll ich dich anfassen?«

»Hier.« Sie strich sich nun selbst mit zitternder Hand

über den Venushügel und teilte mit der Fingerspitze kurz ihre Schamlippen.
»Was genau soll ich dann mit dir tun?«
Helena zeigte es ihm, indem sie ihre Finger zart über die Klitoris bewegte. Sie stöhnte leise auf, streichelte weiter, bis ihre Finger schließlich ganz zwischen ihren mittlerweile nassen Schamlippen verschwanden.
»Beug dich bitte vor, ich möchte dich schmecken.«
Helena stöhnte vor Lust. Sie stützte sich erneut mit beiden Händen auf der Fensterbank ab und beugte sich, so weit es ging, nach vorne. Sie spürte, wie er ihre Klitoris immer wieder kurz berührte – ganz leicht – sich dann aber wieder zurückzog.
Endlich war er unter ihr, umfasste fordernd ihre Schenkel und setzte die verführerischen Liebkosungen mit seiner harten Zunge fort.
Er stimulierte sie überaus geschickt, brachte ihr Blut in Wallung und versetzte jeden einzelnen Nerv in Hochspannung. Dieser Mann verstand es wahrlich, eine Frau zu berühren und zu befriedigen. Seine Zunge lockte, spielte, liebkoste, umkreiste ihre Klitoris, vergrub sich in der feuchten Spalte und brachte sie fast um den Verstand.
Helena begann heftig zu zittern. Sie befürchtete, ihre Knie würden unter ihr wegsacken. Dann begann es in ihrem Innern zu kribbeln, und sie spürte, dass sie bald von einem gewaltigen Orgasmus überwältigt werden würde.
Leonard wusste auch, dass sie bald so weit war. Für einen Moment hielt er inne und lachte leise und amüsiert auf, als er ihren unwilligen Ausruf vernahm.
»Keine Sorge, du sollst mehr bekommen, Engelchen. Viel mehr.«
Sanft pustete er seinen kühlen Atem gegen ihre heiße Klitoris, dann umfasste er ihr Gesäß, vergrub sein

Gesicht zwischen ihren zitternden Schenkeln und leckte sie, wie sie noch nie zuvor geleckt worden war. Keinen einzigen Millimeter ließ er aus, und als sie zuckend den Gipfel der Lust erklomm, gab sie kleine Schreie von sich und sank schließlich heftig atmend zu ihm auf den Fußboden, weil die zitternden Knie ihr schließlich doch den Dienst versagten.

»Das war noch nicht alles. Wirst du mir vertrauen?«

»Ja.« Ihre Stimme klang erwartungsvoll, und Leonard stand auf, ergriff ihre Hand und zog sie zu sich nach oben. Er führte sie in sein Schlafzimmer und drückte sie in die Kissen des Bettes.

»Schließ die Augen.«

Klopfenden Herzens gehorchte Helena. Ihr Atem war schwer. Sie spürte, wie er ein weiches Tuch um ihre Augen band, während sein warmer Atem über ihren Nacken strich.

»Entspann dich.«

Geschickt liebkosten seine kundigen Hände wieder und immer wieder ihren Körper, bis seine Berührungen weniger wurden und schließlich ganz aufhörten. Helena hörte etwas klappern und erschrak, als sie spürte, wie Leonard ihre Hände mit Handschellen an das Metallgitter des Bettes fesselte.

»Vertrau mir, Kleines. Es wird dir gefallen.«

Helena wurde heiß und kalt, und zu ihrem eigenen Erstaunen empfand sie keinerlei Angst, sondern lediglich pure Lust und Erregung. Sie konnte zwar nichts sehen und war ans Bett gefesselt, aber genau dies weckte ungeahnte Fantasien und Wünsche in ihr. Sie hörte, wie er mit leisen Schritten das Zimmer verließ und wieder zurückkam.

»Öffne deinen Mund.«

Aufgeregt fuhr Helena sich mit der Zunge über die Lippen. Dann öffnete sie ihren Mund, und ihre Zunge begann zu ertasten, was er ihr zwischen zwei Küssen in den Mund schob.

Sie erschmeckte Oliven, Käsehäppchen, Honig, Sahne, Erdbeeren, dann einen Schluck Sekt aus seinem Mund. Ihre Sinne öffneten sich immer weiter.

»Und nun pass auf!«

Helena zuckte zusammen, als sie spürte, wie eine kalte Flüssigkeit auf ihren Bauch tropfte.

»Sekt aus dem Bauchnabel einer sinnlichen Frau. Was gibt es Schöneres!« Leonards Stimme war rau und sinnlich. Sie spürte, wie der Sekt über ihren Bauch bis zu ihrem samtigen Dreieck kroch. Dort schließlich zwischen ihren Schamlippen verschwand und über ihre Klitoris lief, wo Leonards raffinierte Zunge schon wartete und den Sekt genüsslich auffing. Helenas Lippen zitterten vor Aufregung. Sie liebte das Liebespiel im Dunkeln. Ganz ohne visuelle Reize. Denn auf diese Weise konnte sie viel intensiver spüren und genoss dieses sinnliche Erlebnis.

Sie spürte, wie er sich erhob.

»Leonard?«

Keine Antwort. Dafür aber Geräusche aus der Küche. Helena lächelte erwartungsvoll und versuchte zu erahnen, was er ihr als Nächstes präsentieren würde. Plötzlich ertönte Musik. Sie wusste, dass die Musikanlage im Schlafzimmer stand, hatte ihn aber nicht hereinkommen hören.

»Leonard?«

Keine Reaktion. Aber sie spürte, dass er näher kam. Sie hörte ihn nicht, konnte seine Anwesenheit jedoch spüren.

Himmel, es ist ein seltsames Gefühl. Ich kann ihn weder hören noch sehen, und doch weiß ich, dass er da ist.

Ihr Herz klopfte schneller. Er war da. Ganz nah. Sie

konnte seinen Atem nun spüren. An ihrem Hals, auf ihren Brüsten. Sie erschauerte, als er ihr leicht zwischen die gespreizten Schenkel pustete. Ihr Becken hob sich ihm erwartungsvoll entgegen, aber nichts geschah.

Und dann spürte sie etwas angenehm Kühles auf ihren Lippen. Sie öffnete den Mund, um zu schmecken, um was es sich diesmal handelte, wurde jedoch von Leonard davon abgehalten, indem er ihr dieses kühle Etwas entzog und stattdessen seine Lippen auf ihren Mund presste.

»Was ist das?«

Doch Leonard legte ihr seinen Finger auf die Lippen. »Schscht ...«

Helena fühlte die kühle Spur, als er ihr mit dem geheimnisvollen Etwas über den Hals fuhr. Es war nun nicht mehr so kalt wie vorher und wurde mit der Zeit immer wärmer. Schließlich lief es – fast flüssig – über ihre erwartungsvoll prickelnde Haut.

Helena erschauerte, als Leonards Zunge sanft und fast gierig hinterherglitt. Ihr Körper zitterte und heftig atmend reckte sie sich ihm voller Erwartung entgegen. Doch Leonard ignorierte ihre lockenden Bewegungen.

Leise lachend strich er ihr das klebrige Etwas über ihre Lippen und als ihre Zungenspitze endlich einen winzigen Tropfen erhaschen konnte, kicherte sie.

»Mhhhmmm, lecker. Danke für das Eis. Das kommt jetzt genau richtig, um die Hitze in mir abzukühlen.«

»So? Dann sollst du mehr davon bekommen. Aber auf meine Art.«

Er presste seine Lippen auf die ihren und schob mit seiner Zunge eine kleine Portion Eis in ihren Mund und begann mit ihrer Zunge zu spielen. Helena atmete schwerer. Sie saugte gierig an ihm, um genug von dieser köstlichen Süße aufnehmen zu können.

»Hey, du Teufel.« Sie schrie leise auf und lachte, als es kalt auf ihrer Brust wurde.

»Wir müssen doch dein Feuer löschen. Sonst verbrennst du mir noch.«

Geschickt verrieben seine Hände die zarte Süßigkeit auf ihren Brüsten, während sich Helena ganz seinen Zärtlichkeiten hingab.

Sie genoss seine sinnliche Zunge, die das Eis sanft und voller Hingabe von ihren Brüsten ableckte und immer wieder lockend um ihre Brustspitzen strich, mit ihnen spielte, sie verführerisch neckte. Dabei verteilte er mehr und mehr dieser klebrigen Masse auf ihrem Körper. Auf ihrem Bauch, auf ihren Schenkeln und dann endlich, als Helena sich wand und ihre Beine erwartungsvoll spreizte, auch auf ihren heißen Schamlippen.

»O Gott, ist das schön«, stöhnte sie erregt.

Zitternd spürte sie, wie seine Zunge über ihren Körper wanderte, dabei genussvoll das geschmolzene Eis aufnahm, und konnte es nicht erwarten, bis sie endlich dort ankam, wo es so erwartungsvoll kribbelte. Ihre pralle Klitoris streckte sich ihm lockend entgegen. Pulsierend, feucht und heiß.

Und dann endlich spürte sie, wie seine Zunge ihre Schamlippen streifte, sich für einen Moment neckend zurückzog, nur um sich dann erneut zu nähern und fordernd in der nassen Spalte zu verschwinden. Seine Zunge wurde schneller, gieriger, leidenschaftlicher. Sie wirbelte Helenas Gefühle vollkommen durcheinander und befreite sie gleichzeitig von der klebrigen Eiscreme.

Ihre Schenkel zitterten. Helena genoss seine Spielereien. Seine Daumen, die mit den Brustspitzen spielten, seine Zunge, die tief in ihr drin war und immer wieder hervorschnellte, um äußerst verführerisch an ihrer Klitoris zu lecken.

Immer, wenn er merkte, dass sie kurz davor war zu

kommen, hörte er auf und sagte leise: »Noch nicht, wir haben noch viel Zeit.«

Und dann reizte er sie unermüdlich weiter. Helenas Gesicht brannte vor Erregung, ihre Finger kribbelten, ihr Unterleib brannte heiß, ihr Körper wand sich und bebte.

»Bitte! Ich halte das nicht mehr aus. Nimm mich. Bitte, nimm mich.«

Endlich hatte Leonard Erbarmen.

Mit seinem Knie drückte er ihre Schenkel noch ein Stück weiter auseinander, griff zum Nachttisch, langte nach einem Kondom und beugte sich über sie. Dabei stützte er sich nur mit seinen Händen auf der Matratze ab, so dass sich lediglich ihre Unterkörper berührten. Helena spürte seinen Schwanz leicht zwischen ihren Schamlippen wippen.

In diesem Moment wünschte sie sich, ihre Hände frei zu haben, denn in ihr brannte das Verlangen, sein Gesäß zu umfassen und ihn in sich hineinzuschieben. So aber musste sie Geduld haben und abwarten. Er reizte sie noch eine ganze Weile, strich mit seiner Schwanzspitze lockend über ihre Klitoris, und dann endlich drang er in sie ein.

Langsam zunächst, dann immer schneller, bis er sich schließlich nicht länger beherrschen konnte und heftig zustieß. Wild und fantasievoll bewegte er sich in ihr, immer noch abgestützt auf seinen Händen, so dass lediglich ihre beiden Unterkörper einen Berührungspunkt fanden.

Es war ein feuriger, erotischer Liebestanz, den sie gierig auskosteten.

Der Höhepunkt dieses Liebesspiels gipfelte schließlich in einem gewaltigen Orgasmus, einer Entladung sämtlicher Sinne. Helena schrie auf, wollte sich instinktiv an seinem Rücken festkrallen, bis sie wieder merkte, dass sie ja gefesselt war.

Als Leonard kam, stieß sie kleine Schreie der Lust aus. Gleichzeitig genoss sie sein erregtes Stöhnen und seinen überaus männlichen Geruch.

Sie bäumte sich zum letzten Mal voller Lust auf und sah schließlich – heftig atmend – einer lieblichen Welle der Erleichterung und Befriedigung entgegen.

Eine angenehme Müdigkeit breitete sich in ihr aus, und sie merkte kaum, wie Leonard ihr erst die Handschellen, dann die Augenbinde abnahm. Sie wurde von einem gnädigen Schlaf übermannt, der sich wohltuend und beschützend über sie ausbreitete.

Kapitel 6

Leonard sah sie nachdenklich an.

Er hatte nach einem One-Night-Stand noch nie eine ganze Nacht mit einer Frau verbracht und wehrte sich zunächst gegen den Gedanken, dass es nun genau darauf hinauszulaufen schien. Als er darüber nachgrübelte, wie er aus dieser Nummer wieder herauskam, spürte er ein unbekanntes Gefühl in sich. Es gefiel ihm, dass sie bei ihm blieb.

Er war verwirrt. Doch dann nahm er es mit einem Lächeln hin.

Dies war die erste Frau, die er nach gemeinsamen erotischen Stunden nicht weit wegwünschte. Vielleicht lag es daran, dass sie bisher noch nicht über Liebe und den ganzen Kram geredet hatte, wie viele andere Frauen. Darauf konnte er verzichten. Er legte keinen Wert auf klammernde Weiber, wie er sie sowohl privat als auch in seinem Job schon allzu oft erlebt hatte.

Leonard betrachtete Helenas leicht geöffneten Mund, die zarte Linie ihres Halses und musste erneut lächeln. *Diese bezaubernde Person hat doch tatsächlich eine Saite in mir zum Klingen gebracht, die mir neu ist. Soll ich mich nun darüber freuen – oder mich fürchten?*

Verwirrt schüttelte er den Kopf, blickte erneut voll Staunen auf die schlummernde Helena. Noch konnte er sie wecken und sie dann schnell nach Hause fahren. Da kannte er keinerlei Skrupel. Im Gegenteil! Wenn er eine Frau loswerden wollte, dann gab er es ihr unverblümt zu verstehen. Doch eine unsichtbare Macht hielt ihn diesmal davon ab. Eine Macht, die ihre Nähe suchte – ohne Verpflichtungen allerdings.

Zum Glück denkt sie nicht an eine feste Beziehung. Ihr größter Wunsch ist es, frei zu sein. Wie ich es mir auch wünsche. Das haben mir ihre Freundinnen hoch und heilig versichert, als ich den Job angenommen habe.

»Es war kein Zufall, dass wir uns heute getroffen haben, Engelchen«, flüsterte er und kuschelte sich an ihren warmen Körper. »Ich glaube, wir werden noch viel Spaß miteinander haben. Ganz unverbindlich und ohne Zwänge.«

Mit diesen letzten Gedanken schlief auch Leonard ein.

Am nächsten Morgen erwachte Helena schon früh. Sie hatte einen mächtigen Kater und wusste zunächst nicht, wo sie sich befand. Dann sah sie plötzlich den nackten Mann neben sich.

Nie wieder Alkohol! Stöhnend fasste sie sich an den Kopf. *Das waren eindeutig ein paar Gläser zu viel gewesen. Kein Wunder!*

Erneut blickte sie stirnrunzelnd zu dem nackten, schlafenden Mann, und wie ein Puzzle entstand aus ihren Erinnerungsfetzen schließlich das Gesamtbild.

Wie hatte sie sich bloß so schamlos auf einen One-Night-Stand einlassen können? Sie, die bodenständige, stets auf Abstand bemühte Künstlerin, deren einzige Liebe die Malerei war. Sie war doch tatsächlich mit einem strippenden Callboy in dessen Wohnung gefahren und hatte sich ihm hemmungslos hingegeben.

Welcher Teufel hat mich da bloß geritten und mich meine Prinzipien dermaßen über den Haufen werfen lassen? Helena grübelte. *Es war die pure Lust und Geilheit,* gestand sie sich schließlich ein. *Keine Frage, es war eine wundervolle Nacht. Wahnsinnig erotisch, leidenschaftlich und feurig. Aber so etwas passt nicht zu mir.* Helena seufzte tief. *Bin ich denn von allen guten Geistern verlassen? Hätte ich bloß die ganzen Drinks weggelassen. Nüchtern wäre mir das mit Sicherheit nicht passiert.*

Sie kniff die Augen zusammen. *Dieser Mann ist aber auch ein Prachtstück. Selbst schlafend sieht er so ungemein sexy aus, dass ich ... Halt! Schluss mit heißen Träumen. Nun kehrt der Alltag wieder ein.* Ein leises Murmeln riss sie aus ihren Gedanken. Leonard reckte sich, schlug die Augen auf, lächelte.

Warum grinst mich dieser verdammte Kerl so verschmitzt an? Er soll damit aufhören. Ich muss diese Nacht und ihn so schnell wie möglich vergessen. Unbedingt!

Ihr Körper allerdings hörte nicht auf ihren Verstand. Mit peinlichem Erschrecken stellte Helena fest, dass sich ihre Brustspitzen verhärteten und dass sie sich nichts sehnlicher wünschte als eine Fortsetzung des gestrigen Liebesspiels. Missmutig erwiderte sie Leonards Lächeln mit einem schiefen Grinsen.

»Gut geschlafen?«, murmelte sie unsicher.

»Sehr. Und du?«

»Ich kann nicht klagen. Auch wenn mich jetzt ein unglaublicher Kater plagt. Es war wohl gestern ein Gläschen zu viel.«

Schweigen.

Der undurchdringliche Blick, mit dem Leonard sie musterte, machte Helena nervös.

»Ich ... äh ... nun ja, es ist eigentlich nicht meine Art, mit einem wildfremden Mann nach Hause zu gehen und mit ihm ...«

»Ja?«

»Du weißt genau, was ich meine!«

»Tatsächlich?«

»Ich denke schon.«

»Warum erklärst du es mir nicht noch mal. Ich bin heute Morgen etwas begriffsstutzig.« Sein schelmisches Grinsen trieb ihr das Blut in die Wangen.

»Was ich andeuten wollte, ist, dass es nicht meine Art ist, mit wildfremden Männern ins Bett zu hüpfen. Schon gar nicht mit einem strippenden Callboy.«

»Und trotzdem hast du es gemacht.«

»Ich weiß. Und ehrlich gesagt, schäme ich mich dafür.«

»Das musst du nicht. Wenn du wüsstest, wie viele Frauen – auch aus der feinsten Gesellschaft – sich Liebesdienste kaufen, dann würdest du dir wegen dieser Nacht keine allzu großen Gedanken machen. Du musst es ja niemandem erzählen. Und ich denke mit Sicherheit nicht schlecht von dir, denn ich lebe von Frauen, die mich buchen.«

»Ich habe dich nicht gebucht, sondern es hat sich so ergeben. Ich ...«

»Ja?«

»Ich hatte keine Ahnung, welche Überraschung sich meine Freundinnen für mich ausgedacht haben, und das, was sich anschließend daraus ergeben hat, war ebenso wenig geplant.«

»Rechtfertigst du dich jetzt vor dir selber oder vor mir? Letzteres ist nämlich völlig überflüssig.«

»Okay, wie viel bin ich dir also für die Nacht schuldig? Ich meine, ich weiß ja nicht ...«

Für einen Moment verhärteten sich seine Gesichtszüge, doch er erlangte schnell wieder seine Fassung.

»Einen Moment.« Er tat, als würde er angestrengt nachdenken. »Pro Stunde verlange ich 300 Euro. Wie viele Stunden waren wir zusammen? Warte, ich hole rasch einen Taschenrechner. Heute Morgen lässt es sich irgendwie gar nicht gut rechnen.«

Helena erbleichte, und Leonard musste schallend lachen. »Was schaust du mich so entgeistert an? Wir strippenden Callboys haben unseren Preis.«

»Wie viel bekommst du also? Ich möchte ja nicht unhöflich sein, aber ich habe noch zu tun und muss wirklich los.«

Helenas Reaktion amüsierte Leonard. Diese bezaubernde, verwirrte, unschuldige Frau. »Normalerweise kommen derartige Ausflüchte immer aus meinem Mund. Ist mal was Neues, diese Sätze von einer meiner Gespielinnen zu hören. Und weißt du was? Ich schenke dir diese Nacht.« Er zwinkerte ihr zu. »Schließlich hatte ich auch meinen Spaß und deine Freundinnen haben mich für die Stripnummer ja schon bezahlt.«

»Ich bin nicht deine Gespielin.«

Mit gespielter Lässigkeit schwang er sich nun aus dem Bett und ging nackt und mit einem Grinsen auf den Lippen ins Bad. Verblüfft starrte Helena ihm hinterher.

Wie lässig er bleibt. Kein Wunder, jemand wie er kann sich die Frauen ja auch reihenweise aussuchen, und er bekommt sogar noch Geld dafür.

Mit zitternden Händen suchte sie ihre Kleidung zusammen und zog sich rasch an.

Leonard kam zurück, während sie voller Verlangen seinen schlanken Körper taxierte. Ihre Gefühle fuhren Achterbahn. Einerseits wünschte sie ihn auf den Mond und wollte einfach nur weg von hier, andererseits hätte sie ihn am liebsten um ein weiteres Treffen gebeten und verspürte den mächtigen Drang, sich an ihn zu kuscheln und den Tag mit ihm im Bett zu verbringen.

Helena war verwirrt. Ihre Gedanken kreisten, ihr Herz schlug in wilder Verzweiflung.

Leonards Stimme holte sie in die Realität zurück. »Warum siehst du mich so erschrocken an? Wir haben wunderschöne Stunden miteinander verbracht. Nun trennen sich unsere Wege und es beginnt ein neuer Tag. Mit hoffentlich viel Glück und Sonne im Herzen.«

»Machst du es dir immer so einfach?«

Er blickte sie amüsiert an, nachdem er es sich wieder in seinem Bett gemütlich gemacht hatte. »Wie darf ich das verstehen? Du wolltest doch eben noch so schnell wie möglich verschwinden.« Spöttisch grinsend schüttelte er den Kopf. »Entschuldige, aber ich kann nicht ganz nachvollziehen, was du mir nun vorwirfst.«

»Ich … nun ja … ich weiß auch nicht … ich … es … ich meine … es hat mich einfach … Ich bin verwirrt und …«

»Ist schon okay, Baby. Ich kann mir vorstellen, wie es in dir aussieht. Also, keine Ursache, ja? Auch wenn ich mir eine Verlängerung unseres Schäferstündchens durchaus hätte vorstellen können … natürlich ganz ohne Verpflichtungen und Komplikationen, wenn du verstehst, was ich meine. Falls du also doch noch einmal Sehnsucht nach mir haben solltest, weißt du ja, wo du mich findest.«

Da war es wieder: sein unverschämt attraktives Grinsen, das ihre Knie weich werden ließ und ihren Magen in Aufruhr versetzte.

Helena fehlten die Worte. Sie wusste nicht, was sie denken oder sagen sollte. Sie hatte die Stunden mit ihm sehr genossen, aber ihn nochmals sehen, nein, das wollte sie nicht. Zwischen ihnen lagen Welten und sie würde auf gar keinen Fall Kontakt zu einem Mann aus dem Rotlichtmilieu haben wollen. Auch wenn ihr Herz ihr etwas anderes sagte, so wollte sie Leonard als einmaliges Vergnügen in Erinnerung behalten.

Trotzig sah sie ihn an. »Ich gehöre nicht zu den Frauen, die sich einen Callboy bestellen. Ich möchte dich auf gar keinen Fall wiedersehen.«

Leonard lachte leise auf. »Engelchen, deine Augen sprechen aber gerade eine ganz andere Sprache. Oder wie darf ich deine begehrlichen Blicke deuten? Aber gut. Wer nicht will, der hat schon! Ich wünsche der Dame noch einen angenehmen Tag!« Mit diesen Worten legte er sich in die Laken zurück und verschränkte seine Arme hinter dem Kopf.

Helena schluckte und ging ohne ein weiteres Wort schnurstracks zur Tür.

»Darf ich mal ehrlich zu dir sein?«

Helena und Sabina saßen gemeinsam in der gemütlichen Altbauwohnung, die sich Kathrin und Sabina teilten. Es war ein liebgewordenes Ritual für Helena geworden, sich einmal die Woche bei ihren Freundinnen zum Frühstück einzufinden.

»Natürlich.«

»Du gefällst mir ganz und gar nicht. Du bist nur noch ein Schatten deiner selbst und siehst, ehrlich gesagt, ziemlich bescheiden aus. Wenn ich dich nicht besser kennen würde, würde ich sagen, du hast Liebeskummer. Sag, du bist doch nicht etwa ernsthaft krank?« Stirnrunzelnd betrachtete Sabina das blasse Gesicht ihrer Freundin. Ihre Wangen waren eingefallen, ihr Teint fahl und matt, und auch ihre sonst so unternehmungslustig funkelnden Augen wirkten heute trübe.

Helena schüttelte den Kopf. Betont fröhlich schaute sie ihrer Freundin in die Augen. »Es ist alles okay. Ich bin nur etwas übermüdet, weil ich in den letzten Nächten vor meiner Leinwand gehockt habe, statt im Bett zu liegen und zu schlafen. Ich probiere gerade eine neue Maltechnik aus.« Sie setzte ein müdes Lächeln auf.

»He, wie lange kennen wir uns jetzt? Eine halbe Ewigkeit oder etwa nicht? Und soweit ich mich erinnern kann, hast du schon häufig Phasen gehabt, in denen du nächtelang gemalt hast, aber du hast noch nie so grauenvoll ausgesehen wie jetzt.« Sabina setzte sich zu Helena an den Tisch. Dabei schwappte etwas von dem heißen Kakao über den Tassenrand und sie verbrühte sich ihre Finger.

»Au. Mist!«

»Ich sehe grauenhaft aus und du siehst gerade zum Brüllen komisch aus. Sag, bist du betrunken oder wieso setzt du den Tisch unter Wasser?«, versuchte Helena zu scherzen.

»Nicht vom Thema ablenken, Schätzchen. Kathrin und ich machen uns ernsthafte Sorgen um dich.«

Abwehrend hob Helena die Hände und wollte protestieren. Doch Kathrin, die gerade im Schlafanzug und barfuß in die Wohnküche tappte und die letzten Worte mitbekommen hatte, kam ihr zuvor. »Sabina hat völlig recht. Also weihe uns in die Schmerzen deiner Seele ein und lasse uns teilhaben an deinem Leid. Du weißt doch, geteiltes Leid ist halbes Leid.«

Helena wusste selbst nicht, wieso sie ihren Freundinnen bisher verschwiegen hatte, dass ihr Leonard, der sexy Stripper, nicht mehr aus dem Kopf ging. Auch die gemeinsame Nacht hatte sie beiden verschwiegen und ihnen lediglich erzählt, dass sie mit ihm noch in einer Kaffeebar war, um ein wenig zu plaudern.

Vielleicht lag es ja daran, dass sie sich einredete, Leonard schneller vergessen zu können, wenn sie einfach nicht über ihn redete, wenn sie diese Nacht einfach ignorierte. In der Hoffnung, die Erinnerung an ihn und ihre Sehnsucht nach seinen Berührungen würden sich dann endlich vollkommen in Luft auflösen, auf ewig verschwinden und ihr so endlich ihren ersehnten Seelenfrieden wiedergeben.

Da sich diese Hoffnungen in den letzten drei Wochen nicht erfüllt hatten, beschloss sie nun, ihre Freundinnen doch einzuweihen. Vielleicht hatten sie ja einen Tipp, wie man es schaffte, jemanden aus den Gedanken zu verbannen. Außerdem widerstrebte es ihr ungemein, weiterhin unehrlich zu ihren alten Freundinnen zu sein.

Helena holte tief Luft. »Also gut, ich habe euch etwas verschwiegen.«

»Soso. Ist ja hoch interessant! Und womit haben wir das verdient?«, antwortete Kathrin etwas pikiert.

Als sie jedoch Helenas zerknirschten Blick bemerkte, lenkte sie sofort wieder ein. »He, war nicht so gemeint, Süße. Du wirst schon deine Gründe gehabt haben.«

»Ja, die hatte ich. Ich habe nämlich gehofft, dass ich diesen verfluchten Teufel endlich vergessen kann. Leider ist mir das nicht gelungen, deshalb breche ich jetzt auch mit meinem Vorsatz und erzähle euch alles.«

»Teufel? Von wem sprichst du?« Kathrin zog verwirrt ihre Augenbrauen zusammen.

Auch Sabinas Neugier war geweckt. »Hast du etwa einen vermeintlichen Prinzen kennengelernt, der sich als Mistkerl entpuppte und dein Herz gebrochen hat? Na warte, wenn ich den in die Finger kriege!«

»Ihr erinnert euch doch an den Stripper von meiner Ausstellung.«

»Leonard? Aber sicher! Wie könnte man dieses göttliche Mannsbild vergessen? Schließlich haben wir lange genug gebraucht, um jemanden zu finden, der deinem *Archimedes* ähnlich sieht.« Kathrins Augen begannen schwärmerisch zu funkeln.

»Jetzt sag bloß, du hast eine Affäre mit ihm?«, rief Sabina und in ihrer Stimme klang ein Hauch von Empörung mit. »Und uns hast du das einfach verschwiegen?«

»Quatsch. Ich hätte euch schon davon erzählt. Irgendwann. Außerdem ist es nicht so, wie ihr denkt.«

»Sondern?«

»Nun ja, ich hatte was mit ihm, aber nur in dieser einen Nacht – nachdem er für mich gestrippt hat.«

»Und ihr habt nichts ausgemacht? Ich meine, kein weiteres Treffen vereinbart?«

»Nein!« Helena seufzte. Dann erzählte sie ihren Freundinnen, wie unschön diese sündige Affäre geendet hatte.

Kathrin riss mit einer Mischung aus Erstaunen und Sensationslust die Augen auf. »Wow. Er wollte dich wiedersehen, und du sagst nein? Bist du denn von allen guten Geistern verlassen? So eine Gelegenheit schlägt man doch nicht aus.«

»Du schlägst ernsthaft vor, dass ich ihn mir für gewisse Stunden buche oder was? Alles andere als romantisch.«

»Hier geht es ja auch nicht um Romantik, sondern um guten Sex. Also ich kann nur sagen, selbst schuld. Wer sich eine solche Gelegenheit entgehen lässt, dem ist wirklich nicht zu helfen.« Kathrin biss genussvoll in ihr Croissant und ließ drei Stücke Zucker in ihre Tasse gleiten.

»Ich will ihn aus meinem verdammten Schädel bekommen. Wenn ich einschlafe, denke ich an ihn, und werde ich wach, ist er mein erster Gedanke. Das ist doch nicht mehr normal.«

»Tja, Schätzchen. Guter Sex beflügelt die Sinne. Und den scheint ihr wohl gehabt zu haben. Deine Hormone sind durcheinandergewirbelt und verlangen nach mehr. Vollkommen normal«, zwinkerte ihr ihre Freundin aufmunternd zu.

»Bist du denn jetzt hoffnungslos verliebt in ihn und kommst deshalb nicht zur Ruhe, oder ist es lediglich deine Libido, die da ruft?«, wollte Sabina wissen.

»Verliebt! So ein Quatsch. Ich verliebe mich doch nicht in einen Stripper, der sich außerdem noch von Frauen buchen lässt. Er ist ein Callboy. Weiter nichts. Ich gebe zu, er hat mich ganz schön verwirrt – aber kommt Zeit, kommt Rat.«

Kathrin kicherte. »Ich fass' es nicht. Du hast dich tatsächlich mit diesem heißen Stripper eingelassen. Unsere brave Helena – die Tugend in Person. Das wäre der Stoff für einen Roman.«

»Und uns machst du weis, ihr hättet lediglich gemütlich in einer Kaffeebar geplaudert.« Sabinas Augen begannen amüsiert zu funkeln. »Reife Leistung. Eine sündige Liebesnacht mit einem Callboy!«

»Ja, ja. Amüsiert euch ruhig auf meine Kosten. Mit mir kann man's ja machen.« Helena schmunzelte. Der lockere Ton ihrer Freundinnen tat ihr gut.

»Sag, hat er einen Großen?«, fragte Kathrin vollkommen ernsthaft, und Sabina prustete los.

»Einen großen was?«

»Einen großen Schwanz. Ich steh auf große Schwänze!«

»Diese Frage habe ich jetzt überhört.« Helena verdrehte die Augen, während Sabina weiter kicherte.

Unbeeindruckt fuhr Kathrin fort: »Na ja. Egal, welche Größe sein Teil hat, einen Mann wie Leonard würde ich unter gar keinen Umständen von der Bettkante stoßen. Auch wenn ich wetten könnte, dass er einen großen Schwanz hat. Und mächtig viel Fantasie dazu. So wie der sich auf der Tanzfläche bewegte! Wow, sag ich da nur. Und wie heißt es immer: Wenn jemand gut tanzt, ist er gut im Bett.«

In Gedanken sah Kathrin Leonard vor sich. Er war

unverschämt attraktiv, wirkte hart und dennoch verletzlich. Die hohen Wangenknochen in dem fein geschnittenen Gesicht, die gerade Nase und die sinnlichen Lippen, das wundervoll dichte, lange, tiefschwarze Haar und die grün blitzenden Augen. All das brachte wirklich jedes Frauenherz zum Schmelzen.

»Er sieht eben auch umwerfend gut aus. Ich glaube, ich bin neidisch.« Ihre Augen bekamen einen verträumten Glanz.

»Glaub mir, da gibt es nichts zu beneiden!« Helena lachte bitter auf. »Denn jemand, der sich im Rotlichtmilieu bewegt, passt einfach nicht in mein Leben. Es war wirklich wahnsinnig heiß, aber nun würde ich das Ganze gern auch wieder vergessen. Und jetzt bitte Themenwechsel.«

In den nächsten Stunden plauderten sie über Gott und die Welt, tauschten sich über die jeweiligen Neuigkeiten aus und scherzten vergnügt miteinander.

Dann meldete sich bei allen ein leichtes Hungergefühl.

»Ich mach uns ein paar Spaghetti.« Sabina sprang auf und begann im Vorratsschrank nach Nudeln und den passenden Zutaten zu kramen.

»Apropos Essen – wie wäre es, wenn wir heute Abend unserem Lieblingsitaliener einen Besuch abstatten?« Auffordernd blickte Helena in die Runde. Dieser Vormittag hatte ihr mehr als gutgetan und sie beschloss, sich nicht wie geplant um die Mittagszeit zu verabschieden.

»Gute Idee. Bei Carlo waren wir schon lange nicht mehr und eine saftige Pizza Amalfi wäre genau das Richtige!«, antwortete Sabina.

»Ich bin auch dabei«, grinste Kathrin. »Vielleicht arbeitet Francesco ja heute. Seine Augen und sein Charme haben es mir echt angetan und ich würde weiß

Gott was für ein paar leidenschaftliche Stunden mit ihm geben.«

Helena runzelte die Stirn. »Dieser Frauenheld? Der hat schon Tausende Herzen gebrochen. Ich würde mir für dich einen besseren Mann wünschen, Süße. Außerdem vergiss bitte nicht, dass du gerade dabei bist, einen Schritt in Richtung Beziehung zu wagen. Und das mit einem Mann, bei dem ich es sehr bedauerlich finden würde, wenn es zum Bruch käme. Oder hast du Thomas etwa schon wieder abgeschrieben?«

»Nein. Thomas ist okay und ich glaube, das mit uns könnte was werden. Aber schließlich will ich ihn ja nicht gleich heiraten. Ich bin keine Heilige. Ich will ein bisschen Spaß, mehr nicht.«

Sabina stand, die Hände in die Hüften gestemmt, da und funkelte Kathrin ärgerlich an. »Wenn du dir die Sache mit Thomas verscherzen solltest, weil du deine Libido mal wieder nicht im Griff hast, dann komm anschließend bloß nicht bei mir angekrochen, um mir stundenlang dein Herzensleid zu klagen. Die Nummer kenne ich mittlerweile in- und auswendig!«

»Ja, ja. Schon kapiert. Schätze mal, ich muss mich damit abfinden, dass ich mit zwei Moralaposteln befreundet bin. Ich verspreche hoch und heilig, ich werde heute Abend brav sein.«

»Wehe, wenn nicht ...«

»Okay, okay. Auf jeden Fall steht fest: Heute Abend geht's zu Carlo. Und darauf freue ich mich. Basta!«

Kapitel 7

Helena presste die Zungenspitze zwischen die Lippen und trug mit dem Pinsel die cremige Ölfarbe auf die Leinwand auf.

»Noch etwas von diesem Sonnengelb, und es ist perfekt.«

Ein Tropfen der gelben Farbe lief herab und hinterließ einen unschönen Fleck auf der Leinwand.

»So ein Mist aber auch.«

Sie versuchte, die Stelle mit der ursprünglichen Farbe zu übermalen, doch der gelbe Fleck war noch zu feucht, als dass eine andere Farbe ihn hätte abdecken können, und so wurde aus einem kleinen gelben Malheur ein großer, schmutzig grauer Fleck.

»In letzter Zeit will mir aber auch gar nichts gelingen. Kein Wunder, ich bin ja auch nicht richtig bei der Sache.

Hinter ihr lag ein langer anstrengender Arbeitstag, und entgegen ihrer sonstigen Gewohnheit schienen ihre Gedanken völlig zerstreut. Wenn sie ehrlich zu sich selbst war, geschah dies in den letzten Wochen immer häufiger. Genaugenommen, seit Leonard in ihr Leben getreten war.

Helena seufzte tief auf. Sie erkannte sich selbst nicht wieder. *Es ist wirklich zum Verzweifeln. Dieser Typ geht mir einfach nicht mehr aus dem Sinn. Zu allem Überfluss bin ich auch noch vollkommen verspannt und habe unsagbare Kopfschmerzen. Ein heißes Bad wäre jetzt schön. Halt durch. Gleich nur noch ein Gespräch mit einem Interessenten und dann machst du Feierabend, kaufst dir was Leckeres zum Abendbrot und hüpfst in die Wanne.*

⋘⋙

Zwei Stunden später verabschiedete sie sich von Sabina, die immer noch vertieft in ihre Kinderbuchillustrationen war, und schlenderte anschließend durch den Supermarkt.
Warum müssen die Rentner und Hausfrauen eigentlich immer dann einkaufen gehen, wenn Berufstätige nach einem stressigen Tag nur mal schnell das Nötigste einkaufen wollen? Missmutig beäugte Helena die lange Schlange an der Kasse.
»29,32 Euro!«, schmetterte ihr die Verkäuferin nach einer ewig langen Wartezeit schließlich entgegen und riss Helena aus ihren Gedanken. Baguettebrot, Salami, Salat, Tomaten, Käse, Oliven und eine Flasche Rotwein wanderten in ihren Korb.
Zu Hause verspürte sie plötzlich gar keinen Hunger mehr und beschloss, später eine Kleinigkeit zu essen. Voller Vorfreude auf ein entspannendes Bad kramte sie in ihrer CD-Sammlung und entschied sich für Paul Young. Lächelnd legte sie die CD ein, drückte den Startknopf und ließ sich zunächst einmal mit einem zufriedenen Seufzer auf ihre Couch fallen. Für einen Moment schloss sie die Augen, legte ihren Kopf zurück und gab sich ganz der süßen Ruhe hin.
Nach einer Weile meldete sich jedoch ihr verspannter Nacken. *Verdammt*, fluchte sie gedanklich. *Jetzt eine Massage. Das würde guttun. Nun gut. Wenn's schon keine Massage ist, dann wenigstens ein heißes Bad.* Schwungvoll erhob sie sich und reckte zunächst einmal alle Glieder.

Während das Wasser plätschernd die Badewanne füllte, begann sie, ein paar Teelichter und Kerzen anzuzünden. Sie liebte Kerzenlicht.

Dann stellte sie die Flasche Rotwein, zusammen mit einem Glas, auf die Ablage neben der Badewanne, legte ein paar flauschige Handtücher daneben und begann sich zu entkleiden. Dabei stellte sie sich unwillkürlich vor, wie es wohl wäre, wenn Leonard seine Finger dabei im Spiel hätte.

Träumerin. Dafür müsste er erst einmal hier sein.

Sie blickte in den Spiegel, zog eine Grimasse und streckte sich schließlich selbst die Zunge heraus. Dann griff sie zur Weinflasche, schenkte sich einen Schluck ein und nippte an dem Glas. Im Schein des Lichtes funkelte die dunkelrote Flüssigkeit. Eine sinnliche Farbe. Rot, die Farbe der Liebe, der Lust und der Leidenschaft.

Leidenschaft! Helena seufzte. *O Leonard, was hast du nur mit mir gemacht? Du gehst mir einfach nicht aus dem Kopf!*

Feiner Dampf stieg aus der Badewanne auf. Allein der Anblick des weichen Schaums und die Vorstellung, dort bald hineingleiten zu können, löste ein zufriedenes Gefühl in ihr aus.

Gut so! Lass es dir gutgehen, Helena. Und denk einfach nicht mehr an diesen Teufel!

Leichter gesagt als getan! Er war allgegenwärtig. Leise fluchend öffnete sie den Reißverschluss ihres Rockes und ließ ihn auf die hellgrauen Kacheln gleiten.

Ärgerlich über sich selbst, befreite sie sich schließlich von ihren restlichen Kleidungsstücken und konnte nicht verhindern, sich dabei vorzustellen, es seien Leonards wohlgeformte, schlanke Hände, die sie entkleideten. Leonard, der sie von hinten umfasste und mit starkem Griff zu sich heranzog, zu seinem prachtvollen Schwanz, um sich dann heftig an sie zu pressen und sich an ihr zu reiben, leise stöhnend und feurig. Sie glaubte fast, seinen heißen Atem in ihrem Nacken zu spüren, so real waren ihre Tagträume.

In ihrer feuchten Spalte begann es zu pochen. Langsam ließ sie sich ins warme Wasser gleiten. Als das Wasser ihre Brustspitzen umspielte, lief ein wohliger Schauer durch ihren Körper. Sanft begann sie, ihre Daumen über die rosigen Knospen kreisen zu lassen. Mal mit leichtem Druck, dann wieder hauchzart wie eine Feder.

Leise stöhnend schloss sie die Augen und legte den Kopf nach hinten. Ein sehnendes, ungemein süßes Ziehen der Lust durchströmte sie. Helena stellte sich vor, es sei Leonards Zunge, die neckend und sinnlich ihre Brustspitzen liebkoste. Seine sanfte, erfahrene Zunge, die sie schon so gekonnt geleckt hatte, dass sie glaubte, dem Wahnsinn nahe zu sein.

Ihr Badezusatz schäumte leicht und cremig. Sinnlich strich sie sich über ihren gesamten Oberkörper, fand dabei aber immer wieder den Weg zu ihren Brüsten, die sich spitz hervorreckten. Sobald sie die steil aufgerichteten Spitzen auch nur ansatzweise berührte, meldete sich wieder dieses prickelnde Gefühl zwischen ihren Beinen.

Ganz sanft berührte sie ihren Venushügel, liebkoste den zarten Flaum des Dreiecks, bedeckte diese empfindsame Stelle schließlich mit der gesamten Hand und atmete tief ein.

Sie zögerte den Moment ein wenig hinaus, doch dann ließ sie ihre Finger sanft zwischen ihren Schamlippen gleiten.

Geschickt stimulierte sie ihre Klitoris, bis diese ganz hart und empfindsam wurde. Jede Berührung ihrer wollüstig geschwollenen Schamlippen ließ sie zucken und erzittern. Und als sich ihre Finger den Weg zum Eingang ihrer Vagina bahnten, begann diese himmlisch zu kribbeln. Ihre Liebesmuskeln spannten sich an, und im

Zentrum ihrer Lust sammelte sich eine Kraft, die sich für eine Explosion bereitmachte. Ihr Wunsch nach Entladung der aufgestauten Lust wurde immer größer und drängender.

Doch Helena wollte noch nicht kommen. Also atmete sie tief durch, hielt in ihren Bewegungen inne und streichelte stattdessen mit geschlossenen Augen und sinnlich geöffneten Lippen ihren Bauch, ihre Brüste und ihre erwartungsvoll gespreizten Schenkel.

Genussvoll begann sie, sich im warmen Schaumbad zu rekeln. Schließlich kniete sie sich hin, ohne ihre streichelnden Hände zur Ruhe kommen zu lassen.

Die Raumtemperatur ließ sie für einen Moment frösteln und ihre ohnehin schon vor Erregung steil aufgerichteten Brustwarzen wurden noch eine Spur härter und empfindsamer. Jede Berührung, und war sie auch noch so zart, löste eine kleine Explosion in ihr aus.

Helena warf aufstöhnend ihren Kopf zurück. Dann griff sie nach der Brause und ließ warmes Wasser über ihren Körper rieseln. Der Strahl war angenehm auf der erregten Haut. Das gebündelte Wasser löste auf ihren Brustwarzen höchste Lust aus. Wollüstig führte sie den Wasserstrahl über ihren Bauch, ihre heißen Schamlippen und ihre Oberschenkel, bis zu der empfindsamen Stelle zwischen ihren Schenkeln.

Dort verweilte sie und genoss, wie das Wasser auf ihre vor Lust vibrierende Klitoris prallte. Wie eine Zunge, die zart und leicht darüberstrich. Kundig, immer wieder zum richtigen Punkt findend. Wie eine Zunge, die am Rande der Höhle leckt und dort für sinnliches Vergnügen sorgt. Die sich in enger werdenden Bahnen ins Innere vorarbeitet, um dann ins Zentrum der Lust hineinzustoßen. Immer weiter mit erregenden Bewegungen. Eine Zunge, die saugt und in dem pulsierenden Vulkan versinkt, der seine glühende

Lava ausspucken möchte und darauf drängt, gewaltig zu explodieren.

Und dann konnte Helena sich nicht mehr zurückhalten. Während die eine Hand den Wasserstrahl in Position hielt, massierte sie mit der freien Hand so unaufhörlich und intensiv ihre Klitoris, bis sie mit einem gewaltigen Orgasmus kam.

KAPITEL 8

Rafael saß missmutig am Küchentisch und starrte aus dem Fenster. Die Uhr über der Küchentür zeigte drei Uhr nachts, aber an Schlaf war nicht zu denken. Deshalb hatte er sich einen starken Kaffee gekocht, in der Hoffnung, seinen Kopf damit etwas klarer zu bekommen. Er gab nun schon den siebten Löffel Zucker in seine Tasse, ohne es zu registrieren, rührte um, nahm einen Schluck und schob die Kaffeetasse schließlich mit angewidertem Gesichtsausdruck zur Seite.

In der Hoffnung, sich von seinen trüben Gedanken abzulenken, griff er nach der Zeitung vom Vortag. Doch auch dieses »Ablenkungsmanöver« gelang nicht. Seine Gedanken waren ganz klar woanders, und so legte er die Zeitung bald resigniert beiseite, denn er konnte sich auf keinen der mit dicken Schlagzeilen überschriebenen Artikel konzentrieren.

Rafael fühlte sich benutzt, abgelegt und innerlich leer.

Er verspürte den dringenden Wunsch, mit Leonard zu sprechen, wusste allerdings, dass dieser erst kurz vor Mitternacht – als Geburtstagsüberraschung – von einer Stammkundin gebucht worden war. Eine Kundin, die für ihre langen, ausschweifenden Gesellschaften bekannt war. Und bisher war Leonard noch nicht zurück.

Leonard und er waren nun schon seit sieben Jahren befreundet. Vor acht Jahren hatten sie sich im Bahnhofsviertel kennengelernt, als der obdachlose Rafael, der damals als Strichjunge sein tägliches Brot verdiente, von einem Freier genötigt wurde, gegen seinen Willen in dessen Auto zu steigen. Er wehrte sich gegen eine »schnelle Nummer« im Auto, war schon immer dagegen gewesen, barg sie doch ein erhöhtes Risiko.

Leonard, der in jenem Jahr ab und an in einer Table-Dance-Bar gestrippt hatte – damit auch den weiblichen Besuchern etwas geboten wurde –, kam gerade vorbei und half Rafael aus der Patsche.

Anschließend nahm er den damals Achtzehnjährigen bei sich auf und als Dank half Rafael Leonard bei der Renovierung seines baufälligen Hauses. Sie verstanden sich von Beginn an prächtig und schließlich bauten sie das obere Geschoss so um, dass daraus eine separate kleine Wohnung für den obdachlosen Rafael entstand.

Dank Leonards Hilfe, bei dem die Damen schon damals Schlange gestanden hatten, stieg Rafael vom einsamen Strichjungen zu einem angesehenen Callboy auf, und so teilten sie sich künftig den Unterhalt für das Haus. Mit den Jahren wuchs eine tiefe Freundschaft zwischen den beiden. Sie gingen durch dick und dünn, und auch wenn Rafael – der sich zu beiden Geschlechtern hingezogen fühlte – anfangs in Leonard verknallt war, so hatte er doch sehr schnell begriffen, dass er bei ihm nicht landen konnte. Denn Leonard hatte nach jahrelangem Ausprobieren mit beiden Geschlechtern längst festgestellt, dass für ihn nur noch Frauen in Frage kamen.

Aus seiner anfänglichen Schwärmerei für den um sieben Jahre älteren Callboy waren schließlich tiefe freundschaftliche – ja fast brüderliche Gefühle entstanden und ihre Freundschaft hatte sich schon tausendfach bewährt. Das Band zwischen ihnen war mittlerweile so stark, dass jeder für den anderen sein letztes Hemd gegeben hätte.

Rafael gefiel es in seiner Wohnung. Denn hier hatte er

sein eigenes Reich und dennoch immer jemanden zum Reden, wenn ihm danach war.

Na ja, fast immer ... in diesem Augenblick schlug er sich schließlich alleine mit seinem Kummer herum.

Er dachte an Marcel – ebenfalls ein Callboy –, in den er sich vor zwei Monaten verliebt hatte, und an den Schock, als er diesen am Abend zuvor frisch verliebt und knutschend mit einem anderen Mann gesehen hatte.

Rafael hatte einen Auftritt als Stripper in einer Table-Dance-Bar gehabt und war anschließend ein wenig durch das Viertel geschlendert. Er bummelte gern durch den Rotlichtbezirk am Bahnhof, dachte an alte Zeiten zurück und machte sich so immer wieder bewusst, was für ein Glück er damals gehabt hat, als Leonard sich seiner angenommen hatte.

Wie so oft lief er vorbei an Touristen, Pornokinos, Bordellen, Sexshops und Junkies.

Rafael schauderte es, denn obwohl er diesen Anblick schon in jungen Jahren täglich miterlebt hatte, graute ihm vor Drogen und diesen Bildern. Er wusste, dass dieses Teufelszeug der Untergang war, und hatte sich deshalb stets von Rauschmitteln ferngehalten. Was nicht einfach war, denn manche Nächte da draußen waren oftmals nur im Delirium zu ertragen gewesen. Aber er hatte stets genug gesunden Menschenverstand gehabt, um zu wissen, dass dieser vermeintliche Glücksrausch geradewegs in die Hölle führte. Ihm tat jeder Einzelne, der diesem Sog ausgeliefert war, unsagbar leid, und er wusste es von Mal zu Mal mehr zu schätzen, ein behagliches Zuhause zu haben und nicht mehr als Strichjunge unterwegs sein zu müssen.

Noch ein kleiner entspannter Absacker in einer Bar, dann nach Hause – das war sein Plan. Doch manchmal kommt es eben anders. Und so erschien es ihm wie ein böser Traum, als er Marcel in dieser Bar beim wilden Knutschen und Fummeln mit einem attraktiven Mann ertappt hatte. Dass dies kein Kunde sein konnte, sah Rafael auf den ersten Blick. Zunächst hatte er weglaufen wollen. Fort von diesem schmerzenden Anblick und so tun, als hätte er nichts gesehen. Aber die Beine hatten ihm den Dienst versagt. Wie angewurzelt hatte er dagestanden, seinen Augen nicht getraut und einen tiefen Schmerz verspürt.

Als Marcel schließlich auf ihn aufmerksam wurde, hatte er ihn – mit der Hand in der Hose des anderen – lediglich kalt lächelnd angeblickt und gesagt: »Oh, hallo, Rafael. Darf ich dir meinen neuen Freund vorstellen?«

Diese Worte waren für ihn wie ein Schlag ins Gesicht gewesen. Er war zu keinem klaren Gedanken, geschweige denn zu den passenden Worten fähig, aber zu seiner großen Erleichterung gehorchten ihm seine Beine endlich wieder und er machte auf dem Absatz kehrt.

Wenn Rafael sich emotional auf jemanden einließ, dann ganz. Und dazu gehörte für ihn absolute Treue. Die Kundschaft, die für das nötige Kleingeld sorgte, zählte da nicht. Schließlich ging auch Rafael seinem Job nach. Aber die Szene des vergangenen Abends zerrte an seinem Herzen und der Gedanke daran trieb ihm nun die Tränen in die Augen.

Mit wehmütigem Gesichtsausdruck erinnerte er sich, wie er Marcel kennengelernt hatte ...

Rafael war durch die Frankfurter Innenstadt geschlendert und erreichte den ihm allzu bekannten Rotlichtbezirk, der tagsüber fest in der Hand des Business lag und abends zu einer Örtlichkeit mutierte, in der es richtig zur Sache ging. Ein Ort, an dem man sich als Frau ab einer gewissen Uhrzeit nicht mehr alleine aufhalten sollte – vor allem nicht in den Seitenstraßen der Kaiserstraße.

Das Bankenviertel, ebenfalls im Rotlichtbezirk, hatte sich mit seinen Wolkenkratzern von Osten und Norden her ins Bahnhofsviertel »hineingefressen«, und aus eigener Erfahrung wusste Rafael, dass die beste Kundschaft von dort stammte. Nicht selten suchten Banker und Börsenbroker im Bordell Trost für verzockte Geschäfte – oder gönnten sich eine Belohnung für besondere Gewinne.

Noch vor gut 100 Jahren galt dieser Bezirk als Frankfurts Edelviertel, doch die offene Drogenszene und die Bordellbetriebe hatten dieses Viertel in Verruf gebracht.

Zwischen dem »Gewerbe« tummelten sich edle Boutiquen, schicke Straßencafés, italienische Lebensmittelläden, türkische Obst- und Gemüsehändler, afrikanische Supermärkte, orientalische Teehäuser, Pfandleihen, Kebabhäuser, asiatische Imbissbuden sowie »Ein-Euro-Läden« mit teils obskurem Warenangebot.

Für Rafael gehörte dieses Viertel zu seinem Leben, und obwohl er wusste, wie viel Elend es teilweise barg, zog es ihn immer wieder hierhin zurück, lagen hier doch seine Wurzeln.

Rafael hatte viele Verehrer. Sowohl männliche als auch weibliche, aber bisher war es niemandem gelungen, sein Herz zu erobern oder gar seine Seele zu berühren, von der tiefen Freundschaft zu Leonard einmal abgesehen.

Er war ein hübscher, fast »schöner« junger Mann mit dunklem, etwas mehr als schulterlangem Haar und feinen Gesichtszügen. Während Leonard eher maskuline Züge hatte, waren Rafaels eher androgyn. In seinen dunklen Augen lag oft ein melancholischer Zug und sein feingeschnittener Mund lachte nur sehr selten.

Seine schlanke Gestalt steckte meist in schwarzen Lederhosen, lose darüber fallenden Hemden in den verschiedensten Farben. Oder er trug hautenge Hosen mit Leopardenmuster. Sein Markenzeichen aber waren seine Plüschjacken, die er gleich in mehreren Farben besaß und die er hütete wie seinen Augapfel.

Dass er an diesem Abend bei seinem Streifzug durch »die alte Heimat« einem Mann begegnen würde, in den er sich ernsthaft verliebte, damit hatte er nicht gerechnet, denn eigentlich war er überhaupt nicht bereit für eine emotionale Bindung. Er war zufrieden mit seinem Dasein und lebte seine Sexualität ohne Verbindlichkeiten aus.

Er war erstaunt, dass ihm beim Anblick von Marcel ganz anders ums Herz wurde. Marcel, der blond gelockte junge Mann, kaum älter als er selbst und mit einer Lebensfreude und Lebendigkeit, die Rafael einfach umhaute. Seine tiefblauen Augen funkelten, sein breit lachender Mund brachte eine Reihe weißer Zähne zum Vorschein, und seine Hände gestikulierten ständig auffällig und lebendig.

Zunächst hatte Rafael ihn nicht bemerkt, sondern schritt, in Gedanken versunken, fast an dem attraktiven jungen Mann vorbei. Doch dann stellte sich Marcel ihm in den Weg, legte ihm eine Hand auf die Schulter, setzte ein umwerfendes Lächeln auf und sagte nur: »Hi.«

Dieses einfache, aber sehr selbstbewusste »Hi« und der Blick in die fröhlich blauen Augen des anderen hatte ausgereicht, um Rafaels Herz zum Klopfen zu bringen, ihm eine Schar Schmetterlinge zu bescheren, die in seinem Magen Tango tanzten und ihn fortan nicht mehr in Ruhe ließen.

Und dann war alles ganz schnell gegangen. Er hatte sich ihm als Marcel von Hochstätten vorgestellt. Also »blaues Blut!«. Spontan flüsterte er Rafael die Fantasien, die ihm bei dessen Anblick durch den Kopf schossen, ins Ohr. Kurze Zeit später hatte sich Rafael schon in Marcels schicker Penthouse-Wohnung wiedergefunden, die deutlich erkennen ließ, dass Rafael ein Sohn reicher Eltern war. Ein aus Sicht der Eltern *verlorener* Sohn, denn das Rotlichtmilieu und sein Job als Callboy fesselten ihn viel mehr als edle Gesellschaften und gehobene Kommunikation.

Das Spannende daran war zunächst diese Anonymität gewesen. Wie zwei Tiere waren sie übereinander hergefallen, sobald sich die Wohnungstür hinter ihnen geschlossen hatte. Fest umklammert wie zwei Ertrinkende küssten sie sich, tasteten den Körper des anderen ab und rieben ihre Unterleiber aneinander.

Es war berauschend. Heiß! Aufregend! Und aus Rafaels Sicht von Minute zu Minute intimer.

Bei dieser Erinnerung lief es Rafael heiß und kalt zugleich den Rücken hinab, und obwohl er sich dagegen wehrte, spulte sich vor seinem inneren Auge ein Bild nach dem anderen ab.

Der erste Abend voller erotischer Liebespiele.

Marcel löste sich aus der Umarmung, trat einen Schritt zurück und strich über Rafaels Haar. Rafael genoss, wie der andere ihn mit seinen Augen förmlich verschlang.

Plötzlich packte Marcel seine Handgelenke, riss sie grob nach oben, drückte ihn mit dem Rücken zur Wand und befestigte seine Hände über dem Kopf an einem dort angebrachten Haken, der Rafael vorher nicht aufgefallen war.

Die Plüschhandschellen, die er dazu benutzte, hatte er zuvor flink von einem Sideboard gegriffen und dabei gelächelt wie ein Kind, das gerade den lang ersehnten Weihnachtswunsch erfüllt bekommen hatte.

Marcel küsste seinen Hals, während seine Finger eifrig dabei waren, die Knöpfe von Rafaels Hemd zu öffnen. Rafaels Atem ging schneller. Ihm entging nicht, dass Marcel es kaum erwarten konnte, seine nackte Haut zu berühren.

Er zuckte leicht, als Marcels Hand zart über seinen Brustkorb strich, sich leicht vorbeugte und sein Ohrläppchen zwischen die Zähne nahm. Währenddessen glitten seine Hände den nackten Oberkörper hinab bis hin zu der enormen Ausbuchtung zwischen Rafaels schlanken Schenkeln, und er begann durch die Hose hindurch sanft den steifen Schwanz zu betasten und zu drücken.

Mit funkelnden Augen öffnete er schließlich die Hose und schob sie über die schmalen Hüften hinab. Rafael erbebte, blickte hinab und sog scharf die Luft ein, als er sah und spürte, wie Marcel seinen Schwanz in den Mund nahm.

Unwillkürlich bewegte er seine Hüften vor und zurück.

Marcel glitt mit seinen Lippen auf verführerische Weise seitlich vom Schaft hinauf bis hin zur stolz aufgerichteten Eichel, griff dabei leicht unter den Hodensack und drückte diesen fordernd.

Rafael stöhnte auf. Vor Wonne hatte er den Kopf leicht nach hinten gelehnt, die Augen aber nur halb geschlossen, so dass er immer wieder nach unten schielen konnte, um Marcel bei seinem sinnlichen Treiben zu beobachten.

Er riss enttäuscht die Augen auf, als Marcel sich – mitten im Liebesspiel – urplötzlich aufrichtete, ohne ein Wort davonging und im Nebenraum verschwand.

Doch es dauerte nicht lange, bis er zurückkam. In seiner Rechten hielt er eine dünne Gerte, die er probeweise leicht in seine linke Hand schnellen ließ.

Er kam näher, verheißend lächelnd, schaute Rafael tief in die Augen und verabreichte ihm mehrere Gertenschläge kreuz und quer über Oberkörper und Schenkel.

Rafael stöhnte bei jedem Hieb leicht auf, während

sein pulsierender Schwanz erwartungsvoll emporragte und vor Erregung zu zucken begann.

Nach einer Weile legte Marcel die Gerte zur Seite und fuhr mit der Zunge die roten Striemen entlang, die seine Hiebe hinterlassen hatten.

Er leckte über Bauch und Lenden, begann schließlich keuchend seine eigene Hose zu öffnen und rieb sich seinen strammen Penis, der verführerisch aus dem Hosenschlitz lugte.

Rafael konnte deutlich die ersten Lusttropfen auf der prallen Spitze erkennen und wünschte sich in dem Moment, nicht an der Wand fixiert zu sein. Denn allzu gern hätte er von diesem köstlichen Saft gekostet, hätte die ersten Tropfen aus ihm herausgesaugt und Marcels geilen Körper angeregt, weitere Säfte zu produzieren.

So aber musste er dabei zusehen, wie Marcels Hand an seiner eigenen aufgerichteten Latte auf und ab rieb, während seine Zunge süß und sinnlich über Rafaels Körper wanderte.

Marcels Atem ging schneller. Er war bald so weit und Rafael kreiste auffordernd seine Hüften, um so zu signalisieren, dass auch sein Schwanz zu seinem Recht kommen wollte.

Marcel hielt inne, kniff die Augen für einen Moment zusammen und begriff dann. Seine Zungenspitze glitt wollüstig über die Oberlippe, während er ein Kondom vom Sideboard fischte, Rafael an den Hüften packte, ihn leicht zur Seite drehte, seinen Unterleib an Rafaels kleinem, festen Gesäß rieb und schließlich mit einem lauten Stöhnen in ihn eindrang.

Und dann nahm er ihn energisch, ohne dabei Rafaels Schwanz zu vernachlässigen. Stieß dabei immer wieder Worte wie »O Gott, bist du schön« ... »Rafael, du bist so geil« ... »Ich liebe deinen kleinen Knackarsch« ... »Du gehörst nur mir« aus.

Rafael genoss die Bewunderung.

Leises Stöhnen kam über seine Lippen, während er Marcels Stöße mit seinem eigenen Rhythmus der Hüften beantwortete und sich ganz diesem köstlichen Liebesakt hingab ...

Seufzend tauchte Rafael aus seinen Erinnerungen auf.

Dieser Kerl hatte sich mit Charme und wilden Sexspielchen in sein Herz geschlichen. Und nun saß er selbst hier und musste zusehen, wie er mit dem beißenden Liebeskummer klar kam, der ihn quälte.

Was war bloß geschehen? Woher diese plötzliche Wandlung? Schließlich war er verrückt nach Rafael gewesen, hatte ihn vollkommen angebetet und konnte nicht genug von ihm bekommen. Und nun das.

Rafael fand, dass wilde Spekulationen fruchtlos waren, und beschloss, das Thema Marcel abzuhaken. Auch wenn ihm jetzt eine schmerzhafte Zeit bevorstand, so wusste er doch, dass er sie überwinden würde. Schließlich hatte er schon Schlimmeres hinter sich.

KAPITEL 9

»Schön, dass du gekommen bist, Helena. Du siehst gut aus!«

Die Bar, in der sich Helena mit Kathrin und Sabina auf einen Drink traf, war gut besucht. Kein Wunder, gab es hier doch die besten Drinks in ganz Frankfurt.

Helena ließ sich genervt auf einen Stuhl fallen. »Ich lebe in einer verkehrten Welt. Fühle ich mich bestens, fragt man mich, ob ich krank sei. Geht es mir miserabel, sagt man mir wie toll ich aussehe.« Sie zog eine Grimasse und gab dem Barkeeper ein Zeichen.

»Mit anderen Worten: Dir geht es immer noch mies?«, erkundigte sich Kathrin. Auch Sabina musterte die Freundin mit einem besorgten Blick.

Helena seufzte. »Genau. Mir geht es nicht gut. Meine Laune befindet sich auf dem absoluten Nullpunkt.«

Sabina pfiff leise durch die Zähne. »Immer noch brennende Sehnsucht nach Leonard?«

»Stimmt! Bevor ich ihm begegnet bin, ging es mir jedenfalls deutlich besser. Da war sie so schön eingeschnürt – die Sehnsucht. So dick verpackt, dass nicht einmal ihre Nasenspitze rausgucken konnte. Das war – wenn man von den ständigen Einmischungen meiner Eltern einmal absieht – eine ruhige schöne Zeit. Eine Zeit, in der ich noch nicht wusste, zu welchen Empfindungen mein Körper fähig ist. Und was man nicht kennt, kann man auch nicht vermissen, nicht wahr? Und nun fehlen sie mir – die heißen Liebesspiele mit einem Mann, der meinen geheimsten Träumen zu entspringen scheint.

Ich vermisse sie schmerzlich, sehne mich nach seinen Berührungen. Es gibt keinen Moment, in dem ich nicht an diesen Teufel denke, und ich würde am liebsten ständig in heißen Dessous und mit blankem Hinterteil vor ihm hin und her stolzieren, um seine gierigen Blicke zu genießen, mit Vorfreude auf das, was folgt. Ich bin heiß auf ihn, komme mir schon vor wie eine läufige Hündin und weiß nicht, wohin mit meinen Gefühlen.«

»Ich wüsste schon, was ich an deiner Stelle tun würde«, gab Kathrin grinsend zurück.

»Sag nichts. Ich kann es mir denken. Du würdest augenblicklich bei ihm anrufen und ihn für süße Stunden zu dir bestellen, stimmt's?«

»Genau. Und ich kann, ehrlich gesagt, absolut nicht nachvollziehen, wieso du dich so quälst, anstatt deiner Lust nachzugeben. Nimm ihn dir. Und wenn es auch gegen Bezahlung ist. Sex ist gesund und ich wüsste keinen Grund, weshalb man für die Erhaltung seiner Gesundheit nicht auch ein paar Scheinchen lockermachen sollte. Oder aber du suchst dir etwas Nettes in meinem Laden aus. Ich hätte da so einiges, was einsame Frauenherzen glücklich machen kann. Außerdem habe ich jede Menge Tipps, wie man eine heiße Sexparty mit sich selbst veranstaltet.« Kathrin zwinkerte ihrer Freundin schelmisch zu.

Kathrin wusste, dass Helena und Sabina für Sexspielzeug eigentlich nichts übrighatten, versuchte aber immer wieder, ihre Freundinnen dazu zu animieren, etwas aufgeschlossener zu sein.

Nicht, dass sie es nötig gehabt hätte, auf diese Weise auf Kundenfang zu gehen – im Gegenteil, denn der Laden lief gut und florierte von Jahr zu Jahr mehr.

Vielmehr war sie der Ansicht, dass ihre Freundinnen etwas verpassten und in dieser Hinsicht viel zu spießig waren.

Kathrin führte schon seit Jahren ein kleines Geschäft, in dem sie alles anbot, was der Lust einer Frau diente. Es war allerdings kein gewöhnlicher Sexshop, sondern hatte tatsächlich Stil und bot ein Flair, in dem sich Frau wohl fühlte. Von außen erweckte er eher den Eindruck eines Beautysalons, was auch gar nicht so abwegig war, da Kathrin neben den unterschiedlichsten »Sexartikeln für die moderne Frau von heute« auch diverse Massagen für ihre Kundinnen anbot.

Zu ihrer Kundschaft gehörten neben jungen Mädchen und Hausfrauen auch Ärztinnen und Rechtsanwältinnen. Kundinnen aus jeder Schicht und jeglicher Altersklasse waren vertreten, worauf Kathrin stolz war; lag es ihr doch am Herzen, ihre Geschäftsidee richtig verstanden zu wissen. Dennoch hatte sie mit vielen Vorurteilen zu kämpfen.

»Ich weiß, du meinst es gut, Kathrin, aber ehrlich gesagt, ist das nicht meine Welt. Ich finde weder Gefallen daran, mir Sex zu kaufen, noch diverse Artikel aus deinem Laden an mir auszuprobieren. Ich verurteile dich nicht – im Gegenteil –, jeder nach seiner Fasson. Aber für mich ist das nichts.«

»Du weißt nicht, was dir entgeht. Aber gut. Wer nicht will, der hat schon. Falls du dich aber doch noch mal mit Leonard treffen solltest, sag mir Bescheid, ob er noch einen Freund oder Bruder hat! So und nun bestelle ich uns noch eine Runde Erdbeer-Margharita.«

»Gibt es was Neues von deinen Eltern?«, versuchte Sabina nun das Thema zu wechseln.

»Nichts. Es ist wie immer: Sie nehmen mir die Luft zum Atmen, und ich kämpfe vergebens, ihren Forderungen und Vorwürfen zu entkommen.«

»Geht es immer noch darum, dass sie dich mit allen Mitteln unter die Haube bringen wollen und dass es für sie nur einen Mann gibt, der für sie in Frage kommt?«

»Ja. Leider. Seit Wochen liegt mir Mutter nun noch energischer in den Ohren. Und lässt nichts aus, um Lars und mich zu verkuppeln.« Helena schüttelte sich. »Außerdem muss ich mir täglich anhören, wie rufschädigend mein skandalöses Benehmen bei meiner Ausstellung doch war. Ihr Ehrgeiz, mich mit Lars von Lohe zu verkuppeln, treibt mich mit dem Rücken zur Wand!« Helena stierte stumpf in ihre Erdbeer-Margharita, die ihnen der Barkeeper gerade servierte, und musste grinsen, als sie sah, wie Kathrin dem attraktiven Kerl zuzwinkerte und sich verführerisch eine Erdbeere aus dem Drink zwischen ihre perfekt geschminkten Lippen schob.

»Wehr dich, Schätzchen! Du bist eine erwachsene Frau mit einem eigenen Leben. Und deine Eltern haben allen Grund, stolz auf dich zu sein. Stattdessen machen sie dir das Leben zur Hölle.« Sabina schüttelte verständnislos den Kopf.

»Das interessiert meine konservative Familie nicht.« Helena leerte ihr Glas in einem Zug und winkte nach einem neuen. »Ach, könnte ich all dem doch einen Riegel vorschieben! Es wäre einfacher, wenn mir meine Familie nicht so viel bedeuten würde. Schließlich möchte ich sie nicht verlieren.«

»Können wir dir irgendwie helfen?«

Helena schüttelte den Kopf. »Hoffnungslos. Aber ein Themenwechsel würde mir schon immens guttun.« Sie zog eine Grimasse. »Ach ja, drück mir die Daumen, denn das kommende Wochenende werde ich bei meinen Eltern verbringen. Sie feiern goldene Hochzeit und haben sich sicherlich schon wieder einiges einfallen lassen, um mich ›an den Mann‹ zu bringen.«

»Na klar, die Daumen werden feste gedrückt.« Sabina prostete ihr aufmunternd zu.

»Von mir auch, mir liegt nämlich sehr viel daran, dass es dir gutgeht.«

»Ihr seid lieb. Schön, dass es euch gibt.«

»Dito!« Kathrin nippte an ihrem Drink. »Und wisst ihr was? Ich finde, es wird Zeit für ein Abenteuer. Was meint ihr? Sollen wir heute Abend ein paar Kerle aufreißen?«

»Ein Abenteuer?« Sabina runzelte die Stirn. »Danke, kein Bedarf.«

»Ich hatte auch genügend Abenteuer.« Helena seufzte.

»Spielverderber.« Kathrin schmollte, warf dem attraktiven Barkeeper aber nach wie vor flirtende Blicke zu. »Da sitzen wir hier wie drei Mauerblümchen, während sich die interessantesten Geschöpfe um uns scharen. Also, ich habe Lust auf einen One-Night-Stand. Und euch könnte ein wenig Spaß auch nicht schaden. Nur ein harmloses kleines Abenteuer, mehr nicht.« Ihre Augen funkelten übermütig, und Helena und Sabina wussten, was das zu bedeuten hatte.

»Wie läuft es eigentlich zwischen dir und Thomas?« Sabina grinste provozierend.

»Mit dem habe ich gestern Schluss gemacht.« Kathrin grinste ebenso provozierend zurück. »Pech gehabt, Moralapostel. Du glaubst doch wohl nicht im Ernst, dass ich mich in eurer Gegenwart auch nur nach einem anderen Mann umschauen würde, während ich noch so etwas wie eine Beziehung habe?«

»Schade, Thomas war ein netter Kerl«, warf Helena ein.

»Ja – nett war er. Aber auch furchtbar langweilig und spießig. Wenn es nach ihm gegangen wäre, hätte ich meinen Laden gegen eine Kittelschürze getauscht und wäre zu ihm gezogen, um ihn von A bis Z zu bedienen. Aber nicht mit mir, meine Lieben.«

»Warum hast du uns nichts davon erzählt?«

»Weil es für mich nicht der Rede wert war. Und die

ein- oder zweimal, als ihr ihn gesehen habt, waren für mich nicht so relevant, dass ich eine Staatsaffäre daraus hätte machen wollen. Oh, schaut mal, ist der nicht süß?« Sie wies mit dem Kinn auf einen attraktiven, hochgewachsenen blonden Mann, der gerade die Bar betrat.

Sabina und Helena blickten sich amüsiert an. »*Typisch Kathrin.*«

»Der ist wie gemacht für mich.« Sie kramte in ihrer Handtasche, zog einen Handspiegel hervor und begann sich die Lippen nachzuschminken. »Ich werde überall rote Flecken auf seinem Körper hinterlassen.« Sie warf einen letzten Blick in den Spiegel, lächelte ihren Freundinnen abenteuerlustig zu und sagte beschwingt: »Macht ihr, was ihr wollt. Aber dieses Prachtexemplar lasse ich mir nicht entgehen.« Mit einem entschlossenen Funkeln in den Augen stand sie auf, zupfte ihren Minirock zurecht und nahm Kurs auf ihr Opfer. Helena musste lachen. Die Vorstellung, wie Kathrin überall tiefrote Lippenstiftküsse auf dem Körper dieses nichtsahnenden Mannes hinterließ, amüsierte sie.

⋄⋄⋄

»Nein, Vater, ich heirate Lars von Lohe nicht. Und wenn du dich auf den Kopf stellst. Ich liebe diesen Menschen nicht und ihr könnt mich nicht zu einer Hochzeit zwingen, nur weil es euch in den Kram passt.« Helenas Stimme klang – trotz ihrer Wut – klar und entschieden durch den eleganten Salon ihres Elternhauses. Das Grauen, das sie durchfuhr, wenn sie nur daran dachte, sich von Lars berühren zu lassen – geschweige denn ihr Leben mit ihm zu teilen –, war weitaus größer als der Respekt vor Vater und Mutter.

Mit funkelnden Augen und vor Zorn geröteten Wangen stand sie vor ihren Eltern. Es hätte nicht viel gefehlt und sie hätte trotzig mit dem Fuß aufgestampft.

»Ich lasse mich nicht länger von euch erpressen.« Energisch blickte sie den beiden in die Augen.

Gar nicht mal so schlecht, Helena. Die stundenlangen Gespräche mit Sabina und Kathrin scheinen tatsächlich ein wenig gewirkt zu haben.

»Erpressen?« Frederic Denhovens Gesicht wurde bleich. »Ich verstehe immer nur erpressen.« Er schnaubte, während sich ihre Mutter die vermeintlichen Schweißperlen von der Stirn tupfte und ihre Großmutter sich dramatisch ans Herz griff.

»Verdammt noch mal, ich bin dein Vater, Helena, und ich verbitte mir diesen impertinenten Ton. Und überhaupt, ich erpresse dich nicht, sondern ich fordere nur das, was man von einer jungen Frau unseres Standes erwartet. Nämlich die Heirat mit einem wohlsituierten Mann.«

»Oder willst du uns komplett ruinieren?«, mischte sich nun auch die kalte Stimme ihrer Mutter ein. »Wenn ich nur an diese dekadente Aufführung bei deiner Ausstellungseröffnung denke, wird mir ganz anders. Zum Gespött der Leute hast du uns gemacht. Bei dem Gedanken an diese billige Tanznummer läuft es mir jetzt noch eisig den Rücken hinunter. Als ob es nicht schon genug wäre, das du dir diesen nichtsnutzigen Beruf gesucht hast. Nein. Da schockst du deine liebenden Eltern – die nur deinetwegen vorbeigekommen sind – auch noch mit diesem langhaarigen Stripper.«

Das letzte Wort klang aus ihrem Mund, als würde sie über eine ansteckende Krankheit sprechen. »Es würde mich nicht wundern, wenn er Drogen nimmt – an der Spritze hängt. Und unsere Tochter mittendrin. Nicht auszudenken.«

Helena sah, wie ihre Großmutter sich schweratmend Luft zufächerte und mit entsetzt aufgerissenen Augen nach ihrem Riechsalz griff. »Mein Enkelkind hat mit Drogensüchtigen zu tun? Mein Herz. O Gott, mein Herz.«

Dann ließ sie sich auf einen Stuhl fallen, der in der Nähe stand, und klingelte nach dem Hausmädchen, um sich einen starken Kamillentee aufbrühen zu lassen.

»Wir wünschen nicht, dass du dich mit derartigem Gesindel herumtreibst. Ist das zu viel verlangt?«, polterte nun erneut ihr Vater. »Ich fordere ...«

Nun stampfte Helena tatsächlich mit dem Fuß auf.

»Habt ihr mir eigentlich auch noch etwas anderes zu sagen, als ständig irgendetwas von mir zu fordern? *Das* ist es nämlich, was ich euch zum Vorwurf mache. Dass ihr ständig an mir herumzerrt und nicht akzeptiert, dass ich eine eigene Vorstellung von meinem Leben habe.«

Zum ersten Mal wurde sie ihren Eltern gegenüber richtig laut, was diese dermaßen in Erstaunen versetzte und derart verwirrte, dass sie zunächst nicht in der Lage waren, ihr Einhalt zu gebieten.

»Ihr habt kein Recht dazu, über mein Leben zu bestimmen. Ich bin erwachsen genug, um selbst zu entscheiden, wen ich heiraten möchte – wenn ich überhaupt heiraten will!«

»Was fällt dir ein?« Ihr Vater schrie so laut auf, dass sein Kopf puterrot anlief und seine Halsschlagader gefährlich zu pochen begann. Helena wich zurück, als hätte er sie gerade geschlagen. Sie wusste, dass ihr Vater brüllen konnte, aber so laut und wutentbrannt hatte sie ihn noch nie erlebt.

»Du undankbares Geschöpf. Noch hast du mich nicht richtig kennengelernt, aber glaube mir, falls deine Mutter deinetwegen krank wird, wirst du ausreichend

Gelegenheit dazu haben. Also fang endlich an, deine Eltern zu respektieren.«

Er schlug mit der Faust auf den Kaminsims und stützte seine Frau, die gerade einen ihrer berüchtigten Schwächeanfälle bekam, während Helenas Großmutter sich immer noch hektisch Luft zufächelte und ihrer Enkeltochter empörte Blicke zuwarf.

Helena zitterte innerlich wie Espenlaub, aber diesmal wollte sie nicht klein beigeben. Das hatte sie schon viel zu oft getan.

Damit sollte nun ein für alle Mal Schluss sein! Sie straffte die Schultern und blickte ihren Vater fest an. Den leidenden Blick ihrer Mutter ignorierte sie geflissentlich – aus Angst, doch wieder schwach zu werden.

»Ich habe durchaus Respekt vor euch, sonst würde ich jetzt nicht hier stehen und mit euch diskutieren, sondern würde einfach mein Leben leben. Aber Respekt zu haben bedeutet für mich nicht, dass ich mich deshalb aufgebe und einen Mann heirate, den ich nicht liebe und auch niemals lieben werde.«

Aus den Augen ihres Vaters sprühten Funken, während Helenas Mutter nervös mit ihren Augenlidern flatterte und mit gequälter Stimme leise nach einem Glas Wasser rief, das sogleich vom Hausmädchen gebracht wurde.

Helena schüttelte innerlich den Kopf. *Mutter hätte eine gute Schauspielerin abgegeben. Eine Schande, dass ich das erst jetzt so deutlich erkenne.*

Die sonore Stimme ihres Vaters riss sie aus ihren Gedanken. »Da siehst du, was du angerichtet hast. Deine Mutter steht kurz vor einem Herzinfarkt. Sag, willst du etwa deine eigene Mutter auf dem Gewissen haben?« Er hielt einen Moment inne, um seiner Frau dabei behilflich zu sein, das Glas an den Mund zu führen, ehe er herrisch fortfuhr: »Was hast du überhaupt an Lars von Lohe auszusetzen? Er ist ein ehrenhafter Mann, der fleißig für seinen Lebensunterhalt arbeitet und es schon jetzt sehr weit gebracht hat. Er könnte dir ein Leben bieten, wie es sich für eine Tochter aus dem Hause Denhoven gehört.«

»Ja, ja, ich weiß. Außerdem wird es aus eurer Sicht auch langsam mal Zeit für einen Stammhalter. Tut mir leid, aber ich liebe ihn nicht!«

»Liebe!« Ihr Vater spie das Wort förmlich aus. »Dir geht es nur um Liebe. Willst du mir etwa erzählen, dass du diesen Prachtkerl nur aus dem Grund nicht heiraten willst, weil du ihn nicht liebst? So einen Blödsinn habe ich in meinem ganzen Leben noch nicht gehört!«

»Es ist kein Blödsinn«, protestiere Helena und war mächtig stolz auf ihre Standhaftigkeit. »Es geht schließlich um meine Gefühle.«

»Man heiratet nicht aus Liebe. Man heiratet, um eine Familie zu gründen und gemeinsam durchs Leben zu gehen. Alles andere ist Blödsinn.«

»Ach, du hast Mutter also nicht geliebt, als du sie geheiratet hast? Ich dachte immer, du seiest schrecklich verliebt in sie gewesen. So verliebt, dass du sogar bereit warst, mit der Familientradition zu brechen und stattdessen eine Frau zu heiraten, die aus einer gescheiterten Familie stammte und die noch nicht einmal Geld mit in die Ehe brachte. Eine Frau, die einfach nur schön war.«

»Darum geht es jetzt nicht, Helena.« Abwehrend fiel ihr Vater ihr ins Wort.

»Wirklich nicht? Da irrst du dich aber gewaltig. Denn ich bin im Grunde meines Herzens viel zu sehr deine Tochter, um mich in eine Ehe zwingen zu lassen. Also, zum letzten Mal: Ich werde Lars von Lohe nicht heiraten.«

»Aber Kind, die Vorbereitungen sind doch schon alle

getroffen«, ertönte da die Stimme ihrer Großmutter aus dem Hintergrund.

»Was? Ihr habt schon Vorbereitungen für meine Hochzeit getroffen? Das geht nun aber wirklich zu weit.« Helena überlegte krampfhaft, was sie darauf erwidern konnte. Etwas, das ihre Familie aus der Fassung brachte. Plötzlich kam ihr eine Idee.

»Eigentlich wollte ich es euch schonend beibringen und auch erst dann, wenn ihr ihn näher kennengelernt habt. Aber jetzt ist es mir auch schon egal, wie ihr es erfahrt. Ich habe meine große Liebe nämlich längst gefunden. Er heißt Leonard und ist der Mann, mit dem ich den Rest meines Lebens teilen möchte!«

»Leonard? Du bist verliebt?« Plötzlich war ihre Mutter wieder putzmunter. »Aber das ist ja fantastisch. Endlich wirst du erwachsen und tust etwas für deine Zukunft. Aus welcher Familie stammt er? Und was macht er beruflich? Ist er wohlhabend?«

Helena blickte in die überraschten Gesichter und musste sich ein Grinsen verkneifen. »Nun, er kommt sozusagen aus dem Dienstleistungsgewerbe. Und er ist verdammt gut darin.«

»Dienstleistungsgewerbe? Du wirst dir doch wohl um Himmels willen keinen Kellner oder Busfahrer angelacht haben!« Ihrem Vater war das blanke Entsetzen förmlich anzusehen.

»O nein, kein Kellner! Sag bitte, dass er kein Kellner ist.« Erneut simulierte ihre Mutter einen Schwächeanfall.

Helena kicherte. »Keine Sorge. Er ist kein Kellner. Leonard ist viel kreativer.«

»Kreativer? Ist er etwa freischaffender Künstler wie du – statt einen vernünftigen Beruf auszuüben?«

»Als Künstler würde ich ihn nicht direkt bezeichnen. Er verdient sich den Lebensunterhalt mit seinem

Körper. Ihr habt ihn sogar schon mal gesehen. Er war auf meiner Ausstellung und hat für mich getanzt.« Sie strahlte ihre Eltern an.

Helenas Mutter entfuhr ein spitzer Schrei. »Du willst doch nicht etwa ... es kann doch nicht dein Ernst sein, dass ... jetzt sag bloß nicht, dass du diesen Stripper meinst!« Sie keuchte entsetzt, hob ihre linke Hand an die Stirn und sackte in die Arme ihres besorgten Gatten.

»Du wirst dich augenblicklich von diesem Taugenichts trennen und Lars von Lohe heiraten. Das ist ein Befehl! Anderenfalls bist du nicht mehr unsere Tochter.«

Helena stockte der Atem. Davor hatte sie immer Angst gehabt. Tapfer unterdrückte sie ein Aufschluchzen und blickte ihrem Vater fest in die Augen. »Wieso wollt ihr mich mit einem Mann verheiraten, den ich nicht liebe, ja noch nicht einmal schätze? Ihr denkt nur an euch und den Ruf der Familie Denhoven. Ich bin es leid. Okay, dann habt ihr ab heute eben keine Tochter mehr.«

Sie machte auf dem Absatz kehrt, um dieser angestaubten Atmosphäre zu entfliehen. Drehte sich dann aber noch einmal zu ihrer Familie. »Ich wünsche euch übrigens viel Spaß bei eurer Goldhochzeit. Ich werde nämlich nicht anwesend sein.«

Damit stürmte sie aus dem Salon. Sie rannte über den Korridor, in dem unzählige Ölbilder hingen, über die breite, geschwungene Treppe nach oben. Die Doppeltür, die in ihr ehemaliges Jugendzimmer führte, das sie immer dann bewohnte, wenn sie am Wochenende zu Besuch kam, flog krachend gegen die Wand, und erst als sie allein in dem Zimmer war, blieb sie aufatmend stehen.

Sie schnappte sich ihren leichten weichen Handkoffer, der Platz für alle Dinge bot, die sie brauchte, wenn sie für ein paar Tage unterwegs war, und stopfte Nachthemd, Kulturbeutel und ihr Kostüm hinein. Dann griff sie nach ihrer Handtasche und warf einen kurzen Blick in den Spiegel. Sie war blass. Ungewohnt blass. Die entschlossenen Worte ihres Vaters hatten sie mitten ins Herz getroffen. Tapfer schluckte sie ihre aufsteigenden Tränen hinunter.

Das ist reinste Erpressung. Und das auf einer emotionalen Ebene, die unsagbar schmerzt. Aber ich lasse mir das nicht länger bieten. Dann bin ich eben ab sofort eine emotionale Waise. Basta!

Sie sah sich noch einmal um, um sicher zu gehen, dass sie nichts vergessen hatte, und lief dann den oberen Korridor entlang zur Treppe.

Bevor sie die Stufen hinabstieg, spähte sie ein wenig hoffnungsvoll über das schöne schmiedeeiserne Treppengeländer in die Halle.

Sie war leer. Niemand, der sich bei ihr entschuldigen wollte und die harten Worte zurücknahm. Helena spürte einen tiefen Schmerz in ihrer Brust.

Schluchzend rannte sie die einladende Treppe hinunter durch den langen Korridor bis zur Haustür.

»Helena!«

Die Stimme ihres Vaters ließ sie herumfahren. Mit Tränen in den Augen sah sie ihm ins Gesicht. Auch ihre Mutter und Großmutter kamen nun auf sie zu, und wie durch einen Schleier nahm sie wahr, dass sie allesamt betroffene Gesichter machten.

Sie lieben mich also doch!

»Helena, das was ich eben gesagt habe, war nicht so gemeint. Natürlich bist und bleibst du unsere Tochter. Wir wünschen uns einen guten Mann für dich und wenn du uns davon überzeugen kannst, dass du mit diesem Leonard wirklich von Herzen glücklich bist, dann werden wir deinem Glück nicht mehr im Wege stehen. Sollte er sich aber doch als Taugenichts erweisen, werden wir alles unternehmen, um dich mit einem vernünftigen Mann zu verheiraten. Einem Mann wie Lars von Lohe. Stell uns diesen Leonard also bitte einmal vor, damit wir ihn kennenlernen können.«

Kapitel 10

Erleichtert machte sich Helena auf den Weg nach Hause. Das Wochenende bei ihren Eltern war dann doch noch recht angenehm verlaufen – trotz der anfänglichen Schwierigkeiten.

Aber nun saß sie gewaltig in der Patsche. Ihre Eltern bestanden darauf, Leonard kennenzulernen – da hatte sie sich ganz schön was eingebrockt.

Sie fuhr von der Kennedyallee auf die Friedensbrücke in Richtung Hauptbahnhof und seufzte. Wie sollte sie bloß aus dieser Situation wieder rauskommen? Wenn sie ihren Eltern erzählte, sie und Leonard hätten sich urplötzlich getrennt, dann käme der nächste Versuch, sie mit Lars von Lohe zu verkuppeln. Ließe sie es bei diesem Schwindel, käme sie nicht umhin, ihnen früher oder später ihre angeblich so große Liebe präsentieren zu müssen.

Wehmütig blickte sie nach rechts auf die hellerleuchtete Skyline von Frankfurt, die sich eindrucksvoll in den Himmel reckte. Helena liebte diesen Blick. Denn er vermittelte ihr erstens ein unglaublich starkes Gefühl von »nach Hause kommen« und zweitens war ihre Wahrnehmung jedes Mal aufs Neue gefesselt von dem prachtvollen Panorama dieser riesigen Gebäude, die man nur aus einer gewissen Entfernung so richtig wahrnahm. Stand man unmittelbar davor, musste man den Kopf schon sehr weit zurücklegen, um überhaupt zu bemerken, wie groß diese Türme tatsächlich waren.

Aber Helena liebte nicht nur den Blick auf die prächtige Skyline, sondern die gesamte Stadt. Frankfurt war für sie eine kleine Großstadt mit ganz vielen Facetten. Und hässlich, wie viele fälschlicherweise behaupteten, war sie ganz und gar nicht. Nirgendwo sonst fand man Mittelalter, Klassizismus und Glas- beziehungsweise Stahlwolkenkratzer so dichtgedrängt nebeneinander. Ein Kontrast, der einen besonderen Reiz auf Helena ausübte.

Außerdem hatte Frankfurt einen der schönsten Weihnachtsmärkte in Deutschland. Helena liebte Weihnachtsmärkte, besonders den Frankfurter Weihnachtsmarkt. Allerdings hatte sie davon jetzt in diesem Moment rein gar nichts, zumal es bis Weihnachten ja noch ein Weilchen hin war. Sie musste eine Lösung für ihr Problem finden, und zwar schnell.

Es ist ja nicht so, dass ich keine Wahl hätte, auch wenn die Alternative zur Sackgasse eben Holzweg heißt. Mist – egal, wie ich es drehe oder wende – es ist und bleibt alles Mist!

Immer noch grübelnd hatte sie schließlich ihre Wohnung, die im oberen Stockwerk eines gepflegten Wohnhauses im Stadtteil Bockenheim lag, erreicht. Sie stellte ihre Reisetasche ab, schlüpfte aus den Sandalen und schlenderte zum Panoramafenster ihres lichtdurchfluteten Wohnraumes. Von hier aus hatte sie einen wunderschönen Ausblick auf den Von-Bernus-Park. Wenn sie mal eine kreative Blockade hatte, dann ließ sie sich oftmals von diesem Blick inspirieren. Und nun hoffte sie inständig, hier ebenfalls eine Lösung für ihr quälendes Problem zu finden. Leider kam ihr weder eine zündende Idee, noch wurde ihr leichter ums Herz.

Verdammt, was soll ich bloß tun?

Sie lief in die Küche, setzte sich Teewasser auf und knabberte nervös an einem Fingernagel.

Mir wird nichts anderes übrigbleiben, als Leonard

anzurufen und ihn zu bitten, sich vor meinen Eltern als die große Liebe meines Lebens auszugeben.

Hektisch griff sie zum Telefonbuch. »Williams ... Williams ...« Schließlich hatte sie seine Nummer gefunden.

Soll ich oder soll ich nicht? Hm ... es ist Sonntagabend, vielleicht ist er ja gar nicht zu Hause.

Sie nahm den Telefonhörer ab und wählte mit zitternder Hand Leonards Nummer.

Augen zu und durch. Mehr als nein sagen kann er nicht. Und wenn er anderen Frauen seinen Körper verkauft, dann wird es für ihn ja wohl ein Klacks sein, mir für einen Nachmittag seine Zeit zu widmen – gegen ordentliche Bezahlung natürlich.

Sie hörte ein Freizeichen ... atmete tief durch und ... legte auf.

Du bist wirklich der größte Feigling unter der Sonne, tadelte sie sich selbst. *Los, zeig dass du den Biss hast, zu Ende zu führen, was du begonnen hast. Oder ist es dir lieber, vor deine Familie zu treten und ...*

Weiter wollte sie gar nicht denken. Rasch griff sie erneut zum Hörer.

Freizeichen ... und dann wurde abgehoben ...

»Hallo?«

Helenas Knie wurden weich beim Klang seiner Stimme. Heiße Schauer liefen ihr über den Rücken und ihre Hände zitterten.

Gut, dass er mich jetzt nicht sehen kann.

»Hier ist Helena. Erinnerst du dich?« Ihre Stimme bebte, während sie den Hörer fest umklammert hielt.

Leonard schwieg.

Oder hatte er das Gespräch beendet?

»Leonard? Bist du noch da?«

»Ich bin noch da. Sag bloß, du hast Sehnsucht nach mir.« Er lachte leise.

Oje, diese erotische Stimme! Ich muss aufpassen, denn er kann mir gefährlich werden. Aber dieses eine Mal brauche ich ihn noch. Unbedingt! Und dann ist endgültig Schluss mit dem Thema Leonard Williams.

»Helena, wenn du nicht mit mir sprichst, lege ich jetzt auf. Schließlich darf ich das Telefon bei meinem Job nicht allzu lange blockieren.«

»Leg bitte nicht auf. Ich brauche deine Hilfe!«

»Aha. Ist ja interessant.«

»Machs mir bitte nicht so schwer. Es hat mich Überwindung genug gekostet, bei dir anzurufen.«

Wieder schwieg er.

»Leonard?«

»Bin noch dran!«

»Ich stehe wirklich mit dem Rücken zur Wand und nur du kannst mir helfen. Hättest du einen Termin für mich? Ich möchte dich buchen.«

»Du möchtest mich buchen?« Leonard verstand gar nichts mehr.

»Nicht was du denkst. Ich habe es nicht nötig, mir Sex zu kaufen.«

»Sondern?«

»Damit meine Eltern endlich aufhören, mich mit dem ›Schwiegersohn ihrer Träume‹ verkuppeln zu wollen, habe ich ihnen gesagt, dass ich meine große Liebe schon gefunden habe. Würdest du dich mit mir bei meinen Eltern treffen und ihnen meinen Verlobten vorspielen?«

»Oho, vom verruchten Callboy steige ich also zu deiner großen Liebe auf. Merkwürdige Zufälle hält das Leben bereit!« Leonard lachte amüsiert.

»Mach dich nur lustig über mich.« Helena wollte vor Zorn den Hörer auf die Gabel knallen, doch sie brauchte ja seine Hilfe. Unbedingt. Also gab sie ihrem ersten Impuls nicht nach.

»Du bittest mich um Hilfe? Nun, warum suchst du dir keinen anderen? Meine Zeit ist knapp bemessen. Und ich bin nicht billig.« Leonard grinste schelmisch. Er genoss diese Situation. Nicht, dass er ihr ernsthaft böse war, aber diese Dame brauchte einen Denkzettel, und den wollte er ihr geben.

»Das geht nicht.«

»So? Und wieso nicht?«

»Weil meine Eltern dabei waren, als du auf meiner Ausstellung für mich getanzt hast. Und ich habe ihnen gesagt, dass du derjenige, welcher bist.«

»Du kommst ja auf Ideen.« Wieder lachte er sein raues, verführerisches, diesmal aber auch leicht überhebliches Lachen.

»Mir ist nicht gerade zum Lachen zumute.«

»Das tut mir leid für dich.«

»Bitte, meine Lage ist ernst.«

»Soso.«

Schweigen.

»Leonard?«

»Ja.«

»Bitte, hilf mir!«

»Bist du sicher, dass du meine Dienste bezahlen kannst? Du weißt doch, wir Callboys haben stolze Preise.«

Helena seufzte. »Was verlangst du für mein Anliegen?«

»Lass mich nachdenken. Moment ... hmmm ... Was nehme ich für Smalltalk, Schauspielerei und den Verlust meiner kostbare Zeit? Ist gar nicht so einfach.«

»Leonard! Was möchtest du haben? Ich zahle alles.«

»Alles?«

Helena erschrak. Dieses eine Wort aus seinem Mund klang fast bedrohlich. Es bewirkte, dass sich sämtliche Härchen ihres Körpers alarmiert aufstellten. Dann jedoch dachte Helena an Lars. Und das war das weitaus größere Übel.

»Ja, alles.«

»Okay – dann möchte ich dich für siebzehn Tage als mein persönliches Callgirl buchen.«

»So war das nicht gemeint. Ich werde dich gut bezahlen. Mit Geld!«

»Und was ist, wenn ich kein Geld möchte? Wenn ich einfach einmal auf der anderen Seite stehen möchte – mir eine Frau buchen, statt gebucht zu werden?«

»Du bist verrückt!« Helena war empört.

»Tja, mein Engelchen, Männer wie ich sind zuweilen leicht verrückt. Wusstest du das nicht? Siebzehn Tage nach meinen Spielregeln. Das ist mein Preis.« Seine Stimme klang entschlossen.

»Das kann nicht dein Ernst sein!«

»Das ist mein voller Ernst.«

»Da spiele ich nicht mit! Ich denke nicht im Traum daran, dir siebzehn Tage zu Diensten zu sein, nur weil du mir einen Nachmittag opferst!«

»Okay. War nett, mit dir geplaudert zu haben. Ich wünsche dir viel Glück für dein weiteres Leben.«

»Warte! He, du kannst doch jetzt nicht einfach auflegen. Leonard, bitte leg nicht auf.«

Zu spät ... er hatte schon aufgelegt, und nun drang lediglich das monotone Piepen an ihr Ohr.

⋖⋗

Am nächsten Tag konnte sich Helena kaum auf ihre Arbeit konzentrieren.

Die unterschiedlichsten Gefühle machten sich in ihr breit – von Wut bis Hoffnungslosigkeit war alles dabei – und sie verspürte eine wahnsinnige Unruhe in sich. Der Drang, sich auszuheulen, wuchs, und da Sabina ein paar

Tage freigenommen hatte, beschloss Helena, die Arbeit Arbeit sein zu lassen und Kathrin in ihrem Laden in der Nähe der Einkaufsstraße in der City zu besuchen.

Kathrins Geschäft »Beauty Secrets« – eine Oase der Lust für Frauen – lag mitten in der Innenstadt. Im vorderen Bereich des Ladens konnte »frau« in Wäscheträumen schwelgen und die verschiedensten Öle und Kosmetikprodukte testen, bevor sie sich im hinteren Bereich – vor neugierigen Blicken geschützt – in der verführerischen Welt der sündigen Lustspielzeuge verlieren konnte. Ein spezieller Massageraum und ein reichhaltiges Massageangebot, das von exklusiver Champagnermassage bis hin zu Tantra-Massagen reichte, rundeten das Angebot ab.

Helena blickte durchs Schaufenster, war froh, keine Kundin zu sehen, und stieß energisch die Tür auf.

»Hoppla, was ist denn mit dir los?« Kathrin fuhr erschrocken hinter der Ladentheke auf.

Helena hatte die Tür so schwungvoll geöffnet, dass das Glockenspiel hinter der Tür wild hin und her schwang und statt des lieblichen Gebimmels nur konfusen Lärm von sich gab.

»Ich brauche jemanden zum Reden.« Sie schritt über den flauschigen, dunkelroten Teppichboden auf ihre Freundin zu. »Verdammt, ich weiß nicht mehr weiter und fühle mich, als wäre ich gerade von einer riesigen Dampflok überrollt worden. Fest steht auf jeden Fall, dass ich eine Tasse starken Kaffee brauche.«

»Kein Problem. Aber zunächst muss ich diesen ›Unfall‹ hier einmal beseitigen.« Kathrin seufzte. »Schau dir das an«, ein wenig vorwurfsvoll legte sie das Pinselchen ihres burgunderfarbenen Nagellacks zur Seite, und hielt der Freundin ihre Hände vor die Nase. »Du hast mich mit deinem rasanten Auftritt gerade so erschreckt, dass nun alles verschmiert ist.«

»Sorry. War keine Absicht. Aber tröste dich, das bekommst du mit etwas Nagellackentferner in den Griff. Mein Problem hingegen lässt sich nicht so einfach beseitigen.«

»Oje, lass hören. Sag, hast du dir vor Wut und Verzweiflung deine Haare gerauft, oder kommst du gerade aus der leidenschaftlichen Umarmung eines Mannes?« Sie reichte ihrer Freundin einen Handspiegel. »Du siehst jedenfalls ziemlich derangiert aus.«

Helena blickte in den Spiegel und tatsächlich: Ihre Haut war rosig und schien zu vibrieren. Die Lippen stachen regelrecht blutrot aus ihrem blassen Gesicht hervor, ihre Augen funkelten unnatürlich und Strähnen ihres Haares hatten sich aus ihrem ursprünglich streng gebundenen Knoten gelöst und fielen ihr nun wirr ins Gesicht. Mit geübten Fingern richtete sie ihre Frisur und spürte den unangenehm prüfenden Blick ihrer Freundin auf sich ruhen.

Während Kathrin eifrig die verunglückten Spuren des Nagellacks mit Nagellackentferner bearbeitete, griff Helena nach einem Piccolo, der stets für die Kundinnen bereitstand. Dann langte sie nach einem Glas und goss sich den Sekt ein.

»Prost! Ich werde mich jetzt betrinken.«

Wie zur Bekräftigung ihrer Worte trank sie das Glas in einem Zug leer und füllte es gleich wieder auf.

»Dieser verdammte Mistkerl«, flüsterte sie immer wieder ärgerlich vor sich hin und warf Kathrin, die amüsiert zu lachen begann, einen wütenden Blick zu.

»Ich nehme an, dein Gebrabbel bezieht sich auf Leonard.«

»Auf wen denn sonst?«

Helena wollte nach einem weiteren Piccolo greifen, aber Kathrin war schneller und schnappte ihr die Flasche vor der Nase weg.

»Zur Abwechslung spiele ich jetzt mal den Moralapostel. Du bist mit dem Auto unterwegs, hast schon jetzt einen kleinen Schwips. Am besten koche ich dir jetzt einen Kaffee und dann erzählst du mir in Ruhe, was los ist.«

Während Kathrin in der kleinen Küche in einem der hinteren Räume verschwand, schaute sich Helena interessiert im Laden um. Sie war schon häufig hier gewesen, hatte sich aber für das exklusive Angebot nie interessiert. Doch heute befand sie sich in einer eigentümlichen Stimmung. Der Sekt, den sie hinuntergekippt hatte, tat sein Übriges und plötzlich fand sie die Waren ihrer Freundin recht amüsant.

Sie ließ ihre Finger über das rote Plüschsofa gleiten, griff nach einem weiteren Piccolo, stöberte in den sündigen Dessous und warf schließlich sogar einen Blick in den »Secret Room«, wo die Sexspielzeuge sie förmlich anzulachen schienen. Kichernd betrat sie den Raum, passierte dabei die Tür zum Massageraum und warf einen Blick auf das Plakat, das dort hing:

MASSAGEN FÜR DIE FRAU

Haut ist sinnlich. Haut empfängt. Haut genießt. Haut auf Haut schafft Nähe. Haut will Haut und Hände.

Düfte betören. Düfte beruhigen und regen an. Düfte verführen. Düfte erheitern.

Klänge entspannen und lassen träumen. Klänge entführen ins Reich der Sinne.

Hände schaffen Vertrauen, können verzaubern, können lieben. Hände sprechen mehr als tausend Worte. Hände können magisch berühren. Unter ihnen kann man schmelzen. Sie können Glück bringen. Durch Hände kann sich das Herz öffnen.

Fühl dich wohl – Freu dich – Lebe – Erlebe dich – Sei frei – Sei Frau – Sei DU.

Um Missverständnissen vorzubeugen, möchte ich klar darauf hinweisen, dass meine Massagen **ausschließlich für Frauen** gedacht und zudem nicht auf Gegenseitigkeit angelegt sind. Sie sind keine Aufforderungen zu sexuellen Handlungen.

Helena spürte ein leichtes Kribbeln in ihrer Magengegend.

Hört sich ja mal gar nicht so übel an. Ob ich mir mal so eine Massage gönnen sollte? Ach Quatsch. Ich bin zurzeit lediglich etwas durcheinander. Dieser ganze Kram ist nichts für mich.

Dennoch betrat sie gezielten Schrittes den »Secret Room« und stöberte interessiert in dem reichhaltigen Angebot. Das Telefon läutete und sie hörte, dass Kathrin mit einer Kundin sprach. Sie konnte sich also Zeit lassen. Ihre Schritte wurden auch hier von einem dunkelroten flauschigen Teppichboden geschluckt. Die Wände waren himbeerfarben gestrichen, und von der Decke hing ein riesiger Kronleuchter, dessen dunkelrote und durchsichtige Kristalle bunte Lichtreflexe an Wand und Decke warfen.

Sie nahm einen großen Schluck von ihrem heimlich ergatterten Sekt und schlenderte mit ungewohnter Abenteuerlust an den zahlreichen Regalen entlang, die allerlei Dinge beinhalteten, von denen Helena teilweise noch nie etwas gehört, geschweige denn gesehen hatte.

»Clit Massager«, murmelte sie vor sich hin und nahm das Teil, das sich im selben Regal wie die unterschiedlichsten Handschellen und Fesselutensilien befand, in die Hand. Das Kribbeln in ihrem Bauch nahm zu und verlagerte sich schließlich in ihren Schoß. Rasch leerte sie den restlichen Sekt und studierte die Beschreibung.

Der Clit Massager ist ein Rundum-Verwöhn-Paket für deine Klitoris! Die anatomisch geformte Jelly-Schale passt perfekt auf dein Lustzentrum. Sobald du anfängst, mit der handlichen Pumpe ein Vakuum zu erzeugen, saugt sich der Massager fest und regt die Durchblutung an, wodurch deine Klitoris stimuliert wird. Wenn du dann die Power-Vibrationen dazuschaltest, wird ein intensiver Orgasmus so schnell wie eine Flutwelle über dich kommen. Die Vibrationen sind stufenlos regelbar. Farbe Lila und Weiß-transparent.

»Helena? Ach, hier bist du.« Kathrin bemerkte amüsiert, wie ihre Freundin errötete und sich ertappt fühlte. »Es freut mich, dass du endlich einmal einen näheren Blick auf meine Waren wirfst und nicht so tust, als könntest du dir allein beim Anblick der Teile eine ansteckende Krankheit zuziehen.«

»Nun übertreib aber nicht. Ganz so schlimm war ich auch nicht.«

»Noch schlimmer. Aber ich freue mich sehr über dein neues Interesse … äh … ich gehe jetzt einfach mal davon aus, dass es sich um Interesse handelt.« Sie zwinkerte der Freundin zu.

»Nein … ich … was sollte ich denn auch sonst … mir war einfach langweilig und da …« Sie brach ab, blickte in die schelmisch lächelnden Augen der Freundin und musste laut loslachen. »Okay, du hast mich erwischt. Allerdings weiß ich auch nicht, was heute mit mir los ist.«

»Vor mir musst du dich nicht rechtfertigen. Im Gegenteil. Und damit du deine Hemmungen verlierst, gebe ich dir mal eine kleine Einführung. Das hier ist der Turbo Slip – anziehen und einfach verwöhnen lassen. Ihm wurde im Schritt ein flacher Vibrator eingenäht und er verspricht einen Liebescocktail der Sonderklasse.«

»Turbo Slip. Ich fass es nicht. Sag bloß, es gibt Frauen, die sich so etwas kaufen!?«

»Aber sicher! Genau wie dieses kleine Quietscheentchen. So niedlich und harmlos, wie es auch ausschaut, es hat es ganz schön faustdick hinter den kleinen Entenohren, denn sein spitzes Schwänzchen und der Schnabel vibrieren fleißig, wenn du die Ente leicht drückst. Ungehemmte Freude während des Badens ist garantiert. Das Gute daran: Du kannst es offen im Badezimmer stehen lassen, da man auf den ersten Blick nicht erkennen kann, um welch Prachtstück es sich hierbei handelt.« Kathrin lachte. »Kommen wir nun zu meinen exklusiven ›Beauty Secrets‹-Vibratoren. Sie wurden speziell für meinen Laden – nach meinen Vorgaben – angefertigt und sind aus besonders hochwertigem, medizinischem Silikon gegossen. ›Beauty Secrets‹-Vibratoren sind nicht nur ein Hochgenuss fürs Auge, sondern voll und ganz auf das Bedürfnis des weiblichen Empfindens abgestimmt. Jeder Vibrator ist ein Unikat – handgefertigt – und nicht nur das Material, sondern auch die Farben sind gesundheitlich völlig unbedenklich. Ja und weil es auch Frauen gibt, die nicht ohne ihren persönlichen Vibrator aus dem Haus gehen, gibt es sogar Mini-Größen für die Handtasche und in der vollkommen unauffälligen Form eines täuschend echt aussehenden Lippenstiftes. Lustvolle Spiele und Stimulationen der Klitoris sind also jederzeit möglich!«

»Befindet sich so ein Teil auch in deiner Handtasche?«

»Na sicher, was denkst denn du?«

Kathrin präsentierte ihrer Freundin noch eine ganze Reihe an Dingen, die das Herz einer Frau höher schlagen lassen konnten. Von Liebeskugeln in den verschiedensten Variationen über Vibrationsschwämme, orgasmusintensivierende Cremes, Nippel-Sucker bis hin zu essbaren Dessous war alles dabei.

Helena kam aus dem Staunen nicht heraus. Ihr eröffnete sich eine vollkommen neue Welt. Und während sie gemeinsam ihre Runde durch den Laden drehten, schüttete Helena ihr Herz bei Kathrin aus, erzählte von ihrem Wochenende bei den Eltern und davon, dass Leonard einen unmöglichen Preis dafür verlangte, ihr aus der Patsche zu helfen.

»Wenn ich ehrlich bin, verstehe ich dein Problem nicht. Du bist scharf auf diesen Kerl, denkst nahezu stündlich an heißen Sex mit ihm – nun bieten sich dir wundervolle siebzehn Tage mit diesem Prachtexemplar, und du tust so, als würde die Welt untergehen?! Zumal du gleich zwei Fliegen mit einer Klappe schlagen würdest, denn auch das Problem mit deinen Eltern würde zunächst einmal gebannt sein.«

Helena war zunächst etwas enttäuscht, weil ihre Freundin ihr Entsetzen nicht teilte, doch innerlich musste sie ihr recht geben. Sie verstand sich und ihre widersprüchlichen Gedanken und Gefühle ja selbst nicht.

Wo war die klare Linie, die sie doch sonst in sich verspürte? Die sie bisher sicher und ohne Wenn und Aber durchs Leben geführt und ihr bei Entscheidungen geholfen hatte?

Sie hatte sich in nichts aufgelöst. Und zwar genau mit dem Tag, an dem Leonard in ihr Leben getreten war.

Kathrin, die spürte, wie zerrissen ihre Freundin war, legte ihren Arm um sie.

»Nimm das Angebot von Leonard an. He, du bist ein Glückspilz und spürst es nicht einmal. Weißt du, wie schwer es ist, einen vernünftigen Liebhaber zu finden? Sehr schwer – und ich spreche da aus Erfahrung. Also nimm dir ein Herz und greif zu, was sich dir da bietet. Ruf ihn an oder fahr zu ihm. Aber lass dir diese Zeit – die mit Sicherheit ungeheuer heiß werden wird – auf gar keinen Fall durch die Lappen gehen, hörst du?«

Kapitel 11

Helena hatte an diesem Tag noch lange über die Worte von Kathrin nachgedacht. Schließlich hatte sie sich dazu durchgerungen, Leonards Angebot anzunehmen, und griff zum Telefonhörer. Überlegte es sich dann aber doch anders, stand auf, schnappte sich ihre Handtasche und beschloss, zu ihm zu fahren. Es war schon spät und sehr schwül.

Das Gewitter am frühen Abend hatte nicht die gewünschte Erlösung gebracht und Helena konnte noch immer das entfernte Grollen hören. Kümmerliche Regentropfen perlten von den Fenstervorsprüngen, tropften auf das Blech der Fensterbänke und begleiteten sie auf dem Weg zu ihrem Wagen.

Entschlossen stieg sie ein, startete den Motor und fuhr los – von Bockenheim in Richtung Westend. Den Weg zu Leonard kannte sie mittlerweile gut, denn mehr als einmal war sie – einfach so – zu seinem Haus gefahren, nur um in seiner Nähe zu sein.

Angekommen, stellte sie ihren Wagen in einiger Entfernung ab, denn sie wurde plötzlich doch unsicher und wollte sichergehen, nicht entdeckt zu werden. Es konnte ja schließlich sein, dass sie es sich doch noch anders überlegte. Wie eine Diebin schlich sie sich zum Haus und sah, dass ein roter Sportwagen vor dem schmiedeeisernen Gartentor parkte.

Vielleicht hat er ja Besuch, und ich komme unpassend. Verflixt, was soll ich nur tun? Umkehren? Oder die Gelegenheit beim Schopfe packen und ihm nur kurz mitteilen, dass ich bereit bin, auf sein Angebot einzugehen?

Sie zitterte, bekam Herzrasen und hatte Mühe, ihren Atem unter Kontrolle zu bringen. Als es ihr schließlich gelang, straffte sie die Schultern und sprach sich Mut zu. *Los, mach schon. Wer weiß, ob du dich ein weiteres Mal trauen wirst, diesen Schritt zu gehen. Kathrin hat vollkommen recht mit dem, was sie gesagt hat, also sei kein Hasenfuß und sieh zu, dass du es hinter dich bringst.*

Mit bebenden Händen öffnete sie das Gartentor, schlich auf Zehenspitzen den Weg zum Haus hinauf.

Die Fenster, die zur Straße zeigten, waren allesamt dunkel. Aber es musste jemand da sein, denn Leonards Auto stand vor der Tür und schließlich war da ja noch dieser rote Sportwagen.

Sie huschte verschämt um das Haus herum, neugierig, ob die seitlichen oder nach hinten liegenden Fenster einen Hinweis darauf geben konnten, ob jemand im Haus war.

Die Situation war ihr unangenehm. Was, wenn er sie lediglich belächelte und wieder fortschickte? Allein bei diesem Gedanken überkam sie eine unangenehme Gänsehaut. Kribbelnde kalt-heiße Schauer strichen ihr die Wirbelsäule entlang. Das Blut stieg ihr in den Kopf, sie bekam rote Wangen und fing an zu schwitzen.

Und dann sah sie, dass seitlich vom Haus ein Fenster der ausgebauten Kellerräume beleuchtet war.

Sie erinnerte sich daran, dass die Sauna im Keller lag, ging entschlossen näher und blickte den kleinen Hang zum Fenster hinab.

Ob Leonard in der Sauna ist?

Der Raum, den sie da sah, hatte allerdings keinerlei Ähnlichkeit mit einem Wellness- oder Saunaraum.

Er wurde durch Kerzenschein in goldenes Licht getaucht, das unruhige Schatten an die Wände warf.

Sie rückte etwas zur Seite, konnte nun auf dem Fußboden den Rand einer Matratze sehen, die mit einer roten Plüschdecke bedeckt war, und dann entdeckte sie auch Leonard.

Er stand da, stolz wie ein Krieger und lediglich mit einer engen Lederhose bekleidet.

Am liebsten wäre sie hineingestürmt, hätte sich in seine Arme geworfen und gerufen: *Halt mich fest, mach mit mir, was du willst, und lass mich nie wieder los.*

Sie verzehrte sich nach diesem Mann, und in dieser Sekunde verstand sie Kathrin, die meinte, Helena wäre dumm, wenn sie sein Angebot nicht annehmen würde.

Heiße erwartungsvolle Schauer liefen ihren Rücken hinab. Sie wollte gerade zur Haustür gehen, um ihm durch den Druck auf den Klingelknopf zu signalisieren, dass er ihr öffnen möge, da setzte ihr Atem für eine Weile aus. Ihr Herz stockte.

Leonard war nicht allein.

Sie sah, wie eine schöne schwarzhaarige Frau mittleren Alters auf ihn zukam und ihn verführerisch anlächelte.

Geh weg. Leonard gehört mir, dachte Helena mit einem ungeheuren Anflug von Eifersucht.

Dann beobachtete sie, wie die Frau lasziv ihre Hüften bewegte und ihre Arme um seinen Hals schlang. Leonards Hände schoben sich unter das Kleid der Frau und massierten ihr nacktes Gesäß. Helena sah, wie die Frau auffordernd mit ihrem Po wackelte und ihr Gesicht an seine Schulter schmiegte.

Am liebsten wäre sie hineingestürmt und hätte diese Person von ihm weggezerrt.

Leonard war noch immer mit den Pobacken der schwarzen Schönheit beschäftigt. Dann ließ er plötzlich von ihr ab, riss ihr das leichte Sommerkleid vom Leib und stupste sie auf die breite Matratze. Als Helena ihren Standort ein wenig wechselte, sah sie, dass dort noch eine andere Frau lag. Nackt! Und mit lüsternem Gesichtsausdruck – die knallrot lackierten Finger vor Erregung tief in die rote Plüschdecke gegraben.

Wie gebannt stand Helena vor dem Fenster. Während ihr Kopf ihr befahl, sofort von hier zu verschwinden, gehorchte ihr Körper mal wieder nicht, sondern blieb wie angewurzelt stehen. Verwurzelt wie eine jahrhundertealte Eiche.

Durch das gekippte Fenster konnte Helena hören, wie Leonard den beiden Damen befahl, sich auf den Bauch zu legen. Sie gehorchten willig und er begann ihre Pobacken synchron zu massieren. Die eine mit der rechten, die andere mit seiner linken Hand, während die beiden Frauen ihre Gesichter einander zugewandt hatten und sich leidenschaftlich zu küssen begannen.

Leonard erhob sich, verschwand für ein paar Sekunden und kam mit einer Gerte zurück. Die Küsse der Frauen wurden wilder, hemmungsloser. Sie rückten näher zueinander und begannen, sich gegenseitig zu berühren. Leonard schlug mit der Gerte zu. Traf immer wieder gezielt die beiden Hinterteile der knutschenden Frauen, deren wollüstige Leiber sich stöhnend wanden und in vollkommener Ekstase zu befinden schienen.

Dieser Anblick war für Helena so heftig, obszön – gleichzeitig aber auch erregend –, dass sie leise aufstöhnte.

Die Gerte schnellte immer wieder auf die bebenden Pobacken der beiden Frauen – stärker als zuvor – und hinterließ rote Striemen. Sie keuchten und wimmerten zwischen ihren heißen Küssen, streckten Leonard ihre prallen Backen auffordernd entgegen, so hoch, dass Helena die nassen Spalten erkennen konnte, die nun offen und zu allem bereit gen Himmel zeigten.

Die Gertenschläge prasselten auf sie nieder und Leonards energisches: »Bleibt ihr wohl ruhig liegen, ihr Schlampen«, entlockte ihnen ein neckisches Kichern, löste aber auch sofortigen Gehorsam aus, denn augenblicklich pressten sie ihre Körper wieder auf die Matratze und lediglich ihre Zungen im Mund der jeweilig anderen waren noch in Bewegung.

»Ich werde euch gehörig den Hintern vertrimmen. Und wehe, ihr rührt euch.«

Klatsch, klatsch, klatsch – die Gerte rasselte unermüdlich nieder, und das schien sehr lustvoll zu sein, denn es gelang den Frauen nicht, ihre Leiber still zu halten.

Helena wunderte sich, dass die beiden keine schmerzverzerrten Gesichter hatten, denn es musste doch sicherlich schmerzhaft sein, mit einer Gerte auf den blanken Po geschlagen zu werden. Stattdessen sah sie lustvolle Gesichter, die nach mehr zu lechzen schienen.

Der natürliche Schmerz schien sich in etwas anderes zu verwandeln, in etwas, was Helena nicht kannte, etwas, was prickelnder Lust zu ähneln schien, denn ihre Körper wanden und rekelten sich ungeachtet von Leonards Befehlen immer wieder einladend in alle Himmelsrichtungen, ganz so, als hätte jede der beiden Frauen Angst zu kurz zu kommen, nicht oft genug von der Gerte getroffen zu werden.

Sie reckten ihr Hinterteile empor, begierig darauf, von den wundervollen Schlägen erreicht zu werden, schnurrten wie zufriedene Kätzchen und flehten darum, dass dieses Spiel noch möglichst lange anhalten möge.

Doch Leonard hatte andere Pläne. Er legte die Gerte beiseite und begann, die Pobacken der beiden Frauen nun mit seinen Händen zu bearbeiten. Er gab kleine Klapse auf die geröteten Backen, knetete, drückte und massierte. Immer wieder umfasste er im Wechsel ihre prallen Rundungen, umkreiste sie, schob die Pobacken neckisch auseinander und erhöhte die Stärke der Klapse, sobald sie nicht still hielten, sondern ihm auffordernd ihren Po entgegenstreckten.

Helena erschrak, als sie spürte, dass es feucht zwischen ihren Schenkeln wurde, denn dies war eine Reaktion, die sie von sich selbst in einer derartigen Situation absolut nicht erwartet hätte. Nie und nimmer!

Und nun stand sie da, spürte einerseits tiefe Eifersucht in sich wachsen, andererseits aber auch eine Lust, die sie von innen zu verzehren schien.

Verdammt, was ist bloß los mit mir?

Ihr hektischer Blick fing jede Bewegung ein, die da drinnen vor sich ging. Wie eine Kamera nahm sie alles detailgetreu in sich auf, während ihre Säfte hemmungslos zu fließen begannen.

Sie sah, wie Leonard die Schenkel der schwarzhaarigen Frau, die immer noch auf dem Bauch lag, weit spreizte und der Brünetten ein Zeichen gab, so dass diese sich vor das Gesicht der anderen setzte, um von ihr geleckt zu werden.

Gleichzeitig teilte Leonard die Schamlippen der Schwarzen, kniete sich hinter sie und schob einen riesigen Vibrator in ihre offen liegende Möse, während er seine Hose öffnete und seinen hervorschnellenden Schwanz an ihren zitternden Pobacken rieb. Die wimmernde Frau wollte sich ihm entgegenstrecken, konnte vor Hunger und Gier kaum noch an sich halten, wurde jedoch von Leonard hart nach unten gedrückt.

»Halt still, du geiles Miststück. Sonst muss ich dich bestrafen.«

Die Frau stieß vor Lust kleine Schreie aus, während sie ihre Hände im Schoß der anderen vergrub, die sich mit weit gespreizten Beinen so gesetzt hatte, dass sich ihre triefende Möse genau vor dem Gesicht befand, und nur darauf wartete, hemmungslos liebkost zu werden.

Hart rammte Leonard den Vibrator in die auf dem

Bauch liegende Frau hinein, füllte sie damit aus, dehnte ihre Vagina mit kreisenden Bewegungen, während diese die feuchte Grotte der anderen hingebungsvoll leckte.

Die Zeit erschien Helena endlos und sie hatte sich kaum noch unter Kontrolle. Hier stand sie nun als Voyeurin und ertappte sich dabei, wie ihre Hand unter ihr Kleid in ihr Höschen fuhr, ihre Klitoris sanft stimulierte und schließlich ihre eigene Feuchtigkeit im Schoß verrieb.

Kurz vor ihrem Höhepunkt hörte sie die bettelnden Stimmen der beiden Frauen, die immer wieder stöhnten, wimmerten und »weiter, weiter, weiter«, keuchten.

Helena fühlte sich wie ein Vulkan, aus dem in absehbarer Zeit glühende Lava schießen würde. Ihr Becken zuckte, ihre Füße kribbelten und immer wieder hörte sie durch das Fenster hindurch: »Fick mich!« ... »mach's mir!« ... »Leonard, du bist so heiß« ... »los, gib's mir!«

Sie konnte durch ihre verhangenen Augen erkennen, wie Leonard den Vibrator langsam aus der Vagina der keuchenden Frau herauszog. Das gerade noch gestopfte Loch klaffte nun leer und unausgefüllt – blieb hungrig zurück.

Er drückte den Unterleib der Frau fester auf die Matratze, so dass sie nicht mehr mit ihrem Becken kreisen konnte, spreizte ihre Beine noch mehr und fischte nach einem Kondom. Dann beugte er sich über sie und schob seinen Schwanz in sie hinein, während er die Schenkel der anderen knetete und dabei zusah, wie sie geleckt wurde.

Der Rausch der Begierde und die allgegenwärtige Wollust waren bis nach draußen zu spüren. Helena stöhnte laut auf und beobachtete, wie Leonard die Frau hart durchvögelte. Sein knackiges Gesäß schoss dabei vor und zurück, während seine Lederhose in seinen Kniekehlen hing.

Dieses Bild machte Helena unglaublich an. Sie rieb ihre Klitoris und starrte wie gebannt auf die kreisenden Hüften und das blanke Hinterteil von Leonard und hätte ihr Gesicht am liebsten in seiner halb herabgezogenen Hose vergraben, die, wie sie da so hing, dem Ganzen den letzten Kick gab. Sein Schoß knallte hörbar gegen die Backen der Frau, die erneut versuchte, ihm ihren Po entgegenzustrecken. Und diesmal ließ Leonard es geschehen. Sie wimmerte. Vor Lust warf sie immer wieder wild ihren Kopf hin und her, wurde von Leonard jedoch ständig streng und energisch dazu aufgefordert, ihre Freundin weiterzulecken.

Dann ließ er von ihr ab, zog die Brünette so zu sich heran, bis diese auf allen vieren hinter der Schwarzen kauerte, und befahl ihr: »Leck sie, du Miststück. Und dann bist du dran. Ich nehme dich genauso hart wie deine Kollegin.«

Während er seinen Schwanz von hinten in sie hineinrammte, sah er ihr dabei zu, wie auch sie ihre Zunge in die nasse Spalte der anderen tauchte.

Helena spürte, wie ihre Knie weich wurden. Ein gewaltiger Orgasmus kündigte sich an, raubte ihr die Sinne und ließ sie schließlich laut stöhnend zu Boden sacken, denn die Knie versagten nun vollkommen den Dienst. Beim Versuch, sich mit den Händen abzustützen, rutschten ein paar Kieselsteine hinab in Richtung Fenster.

Sie bemerkte nicht, dass Leonard sie gehört hatte, denn sie war zu sehr mit sich selbst beschäftigt.

Leonard hielt in seinem Liebesspiel inne, löste sich von der Frau, stand auf und näherte sich mit zusammengekniffenen Augen dem Fenster.

»Hoppla – wen haben wir denn hier?« Die sanfte

Männerstimme und die Hand auf ihrer Schulter ließen Helena entsetzt zusammenfahren.

Sie sah sich einem jungen, sehr hübschen Mann in schwarzer Plüschjacke gegenüber und erkannte in ihm Rafael, den Freund von Leonard. Rafael lächelte ihr freundlich zu und half ihr wieder auf die Füße.

Währenddessen stand Leonard noch immer am Fenster und beobachtete mit einer Mischung aus Erstaunen, Schadenfreude, Zufriedenheit und Neugier, wie Helena versuchte, wieder auf die Beine zu kommen und gleichzeitig ihr Kleid wieder so zu richten, dass es nicht mehr so viel von ihren Oberschenkeln freigab.

Ein amüsiert boshaftes Grinsen stahl sich auf sein Gesicht. Er hatte dieses tugendhafte Geschöpf beim Spannen erwischt, und wenn er das Stöhnen, welches er vernommen hatte, richtig interpretierte, hatte sie es sich dabei sogar recht gutgehen lassen.

Mademoiselle Tugend masturbiert, während sie mich dabei beobachtet, wie ich meine Kundinnen verwöhne.
Er schüttelte lachend den Kopf.

Ein Blick auf die beiden Damen, die sich auf der Matratze wälzten und sich prächtig miteinander amüsierten, zeigte ihm, dass der Moment günstig war, um nach draußen zu laufen – am besten sofort, bevor Lady Tugend sich davonschleichen und später alles leugnen konnte.

Währenddessen war Rafael mit Helena zur Vorderseite des Hauses geschlendert, eifrig bemüht, die zitternde und völlig verstörte junge Frau zu beruhigen, der die ganze Situation so unangenehm und peinlich war, dass sie sich am liebsten in Luft aufgelöst hätte, und so für immer und ewig verschwunden wäre. Rafael versprach ihr hoch und heilig, Leonard auf gar keinen Fall etwas davon zu erzählen. Helena war ihm sehr dankbar und konnte schließlich sogar ein wenig lächeln, wenn auch

unter Tränen, die sie vor lauter Aufregung und Anspannung nicht zurückhalten konnte. Sie dankte Rafael und wollte sich gerade von ihm verabschieden und möglichst schnell verschwinden, als hinter ihr plötzlich eine Stimme ertönte, die sie unter Tausenden von Stimmen wiedererkannt hätte. »Guten Abend, Helena.«
Sie fuhr herum.
»Oh ... ich ... was machst du denn hier?« Rasch schluckte sie weitere Tränen hinunter und versuchte ihr Zittern zu verbergen.
Leonard warf den Kopf in den Nacken und lachte schallend. »Diese Frage müsste ich eher dir stellen, meinst du nicht auch?«
Rafael, der die besondere Atmosphäre zwischen den beiden spürte, wollte nicht stören und gab vor, ein wichtiges Telefonat führen zu müssen. Er verabschiedete sich von Helena, sagte, dass es ihn sehr gefreut habe, sie kennenzulernen, und verschwand im Haus.
»Nun?« Leonards Augenbraue schoss in die Höhe.
»Ich ... es ... ich wollte gerade ... nun ja ... ich will dich nicht aufhalten.« Sie zupfte nervös an ihrem Kleid.
Leonard ließ seinen Blick von oben bis unten über ihre Gestalt gleiten. Seine Augen waren unergründlich, während er ungeniert ihre langen Beine, die sanfte Rundung ihrer Hüften und ihre Brüste ins Visier nahm.
Nervös trat Helena von einem Bein auf das andere. Endlich hob er den Blick. Aber wenn Helena gehofft hatte, dadurch erlöst zu sein, so wurde sie nun eines Besseren belehrt; denn der intensive Blick, mit dem er in ihre Augen eintauchte, war weitaus intimer, als die gerade stattgefundene Musterung ihres Körpers.
Sie wurde abwechselnd rot und blass.
»Hattest du zufällig etwas hinter meinem Haus verloren?«

Helenas Zunge war so trocken, dass sie an ihrem Gaumen klebte. Abgesehen davon, dass sie nicht wusste, was sie ihm darauf antworten sollte, wäre ihr eine passende Antwort in diesem Augenblick auch gar nicht möglich, denn sie hatte ein derartig pelziges Gefühl im Mund, dass eine vernünftige Artikulierung ausgeschlossen war.

Sie räusperte sich unauffällig und nestelte nervös am Saum ihres Kleides, der ihr mit einem Mal viel zu kurz erschien.

»Nun?«, fragte er gedehnt, als sie immer noch nichts sagte.

»Ich also …« Sie brach ab, straffte die Schultern und begann erneut. »Ich hatte vor … aber es ist … und weil ich … sag mal, wirst du da drin nicht vermisst?«

»Wie kommst du darauf?« Er grinste frech. »Wer soll mich denn vermissen?«

»Ich habe da vorne einen roten Sportwagen gesehen und bin davon ausgegangen, dass du Besuch hast.«

»Soso. Und das ist alles?« Er genoss das Gefühl, sie in die Enge getrieben zu haben, und ergötzte sich daran, wie unsicher sie seinen Blick zu erwidern versuchte.

»Leonard, ich habe es mir überlegt.«

»Ach ja? Du hast dir was überlegt? Hilf mir auf die Sprünge.« Seine Augen flackerten auf, denn er hatte durchschaut, dass sie gerade geschickt vom Thema ablenken wollte. Aber er würde sie noch so weit bekommen, dass sie zugab, gespannt zu haben.

»Ich werde … also, was ich sagen will ist … nun ja, ich werde deinen Bedingungen zustimmen.«

»Wovon sprichst du? Ich kann mich nicht daran erinnern, dass ich dir irgendwelche Bedingungen gestellt habe.«

»Du weißt genau, was ich meine.«

Wieder lachte er. »Und woher bitte schön soll ich

das wissen? Du tauchst hier plötzlich vor meinem Haus auf und redest wirr.« Sein Grinsen wurde noch unverschämter.

»Ich ... die siebzehn Tage ... du weißt schon ... und dafür hilfst du mir bezüglich meiner Eltern.«

Seine linke Augenbraue schoss in die Höhe. »Woher der plötzliche Sinneswandel?«

Sie zuckte die Schultern.

»Wie du willst. Dann komm rein und erklär es mir genauer.«

»Jetzt?«

»Wann sonst?«

»Aber du hast doch Besuch und ich ...«

»Woher willst du wissen, dass ich Besuch habe? Das Auto könnte auch Rafael gehören.«

Jetzt muss sie mit der Sprache rausrücken. Oder hat sie etwa wieder irgendwelche Tricks auf Lager, um sich aus dieser Situation herauszuwinden?

Helena schnappte nach Luft. »Äh ... du hast Lippenstift an deinem Hals. Was mich darauf schließen lässt, das du Damenbesuch hast.«

Leonard hielt sich den Bauch vor Lachen. Diese Frau war unglaublich. »Ich habe also Lippenstift an meinem Hals. Hmmm ... sag mal, ich meine dich eben am Fenster gesehen zu haben. Oder war das dein Klon?«

Helena zuckte zusammen, als hätte sie gerade eine Ohrfeige bekommen.

»Du hast mich gesehen?«

Sein Mund verzog sich zu einem Lächeln. Es war das überlegene Lächeln eines Mannes, der schon alles gesehen hatte, dem nichts mehr fremd war und der sich über ihre Unsicherheit amüsierte. »Du warst nicht zu überhören.«

Helena wurde puterrot. »Wie ... äh ... ich meine ... wie meinst du das?«

»Wie ich es gesagt habe. Und jetzt werden wir beiden Hübschen ins Haus gehen und die beiden Damen begrüßen. Schließlich gehört es sich nicht, fremde Leute heimlich zu beobachten, ohne ihnen wenigstens einen guten Tag gewünscht zu haben.«

»Ich kann da jetzt nicht mit reinkommen.«

»Warum nicht?«

»Weil es nicht geht.« Sie trat nervös vom linken auf den rechten Fuß.

»Ich habe aber einiges mit dir zu besprechen. Oder meinst du, ich bin ein Hampelmann, der auf Abruf bereit ist, wenn Mademoiselle es wünschen?«

»Das habe ich nicht behauptet.«

»Dann komm rein und erkläre mir, wieso ich noch bereit sein sollte, diesen Deal einzugehen. Du hattest abgelehnt und für mich war das Thema abgehakt. Und da ich aufgewärmten Kaffee verabscheue, musst du mich schon mit handfesten Argumenten überzeugen.«

»Können wir das nicht verschieben?«

»Nein. Entweder wir reden jetzt oder gar nicht. Das ist mein letztes Wort. Und anhand unseres Telefongespräches müsstest du wissen, wie konsequent ich bin.«

»Sind das Kundinnen von dir?«

Als Antwort bekam sie lediglich ein leises Lachen. »Das geht dich nichts an. Komm rein oder lass' es. Ich jedenfalls werde hier draußen keine Wurzeln schlagen.«

Er wandte sich zum Gehen.

»Warte.«

Leonard aber ging schnurstracks weiter. Helena unterdrückte den Impuls, heftig mit dem Fuß aufzustampfen und ihm nachzubrüllen, was für ein selbstgefälliger Gigolo er doch wäre. Stattdessen ergab sie sich leise fluchend und stapfte hinter ihm her.

Als er ihre unflätigen Flüche und Schritte hinter

sich hörte, musste er grinsen. Er öffnete die Tür, ließ sie neben sich treten, beugte sich schließlich ganz nah zu ihrem Ohr hin und flüsterte: »Und denk dran, nach meinen Spielregeln.«

Seine Worte ließen sie erschauern, erzittern, ohne dass er sie berührte. Wirre Gedanken schossen ihr durch den Kopf, Bruchstücke bunter Bilder, die sie vieltausendmal in ihrem Kopf abgespult hatte.

Sie wusste nicht, was er vorhatte, wusste nur, dass er dominierte. Nicht nur körperlich, sondern auch geistig. Sie war ihm ausgeliefert – und es gefiel ihr. Es erregte sie sogar. Und einen großen Teil der Erregung verursachte die Angst vor dem Ungewissen, das sie erwartete.

Leonards unergründlicher Blick folgte ihr, als sie ins Haus trat. Helena konnte diesen Blick fast körperlich spüren.

Zu gern würde ich jetzt in seinen Kopf hineinschauen können. Diesen Menschen ergründen bis in die letzte Zelle. Wissen, was er denkt und fühlt.

Helena wusste, dass es ihr längst nicht mehr nur darum ging, ihren Eltern mit seiner Hilfe eine rührselige Liebesstory vorzuspielen und dafür zu »bezahlen«. Ihr ging es vielmehr um Leonard und darum, dass sie sich in seiner Gegenwart ganz anders wahrnahm. Dieser Mann weckte Gefühle und Sehnsüchte in ihr, von denen sie bisher noch nicht einmal etwas geahnt hatte. Sie brannte darauf zu erfahren, welche Seiten er noch in ihr zum Vorschein bringen konnte. Seiten, die erst ausgebuddelt werden mussten. Ausgebuddelt aus einer dicken Schicht, die aus Anstand, Prinzipien, Unwissenheit und auch Angst bestand.

Und sie war neugierig auf das Gespräch, das sie jetzt gleich führen würden und das hoffentlich bewirken würde, dass er immer noch bereit war, auf den Deal einzugehen.

»Zieh dein Kleid aus.«

»Aber ... ich hatte doch ... ich dachte ... wir wollten uns doch darüber unterhalten, ob ... was hast du vor?«

»Tu, was ich dir sage. Du wirst ja wohl nachvollziehen können, dass ich mich erst einmal vergewissern möchte, ob ich überhaupt noch bereit bin, auf den Deal einzugehen. Und dazu gehört nun mal eine genaue Begutachtung.«

Helena versank in seinen funkelnden Augen, als er ganz dicht auf sie zutrat, seinen Daumen über ihre Unterlippe gleiten ließ und ihr erneut »Los, zieh dich aus« ins Ohr flüsterte.

Hätte ihr vor zwei Monaten jemand gesagt, dass sie auf eine derartige Situation mit Erregung reagieren würde, sie hätte denjenigen für verrückt erklärt. Nun aber stand sie da, bekam allein schon bei seiner Stimme ein feuchtes Höschen und wünschte sich nichts sehnlicher, als in seine Arme zu sinken, sich ihm voll und ganz hinzugeben und zu spüren, dass sie ihm gefiel. Gierig sog sie den Duft seines Rasierwassers ein, der sich auf sinnliche Weise mit dem ihm eigenen männlichen Geruch vermischte.

Langsam öffnete sie den Reißverschluss ihres Kleides und ließ es über ihre Arme und Hüften hinab zu Boden gleiten. BH und Slip folgten und dann stand sie – bis auf ihre hochhackigen Sandalen – vollkommen nackt vor ihm.

»Dreh dich um.«

Sie tat wie geheißen.

»Und nun gehe schön langsam bis zum Tisch, stütze deine Hände darauf ab und spreize die Beine.«

Erneut folgte sie seinen Anweisungen.

»Kannst du dir tatsächlich vorstellen, siebzehn Tage lang derartigen Wünschen und Befehlen Folge zu leisten? Widerspruchslos? Und glaub mir, das hier war noch harmlos. Ich möchte schließlich nicht, dass wir uns auf den Deal einigen und du mittendrin plötzlich spürst, all das überschreitet deine Grenzen dermaßen, dass du innerlich daran zerbrichst. Ich möchte ein Callgirl mit Biss und Durchhaltevermögen. Also überlege es dir gut, bevor du mir erneut unterbreitest, du seiest bereit für meinen Vorschlag.«

Helena konnte seinen Gesichtsausdruck nicht sehen, denn sie stand immer noch so da, wie er es sich gewünscht hatte – mit dem Rücken zu ihm. Sie hatte Mühe, ihre zitternden Knie zu unterdrücken, als sie sagte: »Ich habe es mir schon überlegt. Ich werde durchhalten und mit Sicherheit nicht daran zerbrechen.«

Leonard sagte eine geraume Zeit lang gar nichts. Dann endlich meldete er sich wieder zu Wort. »Ich mache dir einen Vorschlag. Sieh den heutigen Abend als eine Art Test an. Wenn du im Anschluss daran immer noch ›ja‹ zu allem sagst, bin ich bereit, auf den Deal einzugehen. Aber sei bitte ehrlich zu dir selber, denn wie du sicherlich bereits erahnen konntest, habe ich ein Faible für das Außergewöhnliche. Ich finde, so ist es nur fair, denn du sollst einerseits wissen, was dich ungefähr erwartet, und andererseits möchte ich natürlich wissen, ob du den Erwartungen, die ich an mein persönliches Callgirl stelle, entsprichst.«

»Okay.« Ihre Antwort war lediglich ein leises Hauchen und viel wichtiger, als herauszufinden, ob sie sich das alles vorstellen konnte, war für Helena, dass sie seinen Erwartungen letztendlich entsprach.

»Wie du willst. Dann werden wir jetzt gemeinsam in den Keller gehen und du wartest meine weiteren Anordnungen ab. Heute Abend kannst du jederzeit aussteigen, hast du dich aber erst einmal auf die siebzehn Tage eingelassen, musst du durchhalten. Also horche genau in dich hinein, es kann nämlich sein, dass du mit einer Welt konfrontiert wirst, die dir absolut nicht behagt.«

Sie nickte.

»Gut. Dann komm mit.«

Sie drehte sich um, vermied seinen Blick und folgte ihm die Treppe hinab zu dem Raum, in dem die beiden Frauen noch immer in heiße Liebesspiele versunken waren.

Erst jetzt bemerkte sie den riesigen Spiegel, der genau über der »Spielwiese« an der Decke befestigt war. Das sinnliche Treiben der beiden Frauen erregte sie und unwillkürlich schoss ihre Zungenspitze für einen kurzen Moment zwischen ihren Lippen hervor und benetzte die rosige Haut. Ihr entfuhr ein leises Stöhnen, als Leonard hinter sie trat. Er griff in ihr Haar, bog ihren Kopf nach hinten und biss leicht in ihren Hals.

»Ich wittere dein pulsierendes Blut. Rieche deine Neugier und den Duft deines Begehrens. Betörende Unschuld und sinnliche Lust. Welch verführerische Mischung.«

Unter seinen Fingerspitzen pochte das Blut durch ihre Adern.

»Wenn du dich auf mich einlässt, werde ich jeden Zentimeter deiner Haut und jede Öffnung deines Körpers erforschen. Ich werde die Fäden in der Hand halten. Fäden, die hemmungslose Gier und feurige Lust freisetzen, die dich in andere Sphären katapultieren werden. Willst du mir gehorchen?«

»Ja. Ich will.«

Er küsste sie leicht – einen Atemhauch lang. Es war eine kurze Berührung mit den Lippen, ein Streifen seiner Zunge – mehr nicht. Diese Berührung hatte jedoch die Kraft eines Feuerwerks – war Vorspiel und Versprechen zugleich.

Helena rang nach Atem. Im Deckenspiegel konnte sie

jede Einzelheit des Treibens auf der einladenden Matratze beobachten, während Leonard seinen Griff in ihrem Haar noch verstärkte und ihren Kopf dadurch noch ein Stückchen weiter nach hinten bog.

Die kitzelnde Hitze seines Atems an ihrem Ohr kroch bis zu jeder einzelnen Zelle ihres Körpers weiter, bis Helena zu glühen glaubte. Es entstand eine Atmosphäre, die ihr die Luft zum Atmen nahm, sie keuchen ließ, während ihre Körpersäfte sich zum Finale sammelten und heiß zwischen ihren Schamlippen hervorquollen. In ihrem Schoß vibrierte und pulsierte verheißende Vorfreude. Alles in ihr sehnte sich nach sexueller Erfüllung, nach einem gewaltigen Orgasmus.

Gierig sah sie den beiden Frauen durch den Spiegel zu. Leonards freie Hand legte sich wie ein Schraubstock um ihren Hals und seine Stimme flüsterte: »Ja, mein Engel. Schau ihnen genau zu. Was du dort siehst, ist pure Lust. Ohne störende Gedanken und Prinzipien.« Ganz nah war seine Stimme. Sie füllte ihren Gehörgang komplett aus und erreichte schließlich ihr Gehirn.

»Heiß und feucht sind ihre Körper. Voll prickelnder Ekstase. Ich habe sie angeheizt, wie sie es von mir gewünscht haben, und nun sind sie gefangen im Labyrinth der Lust. Wild, hemmungslos und vollkommen tabulos. Auch dich werde ich in dieses Labyrinth führen. Dich die Macht der Begierde lehren.«

Seine Zunge fuhr in einem geraden Strich über ihr Ohr. Helena befeuchtete sich mit ihrer Zunge die Lippen. Sie waren trocken und spröde wie ein Stück Lehm in der Sonne. Leonards Zunge hatte eine heiße, prickelnde Spur hinterlassen und ihre Erregung wuchs. Es gesellte sich allerdings auch ein wenig Angst hinzu. Angst vor dem unbekannten Labyrinth. Vor der Macht der Begierde.

Was hat er mit mir vor?

Sie rang nach Luft und es war sein Atem, der ihre Lungen füllte, denn er hatte ihren Kopf jetzt so gedreht, dass sie ihn direkt ansehen musste.

Sein Gesicht war nur wenige Zentimeter von dem ihren entfernt, und während sie seinen atemberaubend männlichen Duft in sich aufsog, machte ihre Angst einer immer größer werdenden Begierde Platz.

Sie hätte alles dafür gegeben, wenn er sie in diesem Moment geküsst hätte. Er jedoch schaute sie lediglich mit eigentümlich funkelnden Augen an und blies ihr weiterhin seinen gleichmäßigen Atem ins Gesicht. Die Mauer ihrer Selbstbeherrschung hatte Leonard längst eingerissen. Sie war nicht mehr Herrin ihrer Gefühle. Und sie spürte mit aller Macht, dass er vorhatte, noch weiter zu gehen. Bis ihre Grenzen und Prinzipien allesamt über den Haufen geworfen und anschließend lediglich ein Schatten ihrer selbst waren. Sie schloss die Augen in hoffnungsvoller Erwartung seiner sinnlichen Lippen. Doch ihr stummes Betteln wurde nicht erhört.

Stattdessen gab er sie frei, schob sie von sich und wies mit dem Kopf zu den beiden Frauen, die sich gerade gegenseitig mit duftendem Körperöl massierten und sich – statt im Hier und Jetzt – in ihrer eigenen kleinen Welt zu befinden schienen.

»Leg dich dazu.«

Ein Schauer lief prickelnd Helenas Rücken hinab. Ihr Herz setzte für einen Schlag aus und pochte dann umso heftiger weiter.

»Ich kann doch nicht …«

»Du kannst. Und ich bin mir sicher, Doreen und Beatrix werden sich freuen.«

»Aber …«

»Sind deine Grenzen hier also schon erreicht?«

»Das habe ich nicht gesagt.« Ihre Stimme klang seltsam belegt. Ihre eigenen Bedürfnisse machten sie verletzlich, und sie spürte, wie ihr Inneres sie dazu drängte, einen Schritt in dieses Labyrinth zu setzen. Sie ließ dieser Symbolik Taten folgen, indem sie einen Schritt nach vorn setzte.

Erneut wallte Hitze in ihr auf. Währenddessen stand Leonard einfach nur da und verfolgte jede ihrer Bewegungen und Regungen.

Helena war sich seiner Gegenwart überdeutlich bewusst. Dieser schöne, willensstarke Mann, der dafür gerühmt wurde, Frauen in äußerstes Verzücken versetzen zu können. Ein Edelcallboy der Sonderklasse, der nun einfach nur dastand, sie mit unbewegtem Gesichtsausdruck taxierte und antestete, ob sie ihm als sein persönliches Callgirl genügte.

Sie erbebte, als ihr überdeutlich klar wurde, dass sie sich nichts mehr wünschte, als diesem ungezähmten Mann zu gefallen und seinen Ansprüchen zu genügen.

Langsam bewegte sie sich weiter auf die Matratze zu.

Schritt für Schritt.

Und mit jedem Zentimeter, den sie zurücklegte, begann ihr Herz schneller zu pumpen, ihr Blut heißer zu pulsieren.

Zunächst ließ sie lediglich der Wunsch, Leonard etwas beweisen zu wollen, voranschreiten. Doch bald schon war es ihr eigenes Verlangen, das sie vorantrieb.

Als Helena schließlich zaghaft ein Knie auf die Matratze schob, wurde sie von zwei Paar überaus einladenden Armen empfangen.

Doreen und Beatrix nahmen sie in ihre Mitte und während Doreen mit ihren Lippen über Helenas Mund, Wangen und ihren Hals strich, beschäftigte sich Beatrix mit ihren bebenden Schenkeln, öffnete sie und liebkoste die weichen Innenseiten.

Es war eine delikate Berührung von zarten, femininen

Fingern, die kundig ihren Weg suchten und schließlich eine Saite zupften, die Helena vor Lust und Neugier vibrieren ließ.

Leonard hatte es sich in einem Sessel gegenüber bequem gemacht, verschränkte seine Arme vor der Brust und sah dem Trio neugierig zu. Er hatte angenommen, Helena würde an diesem Punkt aussteigen, umso erstaunter war er nun, sie mit verklärtem Gesichtsausdruck zwischen seinen beiden langjährigen, bisexuellen Stammkundinnen zu sehen.

Eigentlich hatte er sein Angebot – ihr helfend zur Seite zu stehen – nur so dahingesagt – im festen Glauben und Wissen, dass dieses tugendhafte Geschöpf sowieso ablehnen würde. Als sie dann am Abend vor seinem Haus auftauchte und ihm unterbreitete, sie sei bereit, seine Forderung zu erfüllen, war er einerseits überrascht, andererseits nicht gerade erfreut gewesen, denn seine Zeit war knapp bemessen und für derartige Spielereien zu kostbar. Nun aber erwachte in ihm eine unsagbare Neugier darauf, wie es wohl sein würde, diese erfrischend unschuldige Person in die unterschiedlichsten Spielarten der Lust einzuweihen. Wie es sich anfühlte, sein ganz persönliches Callgirl zu haben.

Die Vorstellung begann ihm langsam sogar Spaß zu bereiten, so sehr, dass er mittlerweile sogar hoffte, Helena würde auch im Anschluss an diesen Abend »ja« zu ihrem Deal sagen.

Lächelnd ruhte sein Blick auf den drei attraktiven Frauen. Helena ließ sich nach allen Regeln der Kunst verwöhnen. Sie war entzückt von der Vollkommenheit der beiden weiblichen Körper neben sich. Von den wohlgeformten Beinen, den perfekt gerundeten Schenkeln, den sanft geschwungenen Hüften und prallen, wogenden Brüsten.

Ihr lief förmlich das Wasser im Mund zusammen, und

obwohl sie wusste, dass sie im Grunde ihres Herzens auf Männer stand, ließ sie sich von diesem köstlichen Moment treiben, sich gefangen nehmen von den geheimnisvollen Winkeln des Lust-Labyrinths und den süßen Küssen und Berührungen von Doreen und Beatrix.

Doreens volle Lippen bewegten sich mit äußerster Sanftheit über die ihren, während ihre Hände langsam ihre erwartungsvoll aufgerichteten Brüste streichelten.

Währenddessen hinterließ die Zunge von Beatrix eine feuchte Spur auf Helenas Bauch und erreichte schließlich ihre perfekt gestutzten Schamhaare. Beatrix kostete Helenas Nektar, begann ihre Lusttropfen zunächst spielerisch und zaghaft mit ihrer Zunge zu erhaschen, bis sie ihr Gesicht letztendlich in den Tiefen ihrer nassen Möse versenkte.

Helena wand und drehte sich, ihr Stöhnen wurde immer lauter und sehnsuchtsvoller. Verzückt schlang sie ihre Beine um Beatrix Rücken und bewegte ihre Hüften rhythmisch, um die sinnliche Zunge ihrer Verführerin zum intensiveren Eindringen zu ermutigen.

Doreen hatte sich inzwischen über sie gehockt und bot Helena die Quelle ihrer Lust zum oralen Liebesspiel an.

Nach ein paar Sekunden des Zögerns begann Helena die andere Frau zunächst nur leicht und zögerlich mit ihren Fingerspitzen zu berühren. Doreens Haut fühlte sich an wie Samt. Glatt, weich und seidig. Sie ließ ihre Hände über die zarten Innenseiten der wunderschönen Schenkel und von dort weitergleiten – erkundete fasziniert jede Einzelheit, die sie bei ihrer sinnlichen Wanderung zu ertasten bekam. Die Pobacken waren wunderbar gerundet, saftig und geschmeidig.

Mit neugieriger Faszination starrte sie auf Doreens feuchtes und offen liegendes Geschlecht genau über ihr, fing herabfallende Lusttropfen spielerisch mit der

Zunge auf und zog die andere an den Hüften schließlich so weit zu sich hinab, dass ihre Zunge bequem in die duftenden Falten ihres Schoßes eintauchen konnte.

Helena hatte zuvor noch nie eine Frau geschmeckt und gekostet. Nun saugte und trank sie in Doreens Tiefen, als gäbe es dort den kostbarsten Nektar. Sie spürte, wie die Frau sich erregt auf ihr bewegte und dabei stöhnte, während ihr eigener Schoß unter Beatrix Zunge ähnliche Empfindungen durchlebte.

Im nächsten Moment merkte sie, wie Doreen einem gewaltigen Orgasmus entgegensteuerte, und schließlich wurde auch Helenas Körper von tosenden Wogen der Lust geschüttelt.

Und während sie ihren köstlichen Höhepunkt mit bebendem und zuckendem Schoß vollkommen auskostete, schrie Doreen ihren lauthals hinaus und überschwemmte Helena mit dem Saft ihrer Lust.

⋄⋅≻⋅⋄

Helena sammelte mit zitternden Fingern ihre Kleidung ein. Doreen und Beatrix hatten sich vor ein paar Minuten verabschiedet und Helena war Leonard nach oben gefolgt, wo ihr Kleid und ihre Wäsche lagen. Wie würde es nun weitergehen? Sie fühlte sich verwirrt, unsicher und verlegen.

Nun, wo der Rausch der Leidenschaft sich verflüchtigte, wurde ihr erst richtig bewusst, was in den letzten Stunden passiert war. Sie hatte sich auf ein Liebesspiel mit zwei Frauen eingelassen, während Leonard – wie selbstverständlich – dabeigesessen und zugeschaut hatte.

Allein die Erinnerung daran trieb ihr das Blut ins Gesicht. In diesem Moment wünschte sie sich ganz weit weg – oder aber in Leonards Arme, die sie geborgen hielten, während sein Mund ihr zuflüsterte: »*Es ist alles okay, Helena. Du warst und bist wundervoll und es gibt keinen Grund, sich für irgendetwas zu schämen.*«

Doch da waren weder seine Arme, die sie umfingen, noch liebliche Worte, die sie beruhigten. Ganz zu schweigen davon, dass sie nicht dazu in der Lage war, sich urplötzlich in Luft aufzulösen, um dieser extrem unangenehmen Situation zu entgehen.

Sein Blick brannte eine heiße Spur auf ihre Haut und rasch schlüpfte sie in ihr Kleid, in der Hoffnung, der kühle Stoff würde sie vor der Glut seiner Blicke schützen.

»Nun, Helena. Wie fühlst du dich?«

»Ich ... wie ... es ist ... ich kann ... ganz gut.«

Er hob eine Augenbraue. »Bist du sicher, dass es dir gutgeht?«

»Wieso fragst du?« Ihre Stimme bebte.

»Wieso nicht?« Er lachte. »Würdest du dich jetzt sehen können, wüsstest du, warum ich frage.« Er suchte ihren Blick, doch sie wich erfolgreich aus.

»Solltest du dich gerade vor mir schämen, so besteht kein Grund dazu, denn ich habe in Bezug auf Sex und Erotik schon alles gesehen und erlebt, was man sich nur vorstellen kann. Hat deine momentane Haltung jedoch andere Gründe, so wäre es von Vorteil, wenn du sie aussprichst, damit wir einen Konsens finden. Es sei denn, du willst aussteigen.«

»Aussteigen? Ich ... nun ... wenn du von ... ich ... es ist so ... ich bin nach wie vor ... ich dachte nur ...«

»Ja?«

»Okay. Karten auf den Tisch: Ich schäme mich augenblicklich unsagbar vor dir. Ich komme mir dumm und unbeholfen vor. Ich weiß weder, wo ich hinschauen soll, noch was als Nächstes passieren wird. Das ist alles.«

»Was als Nächstes passiert, hängt davon ab, ob wir

uns für oder gegen den Deal entscheiden werden.« Er sah sie nachdenklich an, mit einem Blick, der Helena durch und durch ging. »Wie denkst du darüber?«

Ihr Herz pochte. *Was, wenn ich ihm ganz ehrlich sage, das ich nach wie vor auf diesen Deal eingehen möchte und er mir daraufhin einen Korb gibt?*

Sie seufzte. »Und du?«

»Ich mag es nicht, wenn eine Frage mit einer Gegenfrage beantwortet wird. Also, noch einmal: Willst du nach dem heutigen Abend lieber aussteigen oder hältst du an deinem Angebot fest?«

»Ich halte daran fest.« Das Herz klopfte ihr bis zum Hals, als sie diese Worte über die Lippen brachte.

»Bist du dir sicher?«

»Ja.«

»Okay. Dann ist unser Deal perfekt. Hast du schon eine Vorstellung, wann wir unser schauspielerisches Talent bei deinen Eltern unter Beweis stellen sollen?«

»Am besten rufe ich dich an, wenn ich Näheres weiß. Ich hoffe, es macht dir nichts aus, wenn es recht kurzfristig und spontan sein wird, denn Besuche bei meinen Eltern sind nie lange im Voraus geplant.«

Vielmehr werde ich immer recht kurzfristig von ihnen herbeizitiert. Tja, und Helena, das brave Töchterchen, gehorcht, um Ärger zu vermeiden. Helena seufzte leise.

»Okay, ich bin einverstanden, kann aber nicht garantieren, dass ich auf Abruf Termine frei habe. Aber wir werden sehen und mit Sicherheit eine Lösung finden. Was mir allerdings noch sehr wichtig ist – und ich möchte es gleich zu Beginn erwähnen, damit es nicht zu irgendwelchen Missverständnissen, Komplikationen oder gar Tränen kommt: Romantik oder gar eine Romanze haben in unserem Abkommen keinen Platz. Vergiss das nie. Uns wird lediglich ein geschäftliches Abkommen verbinden – und natürlich jede Menge Lust und Sex. Da körperliche Begierde und Tabulosigkeit aus meiner Sicht allerdings nicht zwangsläufig etwas mit Herzschmerz und Händchenhalten zu tun haben müssen, möchte ich von vornherein mehr als deutlich klarstellen, dass ich keine romantischen Anwandlungen wünsche. Ich werde dir in den siebzehn Tagen weder Blumen mitbringen, noch werde ich mich mit Küsschen von dir verabschieden. Auch habe ich nicht vor, dir in irgendeiner Art und Weise Rechenschaft darüber abzulegen, wohin ich gehe und wie lange ich fortbleibe. Du bist mein Callgirl auf Zeit – that's all. Wirst du das hinbekommen? Wenn nicht, dann lass uns das Ganze lieber erst gar nicht beginnen. Ich lege nämlich keinen Wert auf ein gebrochenes Herz und rührige Tränen, obwohl eigentlich von vornherein klar war, worum es geht.« Er sah sie hart und eindringlich an.

»Ich werde das hinbekommen!«

»Okay. Dann erwarte ich deinen Anruf.«

⋘∗⋙

»Du bist so nachdenklich. Kann ich dir irgendwie helfen?« Rafael hockte sich zu Leonard, der im Gras lag und den Mond anstarrte. Helena war vor etwa einer Stunde nach Hause gefahren und seitdem kam Leonard einfach nicht zur Ruhe.

»Ich befürchte, ich habe einen Fehler gemacht.«

»Inwiefern?«

»Helena, die entzückende Dame, die du heute Abend hier angetroffen hast, ist eine Person, die mir gefährlich werden kann. Sehr gefährlich. Und das ist etwas, was ich ganz und gar nicht gebrauchen kann.«

»Hmmm ... vom Bauch her vermute ich jetzt einfach mal, dass du auf den Deal eingegangen bist!?«

»Du weißt davon?«

»Sie erwähnte etwas in der Art, als ich sie fragte, was sie auf unserem Grundstück macht. Übrigens eine reizende Person.«

»Reizend und überaus erfrischend. Außerdem so vollkommen anders als die Frauen, denen ich bisher begegnet bin. Wohltuend anders.«

Die Arme hinter dem Kopf verschränkt, lag er nachdenklich da. Irgendwie war er gar nicht glücklich.

Seine Gelassenheit, seine Stärke und das Amüsement bezüglich der delikaten Beziehung zu Helena waren mit einem Schlag gewichen, als ihm bewusst wurde, dass diese Person dazu in der Lage war, etwas in ihm zu verändern. Etwas, was er ganz und gar nicht ändern wollte, denn er war mehr als zufrieden mit seinem Leben. Helena brachte eine Saite in ihm zum Klingen, die er bisher nie wahrgenommen hatte. Und das machte ihm Angst.

Vorsicht, mein Junge. Versuche, den inneren Abstand zu wahren.

Rafael schien seine Gedanken erraten zu haben. »Es wird schon schiefgehen. Bisher hast du es in deinem Leben noch immer geschafft, rechtzeitig die Notbremse zu ziehen. Ich bin davon überzeugt, dies wird dir auch bei Helena gelingen. Außerdem kannst du deine Entscheidung ja noch immer revidieren. Spiel ihr Herzblatt und sage dann adieu. So lässt du sie nicht im Stich und schenkst dir deinen Seelenfrieden wieder, der dir momentan etwas abhanden gekommen ist.«

Leonard setzte sich auf. »Ja, darüber habe ich auch schon nachgedacht, aber da lauert ein kleiner Teufel. Er flüstert mir ins Ohr, wie reizvoll Helena ist, grinst dann von einem Spitzohr zum anderen, und schon komme ich von meinem Vorhaben ab. Ehrlich gesagt bin ich hin- und hergerissen und auch etwas unsicher. Denn derartige Gefühle habe ich bisher nie kennengelernt.«

»Tja, da ist guter Rat teuer, wenn du an eurem Deal festhalten möchtest – und es sieht ja ganz danach aus, dass du mal wieder *alles* willst.« Rafael grinste frech. »Lerne mit diesen Gefühlen umzugehen. Es wird nicht einfach werden, aber du kannst daran nur wachsen.«

»Dein Wort in Gottes Ohr.« Leonard stand seufzend auf und gemeinsam schlenderten sie ins Haus.

Kapitel 12

Helena war nervös. Sie stand im Garten ihrer Eltern und wartete auf Leonard. Und dann kam er endlich. Vom Garten aus konnte sie seine geschmeidigen Bewegungen beobachten. Sogar beim Aussteigen aus seinem schnittigen Sportwagen machte er eine verdammt sexy Figur. Sie schritt ihm herzklopfend entgegen. Ihre Hände zitterten, als er ihr zum Gruß eine rote Rose überreichte.

»Als Zeichen meiner aufrichtigen Liebe.« Er lächelte mit dem ihm eigenen amüsierten Lächeln, das seine Augen funkeln ließ, warf einen prüfenden Blick auf die Fenster des Hauses und schloss sie schließlich wie selbstverständlich in die Arme. »Wir werden beobachtet. Sind deine Eltern immer so neugierig?«

»Ja, leider! Ich hoffe, wir können sie überzeugen.«

»Glaub mir, die Rolle des ›Lovers‹ ist eine meiner besten. Wir werden es schaffen, warte ab. Du musst allerdings auch deinen Teil dazu beitragen.«

Er legte den Arm um ihre Hüften, flüsterte ihr ein: »Keine Bange, wir werden das Kind schon schaukeln«, ins Ohr und geleitete sie mit der Sicherheit eines Mannes von Welt in den Salon.

Helena straffte die Schultern und betete, dass alles gut verlaufen würde.

Helenas Eltern fixierten das Paar mit stechenden Blicken, bevor sie Leonard mit distanzierter Miene schweigend zunickten. Mit einer galanten Verbeugung verneigte sich Leonard vor ihrer Mutter und überreichte ihr – nach einem angedeuteten Handkuss und einer höflichen Begrüßungsformel – einen hübsch gebundenen bunten Frühlingsstrauß.

»Darf ich euch Leonard vorstellen? Dies ist der Mann, der nicht nur mein Herz erobert, sondern mich auch tief in meiner Seele berührt hat. Ohne ihn möchte ich nicht mehr sein, denn er ist mein ganzes Glück.« Helena schmiegte sich in seine Arme und warf ihm schmachtende Blicke zu. Galant wandte sich Leonard Helenas Eltern zu. »Es ist mir eine Ehre, Sie heute kennenlernen zu dürfen.«

»Nehmen Sie Platz, Herr ... Williams!« Helenas Vater wies mühsam beherrscht auf einen freien Stuhl.

»Danke sehr.«

»Nehmen Sie einen Kaffee?« Helenas Mutter winkte der Hausdame zu.

»Gerne. Mit etwas Milch und Zucker, bitte.«

Helena hakte sich bei ihm ein und gemeinsam schritten sie zu dem großen Esstisch, um Platz zu nehmen.

»Ich bin so froh, dass du kommen konntest, Liebling.« Sie hauchte einen Kuss auf seine Wange, warf ihren Eltern glückliche Blicke zu und erklärte: »Ihr müsst wissen, Leonard war beruflich in letzter Zeit viel unterwegs. Sonst hätte ich ihn euch schon längst mal vorgestellt. Und heute sehen wir uns nach zwei Wochen zum ersten Mal wieder.«

Ihr Vater räusperte sich. »Und wie haben Sie unsere Tochter kennengelernt?«

Leonard blickte sich in dem kostspielig eingerichteten Salon um und spürte den abweisenden Blick von Helenas Eltern und den lauernden Blick ihrer Großmutter auf sich ruhen.

»Ja, woher kennen Sie sie?«, fragte nun auch Helenas Großmutter, während sie sich mit einem violetten Fächer eifrig Luft zuwedelte.

Helena legte vertraulich ihre Hand auf seinen Arm.

Sie schien wie gebannt an seinen Lippen zu kleben und Leonard nahm amüsiert zur Kenntnis, dass sie ihre Rolle wirklich gut beherrschte.

»Ich habe vor einem Jahr schon einmal bei einer Ausstellung getanzt. Es war die Ausstellung einer Kollegin von Helena. Wir haben uns gesehen und es hat sofort gefunkt. Seitdem wächst unsere Liebe stetig.«

Helenas Mutter schnappte nach Luft, ihre Hand flatterte zu der Perlenkette auf ihrer champagnerfarbenen Seidenbluse, während sie mit schockiertem Blick ihre Tochter musterte, die den Blicken ihrer Mutter auswich und stattdessen glühende Blicke in Leonards Richtung warf. »Du hast dich also ohne weiteres von einem Stripper ansprechen lassen? Ich hatte gehofft, seine berufliche Richtung sei dir erst später bewusst geworden. Und ich dachte, wir hätten dich zu einer anständigen jungen Frau erzogen.«

»Ich bin anständig. Aber auch emanzipiert. Und da ich den Wert eines Menschen nicht von seinem Beruf abhängig mache, habe ich mich in ihn verliebt. Und?«

»Und hast für dieses Strohfeuer, denn mehr wird es nicht sein, eine gute Partie sausenlassen. Ich kenne nicht viele Männer, die wie Lars von Lohe zusehen würden, wie ihre Frau einem abstrusen Beruf nachgeht, statt zu Hause für Ordnung zu sorgen und die Kinder großzuziehen. Lars hätte deinen Beruf akzeptiert.«

»Und mit eurer Hilfe früher oder später versucht, mich von meinen Bedürfnissen abzubringen.« Helena lachte spöttisch. »Wir sind aber nicht hier, um über Lars von Lohe zu reden, sondern weil ich euch die Liebe meines Lebens vorstellen wollte.«

Ihre Mutter taxierte Leonard aus kühlen, grauen Augen. »Sind Sie eigentlich stolz auf Ihren Beruf?«

»Beruflicher Erfolg ist stets ein Anlass, Stolz empfinden zu dürfen. Oder sind Sie anderer Meinung?«

Rasch verkniff sich Helena ein lautes Lachen. »Ich gestehe, ich bin sehr stolz auf Leonard und seine beruflichen Erfolge.« Sie legte ihre Wange mit verzückter Miene an seine Schulter. »Leider nimmt ihn der Beruf etwas zu sehr in Anspruch und ich muss oft auf seine Gegenwart verzichten. Was mir sehr schwerfällt.«

Liebevoll strich er ihr über die Wange und hauchte einen Kuss in ihr Haar. »Auch für mich ist jede Minute zu schade, die wir nicht miteinander verbringen können. Du weißt, ich bin verrückt nach dir!«

Ihre Mutter, die gerade an ihrem Kaffee nippte, verschluckte sich. Hastig stellte sie ihre Tasse ab und versuchte das Zittern ihrer Hand zu unterdrücken.

Endlich fehlen ihnen die Worte. Wie verwirrt meine konservative und alles ewig kontrollierende Familie mit einem Male ist! Köstlich. Ich genieße es, oh, und wie ich es genieße! Danke, Leonard!

Helenas Vater griff zu seiner Tasse und bemerkte verwirrt, dass sie leer war.

»Darf ich Ihnen Kaffee nachgießen?« Aufmerksam hatte sich Leonard erhoben und griff zur Kanne.

Helena kicherte leise. So hilflos hatte sie ihren Vater noch nie erlebt.

»Nun ... Herr Williams ... könnten Sie es sich vorstellen, diesen ... nun ... diesen etwas unkonventionellen Beruf nach der Heirat mit unserer Tochter aufzugeben?«

Leonard lehnte sich zurück und blickte gelassen in die Runde. »Darüber habe ich mir noch keine Gedanken gemacht. Aber wer weiß ...« Zärtlich legte er seine Hand in Helenas Nacken und rollte spielerisch eine ihrer Haarsträhnen um seinen Zeigefinger.

Mit verträumtem Blick lächelte Helena ihn an.

Die nächsten Stunden waren eher ein Spießrutenlauf für Helena. Dass es nicht einfach werden würde, hatte sie zwar gewusst, nicht aber, dass es so anstrengend war. Dennoch konnte sie ihre Eltern an ihr gegebenes Wort erinnern und sie schließlich davon überzeugen, dass sie der glücklichste Mensch weit und breit sei.

⋄⋅⋄

Leonard schritt zwei Stunden später, zufrieden lächelnd, neben Helena zu ihren Wagen, die etwas abseits vom Haus standen. »Mir scheint, unsere kleine Vorstellung war ein voller Erfolg.«

»Wahrlich. Das war sie wohl.«

Er warf noch einmal einen Blick zu dem herrschaftlichen Haus von Helenas Eltern und entdeckte hinter einem der Fenster, nicht gut genug hinter der Gardine versteckt, Helenas neugierige Mutter.

Schnell beugte er sich zu Helena hinunter und gab ihr einen liebevollen Kuss auf die Wange.

»Ein Mann, der sich seine ›Freundin‹ für siebzehn Tage als sein Callgirl bucht. So etwas hat es, glaube ich, auch noch nie gegeben oder?« Helena zwang sich zu einem Lächeln, denn obwohl sie ihre Eltern fürs erste überzeugt hatten, hatte sie einen bitteren Geschmack im Mund. Wenn sie an die kommenden siebzehn Tage dachte, wurde ihr regelrecht flau im Magen.

»Ja, es kann gut sein, dass es so etwas noch nicht gegeben hat«, wurde sie von Leonard aus ihren Gedanken gerissen. »Aber das ist auch gut so, denn ich liebe das Außergewöhnliche.«

»Hast du aus diesem Grund deinen Beruf ausgewählt?«

»Ja. Warum auch nicht?«

»Und wie oft in der Woche wirst du gebucht?«

Leonard schmunzelte. »Oft genug, um davon leben zu können.«

»Wirst du häufiger als Stripper oder als Callboy gebucht?«

»Das bleibt mein kleines Geheimnis. Außerdem bin ich für die nächsten siebzehn Tage lediglich ein ›Kunde‹. Kunde bei dir.« Er grinste frech.

Sie kam nicht zu einer Erwiderung, denn sein Handy klingelte.

»Ist das eine Kundin?« Helena spürte bei diesem Gedanken einen leichten Stich in der Magengegend.

Als Antwort bekam sie lediglich ein leises Lachen.

Dann entfernte er sich ein paar Schritte und nahm das Gespräch an. Er sprach leise und zu ihrem Bedauern konnte Helena kein einziges Wort verstehen, sosehr sie sich auch bemühte, etwas von dem Gespräch mitzubekommen.

Nach einer Weile kam Leonard zurück.

»So, da wir nun den einen Teil unseres Deals erfolgreich abgeschlossen haben, kommen wir zum anderen Teil. Eine Kundin von mir hat für morgen abgesagt und so passt es gut, dass die siebzehn Tage schon morgen früh beginnen.«

Empört funkelte Helena ihn an. »Du glaubst doch nicht wirklich im Ernst, dass ich den Lückenbüßer für eine deiner notgeilen Ladys spiele. Kommt gar nicht in Frage.«

»Ganz wie du willst. Dann werde ich jetzt sofort zu deinen Eltern gehen und vor ihnen ausbreiten, was tatsächlich hinter unserer ach so feinen Liebesbeziehung steckt. Wir hatten einen Deal. Oder hast du den Passus ›Nach meinen Spielregeln‹ vergessen?«

Helena begann vor Wut zu zittern. Aber was blieb ihr anderes übrig, als gute Miene zum bösen Spiel zu machen? Gar nichts. Es sei denn, sie wollte riskieren, dass ihre Eltern die Wahrheit erfuhren. Aber dann wäre alles Bisherige umsonst gewesen. Und – noch schlimmer – dann hatte sie ihre Eltern erst recht im Nacken sitzen. Denn eine solche Schmierenkomödie, wie sie sie heute Nachmittag abgezogen hatten, würden sie ihr mehr als übelnehmen und nur schwerlich verzeihen können.

»Okay. Nach deinen Spielregeln. Wie genau sehen die aus? Schließlich will ich ja nichts verkehrt machen.« Leichter Sarkasmus schwang in ihrer Stimme mit. Am liebsten hätte sie ihm etwas ganz anderes um die Ohren geworfen, aber ihre Angst, er könnte alles auffliegen lassen, war viel zu groß.

»Ganz einfach! Ich erwarte dich morgen Vormittag – sagen wir um 11 Uhr bei mir. In schwarzen Strapsen, den dazu passenden Dessous und in Highheels. Darüber bitte nur einen leichten Mantel – sonst nichts! Wenn du so etwas nicht besitzt, dann besorg es dir. Schließlich erwarte ich von meinem gebuchten Callgirl besten Service.« Er grinste herausfordernd, umfasste ihre Taille, zog sie an sich und presste seinen Mund auf ihre zusammengepressten Lippen. »Außerdem wirst du die nächsten siebzehn Tage bei mir wohnen. Richte dich also darauf ein, alles einzupacken, was du in dieser Zeit benötigst. Ich möchte, dass du mir jederzeit von morgens bis abends zur Verfügung stehst.«

»Aber das geht nicht.«

»So?« Er hob lässig eine Augenbraue in die Höhe.

»Das geht wirklich nicht. Ich habe Verpflichtungen und außerdem ... meine Arbeit ...«

»Ich erwähnte doch gerade, du mögest alles einpacken, was du in dieser Zeit benötigst. Damit waren auch deine Malutensilien gemeint. Malen kannst du auch bei mir. Und ich weiß auch schon, wo wir dein provisorisches Atelier herrichten werden.«

»Wenn ich dich richtig verstehe, bin ich also in den

nächsten siebzehn Tagen so etwas wie deine Gefangene, ja?«

Leonard lachte amüsiert auf. »Nette Vorstellung. Aber ganz so wild ist es dann doch nicht. Gefesselt wirst du lediglich bei diversen Liebesspielen. Ansonsten darfst du dich frei bewegen. Ich möchte lediglich, dass ich jederzeit über dich verfügen kann. Schließlich habe ich dich für die nächste Zeit fest als mein Callgirl ›gebucht‹.« Er zwinkerte ihr zu. »Und wenn dich diese Vorstellung allzu sehr graust, dann gebe ich dir einen Tipp: Noch kannst du aussteigen!«

»Und dann?«

»Die Antwort kennst du!«

⋄⋄⋄

Helena stand vor dem riesigen Spiegel ihres begehbaren Kleiderschrankes und betrachtete sich eingehend. Ihr Versuch, die Nervosität – welche sich durch stetiges Kribbeln im Magen bemerkbar machte – niederzukämpfen, misslang gründlich.

Da sie nicht im Besitz von Strapsen oder gar Reizwäsche war, hatte sie sich von Kathrin beraten lassen und sich in ihrem Laden heiße Dessous besorgt. Und nun stand sie zum ersten Mal in ihrem Leben in Strapsen und halterlosen Strümpfen da und prüfte ihren Anblick. Die zarte Wäsche betonte vorteilhaft ihren hellen Teint und ihre weiche Haut. Langsam ließ sie die Hand über die edle Spitze des Büstenhalters gleiten, liebkoste wie beiläufig ihre Brüste und strich über den flachen Bauch. Sie musterte sich, als wäre ihr der Körper, den sie in dem Spiegel sah, vollkommen fremd. *Gar nicht mal so übel, Kleines!*

Die knisternden Strümpfe und die zarte Spitze gaben ihr ein vollkommen neues Körpergefühl und sie begann sich einzugestehen, dass sie bisher wahrhaftig etwas verpasst hatte.

Noch rasch etwas Wimperntusche, Eyeliner, Kajal und etwas von dem zartrot schimmerndem Lipgloss. Geschickt zeichnete ihre Hand einen perfekten Lidstrich und brachte mit schwarzer Mascara ihre Wimpern in Form.

Das zarte und dezente Make-up ging ihr leicht von der Hand, da sie sich regelmäßig schminkte. Sie hatte einen geradezu ausgeprägten Kosmetikfimmel und besaß alles, was ein sogenannter Beautyjunkie sich nur wünschen konnte. Ohne ihr Spiegelbild aus den Augen zu lassen, tupfte sie sich ein Paar Tropfen ihres Lieblingsparfums an strategisch wichtige Stellen wie Handgelenke, hinter die Ohren, in die Kniekehlen und zwischen die Brüste.

Nun noch die Highheels, einen leichten Mantel und ich bin für das Abenteuer meines Lebens bereit.

Während ihr Körper – dieser elendige Verräter – bei dem Gedanken an die kommende Zeit automatisch mit Erregung reagierte, versuchte ihr Verstand krampfhaft vernünftig zu sein und das Ganze als lästige Pflicht zu sehen. Als Pflicht, ihrem Part des Deals mit Leonard nachzukommen. Gedanklich verfluchte sie diesen Teufel, der sie zu dieser Situation praktisch genötigt hatte, während sie im gleichen Atemzug ihre Schenkel spreizte, mit bebenden Lippen in ihr Höschen griff, um leise seufzend ihre gierige und erwartungsvoll kribbelnde Klitoris zu berühren. Ganz sanft kreiste ihr Zeigefinger um die pralle Spitze, wurde fordernder, und schließlich umspielte ihre Fingerspitze gezielt ihr sich immer weiter öffnendes Geschlecht. Diese feuchte Öffnung, die nur darauf wartete, ihre Finger zu verschlingen, eng zu umschließen und nicht mehr herzugeben.

Helena warf stöhnend den Kopf in den Nacken, während sich alsbald ihre gesamte Hand in die heiße Feuchte grub und unermüdlich rieb, massierte und knetete. Wollüstig schob sie sich einen Finger in die nasse Vagina und stellte sich vor, es sei Leonards Schwanz, der gerade in sie eindrang. Sein prachtvoller Schwanz, der es verstand, sie vollkommen auszufüllen und zu vollendeter Lust zu führen.

Ich liebe seinen Schwanz. Verzehre mich nach diesem geilen Teil!

In ihrer Fantasie beschwor sie sich Leonard herauf. Mit feurig funkelnden Augen, geschickten Händen und dieser wahnsinnig erotisch prallen Männlichkeit, die schon seit Wochen ihre Träume und Fantasien beherrschten.

Ihre geschwollenen Schamlippen waren heiß. Ihre Klitoris vibrierte. Und der Orgasmus, der schon bald folgte, war so gewaltig, dass Helena ein wenig nach vorn sackte und sich an der Spiegelwand abstützen musste. Da stand sie nun – völlig außer Atem – mit zerzaustem Haar, verklärtem Blick und gedanklich nach wie vor bei Leonard.

Himmel, wieso bin ich bloß so heiß auf ihn? Nur gut, dass ich sehr geschickt darin bin, meine wahren Gefühle hinter einer undurchschaubaren Maske zu verstecken. Dieser Mann darf auf gar keinen Fall auch nur die leiseste Ahnung davon bekommen, dass ich ihm schon längst verfallen bin.

Um ihre Nervosität ein wenig einzudämmen, genehmigte sie sich zwei Gläser Prosecco. Ein Getränk, welches ihr unglaublich schnell ins Blut ging und ihr somit jene Gelassenheit gab, die sie in diesem Moment so sehr benötigte.

Nach ein paar Minuten spürte sie die vielversprechende Wärme, Ruhe und Gelassenheit, die sie brauchte, um sich tatsächlich in ihren vollgepackten Wagen zu setzen und zu Leonard zu fahren.

Kapitel 13

Als Helena ihren Wagen vor dem großen schmiedeeisernen Tor parkte, spürte sie, wie ihre Knie vor Aufregung zitterten und es in ihrem Magen heftig zu kribbeln begann. Mit gemischten Gefühlen stieg sie aus. Sie war nervös, verwirrt – nicht eins mit sich. Gleichzeitig aber auch voller Lust und grenzenloser Neugier. Vor allem aber wahnsinnig erregt.

Was wird mich in der nächsten Zeit erwarten?

Wie Leonard es sich gewünscht hatte, trug sie unter ihrem leichten Leinenmantel lediglich hauchdünne schwarze halterlose Strümpfe, die an einem ebenfalls schwarzen, mit zarter Spitze gesäumten Strumpfhaltergürtel befestigt waren. Dazu trug sie einen passenden Büstenhalter, ein schwarzes Spitzenhöschen – inzwischen feucht vor Erwartung – und Highheels aus schwarzem Lack.

Zwischen ihren Schenkeln kribbelte es gewaltig, und allein schon der Gedanke daran, dass sie Leonard in ein paar Minuten gegenüberstehen würde, ließ ihre Brustspitzen hart werden.

Sie wollte gerade ihre Reisetasche aus dem Wagen ziehen, als sie plötzlich nichts mehr sah; denn jemand war hinter sie getreten und hatte ein Seidentuch um ihre Augen gebunden.

»Leonard!«

»Ich werde dich jetzt zum Haus führen«, hörte sie seine Stimme ganz nah an ihrem Ohr, während er sie am Ellbogen fasste und zum Haus geleitete.

»Vorsicht, Stufe!«

Dann hörte sie, wie Leonard die Tür aufschob. Sie tastete sich vorsichtig an der Wand entlang und schritt zögerlich, einen Fuß vor den anderen setzend, hinein. Krachend fiel die Tür ins Schloss und Helena zuckte erschrocken zusammen. Sie wurde von einem kühlen Luftzug umfangen, erschauerte und flüsterte: »Leonard?«

Stille ...

Ihre Stimme wurde eine Nuance kräftiger: »Leonard?«

Doch wie zuvor vernahm sie nichts, außer ihrem pochenden Herzen. Helena blieb unsicher stehen und fuhr heftig zusammen, als sie eine Hand in ihrem Nacken spürte. Sie rührte keinen Muskel, blieb zunächst stocksteif und wie angewurzelt stehen, doch dann begann sie, die sinnlichen Liebkosungen dieser magischen Hand zu genießen.

Die Hand wanderte zu ihrem Ohrläppchen, spielte mit der Ohrmuschel und zog dann eine heiße Spur zu ihren Haaren.

Heiße Tropfen der Lust sickerten in ihr ohnehin schon feuchtes Höschen, als diese Zauberhand ihren Rücken hinab unter den Mantel glitt, fordernd ihr Gesäß umfasste und ihre Pobacken feurig knetete und massierte.

Unwillkürlich passten sich ihre Hüften den Bewegungen dieser verführerischen Berührungen an und sie wimmerte leise – voller Lust –, als diese teuflische Hand von hinten in ihr Höschen fasste und sich einen Weg zu ihrer erwartungsvoll pulsierenden Klitoris bahnte.

Als sein Daumen für einen kurzen Augenblick in sie eindrang, wand Helena sich vor Lust und rieb sich wollüstig an seiner Hand. Nun konnte sie fühlen, wie nass sie war.

Als er seine Hand urplötzlich zurückzog, gab sie einen unwilligen Laut von sich. Sie spürte dann aber sogleich, dass er ihr den Mantel abstreifte, dabei einen Kuss auf ihren Nacken hauchte und das unnötige Kleidungsstück einfach auf den Boden gleiten ließ.

Und dann begannen seine Hände jeden Millimeter ihres Körpers zu ertasten. Prickelnd, erotisch, heiß und verführerisch. Jedes Mal, wenn sie ihn nicht spürte, sehnte sie sich mit brennendem Verlangen nach der nächsten Berührung und keuchte vor Lust, als er sie sich schließlich kraftvoll über die Schulter warf, dabei nicht müde wurde, ihre Pobacken zu kneten und sie sicheren Schrittes zu einem ihr unbekannten Ziel trug.

Er setzte sie auf etwas ab, von dem sie annahm, dass es sich um einen Tisch handelte. Helena stützte sich nach hinten mit ihren Händen ab. Ihre Finger glitten tastend über die Oberfläche des Tisches und sie fühlte einen filzartigen Belag.

Durch den dünnen Stoff ihres Slips spürte sie seine spielerische, aber unerhört fordernde Zunge und als er den seidigen Stoff zur Seite schob, wusste sie, dass sich ihre bloßgelegte Scham nahe vor seinem Gesicht befinden musste.

Ihr Körper wand sich zuckend, als er seinen Atem leicht, aber unglaublich gezielt zwischen ihre Schamlippen blies. Ihren Vorsatz, Leonard spröde Gleichgültigkeit vorzuspielen, hatte sie komplett ausgeblendet, aber selbst, wenn dies nicht so wäre, hätte sie nicht die geringste Chance gegen seine geschickten und verführerischen Liebkosungen gehabt. Sie befand sich in einem atemlosen Rauschzustand und die Dunkelheit, die sie umfing, wirkte wie ein zusätzliches Aphrodisiakum. Ihre gesamten Sinne waren auf diesen Mann ausgerichtet und deshalb spürte sie auch sofort, als er sich langsam von ihr zu entfernen begann.

»Leonard? Wo gehst du hin?«

Stille …

»Leonard, so sag doch was.«

Immer noch Stille ... Nichts als unerträgliche Stille und das Ticken einer Uhr. Helena war versucht, die Augenbinde zu lösen, aber sie wagte es nicht; denn Leonard hatte ihr unmissverständlich klargemacht, dass alles nach seinen Spielregeln abzulaufen hatte. Außerdem empfand sie die Atmosphäre als prickelnd und anregend, so dass sie sich ohne Augenbinde um dieses Vergnügen gebracht hätte.

Und dann war er plötzlich wieder da. Sie konnte seinen kühlen Atem spüren, der seitlich durch das feuchte Höschen in ihre kurzgestutzten Schamhaare fuhr.

»Das gefällt dir, nicht wahr?«

»Ja ... oh ... ja«, stöhnte sie, als sie seinen Daumen für einen kurzen Augenblick in sich fühlte. Ihre nasse Spalte pulsierte vor brennender Gier, ihn in sich aufzusaugen, ihn voll und ganz zu verschlingen.

Stattdessen ließ er von ihr ab – zu ihrer maßlosen Enttäuschung. Sie hatte das Bedürfnis, sich an ihm zu reiben. An seiner Hand, seinen Lenden, auf seinem Knie und an seinem Schwanz. Doch er hörte einfach auf.

Helena wimmerte leise. Seine Zunge hinterließ eine prickelnde Spur auf ihren Oberschenkeln, näherte sich bis auf ein paar Zentimeter erneut ihrer gierigen Klitoris, bewegte sich dann aber leider Gottes wieder in die entgegengesetzte Richtung.

Teufel!

Er nestelte an ihrer Augenbinde und die Dunkelheit verschwand zusammen mit dem seidenen Tuch, welches er von ihren Augen zog. Helena kniff instinktiv ihre Augen zusammen, denn sie wurde von grellem Sonnenlicht empfangen, welches in hellen Strahlen durch die breiten Flügeltüren des Wohnraumes schien.

Als ihre Pupillen sich daran gewöhnt hatten, begann sie den Raum mit ihrem visuellen Sinn abzutasten und stellte fest, dass sie auf einem Billardtisch saß, der im geräumigen Wohnzimmer stand. Beim letzten Mal stand er noch nicht hier, schoss es ihr kurz durch den Kopf, doch dann wurden ihre gesamten Sinne von Leonards undefinierbarem Blick angezogen. Er beobachtete sie mit einem eigentümlichen Funkeln in den Augen und dachte gar nicht daran, ihr zaghaftes Lächeln zu erwidern.

Um Helenas Mundwinkel begann es nervös zu zucken. Dieser Mann brachte sie noch um den Verstand.

Da saß sie nun – in Strapsen, zarten Spitzendessous und halterlosen Strümpfen – vor ihm auf einem Billardtisch und war zu keinem klaren Gedanken fähig. Sie spürte lediglich, dass sich jede einzelne Zelle ihres Körpers nach ihm sehnte und sie es nicht erwarten konnte, ihn endlich wieder zu spüren.

Fasziniert starrte sie ihn an.

Leonard trug lediglich einen weißen Bademantel aus Seide, der sich vorteilhaft von seiner leicht gebräunten Haut abhob und ihn so gut kleidete, dass Helena sich gar nicht an ihm sattsehen konnte.

»Lehn dich zurück.«

Helenas Atem ging schneller. Sie gehorchte und stützte sich nach hinten auf ihre Ellbogen ab.

»Und nun spreiz die Beine noch ein Stück weiter für mich.«

Wortlos tat sie, was er wünschte.

Ohne den Blick von ihr zu lösen, kniete er sich zwischen ihre gespreizten Schenkel, streichelte die weichen Innenseiten zunächst mit seinen Händen und ließ dann seine herrlich sensiblen Lippen der Spur seiner Hände folgen. In Helenas Ohren begann es zu rauschen.

»Gefällt dir das?«

»O ja«, gab sie keuchend zur Antwort.

»Dann will ich dir mehr geben.«

Mit seiner Zungenspitze begann er erneut durch das Spitzenhöschen hindurch ihre Klitoris zu reizen.

Lustvoll aufstöhnend ließ sie sich komplett nach hinten fallen, krallte ihre Hände in die etwas raue Oberfläche des Billardtisches und schob ihm erwartungsvoll ihr Becken entgegen.

Leonard, der nach wie vor zwischen ihren Schenkeln kniete, flüsterte: »Du schmeckst so verdammt gut. Nicht mehr lange und ich werde dich trinken, werde mein Gesicht in den Säften deines Schoßes vergraben.«

Mit der Zunge schob er ihr feuchtes Höschen etwas beiseite und setzte sein heißes Zungenspiel auf gekonnte Art und Weise fort. Ausdauernd liebkoste er ihre Klitoris, die vor Lust ganz prall war und stark pulsierte. Seine Zunge strich abwechselnd zart, dann wieder feurig und fordernd über diese empfindsame Stelle.

»Dich zu lecken ist wie zurück ins Paradies versetzt zu werden«, flüsterte Leonard und stöhnte leise auf. Feurig schob er ihr das Höschen ein Stück hinunter, bis es auf dem oberen Rand ihrer Strümpfe lag, dann packte er mit beiden Händen ihre Schenkel, winkelte sie nach oben ab, hob ihr Becken ein wenig an und vergrub sein Gesicht in ihrem Schoß.

Sie spürte, wie er erst vorsichtig und behutsam, dann fordernd und wild an ihrer Klitoris zu saugen begann. In Helenas Körper begann es unaufhaltsam zu pulsieren und ein leichtes Beben erfasste sie.

»O Gott, ist das himmlisch«, keuchte sie.

Statt einer Antwort gab Leonard ihr einen weiteren Beweis seiner Liebeskunst. Rasch entfernte er ihren störenden Slip, spreizte ihre bebenden Schenkel und rieb seine Zunge fordernd und hart zwischen ihren heißen Schamlippen. Dabei ließ er keinen einzigen Millimeter aus und während er sie feurig leckte, massierten seine Hände gekonnt ihr Hinterteil.

Als er von ihr abließ und sich aufrichtete, entfuhr ihr ein Laut der Ungeduld, den er mit einem kleinen Lächeln quittierte.

Ihre Beine waren nach wie vor gen Himmel gestreckt und sie spürte, wie er ihre nach oben ragenden Schenkel noch weiter auseinanderschob, um eingehend ihr entblößtes Geschlecht betrachten zu können.

»Ein Quell der wahren Schönheit«, flüsterte Leonard und strich an den Innenseiten ihrer Oberschenkel entlang. »So frisch, so fest, so pulsierend ... lebendig.«

Sein schlanker Mittelfinger glitt in die feuchte Spalte und stimulierte die Innenwände ihrer Vagina.

Ein kleines Lächeln huschte über sein Gesicht. Während sein Finger nach wie vor in ihr rührte, griff er mit der anderen Hand nach einem in der Nähe liegenden Queue, richtete sich auf und ließ das Ende des Queues hauchzart über ihren Körper gleiten. Über ihre Wangen, ihren Hals, ihr Dekolleté, und ihre bebenden Brüste, denen er sich besonders widmete, indem er die Queuespitze unermüdlich und spielerisch um ihre harten Nippel kreisen ließ. Dann ging die Entdeckungsreise weiter über ihren flachen Bauch, ihren Venushügel und ihre Schenkel.

Helena erschauerte. Sie hob ihr Becken an, denn ihr Schoß war hungrig und konnte es nicht erwarten, ebenfalls bedacht zu werden.

Doch Leonard ließ sich Zeit. Das kühle Holz des Spielstockes klopfte sich leicht an den Innenseiten ihrer Schenkel hinab, strich an den Außenseiten wieder empor und verweilte für ein paar Sekunden regungslos im weichen Bett ihrer kurzgestutzten Schamhaare.

Diese Sekunden brachten Helena an den Rand ihrer Selbstbeherrschung. Sie keuchte, bäumte sich auf und begann unkontrolliert zu zittern. Dann schloss sie ergeben die Augen und gab einen lustvollen Seufzer von sich, als Leonard den Queue langsam wieder zu bewegen begann. Seine Spitze pflügte sich durch ihre kurzen samtigen Schamhaare, tippte ihre heißen Schamlippen verführerisch lockend an und legte sich schließlich längs dazwischen. Aufreizend langsam rieb Leonard das edle Holz zwischen ihren fleischigen Lippen auf und ab, stupste dabei die hart aufgerichtete Klitoris immer wieder kurz an und brachte Helenas Körpersäfte so zum Überlaufen.

Und dann endlich bohrte sich das Ende des Spielstockes in ihre feuchte Grotte – zunächst langsam vortastend, doch dann immer forscher und hemmungsloser.

Helena legte sich die Hände unter das Gesäß, hob ihr Becken an und passte sich schließlich den rhythmischen Bewegungen des von Leonard geführten Queues perfekt an.

Leonard konnte den Hunger in ihren Augen sehen. Ihr Körper vibrierte, gierte nach mehr und wand sich schließlich voll Wonne, als sein Daumen zusätzlich ihre Klitoris bearbeitete. Er spürte den Rausch, der sie umgab, bewunderte ihre geschmeidige Hingabe, bewegte den Queue in kreisenden Bewegungen unermüdlich in ihr auf und ab und führte sie schließlich zu einem Orgasmus, der einem Tanz auf dem Vulkan glich.

Ein Vulkan, der seine Lava nicht mehr zurückhalten konnte und schließlich heiß, feurig und leidenschaftlich explodierte.

Als Helenas Atem sich wieder beruhigt hatte, legte Leonard den Queue beiseite. Er beugte sich über sie, näherte sich ihrem Gesicht, als wollte er sie küssen. Doch als sie versuchte, seine Lippen in Empfang zu nehmen, leckte er lediglich genüsslich mit seiner fordernden Zunge über ihre Lippen, dann über ihr Gesicht.

Währenddessen erforschten seine Hände ihre geheimsten Winkel und sämtliche Haare ihres Körpers stellten sich unter diesen sinnlichen Berührungen auf.

Helena bäumte sich auf, stütze sich auf ihren Ellbogen ab und warf stöhnend den Kopf in den Nacken. Sie zuckte überrascht zusammen, als sich seine Finger um ihren schlanken Hals legten.

Mit sanfter Gewalt drückte Leonard zu – mit einem fast dämonischen Lächeln. »Ich rieche deine Erregung, deine Gier, deinen Wunsch nach meinem harten, festen Schwanz. Ich rieche dein kochendes Blut. Rieche, wie es schnell durch deine Adern schießt.« Er leckte über ihren Hals.

Mit einem Ruck riss er sie urplötzlich herum. Ihr schlanker Rücken und ihr pralles Gesäß präsentierten sich ihm nun in voller Pracht. Leonard legte beide Hände auf ihre Pobacken, knetete sie, schob sie auseinander und versah ihr Hinterteil mit kleinen, gezielten Schlägen.

»Du bist so herrlich unschuldig«, flüsterte er. »Genieße diesen magischen Augenblick. Schläge mit der flachen Hand sind – anders als die mit der Ledergerte – ursprünglicher, direkter, züchtigender und intimer. Und ich will es intim.«

Helena krallte ihre Finger in den spröden Belag des Billardtisches.

»Was für ein schöner Körper. Unschuldig. Rein. Voller Hingabe. Wie für mich gemacht.«

Immer wieder klatschte seine Handfläche auf ihr bebendes Gesäß. Dann presste er seinen Oberschenkel von hinten zwischen ihre Beine, umwickelte seine Hände mit den Enden seines Bademantelgürtels und spannte diesen zwischen seine Fäuste. Wie eine Schlinge legte er ihn um ihren Hals. Seine langen Haare fielen ihm in sein schlankes Gesicht, in dem nun seine unsagbare Lust zu erkennen war.

»Willst du mich spüren? Richtig spüren?« Seine Stimme klang rau und fordernd.

»Ja!«, stöhnte sie laut.

»Dann sag es!«

»Ich will dich spüren. Bitte, lass mich dich spüren.«

Er lächelte, ließ die Schlinge locker, fischte nach einem Kondom und zog die Schlinge wieder an. Mit einem harten Stoß ließ er seinen Schwanz in sie gleiten. Dabei zog er die Schlinge um ihren Hals fester, so dass ihr lauter Schrei fast zu ersticken drohte. Er bewegte sich rhythmisch in ihr, kraftvoll und unermüdlich. Jeder Stoß, der ihr gleichzeitig auch die Luft nahm, bereitete ihr enorme Lust. Ihre Möse quoll über. Sie spürte, wie ihr Nektar heiß aus ihr hervorquoll, während Leonard sie hart von hinten nahm.

Er spürte, wie sich ihre Vagina immer enger um seinen harten Schwanz schloss, und zog die Schlinge enger.

Sie schloss leise seufzend und wimmernd ihre Augen, spürte, wie ihr Saft heiß ihre Oberschenkel hinunterlief und genoss es unsagbar, ihn tief in sich zu spüren.

Ihre Klitoris pochte verlangend und sie spürte, dass sie bald so weit war. Die Muskeln ihrer Vagina kontraktierten, sandten süße Schauer aus.

Es begann vor ihren Augen zu flimmern, als er die Schlinge um ihren Hals noch etwas fester zog.

Das Spiel nahm ihr fast den Verstand. Sie verging vor Lust, gab unzählige Lustschreie von sich und warf ihren Kopf zurück, während er seine Lippen in ihrem Hals vergrub. Rhythmisch stieß er von hinten in ihr Hinterteil.

Ihr sinnliches Stöhnen erregte Leonard ungemein. Er spürte, wie es ihm kam, wie ein heißer Blitz von seinem harten Schwanz her aufstieg. Ein Blitz, der alle Muskeln in seinem Körper lustvoll erstarren ließ. Seine Fäuste zogen die Schlinge noch ein Stück weiter zu, während er sich mit einem lauten Stöhnen ergoss.

Helena verlor für einen Moment das Bewusstsein,

kam wieder zu sich und seufzte leise. Ihre Scheide schloss sich immer enger um seinen harten Schwanz. Dann kam auch sie und mit einem wohlig heißen Gefühl verlor sie erneut für einen Moment das Bewusstsein.

Leonard ließ sich schwer atmend nach vorn sinken, und eine Weile blieben beide reglos liegen, bis sich ihr Atem wieder etwas beruhigt hatte. Gerne hätte sie sich nun in seine Arme geschmiegt, um in einer Atmosphäre der Geborgenheit langsam zu sich zu kommen.

Aber er zog sich zurück, richtete sich auf und sagte: »So, fürs Erste sind wir fertig. Ich zeige dir nun das Zimmer, welches du für die Zeit, in der du mein Callgirl bist, bewohnen wirst. Dort kannst du dich frischmachen. Es verfügt über ein angrenzendes eigenes kleines Badezimmer. Um dein Gepäck werde ich mich in ein paar Minuten kümmern.«

Helena war enttäuscht darüber, wie nüchtern er war. Und das, obwohl sie sich ihm gerade vollkommen hingegeben hatte.

Leonard, der ihr enttäuschtes Gesicht bemerkte, zog spöttisch eine Augenbraue in die Höhe. »Ich kann mir denken, was gerade in dir vorgeht. Aber darf ich dich daran erinnern, dass es sich bei unserer Verbindung lediglich um ein Geschäft handelt. Dazu gehören weder romantisches Kuscheln noch symbiotischer ›After-Sex‹. Geschweige denn aneinandergeschmiegt und miteinander einschlafen und aufwachen. Bist du dir sicher, dass du damit keinerlei Probleme haben wirst?«

Helena nickte schweigend. Sie hatte Angst, seinem Blick zu begegnen. Sicher glomm Belustigung darin. Hatte er sie doch dabei ertappt, wie sie sich von ihm Wärme und Zuwendung gewünscht hatte. Doch als sie ihm ihr Gesicht zuwandte, konnte sie weder Spott noch irgendeine andere Regung bei ihm entdecken. Er blickte sie vollkommen ausdruckslos an.

Hör bloß auf, romantische Anwandlungen zu entwickeln. Er hat recht – das alles ist nicht mehr als ein Geschäft. Du wusstest, worauf du dich einlässt, also sei ganz »Geschäftsfrau« und reiß dich zusammen. Auch wenn es schwerfällt, denn er ist ein Mann zum Verlieben.

Er reichte ihr seinen Bademantel und dann schritt er, nackt, wie Gott ihn schuf, ihr voran, um ihr zu zeigen, wo ihr Zimmer war.

Während Helena ihm folgte, konnte sie ihren Blick nicht von seinem attraktiven Körper wenden. Hochgewachsen, schlank, schmale Hüften, feste Schenkel und ein Gesäß zum Reinbeißen. Sinnlich und lecker. Dieser Mann war Sünde pur. Und sie durfte nun siebzehn Tage lang von dieser fleischgewordenen Sünde kosten.

Ihr war bewusst, dass das, was ihr zunächst als ein verdammt hoher Preis erschienen war, schon längst das Paradies für sie darstellte. Siebzehn Tage voller Lust mit diesem göttlichen Mann. Sie musste nur aufpassen, dass sie nicht ihr Herz an ihn verlor, und sie hoffte, dass es dafür nicht zu spät war.

KAPITEL 14

Allein gelassen inspizierte Helena zunächst einmal ihr Zimmer. Es war eingerichtet wie ein typisches Gästezimmer, ausgestattet mit einem einladenden Metallbett, einem kleinen Nachttisch mit Leselampe, Sessel, Tisch und Schrank. Das Gästezimmer lag ebenfalls in der ausgebauten Kelleretage – gegenüber dem Raum, in dem sie sich zu einem erotischen Liebesspiel mit Doreen und Beatrix hatte verführen lassen.

Sie ging zum Fenster, zog die zugezogenen Vorhänge auf und schlenderte schließlich zum Bett. Es war genau richtig – nicht zu hart und nicht zu weich. Sie wollte gerade eine Liegeprobe machen, als es an ihrer Tür klopfte. Leonard kam herein, um ihre Reisetasche abzustellen.

»Ich bring dir dein Gepäck. Wenn du dich ausgeruht und frischgemacht hast, mach es dir gemütlich. Ich werde erst um 22 Uhr wieder da sein. Wenn du irgendetwas brauchst oder Fragen hast, wende dich an Rafael. Ihr habt euch ja schon kennengelernt.« Er grinste spöttisch und rief ihr so den peinlichen Moment vor Augen, als sie wie eine Voyeurin vor dem Fenster gestanden und Leonard bei seinem Liebespiel mit zwei seiner Kundinnen beobachtet hatte. »Er wird dir nachher auch zeigen, wo du in den nächsten Tagen malen kannst. Also – bis dann.«

Und weg war er.

Helena stieg zunächst einmal unter die Dusche, seifte ihren Körper gründlich ab und rieb sich anschließend mit ihrer Rosenblütenlotion ein. In ein dickes Badetuch gewickelt, warf sie sich schließlich aufs Bett und beschloss, eine Weile zu dösen und innerlich etwas zur Ruhe zu kommen. Anscheinend hatte ihr Körper Erholung dringend nötig, denn sie schlief tief und fest ein. Erst als jemand an ihrer Tür klopfte, tauchte sie aus dem Reich der Träume auf, fuhr hoch und rief mechanisch »ja?«, obwohl sie noch gar nicht richtig bei sich war.

»Ich wollte nur mal schauen, ob bei dir alles okay ist.« Sie erblickte Rafael, der lächelnd im Türrahmen stand. »Tut mir leid, wenn ich dich geweckt habe, aber wir haben schon 18 Uhr, und da habe ich mir gedacht, ich schaue einfach mal bei dir rein.«

»Schon okay. Ich wollte eigentlich ja auch gar nicht schlafen. 18 Uhr – du lieber Himmel. Dabei wollte ich nur ein wenig dösen.«

»Das passiert mir auch häufig. Weißt du was? Während du dich anziehst, mache ich uns Abendbrot. Du kannst, wenn du fertig bist, zu mir nach oben kommen. Außerdem zeige ich dir nachher noch deine Malstube, beziehungsweise dein Atelier – um es mit Künstlerworten auszudrücken.« Er zwinkerte ihr nett zu und verschwand wieder.

Helena hatte Rafael auf Anhieb gemocht. Er hatte etwas an sich, das ihr sofort ein vertrautes Gefühl gab, und seinem intelligenten und offenen Gesicht merkte man sofort an, dass er gut zuhören konnte – und auch wollte. Zudem war er schön, schlank, sensibel und sehr, sehr sexy.

Sie freute sich auf das gemeinsame Abendbrot. Helena entschied sich für ein luftiges lavendelfarbenes Sommerkleid, schlüpfte in Sandaletten im gleichen Farbton und band ihr Haar zu einem Pferdeschwanz. Auf Make-up verzichtete sie, was sie selten tat, aber heute war ihr einfach danach.

Dann stieg sie die Treppe zu Rafaels Wohnung hinauf, drückte den Klingelknopf und trat lächelnd ein, als er sie mit einer formvollendeten Verbeugung begrüßte.

»Willkommen in meinem kleinen, aber feinen Reich. Ich habe uns Omelette gemacht. Ich hoffe, dies war in deinem Sinne.«

»Mmmhhhmmm ... aber ja. Nun merke ich auch, welch einen Hunger ich habe. Es duftet fantastisch.«

Sie folgte ihm in die gemütliche Küche und setzte sich.

»Möchtest du etwas trinken?«

»Gern, eine Cola, wenn du hast.«

Sie schaute sich in der gemütlichen Küche aus Stahl und Chrom um. Sämtliche Accessoires waren dunkelrot und harmonierten aufs Beste mit der Einrichtung.

»Du hast eine fantastische Küche. Jetzt erzähl mir auch noch, dass du gerne kochst, und ich heirate dich vom Fleck weg.« Sie lachte fröhlich.

Rafael reichte ihr die Cola. »Ich koche leidenschaftlich gern. Du kannst also schon mal das Aufgebot bestellen.« Er zwinkerte frech. »Aber mal im Ernst: Da ich häufig für Leonard mitkoche, denn für mich allein ist es oftmals zu viel und Leonard gehört eher zur Gattung ›Kochmuffel‹, wirst auch du in den nächsten Tagen eine Kostprobe meiner kulinarischen Kreationen bekommen. Natürlich nur, wenn du magst.«

»Aber sicher. Ich freue mich schon darauf.«

»Du wirst ab heute genau siebzehn Tage hier sein, richtig?«

Helena nickte. Sie verspürte ihm gegenüber nach wie vor ein leichtes Schamgefühl und eine gewisse Unsicherheit. »Verrückt oder?«

»Und wenn schon. Ist doch okay. Warum nicht ab und zu ein wenig verrückt sein? Hauptsache, du kommst mit der Situation klar. Oder hast du mehr für Leonard übrig?«

Helena spürte, wie ihr das Blut ins Gesicht schoss. Sie beschloss, ehrlich zu ihm zu sein. »Kann ich mich darauf verlassen, dass das, was ich dir erzähle, unter uns bleibt?«

»Versprochen. Ich werde schweigen wie ein Grab.« Er legte den Zeigefinger auf seine Lippen, um zu demonstrieren, wie ernst es ihm war.

Helena atmete tief durch. »Okay. Wenn ich ehrlich bin, übt Leonard eine besondere Faszination auf mich aus. Er kann mir und meinem Herzen gefährlich werden.« Sie seufzte. »Auch wenn jetzt schon feststeht, dass ich seit dem Tag, an dem ich ihm begegnete, nicht mehr dieselbe bin, so habe ich keinesfalls vor, mein Herz an ihn zu verlieren. Erstens hat er mir ganz klar zu verstehen gegeben, dass er auf solche Gefühlsdinge keinen Wert legt, und zweitens bringt er mein inneres Gleichgewicht durcheinander, wenn du verstehst, was ich meine. Ich hoffe, es gelingt mir, den inneren Abstand zu wahren.« Sie seufzte erneut, diesmal etwas lauter. »Und bitte, bitte – kein Wort zu Leonard, ja?«

»Leonard und ich sind zwar dicke Freunde, aber keine siamesischen Zwillinge, die kein eigenes Leben, Denken und Fühlen besitzen. Du kannst dir meiner Verschwiegenheit absolut gewiss sein.«

Helena seufzte leise. »Das tut gut zu hören. Ich schätze, ich kann in den nächsten Tagen jemanden brauchen, dem ich mein Herz ausschütten kann.«

»Dafür stehe ich dir jederzeit zur Verfügung. Ich weiß, wie es ist, wenn die Gefühle Karussell fahren und man zeitweise nicht mehr weiß, wo oben und unten ist.«

»Ich will dir ja nicht zu nahetreten, aber gerade eben hast du sehr melancholisch geklungen.«

»Nun, ich stehe momentan nicht gerade im Zenit meiner Gefühle. Aber es wird schon wieder.«
»Liebeskummer?«
»Bingo. Und zwar Liebeskummer der Sonderklasse. Es gibt Momente, in denen ich auf einem guten Weg bin – gefühlsmäßig. Aber dann ist diese dunkle Wolke urplötzlich wieder da. Als hätte sie in irgendeiner Ecke nur darauf gelauert, mich in nichtsahnenden Momenten anzufallen. Nicht jeden Tag – aber oft – zu oft! Eine Traurigkeit, die tief und unbestimmt ist. Scheinbar unendlich. Die einfach da ist. Erdrückend. Schwarz wie die Nacht. Und man kann nur bewegungslos dasitzen in der Hoffnung, dass der Tag bald vorbeigeht. Doch der nächste Tag steht schon in den Startlöchern und kann weitere Wolken bereithalten.«
»Das tut mir leid. Ich hoffe, ich habe mit meiner Frage keine schlafenden Hunde geweckt, die dir womöglich den Tag verderben.«
»Keine Bange. Die ›Hunde‹ kommen nicht, wenn sie geweckt werden, sondern wenn sie meinen, ich dächte nicht an sie. Von daher besteht also keine Gefahr.«
»Besteht denn Hoffnung auf Versöhnung oder ist es eher endgültig?«
»Letzteres.«
Und dann begann Rafael zu erzählen. Er schloss mit den Worten: »Tja, das war also das Kapitel ›Marcel‹.«
»Ein trauriges Kapitel. Ich kann mir vorstellen, wie schmerzhaft eine derartige Erfahrung sein muss.«
»O ja. Zumal ich zum ersten Mal derartig tief gefühlt habe.«
»Fühlst du dich im Allgemeinem mehr zu Männern hingezogen, ich meine ...« Sie brach ab, weil sie nicht wusste, wie sie ihre Frage formulieren sollte.
Rafael lächelte. »Diesbezüglich habe ich mich noch nicht festgelegt. Ich fühle mich sowohl zu Männern als

auch zu Frauen hingezogen. Aber Marcel war der erste Mensch, in den ich von Herzen verliebt war. Ich hoffe, ich habe dich mit meiner Geschichte nicht gelangweilt.«

»Ganz und gar nicht. Mal davon abgesehen, dass ich aus aufrichtigem Interesse nachgefragt habe, statt eine höfliche Frage-Floskel von mir zu geben, finde ich, dass du wunderschön erzählen kannst. So bildhaft. Anschaulich – ja irgendwie poetisch.«

Rafael lächelte. »Das höre ich gern, wo doch ein kleiner, verkappter Poet in mir steckt. Ich packe meine Gedanken und Gefühle nämlich schon seit Jahren in Gedichte und wer weiß – vielleicht werde ich ja irgendwann einmal den Mut haben, sie in gebündelter Form einem Verlag vorzulegen, in der Hoffnung, dass sie dort ein ›Zuhause‹ finden.«

»Du hast keinen Mut dazu?« Helena schaute ihn warm an. »Nun, das kenne ich. Sehr gut sogar. So ging es mir mit meinen Bildern zunächst auch. Heute bin ich allerdings froh, dass ich den Mut gefasst habe, meine Bilder an entsprechender Stelle vorzulegen. Sonst würde ich nicht da stehen, wo ich mich momentan befinde, nämlich auf dem Weg nach oben.«

Rafael sah sie eine Weile einfach nur schweigend und nachdenklich an. Dann stand er auf, lächelte und sagte: »Weißt du was? Ich werde dir einen Teil meiner Gedichte zeigen. Sie sind mein ›Heiligtum‹ und ich habe sie zuvor noch niemandem gezeigt. Du darfst dir also etwas darauf einbilden.« Ein nettes Zwinkern und er verschwand im Nebenraum.

Als er zurückkam, hatte er ein in dunkelroten Lack eingeschlagenes kleines Buch in der Hand. Er setzte sich zu ihr und atmete tief durch. »Dies ist ein bedeutungsvoller Moment. Und du bist live dabei.« Dann lachte er.

»Es ist mir eine Ehre, edler Poet.«

Grinsend übergab er ihr sein »Heiligtum« und Helena schlug das Buch ehrfürchtig auf.

Zunächst wurde sie lediglich von der wunderschönen und kunstvollen, auch fantasiereichen Schrift, in der Rafael seine Gedichte zu Papier gebracht hatte, in den Bann gezogen.

Die Buchstaben hatten etwas Faszinierendes und zogen ihre gesamte Aufmerksamkeit auf sich, so dass Helena zunächst nicht auf den Inhalt der Texte achtete. Die dunkelroten und schwarzen Buchstaben wiesen großes kalligraphisches Können auf. Das war Kunst in höchstem Maße. Helena blätterte sich fasziniert durch die Seiten, ohne ein einziges Wort in sich aufnehmen zu können.

»Wenn deine Texte ebensolche Klasse haben, wie diese filigran platzierten Buchstaben, dann wäre es eine Sünde, deine Werke nicht einem Verlag vorzulegen. Ich bin beeindruckt. Wirklich beeindruckt. Hast du einen Kurs für Kalligraphie besucht?«

Rafael schüttelte den Kopf. »Ich bin eher ein Autodidakt. Habe aber einige Kalligraphiebücher und übe schon seit Jahren regelmäßig.«

»Ich ziehe meinen Hut.«

Fasziniert tauchte sie in das Gedankengut von Rafael ab.

In aufwendig verzierten Buchstaben präsentierte sich ihr hier ein Teil von Rafaels Seele. Die Worte berührten sie. Zeigten sie doch, dass er es alles andere als leicht gehabt haben musste.

»Das klingt alles sehr melancholisch – so, als hättest du es recht schwer gehabt in deinem Leben.«

»Das ist wohl wahr.«

»Es gefällt mir, wie du deine Gefühle und Gedanken umsetzt, und ich hoffe, die Hoffnungslosigkeit, die ich das ein oder andere Mal zwischen den Zeilen gelesen habe, dominiert nicht in deinem Leben.«

»Keine Sorge. Ich schreibe mir in dieser Form zwar einiges von der Seele, aber dennoch blicke ich nach vorn und versuche meines Glückes Schmied zu sein. Einfach das Beste daraus zu machen. Und dank Leonard hat mein Leben schon eine markant positive Wendung bekommen. Er hat mich praktisch von der Straße geholt – der Beginn einer langen Freundschaft. Aber das erzähle ich dir ein anderes Mal. Denn jetzt zeige ich dir, wo du in den nächsten siebzehn Tagen malen kannst. Komm.« Er fasste sie am Handgelenk, zog sie auf die Beine, und sie folgte ihm die Treppe hinunter bis zum Gartenschuppen, der nur wenig abseits vom Haus lag. Rafael öffnete die Holztür und knipste das Licht im Raum an. Helena machte einen Schritt hinein und blieb wie angewurzelt stehen.

»Das ist ja ...«

»Ist etwas nicht in Ordnung?«

»Keineswegs. Ich bin beeindruckt. Es ist beinahe perfekt.« Sie ließ ihren Blick durch den Raum wandern. Hier hatte sicherlich mal etwas gelagert, aber inzwischen war der Schuppen leergeräumt. In der Mitte stand ihre Staffelei, auf einem kleinen Tisch die Kartons mit Farben, Pinseln und diversen Malutensilien. Auch ihr Koffer mit den Skizzenblöcken und ihrer Malkreide war da. An den Wänden angelehnt befanden sich die zwei mit Leinwand bespannten Holzrahmen, die sie mitgebracht hatte.

Sie ging auf das Regal zu, das sich über die ganze Breite einer Wand erstreckte, und fuhr mit den Fingern über die raue Oberfläche.

»Hier ist genug Platz für mein Sortiment an Farben, Pinseln und anderen Dingen.« Sie wandte sich um. An der gegenüberliegenden Wand befand sich eine Arbeitsfläche. Drei Fenster sorgten für genügend Licht. »Es gibt nichts zu meckern. Im Gegenteil. War das Leonards Idee?«

»Ja. Ich habe deine Sachen zwar hergeschafft, weil er wegmusste, aber die Idee stammt von ihm.«

»Wurde er von einer Kundin gebucht?« Dieser Gedanke schmerzte sie, und es gelang ihr nicht ganz, ihre Stimme neutral klingen zu lassen.

»Er wurde – als besonderes Highlight – zum 50. Geburtstag einer angesehenen Rechtsanwältin gebucht. Während wir uns hier unterhalten, ist er mit Sicherheit gerade dabei, sich lasziv aus einer Papptorte zu schälen, um anschließend formvollendet für das Geburtstagskind zu strippen. Ich muss nachher auch noch los. Einmal die Woche tanze ich in einer Table-Dance-Bar. Ich hoffe, du kommst hier klar?«

»Kein Problem. Ich werde mich schon zu beschäftigen wissen. Und in Anbetracht dieses wirklich feinen Ateliers wird es mir nicht schwerfallen, mich für eine sinnvolle Beschäftigung zu entscheiden.«

⊰❦⊱

Leonard stand nachdenklich im Türrahmen und betrachtete die schlafende Helena.

Den ganzen Abend über hatte er an sie denken müssen, hatte beim Auftragsstrippen ständig den Moment herbeigesehnt, an dem er endlich heimkehren und diesen entzückenden Körper bis an die Grenzen der Lust führen konnte.

Diese Frau war voll sinnlicher Hingabe. Ein zärtliches Gefühl machte sich in ihm breit. So warm und süß, dass er sich am liebsten zu ihr gelegt, sie sanft in den Arm genommen und sich an dem Duft und der Wärme ihres Körpers gelabt hätte.

Achtung! Genau diese Regungen solltest du bekämp-

fen. Sie passen nicht in deine Vorstellung vom Leben. Vergiss also nicht, sie zu verbannen und lediglich eine unverbindlich schöne Zeit mit ihr zu haben. Sonst kann es sehr leicht passieren, dass du dich über kurz oder lang an sie verlierst.

Er seufzte leise. Sein Blick ruhte auf der zarten Linie ihres Halses, ihrem leicht geöffneten Mund und auf ihren sanft geschwungenen Schultern, die nackt unter der leichten Bettdecke hervorblitzten.

Himmel, gib mir die Kraft, diesem reizvollen Geschöpf zu widerstehen und in ihr nicht mehr zu sehen, als mein Callgirl auf Zeit.

Als Helena wach wurde, war es bis auf das silbrige Licht, das der Mond ins Zimmer schickte, dunkel im Zimmer. Sie rieb sich die Augen und versuchte sich zu orientieren.

Ein Geräusch hatte sie geweckt. Oder hatte sie nur geträumt? Schlaftrunken griff sie zum Schalter der Nachttischlampe, doch bevor sie für Licht sorgen konnte, legte sich eine Hand auf die ihre.

Helena erschrak. Ein spitzer Schrei kroch aus ihrer Kehle. Sämtliche Härchen ihres Körpers stellten sich in Alarmbereitschaft auf.

»Lass das Licht aus. Ich liebe das Mondlicht. Es zaubert besonders magische Momente und sein Mondstrahl legt über alles, was man sieht, einen zarten Hauch der Unwirklichkeit. Wie ein silbriger Zuckerguss – Zuckermond!«

Ganz nah war die Stimme. Helena hatte sie sofort erkannt.

»Leonard! Hast du mich erschreckt!«

»Leg dich auf den Bauch.«

Wortlos gehorchte sie. Verwirrung und Angst wichen schmerzender Sehnsucht. Sehnsucht nach seinen Berührungen und seiner köstlichen Nähe.

Helena lag, den Kopf in ihr Kissen gedrückt, schwer atmend da, und konnte es nicht erwarten, von ihm berührt zu werden. Mit Schwung zog er ihr die Decke weg und betrachtete sie wortlos.

»Du schläfst nackt. Wie appetitlich.«

Helena konnte seine Blicke förmlich spüren. Spüren, wie sie im fahlen Mondlicht über ihren Rücken, zwischen ihre Beine und über ihr Gesäß wanderten.

Sie lag einfach nur da. Reglos. Willenlos. Ganz so, als hätte er einen Zauber über sie geworfen. Einen magischen Zauber. Sämtliche Sinne Helenas waren vollkommen auf diesen Mann ausgerichtet. Sie konnte sich dieser Magie nicht entziehen, und heiße Schauer der Lust suchten ihren Körper bereits heim, bevor er sie auch nur berührt hatte.

Eiskalte Schauer mischten sich in ihre innere Hitze. Was für ein Kontrast: Ihr war gleichzeitig heiß und kalt. Es war der Reiz des Ungewissen, der sie gleichzeitig frieren und diese gewaltige Hitze spüren ließ. Leonard ließ sich auf dem Bettrand nieder.

Sanft landete sein Zeigefinger in ihrem Nacken, spielte kurz mit einer ihrer Haarsträhnen und fuhr dann zart wie eine Feder ihr Rückgrat hinab. Seine Berührung umschlang Helena wie ein weiches Tuch aus prickelndem Samt. Ihr Körper vibrierte. Sie sehnte sich nach seinen Händen, seinen Berührungen, nach seinem Duft, seiner Haut und seiner erotischen Stimme.

»Ich rieche den Duft deiner Gier, deiner unsagbaren Lust zwischen deinen hübschen Schenkeln.«

Helena erschauerte. In ihrem Schoß wurde es feucht, und der Gedanke, Leonard könne tatsächlich den Duft ihrer Lust wahrnehmen, erregte sie zusätzlich. Seine Hand bewegte sich nun von ihren Waden aufwärts, bis sie an den Innenseiten ihrer Oberschenkel angekommen war. »Du willst mehr, nicht wahr?« Geschickt berührten seine Finger ihre vor Lust geschwollenen Schamlippen.

Helena keuchte und reckte ihr Gesäß nach oben, in der Hoffnung, ihn so mehr zu spüren und eventuell zu weiteren Liebkosungen animieren zu können. Für einen kaum wahrnehmbaren Moment ruhte seine Fingerspitze auf der Spitze ihrer Klitoris, zog sich aber sofort wieder zurück. Doch dieser Augenblick reichte aus, sie vor Lust aufschreien zu lassen. Ihre Klitoris pulsierte vor unbändiger Lust.

Leise stöhnend wartete sie auf weitere Liebkosungen. Doch es geschah nichts. War er überhaupt noch da? Oder hatte er sich auf leisen Sohlen davongeschlichen? Sie wollte gerade ihren Kopf wenden, um nachzusehen, da spürte sie etwas Weiches, Feuchtes auf ihren Pobacken.

Äußerst verführerisch und genüsslich ließ Leonard seine Zunge über ihr Gesäß gleiten, kostete jeden Zentimeter aus. Schließlich spreizte er ihre Schenkel und blies, sanft wie eine Frühlingsbrise, seinen kühlen, frischen Atem zwischen ihre Schamlippen – genau auf ihre pralle, feuchte und heiße Klitoris, die inmitten der Feuchte aufrecht lockte.

Helena erzitterte und war sich der Geilheit, die ihr Körper auszuschwitzen schien, voll und ganz bewusst.

Sie presste sich ihm entgegen. Hungrig und erwartungsvoll, doch erneut zog sich Leonard zurück. Sie hörte ihn leise lachen. »Nicht so gierig. Zu viel auf einmal ist ungesund. Wusstest du das nicht?« Ganz nah an ihrem Ohr war seine Stimme.

Mit geschicktem Griff drehte er sie schließlich auf den Rücken zurück.

Seine rechte Hand umschloss Helenas Wange, während sich sein Gesicht dem ihren näherte. Sein Mund war heiß. Sehr heiß. Und nur viel zu kurz ruhten seine

Lippen auf den ihren. Seine Hand glitt über ihre Wange weiter nach unten. Gefährlich langsam, während sein feuriger Blick den ihren suchte – und schließlich auch fand.

Begierde durchzuckte ihre Brust, als sie hauchzart berührt wurde. Helena rekelte sich wie eine Katze. Erwartungsvoll, sinnlich, auffordernd. Sie wollte mehr von seinen Küssen und samtweichen Berührungen.

Doch Leonard hatte andere Pläne mit Helena. Ohne sie aus den Augen zu lassen, stand er auf, öffnete sein blütenweißes Rüschenhemd und ließ es in eleganten Bewegungen über seine Schultern hinab zu Boden gleiten. Seine Hose folgte und schließlich stand er nackt vor ihrem Bett. Zum Greifen nah und doch so fern. Das silbrige Mondlicht ließ ihn überirdisch schön erscheinen. Stark, unbeugsam und kraftvoll.

Er setzte sich rittlings auf sie und begann ihr die Hände über ihrem Kopf zu fesseln. Auch ihre Beine vergaß er nicht. Gespreizt fesselte er sie sorgsam am Fußende des Bettes an die Metallstäbe. Helenas Spannung wuchs. Um sich ein wenig Luft zu machen, stöhnte sie laut auf.

»Lass das lieber. Ich möchte, dass du vollkommen ruhig bist.« Leonards Stimme klang entschlossen, und während er sprach, zwirbelte er eine ihrer Brustwarzen. »Sonst muss ich dich bestrafen.«

Helena unterdrückte ein weiteres Stöhnen und versuchte, ihre Selbstbeherrschung wiederzufinden. Vergeblich. Als Leonards Hand ihre Brust umfasste und sie sanft massierte, drang erneut ein lustvoller Laut zwischen ihren Lippen hervor. Sie verspürte ein süßes Kribbeln in ihrem Magen, das sich hinauf bis zu ihren Brüsten zog und sich zwischen ihren Schenkeln fortsetzte.

»Okay, du willst es anscheinend nicht anders.« Leonard stand auf, verließ das Zimmer und kehrte kurze Zeit später zurück. In seinen Händen entdeckte sie eine schmale Gerte und noch ein paar Dinge, die er zunächst auf den Boden neben das Bett legte.

Seinen Gesichtsausdruck konnte sie nur erahnen.

Mit glühendem Blick ließ er die Gerte durch seine Finger gleiten, dann mit einem Zischen auf den Boden niedersausen. Er schwang sie hoch, betrachtete sie genüsslich, während sein dämonisches Lächeln das Weiß seiner Zähne im Mondlicht hell aufblitzen ließ.

Helena verfluchte ihn innerlich, weil er ihr so verdammt überlegen war. Andererseits wiederum machte sie gerade diese Überlegenheit so unglaublich an, dass sie die Nässe, die zwischen ihren Schamlippen hervorquoll, heiß spüren konnte.

Sie zog scharf die Luft ein, als er mit der Gerte in Schlangenlinien über ihren Körper strich. Sanft glitt das kühle Leder über ihre Brüste, ihren Bauch, ihre Schenkel und verweilte schließlich zwischen ihren Schamlippen.

Helena erzitterte voller Vorfreude und hob unmerklich ihr Becken an, als das Ende der Gerte die Spitze ihrer Klitoris antippte. Tausend kleine Stromstöße jagten durch ihren Körper, brachten ihr Blut zum Kochen, so dass es heiß durch ihre Adern schoss.

»Dreh dich zur Seite.«

Helena schwang ihren Oberkörper zur Seite, was mit zusammengebundenen Händen und fixierten Beinen gar nicht so einfach war. Aber sie tat ihr Bestes, und kaum hatte sie sich in Position gebracht, spürte sie auch schon den ersten Schlag der Gerte auf ihrem Gesäß.

Der nächste Hieb war etwas fester, und von Mal zu Mal war eine weitere Steigerung zu spüren. Helena biss die Zähne zusammen, und noch während sie begann über Flucht nachzusinnen, wandelte sich der beißende Schmerz langsam, aber sicher in prickelnde Lust um.

Allein die Vorstellung, dass Leonard – nackt und nur mit einer Gerte »bekleidet« – vor ihrem Bett stand und sie wie ein ungehorsames Schulmädchen züchtigte, trieb ihre wachsende Erregung rasant an.

»Dies ist lediglich ein kleiner Vorgeschmack auf das, was dich erwartet, wenn du mir nicht gehorchst, Engelchen. Ich hoffe, wir haben uns verstanden.«

Helena biss die Zähne zusammen, um ein erneutes Stöhnen zu unterdrücken, und ließ sich von ihm zurück auf den Rücken drehen.

Er hob etwas vom Boden auf und bedeckte ihr Gesicht damit. Es war eine Maske mit schmalen Sehschlitzen, die ihr Gesicht katzenhaft wirken ließ und gleichzeitig unkenntlich machte.

»So, mein Kätzchen. Nun möchte ich, dass du schnurrst. Laut und deutlich.«

Er kniete sich zwischen ihre gespreizten Schenkel und begann sie fantasievoll zu lecken. Seine Zunge war weich, zärtlich, spielerisch. Sie leckte hier und umschmeichelte dort, wurde fordernder und drang schließlich vollkommen in sie ein.

Helena zuckte am ganzen Körper, verlor jegliche Beherrschung. Sie hatte nur einen einzigen Wunsch, und zwar den, dass es niemals aufhören möge.

Sie stöhnte, wand sich, flüsterte immer wieder seinen Namen, wollte, dass er sie weiter und weiter trieb bis zum Gipfel ihrer Lust, zum Ausbruch der angestauten Lust und Leidenschaft. Doch als sie endlich – zuckend und bebend – die Vorboten des nahenden Orgasmus spürte, hörte Leonard auf, erhob sich und blickte ihr lediglich stumm in die Augen.

»Leonard ... bitte ... du kannst doch nicht ... ich halt das nicht mehr aus ...« Ihre Stimme bebte.

»Du wirst dich noch wundern, was du alles aushalten kannst.« Er betrachtete sie mit einem intensiven, irgendwie wissenden Blick, den Helena nicht deuten konnte.

Ihre unerfüllten Sehnsüchte hinterließen ein schmerzhaftes Ziehen in jeder einzelnen Zelle ihres Körpers und am liebsten hätte sie sich selbst berührt. Sich gestreichelt, bis sie satt war. Unendlich satt. Keuchend bewegte sie ihre gefesselten Hände und spürte, wie Leonard ihre Fußfesseln zu lösen begann.

»Steh auf.«

Helena schwang ihre zitternden Beine aus dem Bett, obwohl sie sich in diesem Moment eher eine bedächtige und intensive Erkundung jedes einzelnen Quadratzentimeters ihres Körpers gewünscht hätte. Das Tragen der Maske und die nach wie vor gefesselten Hände gaben ihr ein prickelnd abenteuerliches Gefühl.

Himmel, was begehre ich diesen Mann. Seine Erscheinung, seine Stimme, seinen Geruch, seine Hände – einfach alles.

Durch den Schlitz ihrer Maske betrachtete sie seine hochgewachsene, schlanke Gestalt. Der Griff seiner Hand, der sich fest um ihr Handgelenk legte, setzte jeden einzelnen ihrer Nerven in Brand, und mit verklärtem Blick und sehnsuchtsvollem Sehnen im Leib ließ sie sich an den gefesselten Handgelenken von Leonard aus dem Zimmer führen – wie eine Gefangene auf dem Weg zum Schafott. Wellen der Neugier versetzten ihren Magen in Schwingung, und erneut war es das Ungewisse, was den besonderen Kick verursachte.

Leonard öffnete die gegenüberliegende Tür, führte sie in den Raum mit der riesigen Spielwiese, auf der sie sich ja schon zu Genüge ausgetobt hatte, machte Licht und schob sie zu einer Wand, die von einem mannshohen Spiegel dominiert wurde.

Er löste ihre Handfesseln und führte ihre Handflächen – mit einigem Abstand zueinander – auf die Spiegelfläche.

»Stütz dich ab und komm dabei einen großen Schritt zurück.«

Helena gehorchte.

Dicht vor sich sah sie ihre vollen, schwingenden Brüste mit den steil aufgerichteten Nippeln. Sie beobachtete, wie Leonard – der genau hinter ihr stand – seine Hände nach vorn um ihren Bauch legte und sie langsam nach unten wandern ließ.

Gierig verfolgte sie die Bewegungen seiner Finger und keuchte auf, als sie endlich ihre kurzgestutzten Schamhaare – in denen ein feuchtes Glitzern zu erkennen war – erreichten.

»Leonard ... ja ... bitte ...«, hauchte sie leise.

»Pssssst ... wirst du wohl ruhig sein, mein Kätzchen? Sonst muss ich dich bestrafen.« Er stupste mit seinem Fuß – wie zur Warnung – die am Boden liegende Gerte an, die er, von Helena unbemerkt, mit hierher genommen hatte.

»Egal was ich auch mit dir anstellen werde – ich möchte keinen Ton aus deinem entzückenden Mund hören.« Ein fordernder Griff in ihr Haar, der ihren Kopf nach hinten bog, betonte seine Worte.

Helena presste ihre Lippen aufeinander, um zu verhindern, dass erneut ein kehliger Laut der Lust über ihre Lippen huschte, denn seine Finger waren schon wieder mit unsagbar teuflischen Liebkosungen beschäftigt. Sie begannen Helenas Schamlippen zu teilen und kreisten vorwitzig um ihre Klitoris.

Ein kurzer, leicht schmerzhafter Biss im Nacken und weiche Lippen, die ihr tausend kleine Glückssternchen schenkten, erschwerten zusätzlich ihren Vorsatz, vollkommen ruhig zu bleiben.

Am liebsten hätte sie sich hemmungslos stöhnend an ihm gerieben, ihre Lust laut hinausgebrüllt und ihn energisch aufgefordert, sie endlich wild und hemmungslos von hinten zu nehmen.

Aber sie blieb stumm – und genau so stehen, wie er

es gefordert hatte. Dieser Mann hatte Macht über sie. Nicht nur körperlich, sondern auch seelisch. Sie bekam einfach nicht genug von ihm und seinen Sexspielchen, die sie, obwohl ihre Gier momentan ein anderes »Drehbuch« vorgezogen hätte, aus vollem Herzen genoss.

»Na? Willst du mehr?«

Sie nickte.

»Dann beuge dich weiter vor und spreize deine Beine, so weit du kannst. Vergiss aber bitte nicht, deinen Blick weiterhin auf den Spiegel zu richten, denn ich möchte, dass du dir in die Augen schaust, wenn du kommst.« Bei diesen Worten riss er ihr die Maske vom Kopf.

Er stand hinter ihr. Zu weit entfernt, um sie zu berühren. Nah genug bei ihr, dass sie ihn dennoch fühlen konnte mit seiner ausstrahlenden Präsenz, die ihren Körper in Schwingungen versetzte. Sein heißer Atem kitzelte sie wie ein Luftzug in ihrem Nacken und durchfuhr ihr leicht verschwitztes Haar.

Er trat ganz nah an sie heran, packte sie mit beiden Händen an den Hüften und bewegte diese so, dass ihr Gesäß immer wieder gegen seinen Schoß klatschte.

»Du sollst dir in die Augen schauen.«

Ertappt.

Helena hatte ihre Augen lediglich für einen winzigen Moment der Ekstase geschlossen, doch dieser Teufel sah einfach alles. Also riss sie sich zusammen, tat, was er wünschte.

Sie genoss die sinnlichen, von Leonard gesteuerten Bewegungen, passte sich ihnen an, so dass er seine Hände fortnehmen konnte, ohne dass der Rhythmus gestört wurde.

Er langte auf der kleinen Ablage neben dem Spiegel nach einem Kondom und während seine eine Hand ihren Bauch umfasste, zog die andere das Gummi geschickt auf. Kraftvoll drang er von hinten in sie ein – stützte sich dabei mit einer Hand an der Wand ab.

Er vögelte sie schnell und leidenschaftlich und bei jedem Stoß erbebten ihre Brüste, schaukelten wild von links nach rechts.

Sie versank in ihrem eigenen, flackernden Blick, sah die geröteten Wangen und ihre kleine rosige Zunge, die immer wieder für einen Moment zwischen ihren Lippen hervorschnellte.

Um ihn noch tiefer in sich zu spüren, setzte sie ihre Beine noch ein Stückchen auseinander, bis sie mit einem Hohlkreuz dastand, den Blick nach wie vor auf ihr Gesicht im Spiegel gerichtet.

Leonard zog seinen Schwanz ganz heraus, stieß ihn ihr aber sofort wieder bis zum Anschlag hinein und steigerte das Tempo. Seine Hand auf ihrem Bauch glitt tiefer und begann mit ihrer Klitoris zu spielen – liebkoste, rieb, massierte die empfindsame Knospe, so dass sie jeden Stoß doppelt spürte.

Helena begann rhythmisch zu stöhnen, hatte Mühe, den Blick zu halten, und wurde von einer Welle erfasst, die sie fortzureißen drohte. Sie bebte am ganzen Leib, spürte, wie ihre Hände den Spiegel hinabrutschten, schob sie wieder nach oben und blickte sich unverwandt in die Augen. Augen voller Feuer, Wollust und Ekstase.

Noch nie hatte sie sich selbst derartig erregt angesehen, und sie empfand es als Bereicherung, sich selbst dabei zu beobachten, wie das Feuerwerk des nahenden Orgasmus näher und näher kam. Ein Orgasmus, der sie zu überfluten schien.

Sie spürte, wie ihre Möse sich zuckend um Leonards Schwanz zusammenzog, wie auch er die Beherrschung zu verlieren begann und seinen Schwanz immer heftiger in sie hineinrammte, ohne dabei die Stimulierung ihrer Klitoris zu vergessen. Ihr wurden die Arme schwach, sie erzitterte und dann waren sie da – die Fluten der Leidenschaft.

Rasant trieben sie Helena zum Höhepunkt – bis zum Gipfel der Lust, bis sie nicht mehr dazu in der Lage war, ihre Augen geöffnet zu halten. Sie schrie laut auf und ließ sich nach vorn gegen den Spiegel fallen, so dass sie ihre heißen Wangen am Spiegelglas abkühlen konnte, während Leonard in ihr kam und im Orgasmus erbebte.

Für einen kurzen Moment lehnte er sich an sie. Dann löste er sich, half ihr hoch und zog das soeben benutzte Kondom ab. Sein Blick fixierte sie.

»Ich wünsche dir eine gute Fortsetzung der Nacht, Helena. Ich schätze, du wirst in dein Zimmer finden.« Er lächelte mit der für ihn so typisch emporgezogenen Augenbraue. »Wir sehen uns morgen, my sweet Callgirl.«

Als Helena den Raum verlassen hatte, fiel seine selbst auferlegte Maske. Er war sich dessen allerdings nicht bewusst. Minutenlang stand er einfach nur da und starrte sehnsuchtsvoll nachdenklich auf die Tür, durch die sie soeben verschwunden war. Irgendwann spürte er dann doch, dass er sich gefühlsmäßig erneut auf einem für ihn gefährlichen Terrain befand. Er schüttelte die verhängnisvollen Gedanken und Gefühle ab, die ihn durchströmten, und beschloss, sich noch ein wenig vor dem Fernseher abzulenken, bevor er ebenfalls zu Bett ging.

⊰~⊱

Für den Rest dieser Nacht fand Helena keinen Schlaf. Als es draußen schon hell wurde, spürte sie endlich, wie gnädige Müdigkeit ihre Augenlider erschwerte, doch die Welt schien sich gegen sie verschworen zu haben, denn sie wurde durch das Klingeln ihres Handys ungnädig aus dem sanften Übergang zum Traumreich herausgerissen. Missmutig streckte sie ihre Hand unter der Bettdecke hervor und tastete suchend nach dem Handy, welches vergraben unter Skizzenblock, Zeitschriften und einem Buch auf dem Boden neben ihrem Bett lag.

»Hallo?«, meldete sie sich verschlafen.

»Helena, ich bin es. Mensch, habe ich dich geweckt? Du hörst dich so verschlafen an.«

»Kathrin!« Helena gähnte und rappelte sich mühsam hoch.

»Oh – ich habe dich geweckt! Sorry. Aber wer kann auch ahnen, dass du, die Frühaufsteherin, dich unter der Woche um diese Zeit noch im Schlummerland befindest.«

Helena gähnte erneut. »Macht nichts. Ich sehe, es ist ja schon 9 Uhr und ich sollte längst vor der Leinwand sitzen.«

»Sag mal, wie läuft es denn? Die Neugier brennt Löcher in meine Seele und bevor sie einem Schweizer Käse ähnelt, dachte ich mir, ich rufe einfach mal an.«

»Nun ja, was soll ich sagen … es ist heiß … und aufregend … es ist …« Helena brach ab.

»Ja?«

»Ich finde nicht die passenden Worte, denn ich befinde mich gerade in einer Welt, die mir bisher fremd war. Sag, was hat Sabina dazu gesagt, dass ich diesem Deal zugestimmt habe? Sie ist nach ihrer Rückkehr doch sicher aus allen Wolken gefallen oder?«

»Und ob! Aber ich konnte sie beruhigen. Sie kann das Ganze zwar immer noch nicht nachvollziehen, aber tut zumindest nicht mehr so, als seiest du gerade dabei, einen Porno zu drehen.« Kathrin kicherte.

»Du wirst lachen, aber ich kann es ihr nicht verdenken. Im umgekehrten Fall würde es mir ebenso gehen wie Sabina.«

»I know, Süße. Aber, dem Himmel sei Dank, du wirst nun etwas lockerer in dieser Beziehung. Sabina macht sich übrigens gerade hübsch. Heute Mittag steht ein Termin mit ihrem Verleger an, und in den scheint sie mächtig verknallt zu sein. Sie gibt es zwar nicht zu, weil der holde Mann verheiratet ist, aber ich kenne doch meine Pappenheimer.« Erneut erklang Kathrins unverkennbares Lachen. »Aber sag mal, meinst du, dir ist es trotz eures Deals erlaubt, zu unserem Brunch zu kommen? Ist doch schon ein liebgewordenes Ritual zwischen uns, und wir würden uns riesig freuen.«

»Keine Ahnung, aber natürlich werde ich Leonard gleich fragen. Schließlich will ich nicht, dass der Deal platzt, weil ich ›ungehorsam‹ war.« Das Wort ungehorsam betonte sie bewusst auf mehrdeutige Weise, und an Kathrins Lachen spürte sie, dass die Freundin ahnte, welche Art von Strafe sie erwarten könnte.

»Schätzchen, du bist zu beneiden. Meinst du, Leonard wäre damit einverstanden, wenn ich mal einen Tag für dich einspringe? Ich hätte da so ein paar Ideen, was er mit mir alles anstellen könnte ...«

»Hey, hey ... und was ist, wenn ich gar nicht möchte, dass jemand für mich einspringt?«

Kathrin seufzte gespielt sehnsuchtsvoll. »Ich hatte es befürchtet.« Dann gab sie einen amüsierten Laut von sich. »Ich hoffe, es verstößt nicht gegen die Spielregeln, wenn du heute für ein Weilchen zu uns kommst. Ruf kurz durch, ja?«

»Okay. Bis später.«

Leise summend lief Helena ins angrenzende Bad. Sie duschte, trug eine Haarmaske auf, damit die Haare später schön glänzten, und stand kurze Zeit später vor dem kleinen Kleiderschrank, in dem ihre mitgebrachten Sachen hingen. Sie wählte ein lindgrünes, knielanges

Sommerkleid, schlüpfte in Sandaletten und machte sich auf den Weg zur Treppe nach oben.

Frischer Kaffeeduft strömte ihr entgegen. Auf dem Küchentisch lag eine Tüte mit frischen Brötchen, und Leonard war gerade dabei, seinen Kaffeebecher in die Spülmaschine zu räumen.

»Hallo und guten Morgen«, begrüßte er sie gutgelaunt.

Gut sah er aus. Er hatte sein Haar im Nacken mit einem schwarzen Samtband zusammengebunden, trug ein blütenweißes Hemd – hochgeschlossen – um den Hals ebenfalls ein dünnes schwarzes Samtband und schwarze Hosen aus weichem Nappaleder, die seine Figur sehr sexy zur Geltung brachten.

»Hallo.« Sie erwiderte sein Lächeln.

Den liebevollen, aber auch nachdenklichen Blick, den er ihr zuwarf, bemerkte sie nicht, denn sie schaute aus dem Fenster, und als sie sich ihm zuwandte, hatte er sich bereits wieder im Griff und war »ganz der Alte«.

»Wenn du frühstücken möchtest, da sind Brötchen. Kaffee ist auch noch da. Und ansonsten findest du alles im Kühlschrank. Ich werde für ein paar Stunden unterwegs sein und erwarte dich um 16 Uhr im Raum gegenüber deinem Schlafzimmer.« Er zwinkerte ihr so eindeutig zu, dass sie errötete.

Aber sie hatte sich recht schnell wieder gefangen. »Wenn du sowieso unterwegs bist, hast du sicherlich nichts dagegen, wenn ich zu meinen Freundinnen fahre. Zum Brunchen. Einmal die Woche ist dies ein liebgewordenes Ritual für uns geworden.«

»Kein Problem. Zu unserer Vereinbarung gehört, dass du mir als Callgirl zur Verfügung stehst, sobald ich es wünsche. Wenn du um 16 Uhr – wie gewünscht – an Ort und Stelle bist, wüsste ich nicht, was dagegenspricht.«

Und so machte sich Helena nur wenig später auf den Weg zur Altbauwohnung von Kathrin und Sabina.

Mit einem lauten »Hallo« wurde sie zur Begrüßung willkommen geheißen.

»Gut siehst du aus. Hmm ... und du riechst einfach himmlisch. Wie ein Vanillewölkchen.« Kathrin gab ihr einen Kuss auf die Wange und drückte sie erneut an sich.

»Komm her, verlorenes Kind. Was hört man von dir bloß für Sachen.« Sabina umarmte die Freundin stürmisch, vergaß aber nicht, dabei einen tadelnden Blick aufzusetzen. »Callgirl für siebzehn Tage. Welcher Teufel hat dich bloß geritten?«

»Ich weiß, welcher Teufel es war. Leonard«, prustete Kathrin los und wedelte mit einer Sektflasche. »Gleich kannst du uns bei einem Gläschen Prosecco in Ruhe alles, aber auch wirklich alles, erzählen.«

»Okay. Aber wenn du die Flasche weiter schüttelst, werde ich sie mit Sicherheit nicht öffnen«, lachte Helena und folgte den beiden in das gemütliche Wohnzimmer, wo schon alles für einen ausgiebigen Brunch bereitstand.

Den Wohnzimmertisch hatten die beiden in ein kleines Buffet verwandelt. Brötchen, Brot, Streuselkuchen, Croissants, Aufschnitt, Käse, Nuss-Nougat-Creme, Marmelade, gekochte Eier, Cornflakes, Müsli, Joghurt, Gurkenscheiben und Orangensaft waren unter anderem auf dem großzügigen Glastisch aufgebaut. In der Mitte thronte eine Thermoskanne mit Kaffee, und auf einem Stövchen wartete eine Kanne mit aromatischem Kirsch-Joghurt-Tee darauf, gekostet zu werden.

Sie machten es sich auf der breiten Cord-Couch mit den unzähligen Kissen bequem. Kathrin hatte mittlerweile den Prosecco geöffnet, griff nach drei langstieligen Sektgläsern und schenkte die perlende Flüssigkeit ein.

»So, und nun will ich alles wissen. Jede noch so kleine Kleinigkeit!« Kathrin reichte die Gläser weiter und prostete den Freundinnen zu.

»Ich würde zwar auch gerne wissen, was du so treibst, aber von mir aus kannst du auf die Details getrost verzichten.« Sabina verzog ihr Gesicht.

»Hey, du Spielverderber. Ich glaube, es wird Zeit, dass du mal so richtig durchgevögelt wirst. Damit deine Prüderie endlich aufhört.« Kathrin nahm einen Schluck und stellte das Glas ab.

»Das hat ganz und gar nichts mit Prüderie zu tun, sondern mit Anstand und Stil.«

»Hey, hört auf zu streiten. Lasst uns lieber frühstücken«, warf Helena ein, wurde jedoch komplett überhört. Sie musste grinsen und lehnte sich zurück. Solche Szenen kannte sie nur zu gut und wusste, dass die beiden sich früher oder später wieder beruhigen würden. Sie schnappte sich ein Brötchen und verfolgte amüsiert den Wortwechsel der beiden Freundinnen.

»Nur weil ich mir keine Sexspielchen anhören mag, heißt es noch lange nicht, dass ich prüde bin.«

»Ach ja? Wann war denn dein letztes Mal? Vor einem Jahr? Vor zwei Jahren? Ich glaube, wenn Helena uns berichtet hat, was sich bei ihr und Leonard so abspielt, werden wir uns mal um dein Liebesleben kümmern. Sonst versauerst du uns noch komplett.«

»Du tust ja gerade so, als könnte man nur mit einem Mann an der Seite glücklich werden. Aber ich bin das beste Beispiel dafür, dass es auch ohne geht.«

»Ich rede nicht von einem Mann an der Seite, sondern von einem Mann im Bett.«

»Weißt du was? Du gehst mir langsam, aber sicher gewaltig auf die Nerven. Es gibt auch noch andere Dinge als Sex.« Sabina sprang empört auf und wollte davonstürmen.

Kathrin folgte ihr und legte versöhnlich den Arm um sie. »Hey – tut mir leid. War nicht so gemeint. Manchmal gehen mit mir eben die Pferde durch. Sorry, Liebes.« Sie gab ihr einen lauten Schmatz auf die Wange und drückte sie fest an sich. »Ich hab dich doch lieb und finde, wir sollten, statt zu streiten, den Vormittag genießen. Friede?«

Sabina atmete hörbar aus. »Okay, Friede.«

»Schön! Und jetzt lass uns frühstücken, sonst isst uns Helena noch alles weg.« Kathrin lachte. »Aber hey ... trotzdem könnte dir ein bisschen Sex guttun.«

Sabina verpasste ihr einen Stoß mit dem Ellbogen.

Lachend setzten sie sich zu Helena, ließen es sich schmecken und begannen die Freundin mit Fragen nach Leonard zu bombardieren.

»Er hat dich auf dem Billardtisch ... ich meine ... und du hast ... es hat dir ... und du ...« Sabina brach ab. Sie hatte mittlerweile das dritte Glas Sekt intus und verlor langsam, aber sicher ihre Hemmungen. Ihre Wangen glühten und die Neugier stand ihr ins Gesicht geschrieben.

Helena und Kathrin warfen sich vielsagende Blicke zu und lächelten verschwörerisch.

Sabina begann, aus sich herauszugehen, und das gefiel ihnen.

Die nächste Flasche Prosecco wurde geöffnet und Helena erzählte ihren Freundinnen in groben Zügen ihre Erlebnisse.

»Hach, nach derartigen Spielchen sehne ich mich auch. Aber es ist wirklich so verdammt schwer, einen guten Liebhaber zu finden. Hat Leonard nicht rein zufällig einen Bruder oder Freund, der auch derartige Qualitäten aufweist?« Kathrin bekam einen verträumten Gesichtsausdruck.

»Er hat einen Freund. Rafael. Er wohnt in der oberen Etage von Leonards Haus und ist zudem auch noch sehr attraktiv.«

»Waaas? Du wohnst mit zwei attraktiven Kerlen unter einem Dach und ich erfahre erst jetzt davon?« Kathrin plusterte sich künstlich auf.

»Rafael hat momentan verdammten Liebeskummer. Wegen eines Mannes.«

»Warum – hicks – sind die besten Männer eigentlich immer schwul?«, beschwerte sich Sabina und versuchte ihren quälenden Schluckauf mit einem großen Schluck Prosecco zu vertreiben.

»Soviel ich weiß, ist Rafael nicht schwul, sondern bi. Da er allerdings auch als Callboy arbeitet, wird sich sicherlich ein Termin bei ihm finden.« Sie lächelte Kathrin herausfordernd an.

»Ich möchte einen Liebhaber, der mich will – weil ich bin, wie ich bin – und nicht weil ich ihn bezahle.«

»Ach!« Helena hob mit süffisantem Grinsen eine Augenbraue. »Kannst du dich noch daran erinnern, wie du mir dazu geraten hast, bei Leonard anzurufen, um ihn mir zu buchen?«

»Das war etwas anderes. Weil du eben genau diesen Mann wolltest. Ich habe mich aber auf keinen Mann festgelegt. Er muss lediglich gut im Bett sein und mich so richtig heiß wollen.«

»Diesbezüglich brauchst du dein Glück bei Rafael erst gar nicht zu probieren. Er muss in den nächsten Wochen erst wieder zu sich finden, um überhaupt wieder Platz für derartige Dinge in sich zu schaffen.«

»So lange kann ich nicht warten. Sabina, Schätzchen, was hältst du davon, wenn wir eine Kontaktanzeige aufgeben? Suche den perfekten Liebhaber für süße Stunden zu zweit … oder so ähnlich.«

»Ich weiß nicht.« Sabina kicherte. Ihr Gesicht glühte und Helena sah ihr an, dass sie einen gewaltigen Schwips hatte. »Kontaktanzeige? Und dann?«

»Dann kommt es zum Blind Date. Ganz einfach.«

Helena kuschelte sich in die Polster und lächelte. Sie freute sich auf Leonard, konnte es gar nicht erwarten, seine glühenden Berührungen auf ihrem Körper zu spüren.

»Blind Dates fand ich schon immer reizvoll«, schwärmte Kathrin weiter und schenkte Sabina noch ein Glas Sekt ein. Helena lehnte ab. Schließlich musste sie ja noch fahren. »Reizvoll, aufregend und prickelnd. Wie eine Schachtel Pralinen. Man weiß nie, was das nächste Stück enthält. Spannend wie Geschenke auspacken. Du weißt nicht, was du bekommst – hoffst, dass es das ist, was du dir wünschst – und oft ist es genau das eben nicht.« Sie schloss die Augen, seufzte kurz und fuhr fort: »Flirten gibt einem ein wahnsinnig schönes und wunderbares Gefühl. Es ist ein aufregendes Spiel. Vorausgesetzt, man beherrscht es. Gedanken werden ausgetauscht wie später vielleicht die Telefonnummern und dann, noch etwas später, endlich die gesamte Palette der Körpersäfte. Schnell, intensiv, leidenschaftlich. Die Worte fliegen hin und her, leicht wie Federn, und man berauscht sich daran, dass man in den Geist des anderen eindringt, ihn reizt, kostet, fordert.«

»Ich glaube, ich kann gar nicht flirten.« Sabina ritzte mit dem Messer ein Muster in die Butter auf ihrer Brötchenhälfte. »Irgendwie bin ich immer der passive Teil, der sich erobern lässt und abwartet, dass die Dinge ihren Lauf nehmen. Vielleicht liegt es ja daran, dass ich nie etwas Aufregendes erlebe.«

»Meine Worte ... meine Worte«, rief Kathrin. »Endlich bist du ehrlich zu dir selbst. Und auch zu uns. Hey, und weißt du was? An deinem Flirtverhalten können wir arbeiten. Und dann geben wir eine hübsche Kontaktanzeige auf und suchen uns die Rosinen aus dem Kuchen, der sich uns bietet. Auf unsere Zukunft.« Sie prostete ihren Freundinnen zu.

Helena wurde nachdenklich, denn auch ihre siebzehn Tage waren einmal vorbei und sie war schon jetzt verrückt nach Leonard.

Ich bete, dass ich nicht mein Herz an ihn verliere! Falls es nicht schon längst geschehen ist – was ich sehr stark befürchte.

Helena erschrak, denn mit einem Male wurde ihr bewusst, dass ihre Gefühle für Leonard weit über das Bisherige hinausgingen.

Kapitel 15

Nervös sah sich Helena um. Leonard war noch nicht da. Sie atmete auf und wusste nicht, ob sie erleichtert oder enttäuscht sein sollte. Einerseits war sie froh, sich eine Weile sammeln zu können, andererseits hatte sie sich so auf ihn gefreut, dass der Adrenalinspiegel mit einem Male rapide sank, als sie – wie von Leonard gewünscht – pünktlich den ihr mittlerweile schon recht vertrauten Raum betrat.

Sie schritt auf die Matratze zu. Ließ ihre Finger über den weichen roten Plüsch gleiten. Mit Schwung warf sie sich schließlich darauf und betrachtete sich im Spiegel, der über ihr hing und ihr erhitztes Gesicht widerspiegelte. Ihre Brust hob und senkte sich deutlich. Sie griff nach dem Saum des Kleides und schob ihn langsam nach oben, Stück für Stück. Mit den Augen folgte sie der Spur ihrer Hand, die sich immer weiter nach oben tastete und ihre Schenkel auf diese Weise mehr und mehr entblößte.

»Du bist pünktlich. Und weißt dich zu beschäftigen. Löbliche Eigenschaften.«

Helena schrak zusammen.

»Leonard? Wo bist du?«

Sie fuhr hoch.

»Leg dich hin!«

Ihr Blick glitt suchend durch den Raum.

Nichts!

Leonard lachte amüsiert. Und dann registrierte sie, dass seine Stimme irgendwie blechern klang.

»Das sind Lautsprecher.«

»Kluges Kind.«

»Wo bist du?«

Ihr Blick glitt hektisch umher.

»Zieh dich aus!«

»Aber ...«

»Ich sagte, zieh dich aus!«

Helena wollte sich erheben.

»Bleib liegen. Ich möchte, dass du dich ausziehst, wenn du liegst. Schiebe dein Kleid genau wie eben nach oben. Und dann zieh es dir über den Kopf.«

Sie legte sich hin und tat, was er wollte. Die anfängliche Verwirrt- und Unsicherheit wich einem prickelndem Hochgefühl. Ein keckes Lächeln stahl sich auf ihre Lippen, als sie begann, sich wie ein Kätzchen auf der Matratze zu rekeln und sich das Kleid in geschmeidigen Bewegungen immer weiter nach oben zu schieben.

»Was für eine Frau!« Leonard pfiff leise durch die Zähne. Diese Mischung aus Unschuld, anfänglicher Unsicherheit und wachsender Sinnlichkeit faszinierte ihn – mehr als ihm lieb war. Selbst auf dem Monitor, der die Bilder der versteckten Kamera wiedergab, wirkte diese Mischung wie ein Aphrodisiakum auf ihn. Wieso faszinierte ihn diese Frau dermaßen? Sie war attraktiv, keine Frage. Aber er hatte doch schließlich schon eine ganze Reihe attraktiver – teilweise sogar viel schönerer Frauen als Helena gehabt. Sie war voller Hingabe. Aber auch dies war eine Eigenschaft der Damen, die er bisher im Bett gehabt hatte. Nur hatte er bisher nie so intensiv empfunden.

Leonard seufzte. Genau das war etwas, was ihn nervös machte, was er absolut nicht brauchen konnte. Aber dennoch wollte er die Reize dieses zauberhaften Geschöpfes für die Dauer ihres Aufenthaltes auskosten.

Und er betete zu Gott, dass ihm das nicht zum Verhängnis wurde ...

Er schüttelte seine Gedanken ab und wandte sich wieder dem Monitor zu.

»Das machst du wirklich gut. Und nun lass den Rest folgen. Slip und BH sind meiner Meinung nach überflüssig.«

Helena schloss genießerisch die Augen, begann ihren Körper zu streicheln und integrierte geschickt die ihr gestellte Aufgabe. Sie wollte ihm gefallen. Wünschte sich, dass er ihre eleganten, lasziven Bewegungen genoss und unbändige Lust auf sie bekam.

Slip und BH flogen in hohem Bogen durch den Raum und ihre Hände wurden nicht müde, sämtliche Regionen ihres Körpers zu erforschen. Dabei blickte sie ihrem Spiegelbild in die Augen, betrachtete ihre vorwitzigen Finger bei ihrer Körperreise und stöhnte leise auf.

Ihre Vagina pulsierte allein bei dem Gedanken, dass es eventuell nicht mehr lange dauerte, bis Leonard endlich bei ihr war. Bis er sie berührte und mit ihr machte, was ihm gerade in den Sinn kam. Sie konnte es nicht erwarten, seine Berührungen zu spüren und seine Forderungen zu erfüllen. Vor ihrem inneren Auge sah sie sein Grinsen, seine so typisch hochgezogene Augenbraue, und als sie sich im Rausch der Gefühle den Mittelfinger für einen kurzen Moment zwischen die Schamlippen schob, stellte sie sich vor, es sei Leonards Finger, und warf wild den Kopf nach links und rechts.

Sie lag mit fest geschlossenen Augen da und schrak zusammen, als sie plötzlich etwas Kühles spürte. Etwas Kühles, das sich um ihre Handgelenke legte. Diese wurden dann innerhalb kürzester Zeit an zwei Haken befestigt, die sich in der Wand am Kopfende befanden.

Sie riss die Augen auf und sah, wie sich Leonard rittlings auf ihre Beine setzte.

»Ist schon eine feine Erfindung, so eine kleine Kamera, nicht wahr?« Er beugte sich vor, den Blick bewegungslos auf Helenas verschleierte Augen gerichtet, und stützte sich links und rechts von ihrem Kopf ab. »Falls einmal eine Bestrafung notwendig sein sollte, werde ich dich in diesen Raum sperren und alles unter Kontrolle haben.« Ein kühles Lächeln umspielte seine Lippen. Als sich sein Gesicht gefährlich langsam näherte, schloss Helena, in Erwartung eines Kusses, ihre Augen. Sie stöhnte sehnsuchtsvoll auf, aber nichts passierte.

Sie blinzelte, öffnete die Augen dann ganz und sah Leonards glühenden Blick vor sich, nur eine Handbreit entfernt.

»Ich kann mir denken, was du dir jetzt erhoffst. Süße Küsse und wispernde Worte, die wie Musik in deinen Ohren klingen. Ich sehe es dir an der Nasenspitze an. Aber daraus wird nichts, my sweet Callgirl.«

Er dehnte seine Arme und kam so wieder in eine aufrechte Position. Ohne den Blick von ihr abzuwenden, lehnte er sich leicht zurück und berührte das samtige Dreieck zwischen ihren Schenkeln, fühlte, wie prall ihre Klitoris unter seinen Fingern wurde. Mit einem eigentümlichen Glitzern in den Augen schob er seinen Daumen zwischen ihre heißen Schamlippen, fühlte ihre weiche samtige Nässe und blickte ihr tief in die Augen, als sein Daumen von den Muskeln ihrer Vagina aufgesogen wurde.

Helena gab kleine Schreie von sich, als sein Daumen – fest umschlossen von ihrer feuchten Höhle – mühelos in ihr auf und ab glitt. Hitze wallte in ihr auf, ließ ihr Geschlecht noch weiter anschwellen und feuerte ihren Blutdruck an.

Und dann wurde sie von einer ekstatischen Welle ergriffen, ausgelöst durch die sinnlichen Stöße seines Daumes und die gleichzeitige Stimulation ihrer Klitoris.

Immer noch vollkommen berauscht, nahm sie zunächst nicht wahr, dass er sich erhoben hatte. Erst als er ihre Schenkel um einiges weiter spreizte und ihre Knöchel mit Seidenbändern versah, um sie links und rechts an Ösen, die in die Matratze eingelassen waren, zu fixieren, kam sie vollends zu sich. Verwundert sah sie, wie Leonard nach einer Kerze griff, diese anzündete und mit der brennenden Kerze auf sie zukam.

Sie erbebte vor neugieriger Erwartung und flüsterte heiser: »Was hast du vor?«

»Warte ab.«

Sie genoss das Gefühl, vollkommen nackt und mit weit gespreizten Schenkeln dazuliegen – Hände und Knöchel fixiert – mit Blick auf ihr Spiegelbild in dem großen gold-gerahmten Spiegel genau über ihr.

»Schließ die Augen.«

Helena hielt die Luft an, als sie die Hitze der Kerzenflamme auf ihrer Haut spürte. Ihre Nerven waren zum Zerreißen gespannt und sie zuckte zusammen, als ein Tropfen des heißen Wachses auf ihre Brustwarze fiel.

Ein weiterer Tropfen heißen Wachses erreichte sie. Diesmal war es die linke Brustwarze.

Ihre Augenlider flatterten. Sie wollte sie öffnen, um darauf vorbereitet zu sein, wo der nächste Tropfen landen würde, doch Leonard kam ihr zuvor.

»Die Augen bleiben geschlossen.«

Ihr gesamter Körper zuckte, als der nächste Tropfen auf ihr Schambein fiel.

»Leonard ... ich ...«

»Schscht ... es soll ein bisschen wehtun. Leichte Schmerzen gehören dazu wie das Salz in der Suppe. Horche in dich hinein und spüre genau nach, wie es sich anfühlt.«

Wieder fiel Wachs auf ihre Brust. Diesmal war es allerdings kein einzelner Tropfen, sondern eine ganze

Wachsspur, die Leonard quer über ihre Brust träufeln ließ.

Sie erbebte, spürte, wie es auf ihrer Haut brannte.

Unermüdlich bedeckte Leonard sie mit Wachstropfen, Wachslachen, Wachsspuren, und nach und nach empfand Helena den Schmerz nicht mehr als Schmerz. Er ging vielmehr in ein sanftes Kribbeln über, so dass sie es bald nicht mehr erwarten konnte, die nächsten Wachstropfen auf ihrer Haut willkommen zu heißen.

Die nächsten Tropfen trafen die Mitte ihres Bauchnabels, ihr Schambein und die Schamlippen. Helena keuchte und bäumte sich leicht auf. Sie hob erwartungsvoll ihr Becken – so weit, wie es trotz Fesseln eben ging – und konnte es nicht erwarten, bis der nächste Tropfen ihre feuchte Spalte traf und sich einen Weg dazwischen fraß.

»Öffne deine Augen und schau zu.«

Sofort schlug sie ihre Lider auf, voll freudiger Erwartung, denn die Vorstellung zuzusehen, wie das heiße Wachs ihren Körper traf, dann schließlich abkühlte und auf ihr fest wurde, machte sie an. Außerdem hatte sie zu Beginn bemerkt, dass Leonard lediglich seine Lederhose trug. Sie liebte diesen Anblick. Sein nackter Oberkörper mit dunklen Haaren – nicht zu viel und nicht zu wenig –, die nach unten hin spitz zusammenliefen, bis sie im Bund der Hose verschwanden. Der Hose, die locker und lässig auf seinen Hüften lag und deutlich erahnen ließ, was sich darunter verbarg.

Leonard in nichts anderem als dieser Lederhose war für sie ein anbetungswürdiger Anblick. Und den konnte sie nun genießen, während er ihr zusätzlich noch andere himmlische Freuden bereitete.

Sie sah im Deckenspiegel, wie er sich zwischen ihre Beine kniete, die brennende Kerze nach wie vor in seiner Hand. Mit Daumen und Zeigefinger teilte er ihre Schamlippen.

Helena keuchte. Sie sah und spürte, wie ein Tropfen heißen Wachses ihre geschwollene Klitoris traf, und schrie auf. Das heiße Wachs kühlte jedoch so schnell ab, dass ihre Sinne kaum Gelegenheit hatten, zwischen Spannung und Entspannung – Schmerz und Erleichterung zu unterscheiden.

Ein weiterer Tropfen folgte. Sie keuchte, bis der Schmerz zu prickelnder Lust wurde. Lust, die ihre Seele berührte. Es war ein faszinierender Anblick, wie die geschmolzenen Wachstropfen sich in ihre Haut brannten, sich hier und da zu zentimetergroßen Flecken ausbreiteten und hart wurden.

Sie beobachtete ihren zuckenden Körper, der bereitwillig die Linie der Wachstropfen annahm – sie sogar bebend ersehnte. Ihre Brust hob und senkte sich hektisch, die harten Nippel standen steil ab und ihre Sinne waren vollkommen geschärft. Sie bäumte sich auf, als die nächsten Tropfen heiß auf sie niederfielen.

Jeder Millimeter ihrer Haut schien in Flammen zu stehen. In Erwartung der nächsten Tropfen keuchte sie heftig auf, schloss die Augen und rang nach Luft. Doch es passierte nichts. Stattdessen war ein leichter Rauchgeruch zu vernehmen.

Sie schlug die Augen auf und in ebendiesem Moment spürte sie, wie Leonard die ausgepustete Kerze der Länge nach zwischen ihre Schamlippen legte und sie leicht von oben nach unten und wieder zurückschob.

Helena rekelte sich und schob ihm ihren Unterleib entgegen.

Sie wollte mehr. Viel mehr. Hoffnungsvolle Erregung färbte ihre Wangen rot.

Leonards Pupillen zogen sich zusammen – grünes Feuer glomm in seinen Augen auf.

»Ich kann sie spüren. Die Melodie deiner Begierde. Dein heißes Blut. Die Lust in deinem Schoß.«

Helena zwang sich dazu, ihren Blick nicht von seinen feurigen Augen abzuwenden.

Mit diesen Augen konnte er ihr Begehren sehen, ihre Hemmungslosigkeit und ihre Gier. Er nahm ihre Ekstase mit all seinen Sinnen war, witterte ihre Geilheit wie ein Wolf sein Opferlamm. Der wächserne Schaft der Kerze fühlte sich fantastisch an, wie er vorwitzig am Tor ihrer Vagina entlangglitt, ihre Klitoris dabei sinnlich streifte und immer wieder gekonnt von oben nach unten geführt wurde.

Am liebsten hätte Helena danach gegriffen und sich den mittlerweile wieder harten und abgekühlten Kerzenstiel in ihre feuchte Grotte geschoben. Aber sie hielt sich zurück, ahmte mit ihrem Unterleib die Bewegungen der Kerze nach und verging fast vor Wonne.

Wie ein Kätzchen rekelte sie sich auf der Matratze, stets bemüht, sich diesem lustspendenden Teil, welches zwischen ihren Schamlippen rieb, so nah wie möglich zu fühlen. Helena ergötzte sich an jeder Kontraktion mit diesem wächsernen Etwas.

Als die Kerze schließlich langsam, aber zielstrebig in sie eindrang, tauchte sie in ein Meer aus tausend kleinen Funken und Sternchen, die sie gnädig umhüllten und ihre Sinne streichelten.

»Leonard ... ja ... bitte ...«, keuchte sie, während sich ihre Finger in die Matratze bohrten. Der Schaft der Kerze füllte sie vollkommen aus, massierte die empfindsamen Innenwände ihrer Vagina und vollzog einen köstlichen Akt der Penetration.

Leonards freie Hand stimulierte währenddessen ihre Klitoris, bescherte ihr so Wonnen der Extraklasse und versetzte sie in einen Rausch, aus dem sie am liebsten nie wieder aufgetaucht wäre.

Sie war kurz davor zu explodieren, einem gewaltigen Orgasmus entgegenzuschweben, doch in dem Moment stellte Leonard seine Liebkosungen ein und zog die Kerze aus ihr heraus.

Helena wollte leise protestieren, doch Leonard erstickte ihre Worte im Keim, indem er sich rittlings auf sie setzte, sich über sie beugte und seine Lippen fordernd auf die ihren presste. Er löste sich von ihren Lippen, umfasste ihr Kinn und hinderte sie so daran, seinem lodernden Blick auszuweichen. Einem Blick, der ihr ein Loch in die Seele brannte, der sich erbarmungslos in sie hineinbohrte, sie verschlang und willenlos machte.

Leonard erhob sich und Helena fröstelte bei seinem Rückzug, ganz so, als hätte man ihr ein lebensnotwendiges und wärmendes Teil ihres Körpers entwendet.

Da stand er nun vor ihr. Stolz und schön. Mit einem Blick, der keine Schwäche zu kennen schien. Sie hätte zu gerne gewusst, was in seinem Kopf vorging. Gleichzeitig aber war ihr dies paradoxerweise in diesem Moment vollkommen egal, denn sie wollte nichts sehnlicher, als von ihm berührt, verführt und geliebt zu werden.

»Leonard ... bitte«, bettelte sie.

»Ja?«

»Quäl mich nicht so.«

»Kleine Quälereien steigern die Lust.«

Verflucht langsam bewegte er die Hand zur Schnalle seines Gürtels, ohne Helena aus den Augen zu lassen oder auch nur eine einzige Miene zu verziehen. Er ließ seine Hüften kreisen, öffnete den Gürtel und widmete sich anschließend dem Knopf seiner Hose. Heiß schoss ihr das Blut durch die Adern. Sogar ihre Handflächen und Fußsohlen begannen zu kribbeln, so sehr stand ihr Körper unter Strom.

Der Reißverschluss war an der Reihe. Helena gierte dem Moment entgegen, in dem die Hose endlich ihren Weg nach unten fand, um zu entblößen, was ihre Augen zu sehen wünschten.

Leonard schob seine Hände in den offenen Bund der Hose und schob das überflüssige Kleidungsstück Zentimeter für Zentimeter nach unten. Und erneut bewegte er seine Hüften so verführerisch, dass sie hörbar ausatmete.

Helenas Körpersäfte begannen zu kochen. Er trug keinen Slip und sie schnappte erregt nach Luft, als sein dichtes Schamhaar mit dem Ansatz seines Schwanzes zum Vorschein kam, der kurz darauf prall und fest aus der immer weiter nach unten weichenden Hose – aus der er rasch ein Kondom gefischt hatte – heraussprang.

Für einen kurzen Moment schloss Helena die Augen. Innerhalb dieser kurzen Zeit hatte Leonard seine Hose abgestreift und befand sich alsbald über ihr – die Hände rechts und links von ihrem Kopf abgestützt, ein Knie mit lockenden Bewegungen zwischen ihren Schenkeln.

Sie rieb sich an ihm, hätte sein Knie am liebsten in sich hineingedrückt, so sehr wünschte sie sich, von ihm ausgefüllt zu werden. Ihr Schoß passte sich harmonisch den Bewegungen seines Knies an, und als die Muskeln ihrer Vagina verräterisch zu kontrahieren begannen, spürte sie, wie er mit seinem Schwanz langsam in ihre feuchte Tiefe glitt, wie er kontrolliert zustieß, während seine Hände sich noch immer links und rechts von ihrem Kopf befanden. Kraftvoll stützten sie sich dort ab, so dass lediglich ihre beiden Geschlechter einen Berührungspunkt bildeten.

Seine schlanken Hüften bewegten sich geschickt auf und ab – arbeiteten schließlich schneller und trieben sie kraftvoll der nahenden Erleichterung entgegen, die sich süß und köstlich ankündigte. Und dann war sie da – die Explosion – die sie heiser aufstöhnen ließ. Ein Orgasmus, der ihren Körper durchschüttelte und das Adrenalin sie zunächst in die Höhe fahren und schließlich wieder hinabsinken ließ.

Helena schloss die Augen – überwältigt von der Intensität der Gefühle.

Und dann kam auch er mit einer Gewalt, die Helena feurig ergriff und sie in einen weiteren Orgasmus trug, obwohl die Wellen des ersten noch nicht abgeklungen waren.

Leonard ließ sich neben sie auf die Matratze fallen und barg ihren Kopf an seiner Schulter.

Als sich ihr Atem wieder etwas beruhigt hatte, hob Helena den Kopf und legte ihre Handfläche auf seine Wange. Zärtlich ruhte ihr Blick auf seinem schönen Gesicht.

Er hatte die Augen geschlossen und als er sie aufschlug und ihren Blick erwiderte, wurde ihr heiß und kalt zugleich, denn es war eine Wärme darin, die sie förmlich umhaute.

Langsam beugte sie sich vor und bedeckte sein Gesicht mit hauchzarten Küssen. Dabei ließ sie keinen Zentimeter aus. Erneut schloss Leonard seine Augen. Er schien ihre Zärtlichkeiten mehr als zu genießen. Und genau dies ließ ihr Herz höher schlagen. Umso erstaunter war sie, als er sie urplötzlich sanft von sich schob und sich aufsetzte. Mit einem Mal war sie wieder da. Diese kühle Beherrschtheit, die von ihm ausging.

»Was ist los?« Erneut wollte sie sein Gesicht berühren in der Hoffnung, so die zuvor erlebte Nähe wiederherstellen zu können. Doch Leonard fing ihre Hand sanft ab.

Er schaute ihr tief in die Augen und versuchte die Sehnsucht, die mehr und mehr in ihm wuchs, zu dämmen und den kläglichen Rest, der übrig blieb, zu ignorieren.

So ganz gelang ihm dies zwar nicht, aber zumindest teilweise. »Ich habe unglaublichen Hunger. Du auch?«

Er erhob sich, entzog sich so geschickt ihrer süßen Anziehungskraft und warf ihr einen fragenden Blick zu.

»Ich ... ehrlich gesagt, habe mir diesbezüglich keinerlei Gedanken gemacht. Denn ich hatte ganz andere Dinge im Kopf ...«

»Aber?«

»Willst du nicht wissen, was mir durch den Kopf geschossen ist?«

»Nicht unbedingt. Jeder sollte sein kleines Geheimnis wahren oder?« Er grinste jungenhaft.

»Ooooch ... so geheimnisvoll ist es nun auch wieder nicht. Ich würde dir gern von meinen Gedanken erzählen und ebenso gern in die deine eintauchen.« Sie lächelte und wagte sich ein weiteres Stückchen vor. »Wenn ich ehrlich bin, würde ich gerne etwas mehr über den ›Menschen‹ Leonard erfahren.«

»Soso!« Leonard konnte nicht anders, er musste ihr Lächeln erwidern, auch wenn alles ihn ihm dazu mahnte, innerlich auf Abstand zu gehen.

Ihr Herz setzte vor Freude für einen Moment aus. Dieses Lächeln bedeutete ihr viel. Sehr viel. Am liebsten hätte sie es für immer in sein Gesicht gebannt, um stets darauf zurückgreifen zu können. Leider war es jedoch ebenso schnell wieder verschwunden, wie es aufgetaucht war.

Sie konnte förmlich zuschauen, wie sich die Mauer um Leonard herum hochzog, und es war deutlich spürbar, dass die Chance, ihm seelisch näherzukommen, vorbei war.

Kapitel 16

»Überraschung!« Die fröhlichen Stimmen ließen Helena herumfahren. Erstaunt ließ sie den Pinsel sinken.

»Kathrin, Sabina – welch Glanz in dieser bescheidenen Hütte.« Sie legte den Pinsel beiseite, wischte ihre farbverschmierten Hände an einem Tuch ab und lief ihren Freundinnen entgegen. Nach einer stürmischen Begrüßung hakte sich Kathrin verschwörerisch bei ihr ein. »Sag mal – dieser überaus hübsche Kerl in Lackhose, der uns soeben die Tür geöffnet und hierher verwiesen hat – ist das etwa Rafael?« Ihre Augen funkelten.

»Ja, das ist Rafael.«

Kathrin pfiff anerkennend durch die Zähne. »Der ist ja noch viel attraktiver, als ich ihn mir – laut deiner Beschreibung – vorgestellt habe. Nur ist er leider Gottes auf keinen meiner Flirtversuche eingegangen.« Sie seufzte und zog einen Schmollmund.

»Macht doch nichts«, warf Sabina fröhlich ein. »Schließlich haben wir einige – hoffentlich interessante – Fische an der Angel.«

Helena zog überrascht ihre Augenbrauen in die Höhe. »Habe ich etwas verpasst? Fische an der Angel?« Sie stemmte ihre Hände in die Hüften und blickte in die grinsenden Gesichter ihrer Freundinnen. »Würde mich bitte mal jemand aufklären?«

»Das haben wir vor«, zwinkerte Sabina schelmisch. »Was meinst du, wieso wir hier sind? Richtig! Um dich auf dem Laufenden zu halten!«

»Stimmt«, ergänzte Kathrin, »und da Leonard laut deiner Aussage nichts dagegen hat, wenn wir dich hier besuchen, haben wir uns gedacht, dass wir dich heute Mittag spontan zu einem Plauderstündchen überreden. Und hier sind wir.«

Helena war die Freude über den überraschenden Besuch anzusehen. »Okay. Gebt mir ein paar Minuten, ja? Ich wasche rasch die Pinsel aus und dann machen wir es uns so richtig gemütlich.«

»Das ist ein Wort.«

Kurze Zeit später saßen sie in Leonards Wohnzimmer. Eine große Kanne Tee stand mitten auf dem Tisch auf einem Stövchen und dampfte verlockend. Und der noch warme Streuselkuchen, den Kathrin und Sabina mitgebracht hatten, lachte sie verführerisch an.

»Also, Mädels – raus mit der Sprache!« Helena warf einen auffordernden Blick in die Runde.

Kathrin stupste Sabina abenteuerlustig an.

»Auf die Plätze – fertig – los«, rief diese und streckte Helena acht Umschläge entgegen, die sie fächerförmig in der Hand hielt.

Nichts begreifend runzelte Helena die Stirn. »Was soll ich damit?«

»Die sind nicht für dich«, gluckste Kathrin. Sie war in Hochform – ihre Augen sprühten Funken. »Die sind für uns, denn schließlich hast du schon einen feurigen Liebhaber. Wir haben nämlich eine Kontaktanzeige aufgegeben. Und dies sind die ersten Zuschriften. Ich würde sie allerdings sofort alle Sabina überlassen, wenn es mir gelingen würde, diesen Rafael für mich zu interessieren. Er ist ein wahres Prachtexemplar und sicherlich äußerst gut im Bett.«

Helena musste lachen. »Natürlich kann ich versuchen, ein Wort für dich einzulegen, ich kann allerdings nichts versprechen. Wenn du ihn jedoch als Callboy buchst, kommst du auf jeden Fall auf deine Kosten und in den Genuss seiner Liebeskunst.«

Kathrin nippte an ihrem Tee und biss genussvoll in ein Stück Kuchen. »Falls sich kein vernünftiger Kerl auf unsere Anzeige meldet, werde ich dies auch tun. Denn nun, wo er in seiner ganzen Pracht vor mir stand, sind meine Sinne voll und ganz geweckt. Allein schon der Gedanke, diesen sexy Typen in meinem Bett zu haben, verschafft mir einen Orgasmus im Kopf.«

Sabina und Helena grinsten sich an.

»Okay, widmen wir uns nun also unseren Zuschriften. Und vielleicht machst du ja anschließend schon einen Termin bei Rafael«, feixte Sabina und begann einen der Umschläge zu öffnen. Helena lächelte. Eine seltsame Wandlung schien mit ihrer Freundin vorgegangen zu sein, denn hätte man Sabina noch vor ein paar Wochen vorgeschlagen eine Kontaktanzeige aufzugeben, sie hätte sich empört abgewandt und wäre für eine ganze Weile in ihrem Schmollwinkel verschwunden.

»Schaut mal. Da liegt ein Bild bei.« Triumphierend wedelte Sabina mit dem Foto umher.

»Zeig mal.« Kathrin reckte sich zu ihr hinüber.

Sabina reichte ihr das Foto.

»Hey – nicht schlecht.« Kathrin schnalzte anerkennend mit der Zunge. »Ich gehe jetzt mal davon aus, dass er dir nicht so zusagt«, wandte sie sich an Sabina. »Denn bisher war unser Geschmack in Bezug auf Männer doch konträr.«

»Wie kommst du denn darauf? Ich finde diesen Kerl hochinteressant.« Sabina setzte sich kerzengerade hin und blickte ihre Freundin prüfend an.

Kathrin schluckte. Dann zuckte sie gespielt gleichgültig die Schultern. »Okay – neuer Versuch, neues Glück. Vielleicht ist der Nächste ja ebenso nett anzuschauen.« Sie griff nach einem weiteren Umschlag.

»Reingefallen«, lachte Sabina. »Ich wollte nur mal sehen, wie du reagierst. Er ist nicht mein Fall – du kannst ihn haben.« Sie kicherte.

»Ihr habt also eine gemeinsame Anzeige aufgegeben?«, fragte Helena interessiert.

»Genau. Was kommt, wird gemeinsam durchgesehen und dann freundschaftlich untereinander aufgeteilt. Und du bist unser Schiedsrichter.«

»Soso. Ich bin also euer Schiedsrichter.« Helena griff vergnügt zu einem zweiten Stück Kuchen. »Aber ich sage euch gleich, dass ich ein strenger Schiedsrichter sein werde. Sollte ich auch nur den Ansatz eines ernsthaften Konfliktes zwischen euch vermuten, werden Bild und Zuschrift gnadenlos und augenblicklich von mir konfisziert und vernichtet.«

»Aber erst nach Absprache.«

»Das ist mir überlassen. Nicht umsonst bin ich Schiedsrichter«, rief Helena fröhlich.

Die nächsten Stunden verliefen vergnügt kurzweilig und viel zu schnell. Helena spürte mal wieder, wie froh sie war, zwei so tolle Freundinnen zu haben, und blickte ihnen mit warmem Glanz in den Augen nach, als sie sich verabschiedeten und zum Auto schlenderten.

⋘⋙

Helena betrat den ihr mittlerweile schon sehr vertrauten Raum. Er war abgedunkelt. Nur ein paar Kerzen brachten ein wenig Helligkeit hinein. Viele kleine flackernde Lichter, die die Dunkelheit zu vertreiben suchten.

»Ich möchte, dass du dich über die Rückenlehne des Sessels beugst.« Leonard saß in einem der beiden Ledersessel. Der andere, zu dem er sie nun hindirigierte, stand direkt vor ihm. Die Rückenlehne war ihm zugewandt, so dass er ihr genau zwischen die Beine schauen konnte, wenn er sich ein Stück vorbeugte.

Leonard war im Kerzenschein nur schemenhaft zu erkennen. Aber Helena spürte ihn überdeutlich. Mit jedem einzelnen Nerv nahm sie seine Anwesenheit wahr. Sie beugte sich, wie gewünscht, über die Rückenlehne des Sessels.

»Ich möchte, dass du die Beine noch ein Stückchen weiter spreizt.«

Leonard schob seinen Sessel näher und Helena fühlte seine Hände, die ihre Waden emporstrichen – gefährlich langsam und zart wie eine Feder.

Ihre Knie begannen zu zittern, waren weich wie Pudding, und als diese Zauberhände schließlich den Saum ihres Kleides erreicht hatten und ihn äußerst sinnlich über ihren Po schoben, war es um ihre Fassung geschehen. Ihr Körper begann zu zucken und ein heiseres, sehnendes Stöhnen kroch aus ihrer Kehle.

Wie gewünscht, trug sie lediglich ein schwarzes Minikleid aus Seide. Und darunter nichts als schwarze halterlose Strümpfe. Ihre Füße steckten in hochhackigen – ebenfalls schwarzen – Sandaletten und betonten ihre schmalen Fesseln.

Sie war sich darüber bewusst, welches Bild sich ihm nun bieten musste. Weit nach vorn gebeugt, stand sie vor ihm. Ihr Gesäß war mittlerweile entblößt, die Seide des Kleides umschmeichelte weich ihre Hüften und ihre schlanken Beine steckten in sündigen Strümpfen.

Ob ihm gefällt, was er sieht?

Ihr Herz klopfte aufgeregt und pumpte das Blut heiß durch ihre Adern. Langsam, fordernd und reizvoll begann Leonard ihre Pobacken zu massieren. Er zog sie auseinander und ließ etwas Langes, Kühles – etwas, dass sich wie eine Perlenkette anfühlte – hindurchgleiten.

Helena keuchte, wandte ihren Kopf und sah, dass es

sich tatsächlich um eine Perlenkette handelte. Eine Glasperlenkette. Er legte sie ab und griff zu einer Flasche mit Massageöl, die neben seinen Füßen stand.

Der Inhalt hatte Ähnlichkeit mit flüssiger Lava ... oder Blut. Die Flammen der Kerzen brachen sich tausendfach in der Flüssigkeit und warfen viele zuckende Punkte an die Wand.

Als er die Flasche öffnete, blickte er ihr intensiv in die Augen. Ein eigentümliches Lächeln umschlich seine Lippen. Die knisternde Atmosphäre, die sie beide umgab, berauschte Helena. Sie betrank sich an ihr wie an köstlichem Wein und ließ sich von ihr – zusammen mit den Wogen der Sinnlichkeit, die all ihre Sinne mit Beschlag belegten – treiben.

Leonard schob ihr Kleid nun noch ein Stück nach oben, so dass gerade noch ihre wogenden Brüste bedeckt waren, die weich auf der Lehne des Sessels ruhten.

Langsam ließ er das duftende Öl auf ihren Rücken tröpfeln. Sie spürte, wie sich das warme Öl über ihren Rücken ergoss, wie es sich langsam zwischen ihren Pobacken verteilte, hinabrann und eindrang, wie es an ihren Schenkeln entlangglitt und an ihr heruntertropfte. Es war viel Öl. Sehr viel Öl. Gut riechendes Öl. Sie roch Vanille, Honig, Mandeln, ein paar Blüten, vielleicht waren es auch Kräuter. Ein geheimnisvoller sinnlicher Duft, der sie umnebelte, beruhigte und entspannte. Während seine eine Hand damit beschäftigt war, die wunderbare Flüssigkeit mit großzügigen Bewegungen auf ihrem Rücken und ihren Pobacken zu verteilen, suchte seine andere ölgetränkte Hand sich einen Weg nach vorn zu ihren Brüsten. Sie glitt unter den seidigen Stoff ihres nach oben geschobenen Kleides und lokalisierte erst ihre rechte, dann die linke Brustwarze.

Helena wand sich unter seinen kundigen Händen.

Mit Daumen und Zeigefinger rieb er die zarten Knospen und bescherte ihr Sinnesfreuden der Sonderklasse.

Das Öl war angenehm auf der Haut und seine Hände durch das Öl warm und weich. Und während er nicht von ihren prallen Brüsten – die mittlerweile ganz ölig waren – lassen konnte, glitt seine andere Hand feucht und warm über ihren restlichen Körper – über ihr Gesicht, ihren Nacken, ihre nur von Spaghettiträgern bedeckten Schultern, ihren Rücken.

Beide Hände glitten nun ihren Rücken hinab, umspielten ihre Hüften und bewegten sich dann weiter zu ihrem Bauch und noch ein Stückchen hinab. Erwartungsvoll begann ihre Vagina zu pulsieren, doch ihr Schoß wurde lediglich kurz passiert, mit Ziel auf die Innenseiten ihrer Oberschenkel. Langsam und fest bewegten sich die öligen Finger ihre Beine hinab, schoben die zarten Strümpfe ein Stück nach unten und verharrten weich und sinnlich in ihren Kniekehlen.

Dann fanden sie, an der Außenseite ihres Körpers entlang, ihren Weg zurück zu den Hüften und wanderten erneut zu ihren Pobacken.

Leonard ließ für einen Moment von ihr ab, badete seine Hände erneut in dem wunderbar duftenden Öl, ließ es auf ihren Rücken tropfen und setzte seine Massage fort. Äußert erotisch wurden ihre Pobacken auseinandergeschoben und eine sinnliche Massage der unerforschten Innenwände ihrer Gesäßbacken begann.

Er massierte jeden einzelnen Zentimeter behutsam und zärtlich. Vorsichtig und doch mit leichtem Druck fuhr er mit seinem Zeigefinder über die Rosette ihres Anus. Umkreiste und umschmeichelte diese Stelle auf wunderbare Weise und verweilte dort kurz. Dann strich seine warme und ölgetränkte Hand ihren Po hinab, von hinten zwischen ihre Schenkel und wanderte nach vorn zu ihren lustvoll geschwollenen Schamlippen. Er teilte sie mit Daumen und Zeigefinder und lockte mit kleinen kreisenden Bewegungen ihre Klitoris, die sich schon mutig aufgerichtet hatte.

Erneut griff er zur Glasperlenkette. Er lies sie leicht an ihren Oberschenkeln baumeln. Dann ergriffen seine Hände jeweils ein Ende und zogen sie längs zwischen ihren Schenkeln nach oben. Auf herrliche Weise ließ er jede einzelne Perle verführerisch von vorn nach hinten durch ihre Schamlippen gleiten. Ihre Klitoris explodierte fast unter dieser ungewohnten Reibung.

Als die erste Glaskugel ihren Anus erreichte, drückte Leonard kurz zu, und fast ohne Widerstand verschwand sie inmitten der kleinen Rosette.

Helena wimmerte vor Lust. Kugel für Kugel verschwand langsam und unaufhörlich in ihrem After. Sie konnte jede einzelne Perle überdeutlich in sich spüren und genoss dieses ungewohnte Gefühl. Eine rasende Geilheit durchschüttelte ihren Körper, Schweißtropfen standen ihr auf der Stirn und sie biss sich stöhnend auf die Lippen.

Bis auf die letzten beiden Perlen schob er jede einzelne nach und nach in sie hinein. Er bemerkte, wie sehr sie dieses Spiel aufheizte. Voller Hingabe spielte seine Rechte mit den beiden übrig gebliebenen Perlen, während sich seine andere Hand erneut ihrer Klitoris zu widmen begann.

Sein Handballen rieb lockend, Daumen und Zeigefinder drückten, massierten und spielten mit der harten Liebesknospe, und immer wieder tauchte einer seiner Finger für kurze Zeit in ihre gierige Vagina ein.

Helena spürte, wie ein dünnes Rinnsal aus Öl und Körperflüssigkeit ihre Schenkelinnenseiten hinabrann. Während ihre Klitoris einem Feuerwerk der Ekstase entgegengetrieben wurde, begann Leonard gleichzeitig Perle für Perle aus ihr herauszuziehen.

Er fühlte, wie sie kurz vor der Explosion stand und trieb sie durch gefühlvolle Stimulationen unermüdlich weiter hinein ins Tal der Ekstase.

Wie auf ein Zeichen zog er mit einem Mal die letzten vier Kugeln aus ihrem Anus, während Helena im gleichen Augenblick laut aufschreiend in einem unglaublichen Orgasmus versank. Einem Orgasmus, der ihr ein Rauschen in den Ohren bescherte und sie ein Stück in die Knie zwang.

Sie hörte, wie er seine Hose öffnete, eine Kondompackung aufriss, spürte, wie er ihren herabsackenden Körper an den Hüften nach oben zog und schließlich langsam in sie eindrang. Er füllte sie komplett aus und begann sie leidenschaftlich zu vögeln. Tief, mit langsamen, aber heftigen Stößen.

Helena keuchte vor Lust und spürte, wie er allmählich die Kontrolle über seinen Körper verlor. Er stieß immer schneller, immer härter zu! Seine wunderbaren Finger umfassten ihren Bauch, wanderten erneut zu dem perfekt gestutzten Dreieck ihrer Scham und beschäftigten sich wieder mit der noch immer pulsierenden Klitoris.

Seine Liebkosungen und Stöße trieben sie hinauf, höher und höher, bis es ihr ein weiteres Mal kam. Heftig zuckend und mit zitternden Beinen warf sie laut stöhnend den Kopf zurück. Ein Feuerwerk explodierte in ihrem Kopf, und während sie auf der Welle des Höhepunktes entlangritt, erreichte Leonard ebenfalls einen Orgasmus, der ihn erzittern ließ.

Er stöhnte ebenfalls laut auf, stieß noch einige Mal tief in sie hinein und ließ seinen Oberkörper schließlich nach vorn auf ihren Rücken sinken.

Helena hing über der Lehne des Sessels, genoss es, Leonard so nah bei sich zu spüren, und war einfach nur glücklich erschöpft. Sie konnte jeden Muskel in ihrem Körper spüren, konnte den sinnlichen, unverwechselbaren Duft nach Sex, nach Körpersäften und dem aromatischen Massageöl riechen und wünschte sich nichts mehr, als Arm in Arm mit Leonard einzuschlafen – auch wenn sie wusste, dass dieser Wunsch nicht in Erfüllung gehen würde.

Kapitel 17

Helena trat einen Schritt zurück und betrachtete ihr Werk. Sie war zufrieden. Hier und da würde sie die einzelnen Übergänge zwar noch ein wenig bearbeiten müssen, um dem Gesamtwerk mehr Tiefe zu geben, aber im Großen und Ganzen war ihr die Arbeit der letzten Tage voll und ganz gelungen.

Sie betrachtete den nackten Frauenkörper, den sie in Öl auf die Leinwand gebannt hatte.

Eine schöne Frau in Öl, halb liegend auf einem Berg von orientalischen Kissen – in ihrer Hand ein bunter Vogel, den sie liebevoll und innig auf den Schnabel küsst.

Das Bild gefiel ihr. Und überhaupt war sie sehr zufrieden, was ihre Kreativität betraf. Ihr momentanes Umfeld schien mehr als inspirierend zu sein, denn sie arbeitete mit einer Begeisterung, inneren Ruhe und Gelassenheit wie schon lange nicht mehr. Hinzu kam, dass sie »ihr« kleines Atelier auf Zeit sehr mochte. Seit zwölf Tagen war sie nun schon hier – eine Zeit, die ihr vorkam, als sei alles schon immer so gewesen.

Bis auf die Stunden, in denen Leonard sie ganz nach eigenem Belieben zu sich »bestellte«, um seine Fantasien mit ihr auszuleben, bekam sie ihn selten zu Gesicht. Er war beruflich so gut wie ausgebucht. Und während Leonard von einem Auftrag zum nächsten eilte – zu ihrer großen Erleichterung lediglich Termine für Tanz- und Stripeinlagen – sagte Rafael jegliche Aufträge ab. Er durchlebte sämtliche Facetten seines Liebeskummers sehr intensiv und gönnte sich deshalb einen kleinen Erholungsurlaub.

So verbrachten er und Helena viel Zeit miteinander. Täglich saßen sie für ein paar Stunden zusammen, tranken Kaffee, Tee oder ein Gläschen Wein, plauderten über Gott und die Welt, fachsimpelten über Kunst, Malerei und Poesie. Sie lachten, alberten herum, empfingen den jeweiligen Humor des anderen, warfen ihn feixend zurück, verstanden immer genau, was der andere meinte, und konnten selbst über die schrägsten Sachen reden – aus dem Vollen schöpfen – provozieren – kokettieren ... die gesamte Palette.

Es war paradox – und doch logisch –, denn aufgrund der Situation, dass beide ihr Herz ja schon anderweitig verschenkt hatten, fühlten sie sich sicher. Unbefangen und sicher.

Hinzu kamen derselbe Sinn für Humor und die wahnsinnige Sensibilität, mit der beide ausgestattet waren. Ihre gegenseitige Sympathie zeigte Ansätze einer tiefen Freundschaft, ein kostbares Juwel, welches Helena sehr zu schätzen wusste.

Rafael und sie hatten sich im Spaß oft ausgemalt, was wohl gewesen wäre, wenn er als Highlight auf ihrer Ausstellung gestrippt hätte – natürlich bevor Marcel ihm über den Weg gelaufen wäre. Vieles wäre wesentlich unkomplizierter abgelaufen. Für beide.

Allerdings war ihnen auch klar, das alles spätestens in dem Moment, in dem ihr Rafael seinen Freund Leonard vorgestellt hätte, noch viel komplizierter geworden wäre. Denn Leonard war nun einmal Leonard – etwas ganz Besonderes für Helena. Ein Mann, der sie von der ersten Sekunde an in den Bann gezogen hatte.

Ihr »Archimedes«.

In Gedanken versunken, wusch sie die Pinsel aus und schraubte die Farbtuben zu.

Schluss für heute – Entspannung pur ist angesagt.
Gedacht – getan, denn schon kurze Zeit später ließ sich Helena ein Bad einlaufen. Sie gab wundervoll duftendes Badeöl dazu, und als die Wanne fast bis zum Rand gefüllt war, ließ sie sich in den weichen, wohlriechenden Schaum sinken.

Sie schloss die Augen, lehnte den Kopf zurück und lächelte. Sie freute sich auf die nächsten Stunden, die sie gemütlich – mit ganz viel Popcorn – auf Leonards gemütlicher Couch verbringen wollte. Zusammen mit Rhett Butler und Scarlett O'Hara, denn ihr Lieblingsfilm »Vom Winde verweht« wurde heute ausgestrahlt. Sie hatte diesen Film schon unzählige Male gesehen, konnte bestimmte Passagen mühelos mitsprechen und freute sich dennoch immer wieder wie ein kleines Kind, wenn der Film erneut lief.

Voller Vorfreude stieg sie aus der Wanne, rubbelte sich mit einem flauschigen Handtuch trocken und verwöhnte ihren Körper mit einer nach Vanille und Honig duftenden Körperlotion. Da zu urgemütlichen Fernsehstunden ebenso gemütliche Kleidung gehörte, schlüpfte sie trotz der noch nicht fortgeschrittenen Uhrzeit in ihren rotkarierten Herren-Pyjama, den sie heiß und innig liebte, streifte sich ein paar dicke Socken über und lief hinauf ins Wohnzimmer.

Wenig später sank sie auf die gemütliche, champagnerfarbene Ledercouch – Popcorn, ein Gläschen Prosecco und Fernbedienung griffbereit – und der gemütliche Spätnachmittag vor dem Fernseher konnte beginnen.

Der Raum war großzügig geschnitten und strahlte wohlige Behaglichkeit aus. Auf der einen Seite stand der Billardtisch vor einer großen Fensterfront mit Terrassentür, die zum Garten führte. Die Wände in diesem Teil waren weiß gestrichen, während die Wand der Seite, an der die Couch stand, in einem satten Burgunderton gehalten war. Ein Kamin, ein prallgefülltes Bücherregal, eine antike Truhe, die als Couchtisch diente, und ein heller Berberteppich rundeten das Bild harmonisch ab.

Ein tiefes Gefühl von Zufriedenheit breitete sich in Helena aus, als sie sich in die weichen Polster kuschelte, immer wieder in die Popcornschüssel griff und vollkommen in die Welt von Scarlett versank. Sie seufzte an den passenden Stellen, bekam teilweise feuchte Augen und hatte plötzlich das Bedürfnis, mit jemandem zu reden. Aus diesem Grund beschloss sie, in der Werbepause zu ihrem Auto zu laufen und ihr Handy zu holen, welches sie dort hatte liegenlassen. Vielleicht bekam sie ja Kathrin oder Sabina an die Strippe.

»Hoppla, schöne Frau. Wohin des Weges?« Helena schlug die Autotür zu und fuhr herum.

»Rafael. Uah ... hast du mich erschreckt. Ich wollte nur eben mein Handy holen.«

»Dich zu erschrecken lag nicht in meiner Absicht.« Er grinste. »Hast du dich für mich so schick gemacht?«

»Für wen denn sonst, wenn nicht für dich, mein Prinz!?«, grinste Helena und zwinkerte ihm schelmisch zu. »Warst du beruflich unterwegs? Oder hattest du etwa ein Date?«

Rafael zwinkerte frech zurück. »Ein Date? Wie kommst du denn darauf? Bei so einer reizvollen Frau im Haus gehe ich doch nicht in fremden Revieren jagen. Zumal sich diese Frau – extra für mich – auch noch derartig in Schale geworfen hat.« Er legte einen Arm um ihre Schultern, drückte sie freundschaftlich an sich, während sie gemeinsam zum Haus schlenderten. Helena lehnte sich an ihn und fühlte sich für den Moment wunderbar geborgen.

»Ich habe es mir vor dem Fernseher gemütlich gemacht. Die Werbepause müsste jetzt bald vorbei sein.

Hast du Lust, mir bei ›Vom Winde verweht‹ Gesellschaft zu leisten?«

»Gern. Und wenn du mir zusätzlich auch noch was zu futtern anbieten kannst, dann bin ich voll und ganz zufrieden. Ich habe nämlich Hunger wie ein Bär.«

»Der Kühlschrank ist voll. Außerdem ist noch etwas Kartoffelgratin übrig.«

»Hört sich gut an. Also los!«

Rafael konnte nicht leugnen, dass die Tatsache, sie im Arm zu halten, eine tiefe Sehnsucht in ihm ausgelöst hatte. Eine Sehnsucht nach körperlicher Nähe zu einem Menschen, der es geschafft hatte, seine Seele zu berühren. Und dies hatte Helena.

Er suchte die Küche auf, während Helena sich schon in die weichen Polster der Couch kuschelte. Beladen mit einem Tablett – randvoll mit Gratin, Stangenweißbrot, Weintrauben, einer Flasche Wein und zwei Gläsern –, gesellte er sich zu ihr. Geschickt öffnete er die Flasche und füllte die Gläser. Er reichte ihr ein Glas, griff nach dem anderen und prostete ihr zu. »Auf die Zukunft.«

»Ja, auf die Zukunft und auf diesen Moment, der wirklich wahnsinnig gemütlich ist.«

»Das hast du aber schön gesagt.« Ein hübsches Lächeln flog über Rafaels Gesicht, sein warmer Blick ruhte intensiv auf ihr. Helena atmete schneller.

Dass sie Rafael attraktiv fand und von Beginn an sehr mochte, stand außer Frage. Nun aber schwang etwas in die Atmosphäre zwischen ihnen mit ein, was sie nicht einzuordnen vermochte.

Rafael streckte seine Hand aus und strich ihr gedankenverloren durchs Haar. Er sagte kein Wort, blickte sie stattdessen nachdenklich an. Helena versank in den Tiefen seiner Augen.

Diese melancholischen Augen, die so selten ein Lächeln wiedergaben.

Sie spürte, wie diese eigentümliche Atmosphäre sie auf bestimmte Weise zu erregen begann, und neigte ihren Kopf so, dass ihre Wange wie selbstverständlich in seiner Handfläche landete.

Er hauchte ihr einen Kuss auf die Stirn. »Ich habe einigen Verlagen heute Kopien meiner Gedichte zukommen lassen. Ohne dich hätte ich nie den Mut dazu gefunden. Danke!«

»Keine Ursache.« Ihre Antwort war lediglich ein Hauchen, denn Rafaels körperliche Nähe begann sie zu beunruhigen und raubte ihr den Atem. »Ich drücke dir die Daumen, dass dieser entscheidende Schritt Früchte tragen wird.«

Rafael beugte sich vor, griff zur Weinflasche und füllte erneut ihre Gläser.

»Auf den Erfolg.« Er prostete ihr zu, nahm einen Schluck und stellte sein Glas ab.

»Hast du eigentlich noch mal was von Marcel gehört, seit ...«

»Nein. Und das ist auch gut so.« Er lächelte und Helena stellte erfreut fest, dass dieses Lächeln seine Augen erreichte.

Sie erwiderte das Lächeln. »Weißt du eigentlich, dass ich das Gefühl habe, dich schon ewig zu kennen?«

»Dito! Und ich will sehr stark hoffen, dass wir auch außerhalb eures ›Siebzehn-Tage-Deals‹ Kontakt halten werden. By the way ... Wie geht es deinem Herzen in Bezug auf Leonard?«

»Darüber will ich mir, ehrlich gesagt, nicht zu viele Gedanken machen. Zumindest nicht heute. Es wären quälende Gedanken, die ich mir für den Moment ersparen möchte. Ich bitte also um einen Themenwechsel.«

»Okay.«

Wieder ruhte sein nachdenklicher Blick auf ihr. »Auf jeden Fall ist es ein Beweis für Leonards ausgezeichneten

Geschmack, dich für siebzehn Tage für sich zu buchen. Du bist schon etwas Besonderes. So etwas wie dich gibt es wirklich nicht.«

Erneut schwang die Stimmung in eine Richtung, die Helena verwirrte, ihr aber dennoch sehr gefiel.

»Danke.«

Rafael streckte die Hand aus und sein Daumen zog die Linie ihrer Augenbraue nach. Die Entdeckungstour wurde fortgesetzt, indem er über ihre Wange bis zu ihrem Mund glitt. Sanft, leicht und verführerisch wie eine Feder. Helena schloss die Augen.

Während Leonard ständig von einer meterdicken Mauer umgeben schien, war Rafael herrlich unkompliziert, sensibel und offen. Seine Worte und auch sein Verhalten waren Balsam für ihre verwirrte Seele. Sie rutschte ein Stückchen näher an ihn heran und legte ihren Kopf an seine Schulter.

»Du bist auch etwas Besonderes. Und wenn mein Herz nicht schon vergeben wäre ... aber ... und ich ...« Sie brach ab.

Rafael lächelte warm. »Ich weiß, was du meinst. Und keine Sorge – ich finde dich zwar wirklich entzückend, aber ich bin weder verliebt in dich, noch hege ich irgendwelche Absichten. Überhaupt, es muss noch einige Zeit vergehen, bevor ich überhaupt dazu bereit sein kann, mich wieder voll und ganz auf jemanden einzulassen. Beruhigt?«

Helena lachte. »Du hast die Situation verkannt, ich war nicht beunruhigt. Nur etwas verlegen und verwirrt. Schließlich hast du mir ein wunderschönes Kompliment gemacht.«

»Das war auch beabsichtigt. Das Kompliment meine ich natürlich. Nicht die Tatsache, das du verwirrt warst.« Sein Daumen strich über ihre Wange. So saßen sie eine ganze Weile voller Eintracht und nahmen den

Mann, der im Türahmen stand und sie nachdenklich beobachtete, absolut nicht wahr.

Leonard konnte das Gefühl, das ihn beim Anblick dieser Harmonie und Gemütlichkeit durchströmte, nicht definieren. Allerdings konnte er nicht verleugnen, dass auf jeden Fall eine Spur von Eifersucht darin mitschwang, was ihm zeigte, dass er nicht sehr erfolgreich darin gewesen war, Helena innerlich auf Abstand zu halten.

Sieh zu, dass du aus dieser Nummer wieder herauskommst. Oder willst du etwa ein Sklave – ein Gefangener – deiner eigenen Gefühle werden?

Er atmete tief aus. Das durfte auf gar keinen Fall passieren!

Diese Frau war nichts weiter als sein persönliches Callgirl auf Zeit. Ein sehr reizvolles Callgirl, keine Frage. Dies war aber dennoch kein Grund, sich dermaßen von seinen Prinzipien zu entfernen. Im Gegenteil! Er würde sich selbst beweisen, dass er stark genug war, sich gegen die ungewohnten Gefühle, die Helena in ihm hervorgerufen hatte, erfolgreich zur Wehr zu setzen.

Währenddessen wanderte Rafaels Hand seitlich ihren Hals hinab, spielte mit ihrem Nackenhaar, verweilte auf ihrer Schulter, und glitt zurück zu ihrer Wange.

Helena genoss die Mischung aus seelisch-menschlicher Nähe und zärtlichen Berührungen. Diese Mischung hatte sie sich immer von Leonard gewünscht, aber stets nur die körperliche bekommen. Umso hungriger war sie nun auf das fehlende Puzzleteil – seelische Nähe.

Rafael hauchte einen Kuss auf ihre Stirn. »Geht's dir gut?«

Helena nickte, hob ihren Kopf und blickte ihn warm an. »Sogar sehr gut! Dir auch?«

»Auf jeden Fall. So gut, dass ich dich am liebsten auf

der Stelle in meine Arme reißen und küssen möchte. Allerdings mag ich nicht in fremden Gewässern fischen und Leonard dazwischenfunken. Mir liegt zu viel an ihm, als dass ich diese wunderbare Freundschaft aus einer Laune heraus gefährden würde.«

Leonard hatte Rafaels Worte gehört. Ein warmer Glanz trat in seine Augen. Einerseits hatte er noch immer mit unerklärlichen Resten von leichter Eifersucht zu kämpfen, andererseits freute er sich, dass sein bester Freund sich nach seinem Pech mit Marcel wieder zu öffnen schien. Und da irgendwelche tiefer gehenden Gefühle zwischen Helena und ihm selbst aus seiner Sicht nichts bei der ganzen Sache zu suchen hatten, würde er auch den Rest seiner Eifersucht bekämpfen und ...

Ein teuflisches Lächeln legte sich auf sein Gesicht.

Er näherte sich der Couch, auf der die beiden saßen.

»Guten Abend.«

Überrascht wandten sich Helena und Rafael in die Richtung, aus der die Stimme kam.

»Hi, Leonard«, begrüßte Rafael seinen Freund. »Feierabend für heute?«

Leonard nickte, setze sich neben Helena und blickte amüsiert in ihr überraschtes Gesicht. Sofort stand sie unter Strom. Dieses explosiv pulsierende Gefühl nahm zu, als sie seine Hand auf ihrem Knie spürte.

Er zwinkerte Rafael zu und flüsterte: »Bist du schon einmal von zwei Männern gleichzeitig verwöhnt worden?«

Rafael war zunächst erstaunt, doch nach und nach wich dieses Gefühl einer prickelnden Vorfreude. Schon mehr als einmal hatten Leonard und er gemeinsam eine Kundin beglückt – sie waren darin ein eingespieltes Team. Dies alles nun mit einer Frau wie Helena auszuleben, versetzte ihn in Hochstimmung, die ihm Mut machte. Zeigte es ihm doch, dass er mehr und mehr wieder ganz der Alte zu werden schien und Marcel in den hintersten Winkel seines Seins verbannte.

Leonards Hand auf Helenas Knie begann sich langsam in Bewegung zu setzen. Sie tastete ihren Oberschenkel empor – hoch und höher und während die eine Hälfte von ihr seinen Liebkosungen nachfühlte, wandte sich ihre andere Hälfte dem Treiben von Rafael zu, der die Knöpfe ihres Schlafanzugoberteils zu öffnen begonnen hatte und seine Lippen dabei verführerisch über ihren Hals gleiten ließ.

Helena warf ihren Kopf zurück, drückte sich weit in die Polster und ließ geschehen, was diese beiden attraktiven Männer mit ihr vorhatten.

Leonards Finger wühlten sich in den Bund ihrer Pyjamahose. Gleichzeitig hob er ihre Beine über seinen Schoß, während Rafael ihr das Oberteil über die Schultern schob und ihren Kopf in seinem Schoß platzierte. Zart wie eine Feder umkreisten seine beiden Daumen ihre erwartungsvoll aufgerichteten Brustwarzen. Sie spielten, lockten, reizten sie.

Helena spürte, wie es feucht zwischen ihren Schenkeln wurde, und sie wusste, dass Leonard dieses Wissen mit ihr teilte, denn er war gerade dabei, zwischen ihre Schamlippen zu gleiten und sie so gekonnt zu fingern, dass ihr Saft heiß aus ihr hervorquoll und sich einen Weg über die Innenseiten ihrer Schenkel suchte.

Leonards Daumen lokalisierte ihre Klitoris. Sie spreizte ihre Beine ein Stück weiter und trieb schließlich auf einer Wolke von Glückseligkeit höher und immer höher – begleitet von den köstlichsten Gefühlen, die durch die Liebkosungen dieser beiden Männer noch um ein Vielfaches gesteigert wurden.

Ein paar gezielte Griffe und die beiden »Liebesgötter« hatten Helenas Pyjamahose beiseitegeworfen und sie so positioniert, dass ihr Kopf – weit nach hinten gelehnt –

auf der Rückenlehne der Couch ruhte, während ihr Po auf der äußeren Kante der Sitzfläche auflag.

Rafael kniete sich auf den Fußboden zwischen Helenas bebende Schenkel. Da lag sie nun, die Beine über Rafaels Schultern gelegt, während seine Lippen und Zunge sich hingebungsvoll den Innenseiten ihrer Schenkel widmeten.

Seine Hände hatte er unter ihr Gesäß geschoben – er kniete dicht vor ihr und es war für Helena ein berauschendes Gefühl zu wissen, dass ihre Scham nun vollkommen frei und offen vor ihm lag.

Leonard war währenddessen hinter die Couch getreten, umfasste von oben ihr Gesicht und beugte sich langsam zu ihr hinab. Der wunderbar typische Duft, den er ausströmte, versetzte Helena in Verzücken und katapultierte sie in andere Sphären. Sie inhalierte ihn, streckte ihre Arme nach oben und zog seinen Kopf nah zu sich hinab.

Und während Rafael sein Gesicht in den Säften ihres Schoßes badete, küsste Leonard sie mit einem Feuer, welches sie zu verbrennen drohte. Sie stieß zwischen zwei Küssen immer wieder kleine Lustschreie aus, wand sich voller Hingabe.

»Spüre, wie Rafael deinen Nektar kostet. Wie er dich ausschlürft und deine exquisite Geschmacksnote genießt. Wie er dich leckt und stimuliert.« Ganz nah an ihrem Ohr war Leonards flüsternde Stimme. Seine Hände hatte er dabei auf Entdeckungsreise geschickt und sie erreichten nun ihre vollen Brüste. Er knabberte an ihrem Ohrläppchen, massierte ihre Brüste und rieb die harten Nippel zwischen Daumen und Zeigefinger.

Der süße Strang der Ekstase, auf dem Helena balancierte, führte sie langsam aber sicher zum Gipfel der Lust. Sie hob ihr Becken, ließ es leicht kreisen und rieb sich so an Rafaels Lippen und seiner vorwitzigen Zunge.

Leise seufzend krallte sie ihre Finger in Leonards Haar, fischte mit ihrer Zunge immer wieder nach der seinen und fiel schließlich in einen tiefen, süßlich prickelnden und unglaublich erlösenden Orgasmus. Das Kribbeln dieses Lustfeuerwerks wärmte ihre Haut. Ihre Brustwarzen ragten keck in die Höhe und die kleine hungrige Knospe ihrer Klitoris meldete sich erneut sehnsuchtsvoll.

Helena spürte ihre Nässe. Und als sie die feurigen Augen ihrer beiden Liebhaber über ihren Körper wandern sah, gefolgt von zwei Paar kundigen Händen, wuchs die Hitze zwischen ihren Schenkeln zu einem wahren Feuer der Leidenschaft. Sie berührte Rafaels forschende Hand, die über ihren Körper fuhr, als ob er gerade ein wertvolles Stück Stoff betastete, und führte sie entschlossen zum samtigen, feucht glänzendem Dreieck ihrer Schamhaare. Als er seine Finger fest gegen ihr heißes gieriges Fleisch drückte, langte sie nach Leonards Hand und führte diese hinzu.

Zwei wohlgeformte Männerhände machten sich nun gekonnt an und in ihrem Schoß zu schaffen, synchron und in völligem Einklang.

Ihre Augen, die vor Entzücken halb geschlossen waren, folgten jeder einzelnen Bewegung und saugten die erotischen Bilder genüsslich auf. Die Art und Weise, wie sie von diesen beiden Männern berührt und betrachtet wurde, wärmte sie von innen.

Ihr Blut wurde hochgepeitscht, ihre Sinne schwanden, und so bekam sie nur am Rande mit, wie Leonard und Rafael sie schließlich so positionierten, dass sie sich schließlich auf allen vieren auf der Couch wiederfand. Es war auf den weichen Polstern zwar ein wenig wackelig, aber sie hatte sich rasch ausbalanciert.

Während ihr Po aufreizend zur einen Seite der Armlehne zeigte, ragte ihr Kopf über die Armlehne der anderen Seite herüber. Dort begegnete ihr Blick den schmalen Hüften von Leonard. Sexy Hüften, die in engen Lederhosen steckten.

Leonard strich ihr sanft übers Haar.

Währenddessen hatte sich Rafael hinter sie gekniet, umfasste ihre Hüften und begann schließlich ihre Pobacken zu massieren. Genüsslich bewegte Helena ihr Gesäß. Sie gierte danach, von Rafael leidenschaftlich genommen zu werden.

Leonard begann derweil seine Hose zu öffnen. Er trug auch heute keinen Slip darunter, und kaum hatte er sie geöffnet, sprang ihr sein geiler Schwanz aus einem Nest schwarzer Locken entgegen.

Helena reckte gierig den Hals und Leonard ließ seine Hose mit gekonnter Nonchalance zu Boden gleiten. Dann senkte er seine prächtige Eichel und schob sie zu ihrem Mund, der schon sehnsüchtig darauf wartete, von den glänzenden Lusttropfen zu kosten, die sie auf der Spitze entdeckt hatte.

Ein Ruck ging durch ihren Körper, als sie gleichzeitig vorne und hinten ausgefüllt wurde.

Ihre Möse saugte Rafaels Schwanz ebenso willig auf, wie ihre Lippen Leonards »bestes Stück« in Empfang genommen hatten. Sie spürte, wie sich Rafaels Schwanz in ihre feuchtwarme Grotte zu bohren begann, spreizte ihre Schenkel und passte sich dem Rhythmus seiner Stöße an. Ein Feuerball der Lust – beginnend in ihrer Magengegend – breitete sich intervallmäßig immer weiter in ihrem Körper aus, setzte ihn in Flammen und bescherte ihr wunderbare Hochstimmung.

Sie saugte und leckte an Leonards Schwanz wie an einer köstlichen Frucht – der Frucht des Begehrens –, nahm den prallen Schaft komplett in sich auf, schob ihre Lippen Zentimeter für Zentimeter zurück, nur um ihn sofort wieder ganz in sich hineinzusaugen.

Leonards Becken passte sich ihren Bewegungen und ihrem Tempo an. Am liebsten hätte sie ihre Finger in sein dichtes Schamhaar gegraben, doch sie benötigte ihre Hände, um sich auf den Polstern abzustützen. Und so grub sie ihr Gesicht in die samtige Dichte, ließ ihre Lippen hindurchgleiten und zog mit ihren Zähnen hier und da spielerisch an dem einen oder anderen Schamhaar. Und immer wieder beschäftigte sie sich voller Hingabe mit seinem stolzen Schwanz, der erregt vor ihrer Nase zuckte und sich in ihrem Mund so gut anfühlte.

Die Empfindungen, die Rafael mit seinen kräftigen, gleichzeitig aber auch sanften, sinnlichen Stößen in ihr auslösten, übertrugen sich auf den Rhythmus ihres Mundes, der nun eifrig an Leonards Schaft auf und ab glitt.

Sie erhöhte das Tempo und schloss ergeben die Augen, als Leonard ihr Gesicht umfasste und ihren Liebkosungen mit kurzen Stößen antwortete. Ihr gesamter Körper war unter Spannung. Während ihre Lippen nach Leonards Geschmack und seinen aufreizenden Bewegungen gierten, sehnte sie jedes laute Aneinanderklatschen ihres Gesäßes mit Rafaels Schoß herbei.

Rafael pumpte wild in sie hinein, so dass ihre vollen Brüste auf und ab hüpften. Auch Leonard erhöhte sein Tempo. Nun übernahm er die Führung, krallte sich in ihr Haar und ließ sein Becken vor- und zurückschnellen. Helena wäre am liebsten in ihn hineingekrochen, so hungrig war sie auf den männlichen, moschusartigen Duft, den er ausströmte.

In ihren Brustspitzen begann es zu kribbeln. Heiße Schauer rannten durch ihren Körper, sammelten sich schließlich kollektiv zwischen ihren Schamlippen und sandten eine Melodie der Lust in ihre Vagina – und von dort aus in den Rest ihres Körpers.

Rafael teilte ihre Pobacken und versenkte seinen Schwanz ohne Unterlass und in kreisenden Bewegungen in ihrer pulsierenden Möse, während Leonard auf köstliche Weise ihre Mundhöhle ausfüllte.

Dies war ein berauschender Cocktail. Ein Cocktail, der Helena an die Grenzen ihrer Lust führte.

Als die Wellen der Ekstase schließlich über ihr zusammenschlugen, krallte sie die Finger in das Polster der Couch und hatte Mühe, nicht in sich zusammenzusacken. Ihr Körper zuckte wild, Rafaels Schwanz setzte zum Finale an, und als Leonard mit lautem Stöhnen ebenfalls den Gipfel der Lust erstürmte und sich in Helenas Mund ergoss, zog Rafael seinen Schwanz aus ihr heraus, legte ihn zwischen ihre auseinandergeschobenen Gesäßbacken und rieb ihn dort so lange, bis auch er in einen köstlichen Orgasmus fiel. Ein Orgasmus, der ihm ein sinnliches Aufstöhnen entlockte und ihn den Kopf in den Nacken werfen ließ.

Nachdem sie wieder zu Atem gekommen war, richtete sich Helena auf, so dass sie kniete.

Sie spürte Leonards Blick, der langsam ihren Körper hinabwanderte. Zu ihren geschwollenen harten Brustspitzen über ihre schmale Taille und ihren flachen Bauch bis hin zu dem samtig feuchten Dreieck ihres Schoßes.

Rafael umfasste von hinten ihre Brüste, massierte sie sanft und fragte leise: »Geht es dir gut?«

Sich Leonards brennenden Blickes bewusst, zuckte sie die Schultern.

Dann lächelte sie zaghaft. »Ich hatte gerade Sex mit zwei überaus attraktiven Männern, bin dabei voll auf meine Kosten gekommen und habe es unendlich genossen. Aber ich muss auch gestehen, dass ich ein wenig verwirrt bin.«

»Verwirrt?« Rafael löste sich von ihr, ließ sich in sitzender Position auf die Couch sinken und warf Helena einen warmen Blick zu, die sich von ihrer knienden Position verabschiedete und sich ebenfalls setzte.

Währendessen schenkte sich Leonard ein Glas Wein ein, nippte daran und stand mit lauerndem Blick aufrecht vor ihr.

»Ja«, antwortete Helena leise. »Weil wir – du und ich – doch eigentlich Freunde sind und ...« Sie brach ab.

Rafael strich ihr kurz über die Wange. »Keine Sorge. Wir werden nach wie vor Freunde bleiben. Darauf gebe ich dir mein Wort. Versuche diese störenden Gedanken also einfach abzuschalten und genieße den Moment, okay?«

Nach wie vor ruhte Leonards undefinierbarer, aber äußerst nachdenklicher Blick auf ihr. Sie schluckte. Dann nickte sie Rafael dankbar zu. »Okay.«

»Gut. Dann würde ich vorschlagen, wir rufen beim Pizza-Service an und bestellen uns dort etwas Leckeres. Guter Sex macht hungrig.«

Dieser Vorschlag stieß auf allgemeine Zustimmung und zu Helenas Freude waren die nächsten drei Stunden ein Fest der Gemütlichkeit. Leonard, Rafael und sie saßen auf der Couch, zappten sich durch die Fernsehkanäle und genossen ihre Pizza und jede Menge Wein.

Die Stimmung wurde immer ausgelassener, so dass sie zu später Stunde – beschwipst und immer noch nackt – gemeinsam in den Garten liefen, sich nebeneinander in das warme Gras legten, die laue Sommernacht genossen und den prachtvollen Vollmond bewunderten, der inmitten eines Sternenmeeres thronte und einen sanft silbrigen Schimmer zu ihnen hinunterschickte. Einen Zuckerschimmer, wie Leonard behauptete. Sie alle spürten den Einfluss des Mondes. Ein starker Einfluss, der sie wie ein Sog packte und erneut zu feurigen Liebesspielen trieb. Diesmal im Freien.

Es zählte nur noch dieser Moment. Ein süßer Moment.
Süß wie Zucker. Zuckermond ...

Kapitel 18

»Ich möchte, dass du mich heute Abend in den Club ›Dolce‹ begleitest. Ich bin relativ regelmäßig dort, und nun ist es schon eine ganze Weile her, seit ich das letzte Mal dort war.«

»Ich war noch nie in so einem Club. Was erwartet mich denn dort?« Neugier stieg in Helena auf. *Ob das einer der Clubs ist, von denen Kathrin mir berichtet hat?*

Leonard ließ seinen Daumen über ihre Wange gleiten und lächelte. »Es ist ein Ort, an dem geheime Sehnsüchte ans Licht kommen dürfen, ohne dass man das Gefühl vermittelt bekommt, etwas Verwerfliches oder gar Unrechtes zu tun. Ein Ort für Liebeshungrige, Sklaven, Meister, Masochisten, Sadisten und vieles mehr. Gleichzeitig aber auch ein Ort der Schönheit und Eleganz. Ein Ort der Liebe und Triebe. Ein Ort, an dem Respekt vor den tiefsten und innersten sexuellen Geheimnissen und Sehnsüchten herrscht. Es gibt keine Fragen über das Warum und Wozu. Jeder darf einfach ›sein‹.«

Helena schwieg, während ihre Augen widerspiegelten, dass sie gerne mehr erfahren würde.

»Dort treffen sich Menschen aller Klassen. Vom Rechtsanwalt bis hin zur Verkäuferin ist alles vertreten. Junge und auch in die Jahre gekommene Menschen aus allen Lebensbereichen. Singles, Pärchen, verheiratete Frauen und Männer, die ein Doppelleben führen, Nutten, Starlets, Töchter und Söhne aus gutem Hause, Nymphomaninnen und auch Frauen, die noch nie vorher einen Orgasmus hatten – einfach alles. Und in einem Punkt sind sie doch alle gleich: Sie haben eine Vorliebe für außergewöhnlichen Sex ohne Tabus.

Einzige Voraussetzung für alle: Man wird Mitglied im Club. Denn ohne Mitgliedschaft ist kein Zutritt möglich. Es sei denn, man wird als Gast von einem Stammmitglied mitgebracht, so wie ich dich heute mitnehme. Also zieh dir etwas Hübsches an.«

»Wo befindet sich dieser Club?«

»In einer ländlichen Gegend Richtung Limburg. Das Gebäude war einmal eine Pension, und Charlotte, die Chefin des Clubs, hat das leerstehende Gebäude vor 5 Jahren gekauft und es nach und nach zu dem gemacht, was es heute ist – ein wahres Schmuckstück mit riesigem Pool, Saunalandschaft, Pferdeställen, Bar, Restaurant, zu vermietenden Zimmern und und und ... Charlotte hat sich dort sogar eine kleine Dachgeschosswohnung ausbauen lassen. Der Club ist einerseits ihr berufliches Lebenswerk, gleichzeitig aber auch ihr Zuhause.«

Helenas Neugier war geweckt. Sie musste an Kathrin denken. »Hättest du etwas dagegen, wenn eine Freundin von mir mitkommt? Sie ist schon lange neugierig auf einen derartigen Club und würde sich sicherlich freuen.«

»Ganz und gar nicht. Ruf sie an, damit sie heute Abend fertig ist, wenn wir sie abholen.«

⟡

Sie saßen zu viert in Leonards Auto – Leonard, Rafael, Helena und Kathrin. Die beiden Männer saßen vorn, Helena und Kathrin auf dem Rücksitz.

Nachdem ihre ersten Flirtversuche auch heute nicht auf fruchtbaren Boden gefallen waren, gab es Kathrin auf, Rafaels Aufmerksamkeit zu erlangen. Stattdessen kramte sie in ihrer Handtasche nach einem Handspiegel, begutachtete ihr Äußeres und zog sich die vollen Lippen nach. Kathrin war eine rassige Schönheit. Mit vollem dunkelbraunem Haar, das ihr in Naturlocken auf den Rücken fiel. Sie war ein Blickfang, und von daher war es Helena ein Rätsel, dass Rafael noch nicht einmal einen winzigen Funken an ihr interessiert zu sein schien.

Eine lange Einfahrt führte zum Club »Dolce«. Dann konnten sie das Anwesen sehen, das von üppigen Sträuchern und bunt blühenden Blumen umgeben war. Eine Trauerweide säumte den Weg bis zu den Parkplätzen und ein hoher Zaun aus Bambus, der links und rechts an das Gebäude angrenzte, verhinderte die Sicht und den Durchgang hinter das Haus. Hinter dem Haus schien es fröhlich zuzugehen, denn lautes Lachen, Stimmengemurmel und verhaltenes Kichern waren zu hören. Rosenspaliere schmückten die Fassade des vierstöckigen, zartgelb getünchten Hauses.

Neugier und Angst mischten Helenas Magen auf – bereiteten ihm einen Cocktail, der sie schwindelig machte und ihr leider Gottes auch leichte Übelkeit bescherte. Sie stieg aus dem Wagen und bestaunte das edle Gebäude mit seiner auffallend imposanten Eingangstür. Es handelte sich um eine üppige geschnitzte Doppeltür aus dunkelrot lackiertem Holz, die in der Mitte eine kleine Klappe hatte. So konnte ein Türsteher von innen nachsehen, wer da um Einlass bat. Ein schwarzes Herz an einer ebenso schwarzen Kette diente als Türklopfer.

Für Insider schien es ein bestimmtes Klopfzeichen zu geben, denn Leonard betätigte den Türklopfer in einem bestimmten Rhythmus. Die kleine Klappe wurde geöffnet und als man Leonard erkannte, öffnete sich die Tür und bot somit die Möglichkeit, in das Herz dieser Anlage zu schlüpfen.

Kathrin kniff Helena voller Vorfreude in den Arm. »Du bist ein Schatz, dass du an mich gedacht hast. Ich kann es gar nicht erwarten. Hey, mach nicht so ein klägliches Gesicht. Warte ab, hier erwartet uns das Paradies!« Ihre Augen strahlten und vertraulich flüsterte sie ihr zu: »Du wirst hier genügend Möglichkeiten haben, Leonard ein wenig eifersüchtig zu machen. Vielleicht bringt das ja endlich eine Wende in eurer Beziehung zueinander. Also schöpfe aus dem Vollen und warte seine Reaktion ab. Ich bin mir sicher, ihm liegt mehr an dir, als er sich selber eingestehen möchte.«

»Aus deinem Mund klingt das alles so einfach. Dabei ist es mehr als kompliziert.«

»Lasse nichts unversucht, mein Herz. Und glaube mir, Eifersucht treibt Männer oftmals an ihre eigenen Grenzen und zwingt sie dazu, diese zu überschreiten. Vertrau mir!«

Sie folgten Leonard und Rafael durch einen langgezogenen Eingangsbereich. Ein dicker dunkelroter Teppichboden schluckte ihre Schritte und Helena bestaunte die prunkvoll eingerahmten Ölgemälde, die links und rechts an den Wänden hingen. Sie zeigten allesamt die unterschiedlichsten Stellungen des Liebesaktes – eine besondere Form des Kamasutra.

Elegant gewundene Steinskulpturen, Palmen und Farne säumten ihren Weg, bis der Eingangsbereich in einen großzügigen Raum führte, der mit einer Bar und unzähligen kuscheligen Couchen ausgestattet war. Sie standen in gemütlich abgeteilten Nischen, die durch edle Vorhänge aus Brokat und die verschiedensten Pflanzen voneinander getrennt wurden.

Bis auf eine Nische hatten alle anderen ungefähr die gleiche Größe. Diese eine Nische unterschied sich allerdings nicht nur in ihrer Größe, sondern auch durch ihre Einrichtung von den anderen. Sie wurde von einem

Baldachin aus weißer durchsichtiger Seide umhüllt. Die riesige überdimensionale quadratische Matratze wurde somit wie von einer durchsichtigen Wolke aus Tüll umgeben. Berge von mit Spitzen besetzten Kissen in den verschiedensten Rottönen türmten sich auf dieser Spielwiese, die nicht von Brokatvorhängen, die man zuziehen konnte, sondern lediglich von unzähligen Palmen in weißen Porzellantöpfen umgeben war. Eine Spielwiese, die man nicht vor neugierigen Blicken schützen konnte. Und genau so war es auch gedacht.

»Leonard, wie schön dich zu sehen.« Eine zierliche Frau mit französischem Akzent zog die Aufmerksamkeit von Leonard, Helena und Kathrin auf sich. Rafael hatte sich bereits unter das Volk gemischt.

Während die attraktive Französin ihre perfekt maniküre Hand auf Leonards Arm legte und ihn charmant anlächelte, wandte sich dieser Helena und Kathrin zu. »Darf ich euch Charlotte vorstellen? Sie ist das Herz dieses Clubs.«

Charlotte nickte ihnen freundlich kühl zu. Ihr war anzusehen, dass es ihr nicht gefiel, dass Leonard in Damenbegleitung erschienen war. Helena nutzte die Zeit, um die Clubchefin ausgiebig zu betrachten. *Ob sie und Leonard etwas miteinander hatten?* Brennende Eifersucht glomm in ihr auf.

Sie ließ ihren Blick über das klassisch schöne Gesicht der Französin gleiten, bewunderte die leicht schräggestellten bernsteinfarbenen Augen, den elegant geformten Hals, die wogenden Brüste, die bewundernswert schmale Taille und die langen schlanken Beine. Ihre Fesseln waren zart wie die eines Rehs und ihre Füße steckten in silbernen hochhackigen Sandaletten. Das knappe knallrote Lederkleid harmonierte perfekt mit ihrem schokoladenfarbenen Haar, welches sie zu einem eleganten Knoten hochgesteckt trug. Sie gehörte zu den

Frauen, die genau wussten, wie man sich in Szene setzt – die stets vom Duft eines leichten und doch dauerhaften Parfums umgeben waren – die viel Zeit und Aufwand für Gesichtsbehandlungen, Massagen und Wellness opferten und die ihre Dessous nur in Schubladen aufbewahrten, die mit duftendem Seidenpapier ausgelegt waren. Charlotte war eine wahre »Femme fatale« – eine Frau, die zu wissen schien, was andere nicht wussten.

»Ich muss dir was erzählen.« Mit diesen Worten Charlottes wurde Helena aus ihren Gedanken gerissen. Die Augen der Französin schienen Leonard förmlich aufzusaugen, während sie ihn mit sich zog und Helena und Kathrin somit sich selbst überließen.

»Nicht ärgern, Süße«, versuchte Kathrin die Freundin zu trösten. »Sicherlich sind die beiden lediglich sehr gute Bekannte und haben sich viel zu erzählen.«

»So wie Charlotte ihn angehimmelt hat, könnte man allerdings etwas ganz anderes vermuten. Und allein der Gedanke daran macht mich rasend.«

Kathrin überlegte krampfhaft, wie sie Helena auf andere Gedanken bringen konnte. Zwei exotische junge Frauen kamen ihr zu Hilfe. »Schau mal, dort.« Kathrin wies mit dem Kinn in eine der Nischen.

Staunend blickten sie auf die zwei Frauen, deren »Kleidung« lediglich aus dünnen Riemen bestand. Lederriemen, die in fantasievollen Linien über die Körper der Frauen liefen und an bestimmten Fixpunkten miteinander verbunden waren. Sie befanden sich mit einem Mann – bekleidet mit kurzen Ledershorts und Netzhemd – in einer der Nischen und waren eifrig damit beschäftigt, seine Aufmerksamkeit zu gewinnen. Doch dieser hatte nur Augen für einen Kerl in Lederkluft und derben Motorradstiefeln, der vor ihnen emsig hin und her stolzierte und auf irgendjemanden zu warten schien.

Eine junge Frau mit grasgrünem Lackkleid, welches

wesentlich mehr von ihr zeigte, als es verhüllte, führte einen jungen Mann mit Ledergeschirr durch die breite Flügeltüre in die riesige Gartenanlage. Der Mann hatte Ringe durch die Brustwarzen gesteckt, die mit Halsband und Geschirr verbunden waren, und immer wenn er nicht tat, was seine Herrin von ihm wollte, wurde heftig an der Leine gezogen.

An der Bar und in den Nischen tummelten sich die unterschiedlichsten Gestalten – viele in hautenger Lack- und Lederkluft. Aber es gab auch eine ganze Reihe Gäste mit vollkommen »straßentauglicher« Kleidung. Helena war überrascht über die Vielzahl an Männern, die sogar edle Designeranzüge trugen.

Ein gutaussehender großer Mann mit Ledermantel kam geradewegs auf sie zu. Seine Augen waren fast unnatürlich schwarz, die Gesichtszüge aristokratisch schön – aber auch streng.

Kathrin pfiff leise anerkennend durch die Zähne. Dann bemerkte sie, dass seine Augen alleine sie zu fixieren schienen. Sie schluckte – und zum ersten Mal fühlte sie sich so unsicher, dass ihr förmlich die Worte im Halse stecken blieben.

Sie krallte ihre Finger in Helenas Arm und raunte ihr zu: »Und vergiss nicht, Leonard eifersüchtig zu machen.« Dann ließ sie sich bereitwillig von diesem alles beherrschenden Mann fortziehen.

»Willkommen im Club.« Das Timbre seiner Stimme war atemberaubend. Sie betrachtete sein dichtes blondes Haar – von Stirn und Schläfen an nach hinten gekämmt – und stellte erneut fest, dass er außergewöhnlich gut aussah.

»Ich heiße Dominik. Und weißt du was? Deine Augen haben mir vom ersten Moment an gesagt, dass ich mich um dich kümmern soll. Und genau dies werde ich auch tun.«

»Kathrin«, flüsterte sie ihm ihren Namen zu. Mehr brachte sie nicht zustande. Der Blick von Dominik war kalt, aber dennoch wärmte er sie von innen. Dieser Mann war mit einem Übermaß an sexuellem Feuer ausgestattet, und Kathrin spürte, dass er nicht zulassen würde, dass sie ihm irgendetwas verweigerte. Sie hatte ihren Meister gefunden.

Er führte sie die edel geschwungene Wendeltreppe hinauf. Vor einer üppig geschnitzten Doppeltür blieb er stehen. »Bist du bereit?«

Kathrin nickte. Ihr sonst so munteres Mundwerk blieb stumm. Sie schluckte und versuchte gleichzeitig etwas Spucke zu sammeln, um ihre trockene Mundhöhle ein wenig zu benetzen.

Dominik öffnete die Tür. Atemlos betrat Kathrin den großen, in Rottönen gehaltenen Raum. Quadratmeterweise rosenholzfarbenes Parkett und elegant geformte Steinskulpturen – zwischen Palmen und Farnen stehend – sprangen ihr ins Auge. An den Wänden hingen riesige Gemälde, die Männer und Frauen in den skurrilsten Stellungen zeigten.

Zu ihrer Linken befand sich ein polierter Tisch mit ledernen Hand- und Fußschellen, die an Lederriemen von den Ecken des Tisches baumelten. Dahinter befand sich ein Gestell mit Peitschen, Gerten, Fesseln, Halsbändern und Masken. Dominik griff nach einem dieser Lederhalsbänder und bald schon spürte Kathrin, wie es sich um ihren Hals legte. Sie zuckte ein wenig zusammen.

»Ich wittere deine Neugier – gepaart mit Angst und Hingabe«, flüsterte ihr Dominik ins Ohr. Bei diesen Worten riss er die Druckknöpfe ihres leichten Sommerkleides auf und befreite sie von dem Stück Stoff. Seine Lippen, die kaum merklich über ihre Wangen glitten, sandten heiße Schauer in ihren inzwischen feuchten Schoß. Ihr Geschlecht war wahnsinnig heiß und prall und gierte nach gekonnter Stimulation. Sie erzitterte. Ein Korsett legte sich unter ihren Armen hindurch um ihre Taille.

Dominik stand nun vor ihr und schnürte das enge Korsett über der Rundung ihres Bauches zusammen. Mit jedem weiteren Zentimeter arbeitete er sich bis hinauf zu ihren Brüsten. Das Korsett umschloss sie und drückte ihre Brüste in die Höhe, die prall wie zwei reife Früchte zur Hälfte hervorquollen und ihre Brustwarzen freiließen. Unerträgliche Spannung breitete sich in Kathrin aus. Von derartigen Liebesspielen träumte sie schon so lange und nun endlich war es so weit. In ihrem Kopf kreiste es und sie sehnte den Moment herbei, von Dominik berührt und geleitet zu werden.

»Dein Gebieter hat dich nun schick gemacht. Hübsch siehst du aus, mein Täubchen. Und nun rasch auf alle viere, damit du mir dein freches Hinterteil entgegenstrecken kannst.«

Gehorsam und am ganzen Körper bebend ließ sich Kathrin auf Knie und Hände nieder. Gieriges Zucken zwischen ihren Schenkeln ließ sie aufkeuchen und jeder Atemzug schien sich an der Hülle des eng anliegenden Korsetts zu brechen.

»So ist es brav. Und nun werde ich dich weiter ausstatten. Schließlich sollst du mir voll und ganz gefallen, mein Täubchen ...«

❧

Währenddessen stand Helena noch immer am selben Fleck wie zu Beginn und bestaunte neugierig das bunte Treiben um sich herum. Zwischendurch warf sie immer wieder einen neugierigen Blick zu Leonard und Charlotte, die in einer der Nischen saßen und sich prächtig zu unterhalten schienen.

Ob sie ihm gefällt? Ach – was für eine dumme Frage. Natürlich gefällt sie ihm. Sie ist schließlich der Inbegriff von Erotik. Helena seufzte tief auf.

Um auf andere Gedanken zu kommen, beobachtete sie einen dieser Männer in Designeranzügen, der gerade auf eine Frau in knappem Lackmini zutrat, ihr etwas ins Ohr flüsterte und dann seine Hände auf ihre Hüften legte. Seine Finger wanderten unter ihren Rock und glitten zwischen ihre Pobacken. Dort schienen sie sich wohl zu fühlen, denn der Mann dachte gar nicht daran, sie von dort fortzubewegen, und der Miene der Frau war deutlich anzusehen, das sie damit durchaus einverstanden war.

In dem Moment, als Leonard sich erhob und auf Helena zukam, gesellte sich ein gutaussehender, gepflegt gekleideter Mann mittleren Alters zu ihr.

»So allein, schöne Frau?«

»Ich ... äh ... nein, ich bin nicht allein.« Sie wies auf Leonard, der mittlerweile direkt neben sie getreten war.

»Schade. Meinen Sie, Ihre Begleitung würde mir dennoch erlauben, Sie zu küssen?«

Helenas Haut begann zu kribbeln. Einerseits wollte sie diesem Mann eine Abfuhr erteilen, andererseits war das *die* Gelegenheit, Leonard eifersüchtig zu machen.

Sie warf Leonard einen koketten Blick zu, wandte sich dann wieder an den attraktiven Mann zu ihrer Linken und erwiderte: »Da müssen Sie ihn schon selbst fragen. Ich weiß nicht, ob es ihm so recht ist.«

Sie hoffte darauf, dass Leonard diesen Mann in seine Schranken wies und ihm zu verstehen gab, dass sie nur ihm – Leonard – zur Verfügung stand.

Doch es kam anders ...

»Tun Sie, was Sie nicht lassen können«, antwortete Leonard lediglich und ließ Helenas Hoffnung wie eine Seifenblase zerplatzen.

»Aber ...«, setzte sie leise an. Doch dann besann sie sich, straffte die Schultern und beschloss, bis zum Äußersten zu gehen, um wenigstens ansatzweise zu erreichen, dass sich eine Spur von Eifersucht in Leonard regte.

»Darf ich Sie also küssen?«, hakte der Mann nach und zog Helena zu der großen Spielwiese, die keinerlei Schutz vor fremden Blicken bot.

Helena schaute von Leonard zu dem »noch« fremden Mann neben ihr. Leonard beobachtete sie aufmerksam, ja geradezu forschend, unternahm allerdings nichts, um sie zurückzuhalten.

Dann eben nicht. Mal sehen, ob dich das weitere Geschehen auch noch so kaltlässt.

Mit einem verführerischen Lächeln öffnete Helena die Knöpfe ihres Kleides und ließ es dann aufreizend zu Boden gleiten. Der Stoff lag wie ein kirschroter See aus Seide um ihre Füße. Sie konnte hören, wie der Mann neben ihr heftig Luft holte, und nahm befriedigt zur Kenntnis, dass Leonard leicht zusammenzuckte – was ihr Auftrieb und Elan für weitere Handlungen gab.

Stolz stand sie da, hob leicht den Kopf und blickte Leonard herausfordernd an. Ihre Blicke trafen sich, und allein dies reichte aus, um sie in Flammen zu setzen. Wie gern hätte sie sich in diesem Moment in seine Arme geworfen und ihn nie wieder losgelassen. Aber dieser Teufel brauchte einen Denkzettel und den wollte sie ihm nun geben.

»Wie heißt du?«, fragte sie den Mann, der vor ihr auf die Knie ging und gierig seine Hände nach ihr ausstreckte.

»David.«

»Freut mich«, hauchte sie ihm zu, ohne den Blick von Leonard zu wenden. »Ich möchte, dass du es mit mir treibst, David.«

Leonard blickte sie ungläubig an. Lodernde Eifersucht schlug wellenförmig über ihm zusammen. Er wollte Helena von diesem Kerl fortzerren, aber er mahnte sich zum »cool down«, denn schließlich hatte er sie mit seinen Worten ja sozusagen zum »Abschuss« freigegeben. Außerdem wollte er sich keine Blöße geben und seinen Prinzipien – sich auf keine Gefühlsduseleien einzulassen – unbedingt treu bleiben. Also biss er die Zähne zusammen, versteckte seine zur Faust geballten Hände hinter seinem Rücken und versuchte, gute Miene zum bösen Spiel zu machen.

Es war ein stummer Machtkampf zwischen Helena und Leonard. Ein Machtkampf, aus dem jeder als Sieger hervorzugehen gedachte. Helena blickte ihm trotzig und kühn in die Augen. Dann legte sie ihre Hand auf den Kopf von David, der immer noch abwartend vor ihr kniete. »Zieh mir mein Höschen aus«, befahl sie ihm.

Davids Augen wanderten freudig über ihre Schenkel. Er vergrub sein Gesicht in ihrem Schoß und begann dann mit den Zähnen ihren Slip Stück für Stück nach unten zu ziehen. Helena warf Leonard einen Luftkuss zu, stieg elegant aus dem Slip, der mittlerweile bei ihren Knöcheln angekommen war, und drehte sich mit dem Rücken zur überdimensionalen Spielwiese, auf der sich schon ein paar andere Clubbesucher amüsierten.

Graziös ließ sie sich nieder, machte eine geschickte kleine Drehung und legte sich zurück. Der Länge nach lag sie nun komplett auf der weichen Matratze und die Art und Weise, wie Leonard sie von oben bis unten musterte, war Balsam für ihre Seele. Genüsslich streckte sie die Arme über ihrem Kopf aus und lächelte, als David sanft ihre Schenkel auseinanderzuschieben begann.

Leonard stand nun so nah, dass seine Schuhspitzen die Matratze berührten. Er ging in die Hocke, schaute sie gequält an und wollte gerade »bitte nicht«, flüstern, als er Helenas herausforderndem Blick begegnete. Augenblicklich versteifte er sich innerlich und statt der leisen Bitte kam lediglich ein spöttisches: »Viel Spaß«, aus ihm hervor.

In der Zwischenzeit hatte sich David seiner Kleidung entledigt. Er war heiß auf Helena, und so war ihm vollkommen gleichgültig, dass sie und Leonard einen stummen Kampf auszutragen schienen. Im Gegenteil, diese fühlbare Spannung heizte ihn eher noch an.

Helena hob ihr Becken und winkelte ihre Beine so, dass nur noch ihre Füße auf der Matratze ruhten. Einladend lächelte sie David zu, wohlwissentlich, dass Leonards Blicke auf ihr ruhten. Ein kurzer Blick in seine Richtung gab ihr für den Bruchteil einer Sekunde das Gefühl, eine Spur von Eifersucht in seinen Augen zu entdecken. Sie erschauerte.

Am liebsten hätte sie David von sich gestoßen und sich ausschließlich Leonard zugewandt, aber ein kleines Teufelchen in ihr raunte ihr etwas anderes zu. Immer wieder forderte es sie dazu auf weiterzumachen, um Leonards Panzer eventuell endlich durchbrechen zu können. Sie wollte gegen dieses Teufelchen ankämpfen, doch dann sah sie, wie Charlotte neben Leonard trat, ihm eine Hand auf die Schulter legte und seine Blicke somit in ihre Richtung lockte.

Dieser Augenblick reichte aus, um Helenas Eifersucht erneut aufflammen zu lassen und trotzig zog sie David, der gerade damit beschäftigt war, sich ein Kondom überzustreifen, zu sich. Dieser bedeckte ihren Hals mit unzähligen Küssen, schob sein Knie zwischen ihre Schenkel und drang laut stöhnend in sie ein. Helena spreizte ihre Schenkel noch ein Stückchen weiter. Heftig stieß David immer wieder in sie, während seine Zunge bemüht war, ihre rhythmisch hüpfenden Brüste zu erhaschen.

In Helena begann sich eine Spannung aufzubauen. Davids Schwanz rührte unermüdlich in ihr. Sie drehte den Kopf und starrte Leonard in die Augen, der seine Hand unter Charlottes Kleid geschoben hatte. Seine Blicke allerdings ließ er über sie, Helena, wandern – über ihre hüpfenden Brüste, die steil aufgerichteten Nippel, über ihre Taille, ihren Bauch, bis hin zum samtigen Dreieck ihres Schoßes und der feuchten Spalte darunter, die heftig von David bearbeitet wurde. Immer wieder pumpte David kraftvoll in ihre Möse, während Leonard wie gebannt das Bild, das sich ihm dort bot, in sich einsog.

Unter anderen Umständen hätte er eine derartige Atmosphäre einfach nur geil gefunden. Aber heute war es anders. Er verfluchte sich dafür, wohlwissentlich, dass die Ursache in brennender Eifersucht begründet lag. Eifersucht, die er sich nicht eingestehen wollte, und so zog er die willige, vor Geilheit triefende Charlotte an sich und begann ihr Gesäß zu massieren und seine Lippen auf ihre mittlerweile freiliegenden Brüste zu pressen.

Davon bekam Helena zunächst nichts mit, denn Davids rhythmische Stöße entfachten inzwischen eine hemmungslose Lust in ihr. Die letzten Reste ihrer Zurückhaltung schwanden, ihr Körper begann wild zu zucken, und leidenschaftlich presste sie David ihre hungrige Möse entgegen. Sie klammerte sich in das weiche Polster der Matratze und dann waren sie da, die Wogen des nahenden Orgasmus, die süß kribbelnd über sie hinwegrollten und ihre Sinne benebelten. Auch David war so weit und laut stöhnend erreichte auch er den Höhenpunkt seiner Lust.

Als Helena endlich wieder zu sich kam und ruhig atmete, wandte sie ihren Kopf in Richtung Leonard. Doch er stand nicht mehr dort, wo sie ihn zuletzt gesehen hatte. Sie schob den zufrieden grunzenden David von sich, setzte sich auf und war mit einem Mal wieder vollkommen nüchtern.

In einer der Nischen sah sie, wie Leonard die Französin auf seinen Schoß zog. Ihr Kleid war bis zu den Hüften nach unten geschoben, so dass ihr Oberkörper freilag und ihre wogenden Brüste zu sehen waren, die Leonard fordernd zu umfassen begann.

Helena sah, wie Leonard den Reißverschluss seiner Hose öffnete, sich ein Kondom aufzog, mit einer Hand unter Charlottes Kleid rumfummelte und die Französin schließlich so positionierte, dass sie – ihm den Rücken zugewandt – auf seinem prachtvollen Schwanz zu sitzen kam.

Charlotte lächelte glücklich und als ihre Blicke sich mit denen von Helena kreuzten, konnte Helena ein triumphierendes Aufblitzen darin erkennen. Mit hüpfenden Brüsten schob sie sich auf Leonard auf und ab, warf ihren Kopf in den Nacken und gab kleine Schreie von sich, als Leonard sie mit beiden Händen von hinten umfasste und ihre Klitoris zu bearbeiten begann. Und dann kam sie. Laut und gewaltig. Krallte sich in Leonards Oberschenkel und begann am ganzen Körper zu zucken.

Helena wandte ihren Blick ab. Sie wollte nicht sehen, wie Leonard – durch die Reize dieser Frau – vor Lust zu zittern begann.

Rasch stand sie auf, zog sich ihr Kleid über und eilte in den Garten.

»Jetzt sind wir quitt, Engelchen.« Sie fuhr herum, als sie Leonards Stimme kurz darauf ganz nah an ihrem Ohr hörte.

»Quitt?« Ihre Stimme klang atemlos.

»Genau, das sagte ich.« Er umfasste ihr Kinn und fuhr mit dem Daumen über ihre Wange. »Es war übrigens unnötig, dass du dich schon wieder angekleidet hast. Ich habe nämlich eine Idee.«

»Eine Idee?« Noch immer war sie atemlos.

Er nickte. »Warte hier. Und zieh dein Kleid aus.« Er ging davon und verschwand in dem kleinen Wäldchen, welches an die Gartenanlage des Clubs angrenzte und zum Gelände zu gehören schien.

Nach einer Weile kam er zurück. Allerdings nicht zu Fuß, sondern hoch zu Ross.

»Komm.« Er streckte ihr die Hand entgegen.

Helena zögerte. Dann aber stellte sie ihren Fuß in den Steigbügel, ergriff seine Hand und mit einem kräftigen Ruck zog er sie vor sich nach oben. Vorsichtig hob sie ihr Bein über den Sattelknopf vor ihm. Nachdem sie sich zwischen seinen Schenkeln niedergelassen hatte, schob Leonard seine Füße wieder in den Steigbügel.

Helena fühlte sich dort wohl, wo sie jetzt saß. Seine kräftigen Schenkel gaben ihr ein Gefühl der Sicherheit, und seine harte Männlichkeit, die sie an ihrem Po spürte, gab ihr einen kleinen Vorgeschmack auf das, was noch folgen würde.

Er legte ihr eine Hand um die Taille und gab dem Pferd ein Zeichen, so dass dieses zunächst in einen leichten Schritt, dann in einen lockeren, langsamen Trab fiel. Die Atmosphäre war so erotisch, dass es Helena heiß und kalt zugleich wurde. Helena drückte ihr Gesäß gegen seinen Schoß und hoffte auf seine sinnlichen Hände, die jeden Zentimeter ihres Körpers berühren würden.

Als Leonard sich vorbeugte und an ihrem Ohrläppchen knabberte, erschauerte sie. Warm streifte sein Atem ihren Hals.

»Ist dir kalt?«

»Nein, die Luft ist herrlich.«

Die rhythmischen Bewegungen des Pferdes unter sich, dazu Leonards nackte Brust an ihrem Rücken und seine pralle Männlichkeit an ihrem Po machten es Helena unmöglich, an etwas anderes zu denken als an Sex mit diesem Mann.

Als er mit seinem Finger über ihren Bauch nach oben bis unter ihre Brüste fuhr, genoss sie diesen Moment so sehr, dass sie laut aufstöhnte. Seine festen Schenkel hielten sie umschlossen. Die Luft war angenehm und es roch so verdammt gut. Der Augenblick hätte für Helena nicht perfekter sein können. Die Gedanken an Charlotte verbannte sie rasch in ihrem Inneren. Für sie zählte lediglich dieser Moment.

Der Druck seiner Finger war federleicht und löste eine Gänsehaut bei ihr aus. Ihre Brüste reagierten augenblicklich auf seine Berührung, ihre Brustwarzen wurden fest und stellten sich steil auf. Wie zufällig streichelte er einen ihrer zarten rosigen Nippel. Erregung durchzuckte Helena und sie hielt sich an seinen Schenkeln fest.

Er lachte leise und belohnte sie, indem er ihre andere Brustspitze gleichermaßen verwöhnte. Dann umfasste er beide Brüste gleichzeitig und spielte weiter an ihren aufgerichteten Spitzen. Das Pferd benötigte nicht viel Führung von seinem Reiter, um dem Pfad des Wäldchens im gemütlichen Schritt zu folgen.

Leonard drückte nun ihre Brustspitze fester und rollte die empfindsame Spitze zwischen Daumen und Zeigefinger. All ihre Empfindungen schienen sich auf ihre Brüste und auf die empfindsame Stelle zwischen ihren Schenkeln zu konzentrieren. Sie spürte, wie sie feucht wurde und wie ihre Klitoris empfindlich anschwoll. Es war die pure Lust, die sie erfasste und ihr unruhiges Hin- und-her-Rutschen verstärkte dieses Verlangen noch.

Aber Leonard ließ sich Zeit. Er schien alle Geduld der Welt zu haben, und Helena wünschte sich, er würde endlich etwas von seiner unglaublichen Kontrolle verlieren.

Er fuhr kreisend mit den Handflächen über ihren

Bauch. Sie legte den Kopf in den Nacken und drehte sich leicht zu ihm um. Als er sich über sie beugte, küsste sie seinen Hals und flüsterte ihm ins Ohr: »Du verdammter Teufel. Ich bin dir ausgeliefert. Vollkommen ausgeliefert.«

»Ich weiß. Lass dich einfach fallen.«

Jeder einzelne Nerv ihres Körpers verlangte nach ihm. Sie genoss seine zärtliche und erfahrene Art, sie mit seinen Liebkosungen verrückt zu machen. Erregt nahm sie wahr, dass seine Hand zu der Stelle ihres Körpers wanderte, die sich schon seit einer ihr endlos erscheinenden Zeit nach seinen Berührungen sehnte.

Quälend langsam ließ er seine Hand zwischen ihre Schenkel gleiten, suchte sich einen Weg zwischen ihre heißen Schamlippen und streichelte ihre Klitoris dann so zart und behutsam, dass Helena zu vergehen glaubte. Es war eine Intimmassage der ersten Güteklasse, die dazu führte, dass ihre gierige Möse nun nicht mehr nur feucht, sondern nass war. Sie lehnte sich aufstöhnend zurück und spürte seine Erektion an ihrem Gesäß.

Er begann in seinen Berührungen innezuhalten.

»Was ist los?« Ihre Stimme war lediglich ein Hauchen.

»Nichts. Ich möchte einfach nicht, dass du schon kommst.«

Helena wusste, nur das sanfteste Streicheln, nur der winzigste Druck dort, wo ihre Lust am heißesten pochte, wäre genug, um ihr die Erlösung zu bringen. Offensichtlich wusste er es auch.

Seine Hand glitt erneut zwischen ihre Schenkel. Sein schlanker Mittelfinger drang in sie ein, was ihr ein Keuchen entlockte.

»Komm noch nicht«, flüsterte er in ihr Ohr, während er sie weiter reizte.

Helena warf verzückt ihren Kopf zurück. Der sanfte

Wind spielte mit ihrem Haar. Noch nie hatte sie etwas so Atemberaubendes und Elementares erlebt.

So dicht an diesen wunderbaren Mann geschmiegt, seine heißen Hände auf ihrer nackten Haut, sein Atem an ihrem Hals. Sie hätte vor Lust laut aufschreien mögen, aber sie war so atemlos, dass sie dies gar nicht konnte.

Sie spürte, wie Leonard hinter ihr seine Hose öffnete, dann ihre Taille umfasste und sie etwas anhob. »Hilf mir«, flüsterte er.

Sie brauchte keine weitere Aufforderung. Langsam senkte sie sich auf ihn und nahm ihn tief in sich auf. Als er lustvoll aufseufzte, schmiegte sie sich noch enger an ihn. Die Gefühle, die sie durchfluteten, waren einzigartig. Leonards Lippen strichen verführerisch über Helenas Schläfe, während sie ihre Hüften hob und senkte.

Mit dem klaren blauen Himmel über sich und dem sanften warmen Wind auf der Haut wurde der Sex zu einem geradezu sinnlichen Fest für Helena.

Aber auch Leonard spürte etwas in sich, was dieses Liebesspiel zu etwas Besonderem für ihn machte. Etwas, worüber er – wie immer, wenn es in diese Richtung ging – nicht nachdenken wollte. Als ihre Finger ihn liebkosten, während sie sich auf ihm hob und senkte, schloss er lustvoll die Augen und gab sich ganz diesen wundervollen Gefühlen hin, die ihn durchströmten.

Nur der Entschluss, nicht früher kommen zu wollen als sie, hielt ihn von einem sofortigen Orgasmus ab. Er warf den Kopf zurück und unterdrückte einen Aufschrei, doch im selben Moment kam Helena mit einer Gewalt, die ihren Körper erzittern ließ. Sie stöhnte wild auf und im selben Moment löste sich auch jegliche Anspannung von Leonard. Er stöhnte lustvoll auf und während er sich in ihre Hüften krallte, erklomm auch er den Gipfel der Lust.

Noch einige Momente blieb er in ihr und genoss dieses unglaubliche Gefühl. Dann flüsterte er: »Du warst wundervoll!«

»Du warst aber auch nicht zu verachten.«

Sie drehte sich leicht zu ihm um und küsste ihn, während Leonard das Pferd zurück zu den Ställen lenkte.

◈

»Ich hab mich verknallt, verknallt, verknallt! Ich kann es gar nicht fassen. Heute, nach lediglich ein paar Minuten, wusste ich: Das ist er – den will ich. Und jetzt bin ich immer noch verknallt und morgen wird es noch viel schlimmer sein. Ich kann es förmlich spüren und ich schwöre, dass ich sonst nicht so unbesonnen von Liebe spreche, um Gottes willen, nein. Ich war doch immer so kritisch und dieses und jenes war nicht ganz perfekt und überhaupt – der Mann, der mich davon abhält noch hundert andere ebenso belanglos toll zu finden, musste erst noch erfunden werden. Und jetzt? Alles ist anders – so glitzerfunkelbunt. Ich verzehre mich schon jetzt nach ihm und muss aufpassen, dass ich mir nicht Blümchen ins Haar stecke und wildfremde Menschen auf der Straße umarme und ihnen ›das Leben ist schön!‹ ins Ohr brülle.« Kathrin seufzte aus vollem Herzen, hob ihren verklärten Blick gen Himmel und sah aus wie ein Honigkuchenpferd, das gerade mit einer Extra Portion Zucker verwöhnt worden war.

Leonard, der gerade dabei war, das Auto aufzuschließen, warf ihr einen nachdenklichen Blick zu. »Ich kann nachvollziehen, dass Dominik dich sexuell in seinen Bann gezogen hat. Aber interpretiere bitte nicht zu viel hinein, denn er ist dafür bekannt, dass er sämtliche Grenzen überschreitet und die Frauen anschließend regelrecht mit Füßen tritt. Er ist kein Mann fürs Herz.«

Kathrin warf Leonard einen trotzigen Blick zu. »Na hör mal – ich befinde mich gerade in einem ›blumigzuckersüßen‹ Gefühlsrausch. Also, lass mir mein Glück. Und wo wir gerade beim ›Mann fürs Herz‹ sind ... du bist auch kein Mann fürs Herz und dennoch hast du meine Freundin zu dir gelockt. Also bitte nicht mit zweierlei Maß messen.«

Für einen Augenblick verhärteten sich Leonards Gesichtszüge. Dann glätteten sie sich wieder und er warf Helena einen nachdenklichen Blick zu. An Kathrin gewandt fuhr er fort: »Du hast recht mit dem, was du sagst. Ich bin kein Mann fürs Herz. Aber ich bin immer ehrlich und fair und habe nie vorgegeben, einer zu sein. Dominik hingegen spielt mit falschen Karten. Er gibt vor, etwas zu sein, was er nicht ist, und wenn er dich erst einmal dort hat, wo er dich haben möchte, ist es zu spät. Bislang gab es noch keine Frau, die ihm dauerhaft die Stirn bieten konnte – jede, die ihm einmal hörig war, ist als psychisches Wrack aus der ganzen Sache hervorgegangen. Wäre ich nicht in ein Gespräch vertieft gewesen, dann hätte ich mitbekommen, dass er da ist und dich unter seine Fittiche zu nehmen gedenkt. Ich hätte versucht, dich davon abzuhalten. Nun bleibt mir nichts, als dir offen und ehrlich zu sagen, was für ein Mensch er ist. Und ich hoffe, du bist schlau genug, das Richtige zu tun.«

»Das bin ich. Dominik hat mich nächste Woche zu sich nach Hause eingeladen und ich werde die Einladung annehmen.«

»Kannst du dich nicht erst einmal an einem neutralen Ort mit ihm treffen? Nach dem, was Leonard gesagt hat, ist mir ganz und gar nicht wohl bei dem Gedanken, dass du dich sozusagen in die Höhle des Löwen begibst«, warf Helena ein.

Kathrin lachte auf. »Ich tue nichts anderes als das,

was du auch getan hast, als du Leonards Charme erlegen bist. Noch Fragen?«

Rafael, der bisher noch in ein Gespräch mit ein paar Bekannten vertieft gewesen war und erst jetzt zum Auto kam, unterbrach die Unterhaltung. »Von mir aus können wir. Oder gibt es Ärger? Ihr macht allesamt so ernste Gesichter.«

»Ärger?«, erwiderte Kathrin. »Keineswegs. Ich bin nur gerade vor Dominik gewarnt worden. Da ich aber selber über mich und mein Leben bestimme, lasse ich mir da nicht reinreden.« Ihr Ton und auch ihr Blick, den sie in die Runde schickte, gab allen zu verstehen, dass jedes weitere Wort überflüssig war.

Um Leonards Mund zuckte ein Muskel. »Okay, okay. Hab schon verstanden. Aufrichtige Gedanken und Ratschläge sind unerwünscht. Aber dennoch lasse ich es mir nicht nehmen, drei goldene ›Klugscheißertipps‹ zum Besten zu geben: Erstens – nicht immer alles in den falschen Hals bekommen. Zweitens – Denkanstöße nicht als Kritik, nicht als Kriegserklärung oder persönliche Diffamierung verstehen. Drittens – die eigene Selbstgefälligkeit überprüfen – kann man ja auch heimlich machen, nur für sich, aber bitte wenigstens da.«

Kathrin wurde nun doch ein wenig kleinlaut. Nachdenklich stieg sie in den Wagen. Helena folgte ihr und nahm sich fest vor, sich die Freundin auf jeden Fall noch einmal ernsthaft zur Brust zu nehmen.

Kapitel 19

»Ich würde vorschlagen, wir gehen zum Chinesen und lassen es uns dort so richtig gutgehen.« Rafael strahlte das Glück aus den Augen. Es war, als hätte man ihm Leben eingehaucht, denn seine Wangen hatten eine gesunde Farbe, seine Augen funkelten und sein schöner Mund zeigte mehr als einmal ein bezauberndes Lächeln.

Am Morgen hatte er Nachricht von einem der Verlage bekommen. Das Lektorat und auch die Verlagsleitung waren mehr als begeistert von seinen Werken und hatten ihm versichert, ihm schon bald einen Vertrag zukommen zu lassen, weil sie die Gedichte in ihr Verlagsprogramm aufnehmen wollten. Zur Feier des Tages wollte er seine Freunde nun zum Essen einladen. Da er beschlossen hatte, fortan auch wieder Termine anzunehmen und seinen selbst auferlegten Erholungsurlaub zu beenden, hatte er für den Abend schon einen Termin. Auch die kommenden Abende waren belegt, und so entschied er, dass es auch mittags vorzüglich beim Chinesen schmeckte.

Rafael liebte die chinesische Küche und so betraten sie gegen Mittag ein schickes chinesisches Restaurant in der City. Helena sah sich um. Das Restaurant war gut besucht.

Ein freundlich lächelnder Kellner begrüßte sie und führte sie elegant zu einem freien Tisch. Er war mit weißen rechteckigen Tellern auf brombeerfarbenen Platzdeckchen eingedeckt. Neben den Tellern lagen sowohl Messer und Gabel als auch die traditionellen Essstäbchen – fein umwickelt mit brombeerfarbenem Seidenpapier. Sechseckige Gläser und eine ovale Vase, in der ein paar dunkelrote Nelken steckten, rundeten das Bild ab. Eine zarte Kellnerin näherte sich ihnen geräuschlos und reichte ihnen mit einem leisen Nicken die Speisekarte.

»Und eine Flasche Sekt, bitte«, ergänzte Rafael, als sie der Kellnerin ihre Getränkewünsche angesagt hatten.

Sie waren noch in die reichhaltige Auswahl der Speisekarte vertieft, als der Sekt gebracht wurde. Er schmeckte köstlich. Eine Mischung zwischen süßlich und halbtrocken mit besonders feiner Geschmacksnote.

Helena beobachtete Leonard heimlich über den Rand der Speisekarte hinweg. Er sah mal wieder zum Niederknien gut aus. Sie studierte die sinnliche Linie seiner Lippen, die hohen Wangenknochen, die gerade Nase. Sein Haar trug er im Nacken mit einem bordeauxroten Samtband zusammengebunden – dieselbe Farbe, die auch sein Rüschenhemd zeigte.

Ein nervöses Flackern machte sich in ihrem Bauch breit, als er ebenfalls hochblickte und sie förmlich dabei ertappte, wie sie ihn musterte. Rasch schlug sie die Augen nieder und widmete sich wieder voll und ganz der Speisekarte.

Um Leonards Mundwinkel begann es amüsiert zu zucken.

Wäre es Helena möglich gewesen, hätte sie sich am liebsten an Ort und Stelle in Luft aufgelöst. Ihre Wangen wurden heiß, ihr Mund war trocken und in ihrem Magen flimmerte es ohne Unterlass. Vorsichtig hob sie ihren Blick, nur um sich zu vergewissern, dass Leonard sich anderen Dingen zugewandt hatte, und landete prompt erneut in dem teuflisch grünen Feuer seiner Augen.

Ein hämisches Feuer, das sie schadenfroh auszulachen

schien. Sie zwang sich dazu, seinem Blick standzuhalten, und musste nach einer Weile sogar grinsen.

Leonard grinste zu ihrem Erstaunen zurück – eine vertrauliche Geste, die ihr Inneres in Aufruhr versetzte. Dieser Moment war für Helena intimer als jede Art von Sexspielchen, die sie jemals miteinander geteilt hatten. Ihr Herz klopfte bis zum Hals. Das Blut schoss ihr heiß durch die Adern und freudige Erregung färbte ihre Wangen rot. Sie glaubte in seinem Grinsen zu ertrinken, wollte daran festhalten, aus Angst, einen derartigen Moment nie wieder mit ihm erleben zu dürfen.

Helena erkannte in seinen Augen eine Sehnsucht, die sie förmlich überschwemmte. Ein stummes Betteln. Eine Aufforderung dazu, die Steine seiner Seelen-Mauer rasch aufzuheben und ganz weit fortzuwerfen, damit sie das Loch, welches sie hinterließen, nie wieder füllen konnten. Steine, die herausgebröckelt waren und so eine Lücke zurückließen. Eine Lücke, die einen Blick auf seine Seele freigab.

Ihr wurde heiß und kalt zugleich. Was hatte das zu bedeuten? Wie sollte sie darauf reagieren? Sollte sie überhaupt reagieren?

Sie war unsicher, gleichzeitig aber auch so froh wie noch nie. Endlich zeigte dieser Mann einen Anflug von Gefühl. Auch wenn sie das alles ganz und gar nicht deuten konnte.

Leonard war zunächst amüsiert und schließlich entzückt darüber gewesen, wie verschämt sie den Blick abgewandt hatte, als er sie dabei ertappte, wie sie ihn still und heimlich betrachtete.

Am liebsten wäre er aufgestanden, hätte sie in seine Arme gerissen und ihr ganzes Schamgefühl aus dem Gesicht geküsst. Und dann dieses süße Grinsen, als ihr klar wurde, dass sie diesem Moment nicht davonlaufen konnte, sondern sich den Tatsachen stellen musste. So, wie sie waren.

Was hat dieses Geschöpf an sich, dass ich regelmäßig dieses schmerzliche Sehnen in mir spüre, wenn ich in ihrer Nähe bin? Dass ich kurz davor bin, meine Prinzipien zu vergessen? Ich muss mehr denn je aufpassen, denn sie berührt mein Inneres mehr, als gut für mich sein kann. Verdammt, das darf nicht sein.

Leonards Blick ging Helena so zu Herzen, dass sie schon ihre Hand ausstrecken wollte, um die seine zu berühren. Doch mit einem Mal veränderte sich sein Gesichtsausdruck, und sie sah nichts weiter als seine allzu vertraute regungslose und leicht spöttische Miene vor sich.

Ihre Hand zuckte zurück, und um etwas zu tun, begann sie erneut, die Speisekarte zu studieren, obwohl sie längst wusste, auf welches Gericht ihre Wahl fallen würde.

»Ich werde Huhn in Currysauce mit Cashewkernen nehmen. Habt ihr euch auch schon entschieden?« Rafael tauchte hinter der Karte auf. Er hatte nichts von den Stimmungen, die soeben zwischen Leonard und Helena hin und her gependelt waren, mitbekommen.

»Hm ... ich denke, ich werde Rind süß-sauer mit Bambussprossen und chinesischen Pilzen wählen«, erwiderte Leonard und mied Helenas Blick. Er hatte einen Teil seiner Gelassenheit verloren und war darum bemüht, sie wiederzufinden. Dabei war ein Blick in ihre Augen nur hinderlich.

»Ich habe mich auch entschieden. Mir ist nach Seezunge auf einem Bett aus chinesischem Gemüse.«

»Prima. Dann können wir ja bestellen.« Rafael gab der Kellnerin ein Zeichen und kurze Zeit später hatten sie ihre Bestellung aufgegeben, tranken auf Rafaels Erfolg und fielen in einen leichten Plauderton. Hauptthema des Gesprächs war Rafaels »poetischer Aufstieg«. Helena war froh, dass sie ein derartig markantes Thema hatten, denn so verging die Zeit zwanglos und ohne unangenehme Pausen, in denen sie eventuell erneut einer ähnlichen Atmosphäre wie zuvor ausgesetzt war.

Die Zeit verging wie im Fluge und Rafael musste am Nachmittag aufbrechen. »Was hältst du davon, wenn wir noch etwas trinken gehen?«, wandte sich Leonard an Helena, nachdem sie sich von Rafael verabschiedet und das Restaurant verlassen hatten. »Ein Kaffee wäre jetzt genau das Richtige.«

»Gern.« Helena freute sich, auch wenn in ihrem Magen der Teufel los war und ein flaues Übelkeitsgefühl die Qualität des Augenblicks etwas schmälerte. Ihr war übel vor Aufregung, denn dieser Mann setzte allein durch seine Anwesenheit ihren gesamten Körper unter Strom.

Würden sie sich was zu erzählen haben? Hatten sie überhaupt irgendetwas zu erzählen? Sie seufzte.

Was so ein bisschen Verliebtheit doch mit einem anstellen kann. Man selbst ... ja, sogar die ganze Welt ist plötzlich nicht mehr dieselbe. Alles steht kopf und das Selbstvertrauen sinkt. Man könnte ja fast meinen, ich sei nicht nur ein bisschen verliebt, sondern ... o Gott ... ja, ich liebe diesen Mann. Von ganzem Herzen. Und kann mir ein Leben ohne ihn einfach nicht mehr vorstellen. Egal, was kommen wird, mein Leben wird nie wieder so sein wie vorher.

Ihre Augen verdunkelten sich und ein wenig niedergeschlagen schritt sie neben Leonard die sogenannte Fressgass entlang zum Opernplatz. Er führte sie dort zu einem bekannten Café.

»Hier gibt es hervorragenden Espresso. Wollen wir?«

Sie nickte und Leonard schob die Tür auf, ließ sie passieren und folgte ihr. Ihr war nach wie vor flau im

Magen. Sie hatte Schmetterlinge im Bauch, weiche Knie und Herzflattern. Mit flackerndem Blick sah sie sich um.

Das Café hatte Flair und Stil. Vorne zeigte eine durchgehende Fensterfront auf den Opernplatz und die Alte Oper, links befand sich eine Theke, welche sich über die halbe Länge des Ladens zog. Mehrere Tische standen in loser Ordnung im länglichen Raum verteilt, jeder mit einer Kerze ausgestattet. Dezente Jazz-Musik erklang im Hintergrund. Die Gäste unterhielten sich leise, sandten aber gleichzeitig neugierige Blicke durch den Raum, denn jeder Neuankömmling wurde erst einmal beobachtet.

Helena und Leonard hatten Glück, denn gerade wurde ein Tisch frei. Ein Tisch im hinteren, stilleren Bereich des Cafés. Während die frei stehenden Tische von Stühlen umringt waren, waren die Tische an der Wand mit einem »Kuschelsitz« versehen – einer dicken ledergepolsterten Bank mit großzügigen Rückenlehnen. Leonard nahm neben Helena auf der Bank Platz, anstatt sich ihr gegenüber auf den Stuhl zu setzen.

»Nett ist es hier.« Ihre Stimme klang atemlos. Sie war atemlos und sich seiner Nähe überdeutlich bewusst, verlegen wie ein Schulmädchen beim ersten Rendezvous.

Leonard maß ihren Atem am Heben und Senken ihrer Brüste. Er lächelte, als er sah, wie nervös sie mit der Getränkekarte spielte. Am liebsten hätte er diesen Moment ausgekostet, liebevoll mit ihr geflirtet und gescherzt, aber immer wieder rief er sich ins Bewusstsein, dass er sie innerlich nicht zu nahe an sich herankommen lassen durfte. Hatte er dies nämlich erst einmal getan, würde er es bereuen. Das wusste er so sicher – so sicher, dass es eine unabwendbare Tatsache war, dass abends statt der Sonne der Mond am Himmel stand.

»Willst du keinen Blick in die Karte werfen?« Er

zwang sich zu einem spöttischen Unterton, um seine Fassung wiederzuerlangen. Quälend verführerisch drang seine Stimme an ihr Ohr.

»Hineinwerfen? Ach so ... nein ... ich meine, ja ... sicher.«

Sie schlug die Karte auf.

Ein unterschwelliges Beben durchfuhr ihren Körper – eine Reaktion auf seinen intensiven Blick und seine prickelnde Nähe. Eine Nähe, die dieses Mal nicht auf sexuellen Spielchen beruhte.

»Du willst, dass ich dich berühre, nicht wahr?« Leonards leise Stimme war lockend und gefährlich zugleich.

»Ich ...« Sie brach ab und räusperte sich.

Einen beunruhigenden Augenblick lang herrschte absolutes Schweigen zwischen ihnen. Helena hörte ihr Herz bis zum Hals schlagen und schaffte es nicht, seinem prüfenden Blick auszuweichen. Ein winziges Lächeln – nur ein Hauch, ein Ansatz – spielte um seine Mundwinkel.

Sie straffte die Schultern. »Du machst mich verlegen, wenn du mich so anschaust.«

»Wie schaue ich dich denn an?«

»So ... so ... fast wie ein Habicht, der ein Kaninchen fixiert, welches er doch eigentlich schon längst in der Tasche hat.«

»Ich habe dich deiner Ansicht nach also in der Tasche?«

»Das habe ich nicht gesagt. Du machst aber den Eindruck, als seiest du davon überzeugt, mich in der Tasche zu haben.«

Er lächelte, kam aber nicht zu einer Erwiderung, weil eine Kellnerin an den Tisch trat.

»Hast du schon gewählt?« Schalk blitzte ihr aus Leonards Augen entgegen.

Dieser Teufel weiß ganz genau, dass ich noch nicht gewählt habe. Und er weiß auch, warum. Mistkerl! Sie funkelte ihn ärgerlich an und verschwand hinter der Karte.

»Ich nehme eine heiße Schokolade« entschied sie schließlich, nicht ohne Leonard mit einem weiteren Wutblick zu bedenken, was dieser mit einem Grinsen quittierte.

Er bestellte sich einen Espresso und außerdem zwei Portionen Tiramisu. Die Kellnerin entfernte sich und ein für Helena unbehagliches Schweigen kündigte sich an.

»Ich freue mich für Rafael über seinen Erfolg.« Helena meinte dies ernst, gleichzeitig war dieses Thema aber auch eine willkommene Gelegenheit, eine unverfängliche Atmosphäre herbeizuführen und vor allem einem eventuellen Schweigen zuvorzukommen. An den Funken, die in Leonards Augen tanzten, erkannte sie, dass er darum wusste. Doch er war so gnädig, auf ihren Plauderton einzugehen.

»Ja, ich freue mich auch. Rafael hat alles Glück dieser Welt verdient und ich hoffe, dies war erst der Anfang.«

Helena wagte einen Sprung in seine Seele. »Hattest du eigentlich ein angenehmes Leben?«

»Wie man es nimmt ...«

Helena fluchte leise, denn sie empfand das Timing der Kellnerin, die vor ihnen auftauchte, als äußerst ungünstig.

Die dampfende heiße Schokolade mit dem Sahnehäubchen obendrauf besänftigte sie etwas. Sie duftete schon von weitem und mit einem dankenden Lächeln nahm Helena sie voller Vorfreude entgegen.

»Erzähl mir von deinen Eltern«, wagte Helena einen erneuten Sprung in Richtung Leonards Leben.

»Da gibt es nicht viel zu erzählen. Meine Mutter war

Prostituierte und mein Vater einer ihrer Kunden. Ich habe ihn nie kennengelernt.«

Helena verschluckte sich an ihrem Kakao.

»Ist der Kakao zu heiß oder hat dich meine Antwort dermaßen schockiert, dass er dir förmlich im Halse stecken geblieben ist?« Um seine Mundwinkel zuckte ein Muskel.

»Ich war nicht schockiert ... lediglich ein wenig erstaunt und ...«

»Sei mir nicht böse«, wurde sie von Leonard unterbrochen, »aber ich habe ehrlich gesagt keinerlei Bedürfnis, in meine Vergangenheit abzutauchen. Deshalb schlage ich einen Themenwechsel vor.« Grünes Feuer glomm in seinen Augen auf. Er rutschte etwas näher an Helena heran. Sein Blick warf glühende Funken auf ihren Körper und sie geriet vollkommen außer Kontrolle, als sie seine Hand im Schutz der langen Tischdecke auf ihrem Knie spürte. Sämtliche Sinne Helenas waren bei der vorwitzigen Hand, die unter dem Tisch ihren Schenkel hinaufwanderte. Auf Leonards Zeichen hin erschien erneut die Kellnerin.

»Ich hätte gerne noch einen Espresso, bitte. Für dich noch eine heiße Schokolade?« Helena nickte mechanisch.

Die Serviererin notierte sich die Bestellung und entfernte sich mit einem freundlichen Kopfnicken, während Leonards Finger sich immer weiter vortasteten.

Nicht mehr lange und sie hatten ihr Ziel erreicht. Helena spürte, wie ihre inneren Säfte zu fließen begannen. Atemlos fieberte sie dem Moment entgegen, wo es so weit sein würde, dass diese entzückende Hand auf ihrem Schenkel endlich zielsicher dem Finale entgegeneilte, um in den feuchten Fluten ihrer Möse zu versinken und anschließend ihre jetzt schon pralle Klitoris bis aufs Äußerste zu reizen.

Die Getränke wurden serviert und verschämt schob Helena ihre Beine, die sie gerade noch einladend geöffnet hatte, wieder ein wenig zusammen. Während die Serviererin mit höflichem Lächeln die Tassen von ihrem Tablett nahm, schob sich Leonards Zeigefinger seitlich in ihren Slip, suchte und fand ihre nasse Spalte und tastete sich keck zu ihrer Klitoris vor. Es waren hauchzarte, fast unmerkliche Berührungen. Heimliche Liebkosungen unter dem Tisch, was dem Ganzen einen zusätzlichen Reiz verlieh.

»Das ging ja schnell. Danke.« Leonards Stimme klang fest und sein Gesichtsausdruck zeigte sich vollkommen unbeeindruckt, während er Helena geschickt liebkoste und die Kellnerin gleichzeitig mit einem dankenden Nicken entließ.

Helena führte mit zitternden Händen die Kuchengabel zu ihren Lippen. Das Tiramisu war süß und kühl, das Obstdekor saftig, prall und feucht wie ihre Klitoris, die so verdächtig zwischen ihren Schenkeln pulsierte.

Unwillkürlich öffnete sie ihre Beine erneut, indem sie ihre Knie auseinanderzog. Es war köstlich, wie langsam und verführerisch heimlich sich Leonards Finger auf ihrer Klitoris bewegte. Und während ihre Geschmacksnerven die süßlich-herbe Köstlichkeit genossen, wurden ihrem Schoß Freuden der besonderen Art beschert, die durch Leonards raue Stimme ganz nah an ihrem Ohr noch verstärkt wurden.

»Ich sag dir, was du dir wünschst. Du möchtest gestreichelt werden, ganz langsam. Du wünschst dir Hände, die deinen Körper überall berühren, gefolgt von warmem Atem, der über deine Haut streicht. Du möchtest dich dabei zurücklegen und genießen. Möchtest meine Finger über deine Beine gleiten fühlen und so lange gestreichelt werden, bis deine hungrige Möse nass ist und sich danach sehnt, berührt und ausgefüllt zu werden. Möchtest meine Zunge über deinen Rücken gleiten spüren, über deinen Po. Finger, die zwischen deine Pobacken gleiten und nass wieder herauskommen. Habe ich recht?«

Er sah ihr in die Augen und Helena stöhnte leise. Ihre wohlgeformten Brüste hoben und senkten sich verlockend unter der dünnen Bluse. Sie trug keinen Büstenhalter Und nun bewunderte er ihre pralle Weiblichkeit, die sich unter dem zarten Stoff abzeichnete. Leonard zog seine Hand fort, lächelte über Helenas leises Keuchen und legte seine geschickten Finger dann so verführerisch auf ihren Schenkel zurück, dass ihr feuchte Hitze zwischen die Beine schoss.

Mit einem teuflischen Lächeln um die Mundwinkel strich er mit dem Zeigefinger der anderen Hand über ihren sinnlichen Mund, strich weiter nach unten bis zu ihren Brüsten. Ihre Nippel begannen sich durch den dünnen Blusenstoff zu drücken.

Seine Erektion als Reaktion darauf blieb ihr nicht verborgen.

Leonard gab der Kellnerin ein Zeichen und bezahlte kurze Zeit später.

»Komm«, er zog sie hinter sich her, »ich hab Lust auf dich.« Herzklopfend folgte ihm Helena. »Was hast du vor? Wo willst du hin?«

Leonard antwortete nicht. Wenige Straßen weiter zog er sie in einen Seitenweg und dann in einen kleinen Hinterhof. Niemand war zu sehen. Leonard presste sie an eine Hauswand und küsste sie feurig. Dabei glitten seine Finger unter ihr kurzes Kleid und direkt in ihren winzigen Slip.

»Du bist schön feucht. Komm, zieh das Teil aus.«

Die Melodie ihres durch den Körper jagenden Blutes berauschte Helena. Dann befreite sie sich heftig atmend von ihrem Slip. Kaum hielt sie ihn in den Händen, hockte sich Leonard schon vor sie und suchte unter ihrem Rock mit der Zunge nach ihrer wunderbaren kleinen Liebesperle. Helena stöhnte auf, schloss genussvoll ihre Augen und ließ den Slip, den sie in den Händen hielt, zu Boden fallen.

Leonard kam nun richtig in Fahrt. Ihr Stöhnen stimulierte ihn ungemein, doch gerade, als er den Reißverschluss seiner Hose öffnen wollte, wurde über ihnen ein Fenster geöffnet. Helena fuhr der Schreck in die Glieder. Ohne abzuwarten, was geschehen würde, zog sie Leonard nach oben, packte ihn an der Hand und zog ihn fluchtartig aus dem Hinterhof wieder auf die Straße. Lachend kamen sie zum Stehen.

»Was nun?« Leonard dachte angestrengt nach. Er hatte eine unbändige Lust auf sie. Dann schob sich ein Grinsen in sein Gesicht. »Ich will dich! Jetzt! Und weißt du auch, wo?«

Helena schüttelte den Kopf.

»Dann lass dich überraschen und komm mit!«

Leonard grinste sie verschmitzt an und lief mit ihr gezielt die »Fressgass« hinauf zum großen »Kaufhof« an der Hauptwache. Als sie das große Kaufhaus erreichten, zog er sie lächelnd hinein.

»Willst du mit mir einen Einkaufsbummel machen?« Helena lachte atemlos. Dieser Mann überraschte sie immer wieder aufs Neue.

»Warte ab!«

Neckisch kniff Leonard ihr auf der Rolltreppe in den Po.

»Sag bloß, du hast nichts drunter!«, drohte er ihr gespielt mit dem Zeigefinger, wohl wissend, dass sie ihren Slip in all der Aufregung in diesem Hinterhof hatte liegenlassen.

Helena hob ihr Kleid ein kleines Stück weit hoch. »Willst du nachsehen?«

Leonard zog ihr Kleid wieder runter. »Warte, gleich ...«

Zielstrebig zog er sie hinter sich her, schnappte sich das erstbeste Kleid von einer Stange und führte sie in eine der vielen Umkleidekabinen.

»So, das probieren wir jetzt gemeinsam an.«

Die Umkleidekabine war eng und die Kabinen nebenan waren hörbar besetzt.

»Lehn dich mit dem Rücken an den Spiegel.«

Helenas Erregung wuchs und atemlos trat sie einen Schritt zurück und kam seinem Wunsch nach.

»Und nun spreiz deine Beine.«

Willig grätschte sie ihre Schenkel und schloss die Augen, als Leonard sich vor ihr niederließ und mit unendlicher Geduld den Saum ihres Kleides über die Hüften und weiter nach oben schob, ohne den Blick von ihrem Gesicht abzuwenden.

Schon wieder oder besser gesagt noch immer schimmerte es feucht in ihrem Schoß. Helena glaubte, in seinem Blick, seinen Berührungen, seinem Atem und seiner Anziehungskraft zu ertrinken. Seine Berührungen, die ihre Schenkel und ihren Bauch in Spannung hielten, waren so zärtlich und gefährlich langsam, dass sie fast schon wehtaten. Mit einer leichten Daumenbewegung umkreiste er ihre Klitoris. Ihr Körper stand unter Strom und mit jeder weiteren Bewegung seines Daumens raubte er ihr mehr und mehr die Sinne.

Ihre Vagina begann zu vibrieren, ein erregendes Gefühl, welches sich einen Weg durch ihren gesamten Körper bahnte. Sie rang nach Luft. Jeder Millimeter ihres Körpers sehnte sich nach seinen Berührungen und Liebkosungen. Nach seiner Sinnlichkeit, seiner Hitze und seinen fantastischen Liebesspielen.

Leonards kundige Finger wurden von seiner flinken harten Zunge abgelöst. Diese verwöhnte Helenas Schoß so ausdauernd, dass sie sich in den Handrücken beißen musste, um nicht laut aufzustöhnen.

Süßlich leichtes Kribbeln – stetig zunehmend – war der köstliche Vorbote für das, was kommen sollte: Ein Feuerwerk der Gefühle, berauschend und süchtig machend. Prickelnd und zu Kopf steigend, bis endlich das Finale erreicht war und sich der ersehnte Gipfel der Lust einstellen konnte ...

Doch dazu kam es nicht.

Leonards Hände ruhten zwar nach wie vor brennend auf ihren Hüften, aber ihr sehnender Schoß wurde nicht weiter beachtet. Stattdessen erhob sich Leonard, öffnete den Reißverschluss seiner Hose und zerrte sie zusammen mit seinem Slip herunter. Er setzte sich auf den Hocker, der in der Kabine stand, und zog Helena auf seine pralle, hoch aufgerichtete Männlichkeit.

»Bist du schön heiß und feucht«, flüsterte er heiser, als sie sich auf ihm niedersinken ließ.

»Und du bist ein Teufel.« Ihr Kopf sank nach vorn auf seine linke Schulter, ihre Worte waren lediglich ein leises Flüstern in sein Ohr.

Leonards Augen funkelten. Dann senkte er den Kopf und begann ihren Hals mit kleinen, sanften Bissen zu übersäen, während er ihr Gesäß umfasste und so das Tempo und den Rhythmus ihrer Bewegungen vorgab.

»Ich liebe es, wenn du mein Hinterteil so fordernd in deinen Händen hältst«, stöhnte Helena voller Ekstase.

»Ich weiß!«

Helena krallte sich an ihm fest, um so intensiv wie möglich mit ihm zu verschmelzen. Die prickelnde Situation und ihr missglückter Versuch im Hinterhof hatten ihre Lust aufeinander hochgepeitscht. Leonard brauchte nur wenige Stöße, um sich und Helena zum Orgasmus zu bringen. Sie kamen fast gleichzeitig und blieben noch eine ganze Weile umschlungen und keuchend in der Umkleidekabine sitzen.

Als sich ihr Atem beruhigt hatte, erhoben sie sich, kümmerten sich um ihre Kleidung und schoben dann vorsichtig den Vorhang der Umkleidekabine zur Seite.

»Die Luft ist rein«, flüsterte Leonard.

»Na, dann los!« Helena konnte sich kaum ein Lachen verkneifen, aber in Anbetracht der Tatsache, dass sie hier ohne großes Aufsehen verschwinden wollten, riss sie sich zusammen. So unauffällig wie möglich spazierten sie zur Rolltreppe. Dort kniff Leonard ihr erneut zärtlich in den Po. »Sag bloß, du hast schon wieder keinen Slip an!«, drohte er ihr gespielt mit dem Finger.

Helena kicherte. »Wie kommst du denn darauf? Etwas derartig Verwerfliches würde ich doch nie tun.«

Leonard schlug vor, noch ein wenig durch die Innenstadt zu bummeln. Sie genoss die Berührung seines Armes, der locker um ihre Schultern lag. Und so spazierten sie noch mindestens zwei Stunden lang durch die Innenstadt und plauderten über Gott und die Welt. Momente, die Helena wie einen kostbaren Schatz in ihrem Inneren hütete.

Kapitel 20

»Wo ist Helena?«

Als Rafael sich überrascht umdrehte, sah er Leonard an der Küchentüre stehen.

»Hey, ich habe dich gar nicht zurückkommen hören. Helena ist drüben im Atelier. Ich habe sie schon den ganzen Tag nicht zu Gesicht bekommen. Sie ist vollkommen in ihre Malerei vertieft. Ich bin gerade dabei, ein paar Steaks zu braten. Isst du mit?«

»Gern. Ich schau nur rasch im Atelier vorbei. Helena scheint über ihren Farbtöpfen und Pinseln die Zeit und auch die Tatsache, dass man ab und zu etwas zu sich nehmen sollte, zu vergessen. Und somit auch, dass sie ein Lebewesen aus Fleisch und Blut ist, dem es auf Dauer mit Sicherheit nicht reicht, von Luft und Malerei zu leben.«

Rafael grinste. »Du hast die Fleischeslust vergessen. Diesbezüglich wart ihr ja recht fleißig.« Sein Grinsen wurde breiter. »Da du aufrichtig besorgt um dein ›Callgirl auf Zeit‹ zu sein scheinst, stellt sich mir die Frage, ob von deiner Seite aus etwa doch mehr dahintersteckt als die Tatsache, dass du sie ungemein anziehend findest und sie für siebzehn Tage gebucht hast?«

»Darüber will ich mir ehrlich gesagt keinerlei Gedanken machen. Morgen sind die siebzehn Tage vorbei und dann lebe ich mein Leben wieder so wie vorher.«

»Bist du sicher, dass dir das gelingen wird? Deine Augen sprechen nämlich oftmals eine ganz andere Sprache. Und haben dabei einen Glanz, wie ich ihn nie zuvor bei dir gesehen habe.«

»Mach dir um mich mal keine Gedanken. Und was den Glanz in meinen Augen betrifft, so wird er wohl daher rühren, dass ich in den letzten Tagen einmal das Vergnügen hatte, auf der anderen Seite zu stehen. Eine Erfahrung, die wirklich interessant und inspirierend ist – ich kann sie nur jedem empfehlen. Und ab morgen kann ich dann wieder erholt zur Tagesordnung übergehen. Frisch, froh und munter.«

»Ich hoffe, du lügst dir gerade nicht selbst in die Tasche. Aber schließlich bist du erwachsen, verfügst über eine Menge Lebenserfahrung und wirst schon wissen, was du tust.«

»Ganz recht. So, und nun werde ich mal nachschauen, was unsere kleine Künstlerin macht.«

In Gedanken versunken lief er zum Atelier. Rafaels Worte hatten ihn nachdenklich gestimmt und obwohl er sich dagegen wehrte, konnte er doch nicht verhindern, dass ihm bei dem Gedanken, dass Helena ab morgen wieder in ihr eigenes Leben zurückkehren würde, ganz anders zumute wurde.

Helena ist eine attraktive, leidenschaftliche und sexy Frau voller Hingabe. Aber sie ist auf keinen Fall die einzige Frau, die diese Attribute mit sich bringt. Das weißt du, weil du sozusagen an der Quelle sitzt. Nun also Schluss mit diesen Sentimentalitäten. Und wenn du mal wieder Lust auf ein ganz persönliches Callgirl hast, dann wende dich an eine der zahlreichen Frauen, die nicht genug von dir bekommen, denn sie würden sogar Haus und Hof versetzen, wenn sich dadurch die Möglichkeit ergäbe, ein paar Tage mit dir zu verbringen. Egal unter welchen Umständen. Von nun an also Schluss mit irgendwelchen melancholischen Gefühlsduseleien. Außerdem steht es dir jederzeit frei, dich nach Lust und Laune mit Helena zu treffen – ganz ohne irgendwelche Verpflichtungen ...

Entschlossen atmete Leonard durch. Dann öffnete er die Tür zum Atelier.

»Hallo, Engelchen. Zeit zum Abendessen.«

Helena war so vertieft in die Skizze, die sie gerade aus dem Gedächtnis anfertigte, dass sie ihn gar nicht wahrnahm.

Lächelnd und auch ein wenig wehmütig beobachtete er sie. Studierte die zarte Linie ihres Nackens, die schlanke Hand, die den Stift emsig und gezielt über den Skizzenblock führte.

Sie ist wahrhaftig etwas ganz Besonderes. Und passt so wunderbar hierher. Dennoch darf ich dieser gedanklichen Richtung nicht nachgeben ... ich weiß, ich würde es bereuen. Und Helena hat mehr verdient, als ... Er wollte nicht weiterdenken.

Erneut rief er leise ihren Namen. Sie nahm ihn immer noch nicht wahr.

»H-e-l-e-n-a«, wurde er nun etwas energischer.

Sie blickte zerstreut auf. »Oh, hallo, Leonard. Ich hab dich gar nicht kommen hören.«

Er wartete auf eine weitere Reaktion, doch sie hatte sich schon wieder ihrer Zeichnung zugewandt und schien seine Anwesenheit vollkommen vergessen zu haben.

Überrascht blickte sie auf, als Leonard ihr den Block aus der Hand nahm. Im nächsten Moment hatte er sie schon auf die Füße gezogen.

»Was in aller Welt tust du da?«, rief sie mit einer Mischung aus Ärger und Belustigung. »Ich befinde mich gerade in einer überaus kreativen Phase. Also, lass mich los und gib mir den Block wieder.«

»Ab morgen darfst du dich wieder voll und ganz deiner Malerei widmen, denn dann sind die siebzehn Tage vorbei. Aber jetzt ist mir nach deiner Gesellschaft. Außerdem bin ich davon überzeugt, dass du heute noch nichts gegessen hast. So wie es aussieht, brauchst du während deinen kreativen Phasen wahrhaftig einen Aufpasser, damit du mit deinem Körper keinen Raubbau betreibst. Wäre ja noch schöner, wenn du wegen einer albernen Zeichnung deine Gesundheit aufs Spiel setzt.«

Helena seufzte. »Stimmt, ich war so in meine Arbeit vertieft, dass ich alles um mich herum vergessen habe. Tja, das ist das Los einer Künstlerin, die sich in einer kreativen Phase befindet. Aber du brauchst dir deswegen keine Sorgen zu machen. Es ist mir schon häufig passiert und ich lebe immer noch. Erfreue mich sogar bester Gesundheit. Aber dass du so etwas eine ›alberne Zeichnung‹ nennst, das kränkt mich nun doch ein wenig.« Sie wies auf den Skizzierblock, den er immer noch in der Hand hielt.

Leonard blätterte die Seiten des Blockes durch und konnte nicht glauben, was er dort sah. Sie hatte sein Haus mitsamt der wundervollen Umgebung und auch ihn selbst in den verschiedensten Situationen gezeichnet. Die Schönheit der Skizzen, die Sensibilität, mit der Helena sein Umfeld und auch ihn eingefangen hatte, faszinierten ihn.

Mit einer abrupten Bewegung legte er den Zeichenblock auf die Arbeitsfläche und zog Helena stürmisch in seine Arme.

Das Knistern zwischen ihnen und der sich anbahnende Kuss wurden von einem Klopfen an der Tür unterbrochen.

»Ja?«

Rafael steckte den Kopf ins Atelier und grinste entschuldigend. »Es lag nicht in meiner Absicht, euch bei der schönsten Nebensache der Welt zu stören. Ich wollte euch lediglich euer Abendessen bringen. Ich kenn euch doch. Seid ihr einmal im Rausch der Leidenschaft, vergesst ihr die Zeit.« Er stellte zwei Teller mit dem liebevoll arrangierten Abendessen auf einen kleinen Beistelltisch, tippte – immer noch grinsend – zum Gruß an seine Stirn und schon war er wieder verschwunden.

»Rafael ist Gold wert. In jeder Beziehung.« Hungrig langte Helena zu.

»Auf jeden Fall. Ein Freund wie er ist unbezahlbar. Und auch schwer zu finden. Auf ihn kann man sich in jeder Beziehung verlassen und ich bin froh, dass es ihm wieder bessergeht!«

Eine Weile aßen sie schweigend im Schneidersitz auf dem Boden sitzend, jeder seinen Gedanken nachhängend.

»Ich habe auch den Eindruck, dass sich Rafael wieder ein wenig gefangen hat«, ergriff Helena schließlich wieder das Wort. »Vielleicht ist er ja bald offen für etwas Neues. Ich kenne da jemanden, der sich sehr für ihn interessiert.«

»So? Darf ich wissen, wer?«

»Kathrin. Sie war vom ersten Augenblick an entzückt von ihm. Und die Tatsache, dass er sie nicht angehimmelt hat wie viele andere Männer, hat ihre Vorliebe für ihn noch um ein Vielfaches gesteigert.«

Leonard lachte. »Nettes Mädel, deine Freundin. Aber sie wäre ihm als Frau zu dominant und quirlig. Er mag die etwas distanzierten, ruhigen Frauen. Die stillen Wasser, die er erst zum Brodeln bringen muss. Bei den Männern sieht es da wieder ganz anders aus. Da steht er eher auf lebendige, dominante Charaktere.«

»Und auf was stehst du?«

»Ob blond, ob braun, ich liebe alle Frauen!« Er zwinkerte ihr verführerisch zu, nahm ihr die Gabel aus der Hand und zog sie auf die Beine. Dann schob er sie mit sanfter Gewalt in Richtung Arbeitsplatte. Helena spürte die Tischkante an ihrem Hintern und schon wurde sie von Leonard leicht angehoben, so dass sie auf der Platte saß.

Er beugte sich langsam vor und es überlief sie heiß, als sie das Funkeln seiner Augen sah. »Wir haben zwar gerade erst gegessen, aber irgendwie habe ich immer noch Hunger.«

»Ich auch«, flüsterte sie mit verklärtem Blick. »Wieso soll es dir anders gehen als mir?«

Er legte seine Hand um ihren Nacken, beugte sich noch weiter vor und presste fordernd seine Lippen auf die ihren. Er küsste sie so tief und leidenschaftlich, dass sie sofort in fiebrige Erregung geriet.

Mit jeder Faser ihres Körpers sehnte sie sich danach, von ihm berührt zu werden.

Berührt – verführt – liebkost – gevögelt – geliebt.

Sie wollte ihn, jede einzelne Zelle ihres Körpers verzehrte sich nach diesem Teufel von Mann. Sie ließ sich von der erotischen Atmosphäre beeinflussen und gab sich voll und ganz ihrer wachsenden Begierde hin.

Leonard schob ihren Rock nach oben und stellte sich zwischen ihre Schenkel.

»Lehn dich zurück!«

Helena gehorchte. Geschickt öffnete er die obersten Knöpfe ihrer Bluse und schob seine Hände in ihren champagnerfarbenen BH aus zarter Spitze.

»Deine Brüste fühlen sich verdammt gut an«, raunte er leise.

Helenas Wangen wurden von einer leichten Röte überzogen. Ihre Brustwarzen reagierten, zogen sich zusammen und wurden hart.

Leonard beugte sich über sie und vergrub sein Gesicht zwischen ihren Brüsten. Dann hauchte er Küsse auf die zarte Haut um ihre Brustwarzen herum – eine Liebkosung, durch die es überall in ihrem Körper zu kribbeln begann.

Er hob ihre Brüste aus ihrem BH und strich mit den Daumen über ihre steil aufgerichteten Nippel. Unerhört langsam und aufreizend strichen seine Finger über ihre Brüste, massierten sie sanft, aber dennoch energisch.

Sie fühlte, wie ihre empfindsamen Brustspitzen unter seinen Fingern noch härter wurden, und seufzte verhalten auf, als er sich über sie beugte, die Lippen um die rosige Knospe ihrer linken Brust legte und seine Zunge feuchte Kreise um den Mittelpunkt ziehen ließ, bevor er immer heftiger daran sog und sie einen wohligen Schmerz fühlte, der sie tief aufstöhnen ließ. Es war ein anregendes, heißes Spiel.

Immer wieder nahm er ihren Nippel zwischen die Lippen und leckte dabei gleichzeitig mit seiner Zunge frech über die äußerste Spitze. Dabei vergaß er nicht, die rechte Brust ebenso zu verwöhnen. Er leckte, saugte, knabberte und pustete neckisch seinen Atem über die emporragenden Brustwarzen. Helena schloss die Augen. Als sie sich stöhnend aufbäumte, drückte Leonard ihren Oberkörper energisch zurück.

»Bleib liegen, Engelchen.« Sein Ton duldete keinen Widerspruch.

Er griff nach einem ihrer Malpinsel, die in einem Glas neben Helenas Kopf standen, und fuhr mit ihm in eleganten Bewegungen die Kontur ihrer Lippen nach, strich über ihren Hals und weiter hinab. Er schien sein Ziel genau zu kennen, denn an jeder Station ihres Körpers machte er nur kurz halt, bevor er seinen Weg unbeirrt fortsetzte.

Da lag sie nun. Mit bis zum Bauchnabel emporgeschobenem Rock, geöffneter Bluse und mit aus dem Spitzenbüstenhalter hervorquellenden Brüsten. Prall. Rund. Erregt und sehnsuchtsvoll.

Ihre Schamlippen schwollen vor Erregung an und sie spürte, wie schon jetzt der Saft der Lust zwischen ihnen hervorquoll. Vorsichtig betastete Leonard die samtige Nässe zwischen ihren Schenkeln. Fühlte den nassen seidigen Stoff ihres knappen Slips. Mit einem eigentümlichen Glitzern in den Augen legte er seine Hand auf ihren Oberschenkel, schob sich von unten unter ihr Höschen und riss es ihr vom Leib.

Helena keuchte vor Lust. Sie spreizte die Beine noch ein wenig mehr, während ihre Möse überlief. Sie wollte ihm ihre zur reifen Blume erblühte Knospe voll und ganz präsentieren. Wollte, dass er sie trank, sie leckte, in ihrem Mösensaft rührte. Mit seinen prachtvollen Zauberhänden, die ganz genau wussten, was sie zu tun hatten.

Mit seiner fordernden und harten Zunge, die sich geschickt darin verstand, jeden Winkel ihrer Vagina zu erforschen. Wollte, dass er sie ausschlürfte wie einen prickelnden Cocktail der Lust – ihrer Lust!

Allein der Gedanke daran, dass sie ihm gerade mit weit gespreizten Beinen ihre nasse Spalte präsentierte, versetzte sie in äußerstes Verzücken – bannte sie ins Reich der absoluten Ekstase. Tief seufzend und sich wollüstig rekelnd ließ sie ihre Hand an sich hinabgleiten, bis sie ihre heißen Schamlippen erreicht hatte. Sanft spielte sie mit ihren fleischigen Lippen und ließ schließlich ihre Finger dazwischengleiten, um sich sofort geschickt um ihre Klitoris zu kümmern. Lustvoll stöhnend tauchte sie zwei Finger in die Nässe ihrer Möse und strich sich den eigenen Saft über die Schenkel.

Sie war wie im Rausch und vergaß alles um sich herum. Es zählten nur noch ihre pulsierende Öffnung und der Wunsch, seine kräftige Zunge in sich zu spüren. Und wenn er sich nicht beeilte, dann tat sie es eben selbst.

Doch Leonard dachte gar nicht daran, ihr diesen Part zu überlassen. Mit dem Pinsel schob er fordernd und energisch ihre Hand zur Seite, und während seine eine

Hand auf ihrem Becken lag und sie so daran hinderte, sich zu sehr zu winden, begann die andere Hand, gekonnt den Pinsel zu führen. Wie ein Maler, der sein schönstes Werk schuf.

Mit unendlich leichten Pinselstrichen rührte er in ihrem heißen Saft und verteilte ihn anschließend in fantasievollen Wellenlinien über ihre Schenkel, ihren Bauch und ihre Brüste. Helena schrie leise auf, als er den Pinsel über ihre Klitoris führte, ihn dort für eine Weile liegen ließ und ihn schließlich geschickt in die triefenden Tiefen ihrer Vagina versenkte. Auch der erneute Versuch, sich vor Ekstase aufzubäumen, wurde von Leonard im Keim erstickt, und diese fordernde Geste führte dazu, dass sich bereits neue Säfte in ihr zu sammeln begannen, um ihre heiße und gierige Möse zu überfluten.

»Zieh deine Bluse aus und dreh dich um!«

Helenas Atem ging schneller. Mit verklärtem Blick befreite sie sich von ihrer Bluse und drehte sich auf den Bauch mit weit gespreizten Schenkeln und emporgewinkelten Waden.

Hingerissen von dieser Ansicht tauchte Leonard den Pinsel erneut in ihre nasse Spalte und verteilte den Saft, beginnend vom Nacken abwärts, äußerst sinnlich über ihrem Rücken, während seine freie Hand ihre Pobacken knetete und massierte. Sie wimmerte, als er den Pinsel zwischen ihre Pobacken, um die Rosette ihres Anus und schließlich mit einem langen Strich bis nach vorn zu ihrer pulsierenden Klitoris führte. Als sie dann urplötzlich und unerwartet seinen kühlen Atem in ihren Schamhaaren spürte, zuckte sie vor Wonne zusammen und schob sich ihm entgegen.

Doch sie fühlte lediglich seine kitzelnden Atemzüge auf ihrem Rücken und wusste, er würde sie noch zappeln lassen.

Dieser Mistkerl! Dieser verdammt erotische Mistkerl!

Leonard griff nach einem zweiten Pinsel und setzte sein Spiel nun mit beiden Malwerkzeugen fort. Der eine Pinsel begann in ihrem Nacken zu kreisen, während der andere nach wie vor mit ihrem bloßgelegten Geschlecht beschäftigt war und immer wieder – wie zufällig – in die nasse Spalte abrutschte. Helena beugte ihren Oberkörper ein wenig seitlich, damit auch ihre Brüste nicht zu kurz kamen, aber Leonard dachte gar nicht daran, ihrer stummen Bitte Folge zu leisten.

Viel lieber malte er feuchte Bilder auf ihren Rücken und ließ seine harte Zunge der Spur des Pinsels folgen. Dann bewegte er die weichen Borsten des Pinsels in kreisenden Bewegungen synchron vom Nacken abwärts zu ihrem wohlgeformten Hinterteil. Ein rasendes Kribbeln breitete sich in ihrem Körper aus, als ihre Pobacken gespreizt wurden und die feinen Härchen der Pinsel die Haut um ihren Anus reizten und kitzelten.

Ungeduldig schob sie sich eine Hand unter ihren Körper und langte nach der kleinen Knospe zwischen ihren Beinen, die nur darauf wartete, stimuliert zu werden. Nach ihrer gierigen Klitoris, die hungrig nach sinnlichen Berührungen verlangte. Sinnliche Brührungen, die sie nun bekommen sollte, während die Innenseiten ihrer Pobacken auf köstliche Weise von Leonard erforscht wurden.

Helena warf unruhig ihren Kopf hin und her, seufzte wohlig und steuerte einem lieblich anmutenden und äußerst prickelnden Orgasmus entgegen.

Doch Leonard ließ die Pinsel Pinsel sein, packte sie mit beiden Händen am Becken und zog sie bis an den äußersten Rand der Arbeitsplatte. Er hätte jetzt nur noch seine Hose öffnen und seinen Schwanz herausnehmen müssen – und schon wäre er in ihren heißen Fluten versunken.

Aber er wollte das Liebesspiel noch etwas ausdehnen. Also kniete er sich vor sie, presste seine Lippen auf ihre samtigen Blütenblätter und versenkte seine Zunge schließlich mit einem heiseren Stöhnen zwischen ihren Schamlippen. Ihre Vagina wartete schon auf ihn. Warm und feucht und äußerst gierig. Helenas Finger krallten sich in die Holzplatte, auf der sie lag, und stöhnend schob sie sich noch etwas näher an ihn heran, bis ihr Lustzentrum förmlich an ihm klebte. Sie wollte ihn spüren, wollte ihren Hunger endlich gestillt bekommen. Sein Mund begann sich intensiv mit ihrer Klitoris zu befassen. Er saugte, knabberte, lockte, spielte ...

Helena schrie lustvoll auf. Sie tat alles, um den Druck seiner lustvollen Lippen zu erhöhen, während er ihr köstliches Sekret schlürfte. Er nahm ihren Nektar in sich auf, trank ihn wie köstlichen Wein, sorgsam darauf bedacht, keinen einzigen Tropfen zu verschwenden.

Der nahende Orgasmus bescherte ihr tausend kleine Sternchen, leichtes Ohrenrauschen einer nahenden Ohnmacht und ein wahnsinniges Kribbeln in ihrem Schoß. Sie spürte, wie der Höhepunkt nahte. Jede Faser ihres Körpers erzitterte, während sich die geballte Lust zwischen ihren Schenkeln zu einem wahren Feuerwerk der Lust entlud.

Leonard ließ ihr keine Zeit, sich zu erholen. Rasch öffnete er seine Hose, ließ sie ungeduldig an sich hinabgleiten und stieß seine harte pulsierende Männlichkeit mit einem leisen, aber lustvollen Stöhnen in ihre feuchte, noch zuckende Möse. Helena, die noch auf der Welle ihres ersten Höhepunktes schwebte, schrie auf. Sie passte sich gierig den Bewegungen seiner kräftigen Stöße an und genoss es, von seinen starken Händen, die ihre Hüften hielten, geführt zu werden.

Sie bewegten sich vollkommen im Einklang, ließen ihrer Ekstase freien Lauf. Die Bewegungen wurden schneller, heftiger, und als er spürte, wie sich ihre Muskeln zu einem erneuten Orgasmus zusammenzogen, ließ auch er sich gehen und entlud seine Lust, indem er seinen Saft in sie hineinschoss. Nach Luft schnappend und am ganzen Körper zitternd ließ er sich schließlich nach vorn fallen. Als sich ihr Atem beruhigt hatte, hauchte er ihr zarte Küsse auf ihr Gesäß. Dann drehte er sie zu sich um und trug sie zu der Matratze, die Helena bisher immer zum Meditieren gedient hatte, bevor sie ihrer Kreativität freien Lauf ließ. Leonard kuschelte sich eng an sie.

Helena war überglücklich. Wie oft hatte sie sich danach gesehnt, in Leonards Armen einzuschlafen. Und nun ging dieser Wunsch endlich in Erfüllung.

❦

Helena erwachte im ersten Morgenlicht. Lächelnd blickte sie auf den Mann neben sich. Leonard befand sich noch im Reich der Träume. Er hatte einen Arm um sie gelegt und ein Bein über die ihren geschoben. Sein Kopf lag dicht neben ihr und anhand seines gleichmäßigen Atems spürte sie, dass er tief und fest schlief. Sein Haar umgab ihn wie ein See aus Seide. Sogar im Schlaf wirkte er teuflisch erotisch, auch wenn gerade ein unschuldiger Zug um seine Lippen lag. Helena schmunzelte, denn dieser Mann war alles andere als unschuldig.

Sie dachte an die Wonnen des vergangenen Abends und der darauffolgenden Nacht und reckte sich genüsslich. Leonard bewegte sich im Schlaf und schmiegte sich enger an sie. Sofort fühlte sie, wie ihr Verlangen nach ihm erneut zu wachsen begann. Doch es war ihr nicht vergönnt, diesen süßen Moment zu genießen, denn in ihr morgendliches Wohlbehagen mischte sich die Gewissheit, dass sie noch heute ihr altes Leben wiederaufnehmen würde. Erst jetzt wurde ihr so richtig bewusst, dass die siebzehn Tage nun endgültig vorbei waren. Und bisher hatte Leonard kein Wort darüber verloren, dass er sie gerne länger bei sich hätte.

Wie ein scharfes Schwert bohrte sich dieser Gedanke in ihr Herz und ließ sie nicht mehr los. Wie hatte sie es bloß geschafft, diese Gewissheit so lange zu verdrängen?

Beruhte diese Tatsache etwa auf der heimlichen und auch irrsinnigen Hoffnung, er würde sie gar nicht gehenlassen können, weil er sie ebenso sehr liebte wie sie ihn?

Sie seufzte leise, während stille Tränen ihre Wangen hinabliefen.

Sie hatte Seiten an Leonard entdeckt, die sie niemals für möglich gehalten hätte, und leider hatte sie nicht verhindern können, dass er sich jeden Tag ein bisschen mehr in ihr Herz geschlichen hatte. Sie liebte diesen faszinierenden Mann von ganzem Herzen und wünschte sich sehnlichst, er möge ihre Gefühle erwidern und sie bitten, bei ihm zu bleiben. Verstohlen wischte sie sich weitere Tränen aus den Augen, schluckte den Kloß hinunter, der wie ein Geschwür in ihrem Hals saß, und atmete tief und entschlossen durch.

Bewahre Haltung, Mädel. Heulen nutzt auch nichts. Er ist ein Callboy, du hast deine Rechnung beglichen, und morgen wird er wie gewohnt seinem Geschäft nachgehen.

Doch sie konnte nicht verhindern, dass ihr erneut die Tränen aus den Augen schossen. Diesmal von unglücklichem Schluchzen begleitet.

Damit weckte sie Leonard.

»Guten Morgen, Engelchen. Hast du gut geschlafen? Hey, du weinst ja! Was ist los?«

»Ach, nichts.«

»Das sieht mir aber ganz und gar nicht danach aus.«

»Stimmt ja auch nicht, aber ...« Sie brach ab, straffte die Schultern und zwang sich, ihm fest in die Augen zu blicken. »Es stimmt mich lediglich ein wenig traurig, dass unsere Zeit nun vorbei ist. Ich hatte zu Beginn zwar nicht damit gerechnet, dass mir das etwas ausmacht – im Gegenteil – aber nun ist es so.«

Leonard griff nachdenklich nach ihrem Skizzenblock. »Schenkst du mir diese Skizze, wenn du sie nicht mehr brauchst?«, versuchte er vom Thema abzulenken. Er hielt ihr die Zeichnung hin, die sein Haus und den malerischen Weg zum nahe gelegenen Grünewaldpark zeigte.

»Klar. Wenn du willst, dupliziere ich sie, und dann kannst du sie jetzt schon haben. Dann musst du nicht warten, bis ich sie auf Leinwand gebannt habe.« Helenas Stimme schwankte, denn noch immer kämpfte sie mit ihren Tränen und einem Chaos an Gefühlen.

»Das wäre wirklich schön.« Leonard lächelte ihr liebevoll zu. Es berührte ihn, dass sie wegen ihm weinte, aber es machte ihm auch Angst. Unsagbare Angst. Denn auf Gefühlsduseleien hatte er sich nicht eingestellt. Sie waren ihm eigentlich auch viel zu kompliziert und passten einfach nicht in seine Welt.

»Kannst du dir eigentlich irgendwann einmal vorstellen, deinen Job als Callboy an den Nagel zu hängen, oder machst du so lange weiter, wie du Kundschaft haben wirst?« Diese Frage war Helena spontan herausgerutscht und nun wartete sie erschrocken auf seine Reaktion.

Leonard schaute ihr mit unergründlichem, aber sehr ernstem Blick in die Augen.

»Mein Beruf ist mein Leben. Klar, ich habe mittlerweile genug Geld verdient und könnte von daher endgültig damit aufhören, aber ich wüsste nicht, warum. Geld stinkt nicht und wenn ich mir meinen exklusiven

Lebensstandard bis ins hohe Alter erhalten will, dann wäre es dumm, nicht mitzunehmen, was ich mitnehmen kann. Ich könnte zwar in meinen gelernten Beruf, Fotograf, arbeiten, aber dazu fehlt mir ehrlich gesagt der Antrieb. Und auch der Grund.«

»Und was wäre, wenn du einmal einer Frau begegnen würdest, in die du dich ernsthaft verliebst?«

»Liebe gehört nicht zu meinem Lebensplan. Von daher stellt sich diese Frage erst gar nicht.«

»Aber was wäre, wenn?« Helena ließ nicht locker.

»Eine Frau, die mich liebt und mich wirklich haben möchte, muss mich so nehmen, wie ich bin.«

»Aber du kannst doch von keiner Frau verlangen, dass sie dich mit anderen Frauen teilt, wenn auch nur beruflich. Also, ich würde damit auf gar keinen Fall klarkommen.«

»Ich verlange so etwas ja auch von niemandem. Wir haben über Eventualitäten gesprochen und ich habe dir lediglich eine ehrliche Antwort gegeben. Und eine Frau, die mich unbedingt will, wird eben damit leben müssen, dass ich als Callboy arbeite.«

»Werde ich dich ebenfalls als Callboy buchen müssen, wenn ich dich wieder einmal sehen will?«

»Ich würde mich sehr freuen, wenn wir uns wiedersehen. Selbstverständlich ganz privat. Du bist irgendwie anders als die Frauen, die ich bisher kennengelernt habe. Erfrischend anders, und es würde mir sehr gefallen, wenn wir uns hier und da treffen.«

Helena kam nicht dazu, ihm zu antworten, denn das Klingeln ihres Handys riss sie aus ihren Überlegungen. Sie fischte nach ihrer Handtasche und kramte nach dem Handy.

»Denhoven!«

Leonard beobachtete sie, während sie immer wieder »ja – nein – ich verstehe – das wäre ja fabelhaft«, sagte. Er bemerkte, wie aufgeregt sie plötzlich war. Ihre Augen blitzten und nervös spielte sie mit ihrem langen kupferfarbenen Haar. Dann war das Gespräch beendet. Helena packte ihr Handy ein.

»Das war Konstantin, mein Galerist und Sponsor. Mein Gemälde »Archimedes« muss bei der Ausstellung eingeschlagen haben wie eine Bombe. Und durch die Presse ist auch eine reiche Dame in Rom darauf aufmerksam geworden. Und nun würde sie mich gerne für die nächsten Monate engagieren, damit ich ihren Sohn porträtiere. In einer ähnlichen Pose wie »Archimedes«. Stell dir vor, ein Auftrag als Auftragsmalerin nach Rom.«

»Das freut mich für dich. Wirst du den Auftrag annehmen?«

Nachdenklich spielte Helena mit einer Haarsträhne.

»Ich bin mir nicht sicher.«

»Wieso das? Es ist eine Chance, deine Karriere voranzutreiben. Die Malerei ist dein Leben und du wärst dumm, wenn du den Auftrag nicht annimmst. Zumal es gar keinen Grund dafür gibt.« Leonard räusperte sich, denn seine Stimme klang plötzlich merkwürdig belegt. Helena spürte, dass ihm die Vorstellung, dass sie eventuell bald für eine lange Zeit gar nicht mehr für ihn greifbar sein würde, nicht besonders behagte. Dennoch sprach er ihr zu. Das war doch ein Widerspruch! Oder etwa nicht? Helena wurde nicht schlau aus ihm. Aber sie wollte es wissen, und deshalb nahm sie sich vor, aufrichtig zu ihm zu sein.

»Wer sagt denn, dass es keinen Grund dafür gäbe, den Auftrag nicht anzunehmen?«

»Und welcher Grund wäre das?« Leonards Augenbraue schoss – auf die so unnachahmliche Art – in die Höhe, während Helenas Herz zum Zerspringen klopfte. Ihr war schwindelig vor Aufregung, und sie spürte, wie ein Gefühl der Übelkeit langsam, aber stetig in ihr aufstieg.

»Nun – du könntest ein Grund für mich sein.«

»Was habe ich damit zu tun?«

»Die Vorstellung, dich monatelang überhaupt nicht sehen zu können, gefällt mir ganz und gar nicht.«

»Mir auch nicht, aber dafür lohnt es sich nicht, sich eine derartige Chance entgehen zu lassen.«

»Und wenn doch?«

»Hör mal, Helena. Ich möchte irgendwann nicht dafür verantwortlich sein, dass du bereust, nicht nach Rom gegangen zu sein. Lass mich also bitte außen vor und nimm den verdammten Auftrag an.«

»Möchtest du denn nicht auch, dass ich bei dir bleibe?« Nun setzte sie alles auf eine Karte. Schließlich hatte sie nichts zu verlieren. Sie konnte nur gewinnen, und zwar an Klarheit.

Leonard schwieg. Dann schwang er seine Beine von der Matratze und war im Begriff, das Nachtlager zu verlassen. Helena hielt ihn verzweifelt am Arm fest. »Lauf jetzt nicht weg. Ich werde dir keine Ruhe lassen, bis du mir meine Frage klar und deutlich beantwortet hast. Möchtest du, dass ich bei dir bleibe?«

Erneut schwieg Leonard. Er starrte sie lediglich finster an.

»Ich weiß, dass du dich in deinem Seelenfrieden gestört fühlst, wenn ich dir derartige Fragen stelle und dann auch noch auf so penetrante Weise auf einer Antwort beharre. Ich jedenfalls möchte nicht irgendwann sagen müssen: ›Was wäre, wenn?‹ Deshalb bestehe ich auf einer ehrlichen Antwort.«

»Wenn du dir erhoffst, dass ich dich darum bitte, nicht nach Rom zu gehen, dann muss ich dir diese Hoffnung leider nehmen. Ich denke nämlich nicht im Traum daran, für dein Lebensglück verantwortlich zu sein.

Dieser Part liegt mir nicht und ist mir ehrlich gesagt auch eine Nummer zu groß.«

»Leonard, ich habe mich in dich verliebt und wenn ich auch nur ein kleines bisschen Hoffnung haben könnte, dass du eines Tages dasselbe für mich empfindest, so würde ich jeden nur erdenklichen Auftrag ablehnen, egal, wie lukrativ er auch klingt. Mein Lebensglück hängt mit meinem Herzen zusammen. Und mein Herz gehört dir. Ich liebe dich!«

Leonards Augenbrauen verzogen sich unwillig. »Verdammt, ich will dein Herz nicht. Die Verantwortung ist mir einfach zu groß. Und jetzt sag mir bloß nicht, du glaubst an so einen Mist wie Liebe, Beziehung und ›Sie lebten glücklich bis an ihr Ende‹? Allein schon der Gedanke daran raubt mir die Luft zum Atmen. Ich habe dich als Gegenleistung für siebzehn Tage als mein persönliches Callgirl gebucht. Die Zeit ist um. Und nun gedenke ich in mein eigentliches Leben zurückzuschlüpfen. Ein Leben ohne Komplikationen und Diskussionen. Helena, versteh mich nicht falsch – ich möchte dich auch auf gar keinen Fall verletzen, aber für derartige Gefühle ist einfach kein Platz in meinem Leben. Nimm es einfach hin und gehe deiner Berufung nach. Steck deine Energie in die Malerei und nicht in Gedanken an mich, denn ich liebe mein Leben, so wie es ist, okay?«

Helena erhob sich. Rasch schlüpfte sie in ihre Kleidung. Dann sagte sie: »Okay, ich habe dich verstanden. Ich werde den Auftrag also annehmen. Die Arbeit in Rom ist nicht das, was ich mir am meisten wünsche, denn noch lieber hätte ich mein Leben mit dir geteilt. Aber wenn du mich nicht willst …« Ihre Stimme brach ab und mit raschen Schritten verließ Helena das Atelier.

KAPITEL 21

In Leonards Haus angekommen, warf sie die Tür hinter sich zu. Ihr Herz klopfte wie wild, Tränen standen ihr in den Augen und mit weichen Knien musste sie sich an die Wand lehnen. Sie atmete ein paarmal tief durch, ehe sie zur Küche ging, um sich einen Schluck zu trinken zu holen. Helena begann plötzlich heftig zu zittern und einen Moment lang befürchtete sie, sich übergeben zu müssen. Bebend ließ sie sich auf einen Küchenstuhl fallen und kämpfte gegen die Übelkeit an.

Wider besseres Wissen hoffte sie noch immer, das Leonard ihr folgen und sie letztendlich doch bitten würde zu bleiben. Sie stellte sich vor, wie er sie in die Arme schließen und ihr gestehen würde, dass er ohne sie nicht leben könne.

Natürlich kam er nicht.

Eine Stunde verging. Eine Stunde voller Hoffen, Traurigkeit, Bedauern und Enttäuschung. Schließlich sah sie ein, dass sie die Tatsachen, so wie sie waren, akzeptieren und ihnen ohne falsche Hoffnungen ins Auge sehen musste. Sie zitterte nun nicht mehr und ihr Herz schlug wieder in einem normalen Rhythmus. So müde und erschöpft hatte sie sich noch nie gefühlt.

Helena beschloss, nach Hause zu fahren, sich dort ins Bett zu legen und ganz in Ruhe zu sich zu kommen. Die siebzehn Tage waren vorbei und hier hielt sie nichts mehr. Ihre Sachen konnte sie sich auch später abholen.

Helena stand am Fenster ihres Wohnzimmers und beobachtete, wie die Sonne unterging. Sie konnte sich nicht genug darüber wundern, wie schnell sie sich an die Gegenwart von Leonard gewöhnt hatte und wie ungewohnt es nach so kurzer Zeit für sie war, wieder alleine zu sein. Es waren nur siebzehn Tage, die sie bei Leonard gewohnt hatte, und schon fühlte sie sich in ihrer Wohnung wie eine Fremde.

Sie seufzte und begab sich in die Küche, der man ansah, dass sie seit einiger Zeit nicht mehr benutzt worden war. Auch der Kühlschrank war fast leer bis auf eine Flasche Orangensaft, eine Tube Senf und ein Stück Butter. Da Helena sowieso keinen Hunger verspürte, machte es ihr jedoch nichts aus, dass nichts zu essen da war. Sie schloss die Kühlschranktür und ging zurück ins Wohnzimmer, das jetzt in ein rötliches Dämmerlicht getaucht war. Die Sonne war bereits versunken, aber noch färbten ihre Strahlen den Himmel orange und rot. Es war ein wunderschöner Anblick, den sie gerne mit Leonard geteilt hätte. Bald war es so weit, man würde den Mond am Himmel sehen können, und plötzlich fühlte sich Helena so einsam wie noch nie in ihrem Leben.

Und dann sah sie ihn. Den Mond, den Leonard so sehr liebte.

Sein Mond – Zuckermond …

Heiße Tränen rannen ihr die Wangen hinab und sie musste sich den Bauch halten, weil ihr Körper in ein herzzerreißendes Schluchzen fiel und sie heftig zu zittern begann. Ein brennender Schmerz durchfuhr sie und sie schleppte sich bebend zum Sofa, warf sich in die Polster und schlug die Hände vors Gesicht, während ihr Körper sich gar nicht beruhigen konnte.

Es dauerte lange, bis sie sich wieder gefasst hatte. Und selbst dann noch wurde sie hin und wieder von einem Heulkrampf geschüttelt. Es wurde ein sehr einsamer und unglücklicher Abend für sie. Als sie schließlich zu Bett ging, erschien dieses ihr kalt und viel zu groß. Wie sehr sehnte sie sich danach, Leonards warmen Körper neben sich zu spüren.

⋘⋙

Seit ihrer überstürzten Flucht war eine Woche vergangen. Eine Woche, in der es keine einzige Minute gegeben hatte, in der sie sich nicht nach ihm sehnte. Keine Minute, in der sie nicht an ihn und die gemeinsamen Liebesstunden denken musste.

Sie hatte sogar schon darüber nachgedacht, sich dem erstbesten Mann, der sich bot, an den Hals zu werfen – in der Hoffnung, hemmungsloser Sex mit einem anderen Mann könnte ihr Leonard aus dem Leib spülen. Hinausspülen, ganz so, wie man gebrauchtes Wasser mit einem frischen Wasserstrahl beseitigte.

Gebrauchtes Wasser? Verglich sie Leonard nun schon mit gebrauchtem Wasser? Nein, dieser Vergleich hinkte gewaltig. Da ihr aber nichts Besseres einfiel, ließ sie es gedanklich dabei bewenden.

Sie hatte die Tatsache, dass sie noch ihre Sachen bei Leonard abholen musste, so weit wie möglich nach hinten geschoben. Da allerdings am nächsten Tag ihr Flug nach Rom gehen würde, blieb ihr heute keine andere Möglichkeit, als es so schnell wie möglich hinter sich zu bringen.

Herzklopfend griff sie zum Telefon, wählte Leonards Nummer, legte jedoch beim ersten Freizeichen wieder auf.

Elender Feigling, schalt sie sich selbst, griff erneut zum Hörer und ließ ihn dieses Mal wieder auf die Gabel zurückfallen, bevor sie überhaupt eine einzige Ziffer gewählt hatte.

So wird das nichts, Mädel. Also, Zähne zusammenbeißen und durch.

Helena atmete tief ein und aus, bündelte ihren gesamten Mut, wählte seine Nummer und hielt auch beim fünften Freizeichen noch durch. Dann vernahm sie seine verführerische Stimme. »Hallo.«

Helenas Knie wurden weich beim Klang seiner Stimme, über ihren Rücken liefen heiße Schauer, ihre Hände zitterten.

Gut, dass er mich jetzt nicht sehen kann.

»Hier ist Helena ...« Ihre Stimme bebte, während sie in den Hörer lauschte.

»Hallo, Helena. Was kann ich für dich tun?«

Himmel, allein diese erotische Stimme bringt mich um den Verstand!

»Ich würde heute gerne meine Sachen bei dir abholen. Ist das möglich? Morgen geht mein Flug nach Rom und besonders meine Malutensilien ...« Sie brach ab, spürte, wie diese Situation ihre Kräfte zu sehr beanspruchte, und wünschte sich auf einen anderen Stern, wo es weder einen Leonard noch Liebeskummer gab.

»Natürlich kannst du dir deine Sachen jederzeit abholen.« Seine Stimme klang abgeklärt, ruhig und selbstsicher. Keine Spur von Trauer oder Sehnsucht.

Helena seufzte leise. »Okay, dann komme ich heute Abend vorbei.«

⋖❧⋗

Helena war sehr nervös, als sie sich am Abend umzog, um zu Leonard zu fahren. Sie sagte sich, dass sie entweder der größte Dummkopf oder aber der größte Optimist unter Gottes Sonne sein müsse, wenn sie jetzt noch hoffte, Leonard könne sie doch noch bitten, bei ihm zu bleiben. Doch sie wollte nichts unversucht lassen.

Sie wählte das bordeauxrote Kleid, welches sie am Tage ihrer Ausstellung getragen hatte. Der Tag, an dem sie sich zum ersten Mal begegnet waren. Dann schminkte sie sich sorgfältig, bürstete ihr langes Haar, bis es glänzte und ihr in weichen Wellen über den Rücken fiel, und stieg kurze Zeit später mit klopfendem Herzen in ihren Wagen.

Fünfzehn Minuten später stand sie vor Leonards Tür. Nervös drückte sie den Klingelknopf und musste unwillkürlich an den Tag denken, als sie hier gestanden hatte, um ihren Part der Abmachung einzulösen: siebzehn Tage als Leonards persönliches Callgirl.

Die Tür ging auf und Helena sah sich ihm gegenüber. Unsicher blickte sie zu ihm hinauf – lächelte ihm zur Begrüßung zu.

»Hallo«, begrüßte er sie freundlich distanziert. »Komm rein.«

»Hallo.« Verstohlen musterte sie ihn. Sie hatte erwartet, ihn in Freizeitkleidung anzutreffen. Doch stattdessen trug er zu ihrer Überraschung ein knielanges schwarzes Sakko, eine knallenge schwarze Lederhose und ein weißes Rüschenhemd. Teure italienische Schuhe rundeten das Bild gekonnt ab. Er hatte frisch geduscht, denn sein Haar war noch feucht. »Ich will dich nicht lange aufhalten«, erklärte Helena. »Sicher bist du in Eile.«

»Lass dir ruhig Zeit. Ich bin erst in einer Stunde verabredet.«

»Fein.« Ihre Stimme klang seltsam gepresst. »Bis dahin werde ich längst fertig sein.«

Sie ging den Flur entlang, dann die Treppe hinab zu ihrem ehemaligen Zimmer.

»Du findest ja sicher alles ohne meine Hilfe«, meinte Leonard und machte keine Anstalten, ihr zu folgen.

Helena war erleichtert, dass er sie alleine ließ. Er musste nicht sehen, wie sehr ihre Hände zitterten, als sie begann, ihre Sachen in die Reisetasche zu packen, die sie bei ihrer überstürzten Flucht zurückgelassen hatte. Zu ihrem Erstaunen hatte Leonard schon alles bereitgelegt. Ihr Blick fiel auf die Strapse, die halterlosen Strümpfe und auf das Negligé – alles Stücke, die sie noch vor nicht allzu langer Zeit für ihn getragen hatte. Es kostete Helena einige Mühe, die Tränen zurückzuhalten, während sie ihre seidigen Slips, ihre Hosen, Blusen und Sommerkleider in die Reisetasche warf.

»He«, ertönte da plötzlich Leonards Stimme hinter ihr. »Ich hatte mir solche Mühe gegeben, alles richtig zusammenzulegen.«

»Tut mir leid. Ich bin ein wenig in Eile«, gab Helena leise zurück. »Sobald ich zu Hause bin, werde ich sowieso alles wieder auspacken und waschen.« Mit nervösen Bewegungen packte sie auch den Rest ihrer Sachen zusammen und erklärte dann aufatmend: »So, das war's. Nun noch rasch ins Atelier und meine Malutensilien zusammenpacken.«

»Noch nicht ganz«, korrigierte Leonard und wies auf die Badezimmertür.

Helena hätte am liebsten laut aufgeschrien, doch stattdessen ging sie ins Bad, um ihre Zahnbürste, ihre Kosmetika und all die kleinen Dinge zu holen, die sie täglich gebraucht hatte.

»Ich trage dir die Tasche zum Auto«, erklärte Leonard.

»Nicht nötig! Danke, aber das schaffe ich allein.«

Doch er achtete nicht auf ihre Worte, sondern griff nach ihrer Tasche und ging ihr voraus die Treppe hinauf und zur Wohnungstür. Helena stürmte an ihm vorbei, lief zum Atelier und kramte ihre Farben, Pinsel und Skizzenblöcke zusammen und verstaute sie in ihrem Malkoffer. Dann packte sie ihre Staffelei und eilte zum Auto.

Kaum hatte Leonard ihre Tasche im Wagen verstaut,

saß sie auch schon hinterm Steuer. »Mach's gut, Leonard.«

»Du auch, Helena.«

Sie warf die Tür zu, startete den Motor, gab Gas und fuhr los. Ein sehnsüchtiger Blick in den Rückspiegel zeigte ihr ihren Traummann. Da stand er, groß, elegant und einfach nur umwerfend aussehend. Er schaute ihr nach, ohne sich auch nur einen Zentimeter zu rühren.

⊰⊱

Der folgende Abend war schlimm für Helena. Einerseits konnte sie es nicht erwarten, bis endlich ihr Flug nach Rom gehen würde, andererseits wünschte sie sich, die Zeit bis dahin möge so langsam wie möglich vergehen, damit Leonard doch noch die Möglichkeit haben könnte, sich eventuell bei ihr zu melden.

Die Hoffnung stirbt zuletzt!

Und dann war es so weit – der Moment des Abfluges nach Rom war da.

Helena hatte sich an diesem Tag besonders schick angezogen, lächelte der Stewardess abwesend zu und bestieg das Flugzeug.

Sie trug ein schokoladenfarbenes Kostüm und eine champagnerfarbene Seidenbluse. Ihr Haar hatte sie zu einem lockeren Knoten hochgesteckt und ihre Füße steckten in edlen, hochhackigen Sandaletten im selben Farbton wie das Kostüm.

In der Business Class sah sie sich suchend nach ihrem Platz um. Nur wenige Passagiere hatten bereits ihre Plätze belegt. Helena ließ sich auf ihren Platz am Fenster sinken, schloss den Sicherheitsgurt und versuchte, diese dumme Flugangst, die sich bereits in ihr ausbreitete, zu unterdrücken. Dann wurden die Luken geschlossen und die Maschine rollte zur Startbahn.

Vor Aufregung vergaß Helena sogar ihren Liebeskummer und bekam nicht mit, was um sie herum passierte. Ihre Handflächen wurden feucht und ihr Puls begann zu rasen. Von der kurzen Begrüßungsansage des Piloten und den Sicherheitserläuterungen der Stewardess drang kein einziger Laut an ihr Ohr, so sehr hatte die Panik von ihr Besitz ergriffen. Nicht mal den Passagier neben sich bemerkte sie.

Mit bebenden Fingern kontrollierte sie wiederholt, ob der Sicherheitsgurt auch wirklich fest war. Sie fuhr sich mit der Zunge über die trockenen Lippen und umklammerte die Armlehnen ihres Sitzes. Und dann hatte das Flugzeug die Rollbahn erreicht, wurde schnell und schneller, bis es schließlich abhob. Helena starrte aus dem kleinen Fenster. Ihr Körper hatte sich versteift und ihr Herz klopfte zum Zerspringen. Mühsam holte sie Luft.

In diesem Moment legte sich eine Hand auf ihre Schultern.

Helena wandte überrascht den Kopf. Sie wollte ihren Augen nicht trauen. Auf dem Sitz neben ihr saß Leonard! Helena starrte ihn einen Moment lang ungläubig an.

»W-was machst du denn hier?«

»Ich muss mit dir reden.«

»Was gibt es zwischen uns noch zu reden? Ich denke, wir sollten uns weitere Komplikationen lieber ersparen.«

»Komplikationen?«

»Ja. Komplikationen. Die Zeit mit dir und deine Reaktion, nachdem ich dir meine Gefühle offenbart habe, haben mir mehr zugesetzt, als ich erahnen konnte. Ich habe eine verdammt harte Zeit hinter mir und möchte mir weiteren Kummer ersparen. Kannst du das verstehen?«

»Helena, ich möchte dir sagen, dass ich mich wie ein Trottel benommen habe. Verzeih mir, bitte. Ich gebe ja zu, dass es zu Beginn nichts weiter als pure Lust war. Aber dann konnte ich nicht genug von dir bekommen. Du hast mich vollkommen verzaubert.«

»Was erwartest du, soll ich darauf antworten?«

»Das, was du fühlst.«

»Nun, das weiß ich im Moment leider ganz und gar nicht. Aber das ist ja auch kein Wunder…«, sie brach ab, schloss für einen Moment die Augen.

»Helena, ich weiß, wie sehr ich dich verletzt habe. Und ich kann dir gar nicht beschreiben, wie unsagbar leid mir das alles tut. Ich habe dich lieben gelernt. Ja, Helena, ich habe erst nachdem du fort warst gespürt, dass ich dich von ganzem Herzen liebe. Ohne dich ist mein Leben leer, denn du bist eine unglaubliche Bereicherung für mich und mein Dasein.« Er machte eine Pause und atmete tief durch. »Leider habe ich das erst ziemlich spät erkannt. Ich hoffe, nicht zu spät. Ich bitte dich hiermit aus vollstem Herzen um Verzeihung. Gibst du mir eine Chance?«

Liebe? Er spricht von Liebe? Ich fass' es nicht! Leonard, der freiheitsliebende Charmeur, Callboy und Stripper hat sich in mich verliebt. Das ist das, was ich mir in den letzten Wochen von Herzen gewünscht habe. Das ist einfach alles, was ich mir jemals wünschen könnte. Endlich!

Helena hätte gerne etwas gesagt, aber sie brachte kein Wort über die Lippen. Ihre Augen allerdings strahlten und gaben Leonard deutlich zu verstehen, wie froh seine Worte sie machten.

Er lächelte sie zärtlich an und zaghaft erwiderte sie sein Lächeln.

»Sie dürfen jetzt die Sicherheitsgurte lösen«, erklärte die Stewardess.

Leonard nickte der Stewardess zu, die ihnen einen Drink angeboten hatte. »Champagner bitte.« An Helena gewandt, fuhr er mit schelmischem Grinsen fort, »darf ich dich mal fragen, was wir überhaupt in diesem Flieger machen? Ich liebe dich, du liebst mich. Wieso sind wir dann in der Luft?«

»Weil du so lange gebraucht hast, um dir über deine Gefühle klar zu werden, du Idiot!«

»Das habe ich. O ja! Aber nun bin ich mir mehr als sicher. Ich liebe dich und könnte allein beim Gedanken verrückt werden, dass du an einem Ort bist, an dem ich dich nicht jederzeit erreichen kann. Dass dich irgendwann ein anderer Mann berührt.«

Er blickte sie liebevoll an und Helena lächelte glücklich.

»Helena, wirst du mir versprechen, mir eine ehrliche Antwort zu geben, wenn ich dich jetzt etwas frage?«

»Ich verspreche es.«

»Ich liebe dich und möchte, dass du bei mir bleibst, aber nur, wenn du dir ganz sicher bist, dass du diese Entscheidung nicht bereuen wirst.«

»Ach, Leonard. Das Einzige, was ich jemals bereuen würde, ist, wenn ich von dir fortgehen würde, obwohl ich doch mit dir zusammen sein könnte.«

»Ich weiß, dass du mich liebst und bin auch unendlich froh darüber, aber bist du dir wirklich ganz sicher, dass du diesen Job nicht doch haben willst? Er ist eine Gelegenheit, die vielleicht nie mehr wiederkommt!«

»Ich will dich und sonst gar nichts. Das musst du mir einfach glauben. Ich möchte mit dir zusammen sein. Außerdem bist du meine beste Inspiration. Na, überzeugt?«

»Und du wirst mir nicht beim erstbesten Streit, der ja durchaus vorkommen kann, vorwerfen, dass ich deiner Karriere im Weg gestanden hätte?«

»Bestimmt nicht!«

»Okay. Dann bin ich beruhigt und schlage vor, dass wir uns nach der Landung ein gutes Hotel in Rom suchen. Wir telefonieren deiner Auftraggeberin ab, machen uns noch ein paar schöne Tage in Rom und fliegen dann zurück nach Frankfurt. Na, wie hört sich das an?«

»Himmlisch!« Helena strahlte über das ganze Gesicht. Ihre Augen leuchteten und vertrauensvoll legte sie ihren Kopf an seine Schulter.

⋄—⋄

Verschlafen öffnete Helena die Augen. Zunächst wusste sie nicht, wo sie sich befand. Ihr Blick blieb an dem großen Fenster gegenüber von ihrem Bett hängen, und sie bemerkte, dass es draußen noch dunkel war.

Und dann erinnerte sie sich. Sie befand sich in Rom. Aber nicht – wie geplant – allein, sondern mit Leonard. Langsam wandte sie den Kopf zur anderen Seite. Leonard schien ihren Blick zu spüren, denn er wurde wach, streckte sich und lächelte sie glücklich an. Seine grünen Augen strahlten. Sanft strich er eine Haarsträhne aus Helenas Gesicht. »Gut geschlafen, Engelchen?«

Helena hob die Hand und streichelte zart sein Gesicht. »Und wie. Du auch?«

»Auf jeden Fall. Und weißt du was? Ich liebe dich!«

»Dies hätten wir damit geklärt«, sagte sie betont forsch und zwinkerte ihm keck zu. »Also kann ich nun weiterschlafen? Oder hast du mir noch mehr zu sagen?«

Leonard lachte amüsiert auf. »Warum habe ich bloß das Gefühl, dass du gerade ein wenig mit mir spielst?«

Mit unschuldigem Augenaufschlag blickte sie ihn an und rief gespielt empört: »Mit dir spielen? Wie kommst du denn darauf? Du kannst ja ›mitschlafen‹.« Sie warf ihm einen äußerst verführerischen Blick zu. »Ich meinte natürlich mit ›mir‹ schlafen!«

Ein feuriges Funkeln trat in seine Augen. »Bist du etwa gerade dabei mich zu verführen, du kleine Hexe?«

»Ich weiß nicht, was dich dazu veranlasst, so über mich zu denken.« Sie setzte ihr schönstes Lächeln auf.

»Du bist und bleibst eine kleine Hexe. Und genau deshalb habe ich mein Herz an dich verloren.« Leise stöhnte Leonard auf.

Sein bewundernder Blick glitt über ihre Gestalt, die von dem dünnen champagnerfarbenen Nachthemd zart umschmeichelt wurde. Langsam zog er sie zu sich, strich ihr die schmalen Träger des Nachthemdes über die Schultern und schob den Stoff von ihrer vollen runden Brust. Dabei verbarg er sein Gesicht in ihrer weichen Halsbeuge und inhalierte ihren Duft. Wie ein Raubtier auf Beutezug hatte er die Witterung aufgenommen und sein Gesuchssinn sog ihren weiblichen Duft vollkommen in sich auf, aus Angst, ihn jemals zu verlieren.

»Ich liebe den Duft deiner Haut, den Klang deiner Stimme und die Berührung deiner Hände. Ich werde dich nie wieder gehen lassen, hörst du?«

»Zeig mir, wie du das meinst« flüsterte Helena mit vor Verlangen belegter Stimme.

»Aber gern!«

Verlangend strich seine Hand über die zarte Haut ihrer Schultern, ließ seine Zunge folgen und hauchte zarte Küsse auf die Stelle, an der man ihr Blut pochen sah. Seine Lippen wanderten ihr Dekolleté entlang bis hinab zur zarten Wölbung ihrer Brüste. Abwechselnd legte er seine Lippen um ihre Brustspitzen, saugte sanft an ihnen. Immer wieder ließ er seine Zunge um ihre rosigen Knospen kreisen, die vor Erregung schon hart emporragten.

Genießerisch legte sie den Kopf in den Nacken, seufzte

wohlig unter seiner Zunge auf, während ihre Hände auf seinem Kopf lagen und durch sein Haar strichen. Seine Hand streichelte über ihren ganzen Körper, über ihren Bauch und an den Innenseiten ihrer Schenkel entlang.

Dann drückten sich seine Finger sanft zwischen ihre Beine. Mit einem leisen Stöhnen öffnete sie sich ihm und drängte seiner Hand entgegen. Er fühlte, dass sie schon leicht feucht war, und kraulte kurz durch das Dreieck ihrer Schamhaare. Sein Finger glitt zwischen ihre heißen Schamlippen bis zum feuchtwarmen Eingang ihrer Vagina. Sanft drang er mit einem Finger in sie ein, massierte dabei mit dem Daumen ihre empfindsame Klitoris, die sich unter seinen kundigen Berührungen wie eine Knospe zur vollen Blüte entfaltete.

Mit einem leisen Stöhnen zeigte sie ihm, wie sehr sie dieses geschickte Fingerspiel genoss. Sie krallte ihre Finger in seinen Rücken, drängte sich seinem Körper entgegen und spürte dabei seine Erregung, die sich hart gegen ihr Bein presste.

Leonard gab einen ungeduldigen Laut von sich, dann drückte er sie in die Kissen und presste seine Lippen auf die ihren.

»Engelchen, ich liebe dich. Und ich will keinen Tag mehr ohne dich sein«, murmelte er zwischen zwei Küssen.

Helena betrachtete ihn voller Liebe. Sie rollte ihn auf den Rücken und setzte sich auf ihn. Langsam zog sie sich ihr Nachthemd über den Kopf, nahm seine Hände und legte sie auf ihre Brüste. Sie lehnte sich ein wenig zurück, genoss es, wie Leonard ihre Brüste massierte. Schließlich beugte sie sich wieder über ihn, hielt seine Arme über dem Kopf fest und küsste ihn leidenschaftlich.

Ihre Zunge glitt an seinem Hals entlang, hinunter bis an seine Brust. Zärtlich umspielte sie seine Brustwarzen, und zwischendurch biss Helena immer mal wieder sanft hinein, was Leonard mit einem erregten Stöhnen quittierte. Sie küsste sich an ihm herunter, leckte immer wieder feucht über seine Haut.

Ihre Haare strichen über seinen Körper, während ihre Hände sich bereits ihren Weg zu seinem Schwanz suchten und sich mit sanftem Druck um den prallen Schaft legten.

Allein der Anblick ließ ihren Atem schneller werden. Während ihre Hand seine stolze Männlichkeit bearbeitete, leckte sie lustvoll über seinen Bauch und dann liebkoste sie ihn derart gekonnt mit ihren Lippen, dass Leonard sich unter ihr lustvoll stöhnend wand. Mit ihrer Zunge, die immer wieder leicht über seine empfindliche Eichel kreiste, brachte sie ihn fast um den Verstand. Immer wieder drängte er sich ihr entgegen. Ihre Lippen umschlossen fest seinen Schwanz, glitten an ihm auf und ab. Sie schaute zu ihm auf und sah, wie er unter ihren Berührungen immer wilder wurde. Sie genoss diesen Anblick, wurde dadurch selbst immer heißer. Dann ließ sie von ihm ab, rutschte wieder an ihm hoch, strich dabei mit ihren harten Brustwarzen an seinem Oberkörper entlang.

»Komm, Engelchen. Ich möchte dich spüren.«

Helena verstand und setzte sich rittlings auf ihn. Sie spürte ihn hart zwischen ihren Beinen. Mit langsamen Bewegungen rieb sie sich an ihm und ließ ihn dann unter erregtem Aufstöhnen eindringen. Immer tiefer bohrte er sich in sie. Er legte seine Hände um ihre Hüften, zog sie noch mehr an sich. Mit geschlossenen Augen stützte sie sich mit den Händen auf seinen Beinen ab, vergaß alles um sich herum, spürte nur seine Hände und ihn tief in ihr. Ihre Bewegungen wurden unkontrollierter, immer schneller ritt sie auf ihm. Er spürte, wie er kurz vor der Explosion stand, so wild machte sie ihn.

Schnell richtete er sich auf, zog sie fest an sich, zwang sie dadurch aufzuhören. Er wollte noch nicht kommen, denn sie war noch nicht so weit. Er legte sie auf den Rücken. Seine Hand glitt über ihre verschwitzte Haut, seine Augen wanderten über ihren schönen Körper, der geradezu nach ihm schrie. Schnell küsste er sich an ihr herunter, umkreiste mit seiner Zunge ihren kleinen Bauchnabel. Ihre Haut schmeckte herrlich. Immer tiefer erkundete er ihren Körper, bis er endlich am Ziel war.

Mit seinen Händen spreizte er ihre Beine und liebkoste mit seiner Zunge den empfindsamen Bereich über und zwischen ihren Schamlippen. Er schmeckte ihren süßlichen Saft. Mit seinen Händen weitete er sie noch mehr, saugte lustvoll an ihrer empfindlichen Knospe, die erregt hervorquoll. Ihr Körper wand sich immer heftiger unter ihm. Sie drängte sich ihm entgegen, wollte mehr. Er tat ihr den Gefallen und drang mit seiner Zunge so tief in sie ein, wie es ihm möglich war. Immer wieder stieß er seine Zunge in sie hinein. Ihre Hände krallten sich in das Laken. Laut stöhnte sie auf. Sie griff in seine Haare. »Komm zu mir«, stöhnte sie heiser.

Schnell küsste er sich wieder an ihr hoch, legte sich auf sie und dann konnte er sich nicht mehr beherrschen. Mit glutvollen Augen drang er in sie ein, zunächst langsam, dann vollkommen ungebändigt.

Helena war rasend vor Lust, legte ihre Hände auf seinen knackigen Po und zog ihn fest an sich. Hart stieß er zu. Er stützte sich mit seinen Händen ab, um sie noch tiefer nehmen zu können. Ihre Beine waren um seine Hüften geschlungen. Sie legte jetzt ihre Hände weit über den Kopf, streckte genussvoll ihren Körper und gab sich ganz seinen immer wilder werdenden Stößen hin. Auch er hatte Mühe, nicht laut aufzustöhnen. Zu schön war das Gefühl. Sie war so feucht und so eng. Er spürte, wie er sich langsam dem Höhepunkt näherte. Immer wieder bebte sein Körper, und als sie schließlich gemeinsam den Gipfel der Lust erklommen, flüsterten sie sich immer wieder zu, wie sehr sie sich liebten.

Zärtlich nahm er sie in den Arm. Er hauchte ihr einen Kuss auf die Stirn, strich ihr das feuchte Haar aus dem Gesicht und lächelte glücklich. Eine geraume Zeit lagen sie eng umschlungen da, jeder mit einem kleinen glücklichen Lächeln auf den Lippen.

Schließlich stützte Leonard sich auf seinen Ellbogen und schaute liebevoll auf sie hinab.

»Helena?«

»Ja?«

»Ich war nicht nur ein verdammter Idiot, der dich aufrichtig um Verzeihung bittet, sondern da ist noch etwas.«

Er schwieg eine Weile, dann atmete er tief ein. »Wie du ja mittlerweile weißt, liebe ich dich. Von ganzem Herzen. Und weil ich keinen Tag mehr ohne dich sein möchte, frage ich dich hiermit, ob du meine Frau werden willst …«

»Du willst …?«, erstaunt brach Helena ab. »Du hast vor …?«, wieder brach sie ab.

»Ich liebe dich mehr als alles andere und habe gespürt, dass ein Leben ohne dich einfach nur leer für mich ist. Du fehlst mir, wenn du nicht bei mir bist, Engelchen. Denn du bist eine unglaubliche Frau. So unglaublich, dass ich den Rest meines Lebens mit dir verbringen möchte. Bitte, sag ja!«

»Du willst mich heiraten? Obwohl du weißt, dass dies das Ende deiner Karriere als Callboy bedeutet?«

»Du bist mir wichtiger als alles andere und erst recht als Geld. Außerdem verdient man als begehrter Stripper – der ich ja nun mal ohne Frage bin – auch noch genug.« Er grinste frech.

»Soso. Begehrter Stripper.« Sie kicherte. »Na ja, dass du ein bisschen in dich selbst verliebt bist, wusste ich ja schon immer.«

»Wer sich so präsentiert wie ich, muss von sich überzeugt sein, um authentisch rüberzukommen.«

»Du kommst nicht nur authentisch rüber, sondern einfach göttlich. Eigentlich eine Schande für die Frauenwelt, dass du dich zurückziehen möchtest. Ich hoffe, du wirst es nicht bereuen.«

Leonard wurde nachdenklich, und Helena bekam es schon mit der Angst zu tun. Doch seine nächsten Worte beruhigten sie wieder. »Wenn ich ganz ehrlich zu mir bin, habe ich in der letzten Zeit von Jahr zu Jahr eine größere Leere in mir gespürt, wenn ich mal wieder als Callboy gebucht wurde. Das Spaßprinzip hat also deutlich nachgelassen. Klar hat mir dieser Job etliche Jahre lang auch Spaß gemacht, aber ich möchte von nun an meine Zeit lieber mit dir verbringen! Ach, was sag ich da, nicht nur meine Zeit möchte ich mit dir verbringen, sondern mein ganzes Leben. Außerdem ziehe ich mich ja nicht ganz zurück. Ich werde ja nach wie vor als Stripper arbeiten.«

Helena lächelte glücklich. »Wenn es beim reinen Strippen bleibt, so ist aus meiner Sicht nichts dagegen einzuwenden, wenn du weiterhin als Stripper arbeitest. Unter einer Voraussetzung!«

»Und die wäre?«

»Dass ich regelmäßig eine rein private Sondervorstellung der Extraklasse von dir bekomme.« Schelmisch zwinkerte Helena ihm zu. »Vorausgesetzt, du hältst deine Figur, ansonsten muss es nicht unbedingt sein.«

»Na warte, du kleine Hexe.« Er packte sie und kitzelte sie heftig durch. Eine ganze Weile kabbelten sie sich gegenseitig und balgten sich wie zwei Kinder.

»Stopp«, rief Helena nach einer Weile lachend und

vollkommen außer Puste. »Stopp, ich kann nicht mehr. Außerdem muss ich doch noch ›ja‹ sagen!«

Augenblicklich hielt Leonard in seiner Bewegung inne.

»Du sagst also ›ja‹?«, fragte er dann leise und ein warmer Glanz trat in seine Augen.

»Ja, denn auch mir fehlt etwas, wenn du nicht bei mir bist.«

Ein warmes Leuchten trat in Leonards Augen. Ein Leuchten, welches Helenas Seele ganz tief im Innern berührte und ihr einen wohligen Schauer verschaffte.

Sie lächelte glücklich, als er sanft ihr Gesicht umfasste und ihr zärtlich »ich liebe dich, mein Engelchen. Jetzt und in alle Ewigkeit«, ins Ohr flüsterte.

»Zeig es mir«, hauchte ihm Helena ins Ohr.

»Nichts lieber als das!«

ENDE

Joy Fraser
Schimmer der Vergangenheit

Roman

ISBN 978-3-548-26609-1
www.ullstein-buchverlage.de

Auf einer Reise gerät die nichtsahnende Isabel in einen Zeitsprung und landet gemeinsam mit drei Freundinnen und dem attraktiven Piloten Jack im Frankfurt des 18. Jahrhunderts. Als Isabel in Jack auch noch die große Liebe findet, ist sie hin und her gerissen zwischen der Beziehung zu ihrem Freund in der Zukunft und ihrer Faszination für den starken Beschützer an ihrer Seite.

Heiße Nächte zu dritt

Jule Winter
VERBOTENE LUST

Erotischer Roman

ISBN 978-3-548-28286-2
www.ullstein-buchverlage.de

Es ist November, und an der Ostsee ist es bitterkalt. Sonja und André sind in ihr Ferienhaus geflüchtet, um in aller Stille ihre Beziehung zu erneuern. Eines Tages steht ein Mädchen vor ihrer Tür, völlig verängstigt. Sonja und André nehmen die junge Frau bei sich auf. Schon bald beginnt ein erotischer Reigen zu dritt. Doch dann stellt ein unerwartetes Ereignis Sonja und André auf eine harte Probe.

Valérie Tasso
Tagebuch einer Nymphomanin

Deutsche Erstausgabe

ISBN 978-3-548-36780-4
www.ullstein-buchverlage.de

Sex ist ihr Lebenselixier. Und Valérie Tasso lässt keine Gelegenheit aus, um ihren Trieben freien Lauf zu lassen – mit verschiedenen Männern, an verschiedenen Orten. Die erste Liebe ihres Lebens indes entpuppt sich als fataler Irrtum. Schließlich macht sie ihre Leidenschaft zum Beruf: Als Edelprostituierte erlebt sie alle Facetten der käuflichen Liebe. In mitreißender Offenheit schildert Valérie Tasso ein Leben im Zeichen purer Lust, vergeblicher Sehnsüchte – und voller Überraschungen.

Der Skandalbestseller aus Spanien

Raquel Pacheco
Das süße Gift des Skorpions
Mein Leben als brasilianische Sexgöttin
Deutsche Erstausgabe

ISBN 978-3-548-36919-8
www.ullstein-buchverlage.de

Mit 17 Jahren lässt Raquel Pacheco ihre bürgerliche Herkunft hinter sich und stürzt sich in das Abenteuer der käuflichen Liebe. In ihrem Buch schildert sie die pikantesten Erlebnisse ihrer dreijährigen Laufbahn als Call-Girl. Zusätzlich liefert sie jede Menge Tipps, worauf es ankommt, wenn man lustvolle Stunden erleben will. Erotische Lebensbeichte und Sexratgeber in einem – erfrischend offen und ohne Tabus.